**Elodie Perron** heißt eigentlich ganz anders und lebt in Berlin. Sie liebt Frankreich und findet, dass es der perfekte Schauplatz für sinnlich-erotische Geschichten mit Tiefgang ist. Zwischen den Stränden des Mittelmeers und dem geschäftigen Treiben in den Straßen von Paris finden sich ihre Paare in Leidenschaft und Lust.

Sie selbst lebt seit vielen Jahren mit einem wunderbaren Mann und zwei ebenfalls wunderbaren Katern. Hauptberuflich arbeitet sie in einer Anwaltskanzlei, aber ihr wirklicher Beruf ist das Schreiben. Solange es ihr Laptop, den schönen Platz am Fenster und Kaffee gibt, wird sie damit auch weitermachen.

# ELODIE PERRON

# PARIS AFFAIR

## NOT THE BOSS OF MY DREAMS

Erstausgabe Juli 2020

© 2020 dp DIGITAL PUBLISHERS GmbH

Made in Stuttgart with ♥
Alle Rechte vorbehalten

# Paris Affair

ISBN 978-3-96087-511-1
E-Book-ISBN 978-3-96087-181-4

Covergestaltung: Vivien Summer
Umschlaggestaltung: ARTC.ore
Unter Verwendung von Abbildungen von
shutterstock.com: © Phatthanit, © Obsessively, © Petr Tran,
© Viorel Sima
Lektorat: Carolin Diefenbach
Satz: dp DIGITAL PUBLISHERS
Druck und Bindung: Books on Demand GmbH, Norderstedt

# § 1 – Unvereinbarkeit von Soll und Ist

## § 1 (1) Jeanne

Wie Jengasteine stapeln sich die Akten auf meinem Schreibtisch und als mein Chef noch eine weitere obenauf packt, sehe ich den Turm vor meinem geistigen Auge schon wackeln, einstürzen und mich unter sich begraben. Wie lange es wohl dauern würde, bis mich jemand findet?

Bedeutungsschwanger klopft Monsieur Dupond zweimal auf den schwarzen Ordner. „Bis Montag früh brauche ich in dieser Sache den Entwurf eines Geschäftsanteilskaufvertrags, Mademoiselle Marron."

Ich versuche mich an einem Lächeln, obwohl mir eigentlich nach Heulen zumute ist. Dennoch antworte ich gefasst: „Gerne. Allerdings habe ich noch drei andere Aufträge von Ihnen und für Monsieur Leroux muss die Klageschrift in der Sache Bonville vorbereitet werden – alles ebenfalls bis Montag. Welche Prioritäten soll ich setzen?"

Dupont sieht mich einen sehr langen Moment an, dann lächelt er dieses Anwaltshaifischlächeln – es soll zwar freundlich sein, aber man gruselt sich. „Sie haben nur eine Priorität: alles zu erledigen. Bis Montagfrüh."

„Selbstverständlich", fange ich wieder an, doch Dupont dreht mir schon den Rücken zu und hat den Empfang abgestellt. Um von diesem Silberrücken jetzt noch wahrgenommen zu werden, muss ich – verbal zumindest – mit Exkrementen nach ihm werfen. Also nutze ich das einzige Argument, das hier noch helfen kann: „Allerdings findet heute die Weihnachtsfeier statt und deshalb müsste ich rechtzeitig gehen ..."

Es funktioniert. Dupont dreht sich um und schenkt mir wieder seine volle Aufmerksamkeit. „Das ist doch kein Problem, Mademoiselle Marron. Sie gehen jetzt nach Hause, machen sich hübsch", sein Zeigefinger fährt bei diesen Worten vor meinem Gesicht einen Kreis in der Luft, während sein Lächeln einen fast bösartigen Zug annimmt, „und amüsieren sich auf der Feier, die diese Kanzlei ausrichtet und bezahlt. Danach haben Sie das ganze Wochenende Zeit, um Ihre Arbeit zu erledigen. Bestimmt sind auch ein paar Ihrer Kollegen im Büro, dann wird es fast so lustig wie ein Campingausflug. Es gibt also keinen Grund, sich wegen Überstunden zu beschweren."

Jetzt lächelt er nicht einmal mehr und ich weiß, dass es besser ist, den Mund zu halten. Aber als er geht, rufe ich ihm mit einem frustrierten Seufzen doch noch „Ich heiße Monnet und nicht Marron" hinterher. Natürlich reagiert er nicht mehr. Dafür bin ich zu unwichtig.

Als ich mich für den Anwaltsberuf entschied, stellte ich mir ein spannendes Leben vor, in dem mein umfassendes juristisches Wissen die Schicksale von Menschen in die richtigen Bahnen lenkt. Momentan jedoch sitze ich mit zwanzig anderen Arbeitsameisen in einem Großraumbüro und beschäftige ich mich zum größten

Teil mit der Ausarbeitung von Texten zu Gesellschafteranteilen, Aufsichtsratspflichten und Verschwiegenheitsklauseln. Was ungefähr genauso öde ist, wie es sich anhört, aber dieser Job bei *Dupont & Leroux* ist meine erste Anstellung als ausgebildete Anwältin und ich muss mir meine Sporen erst noch verdienen. Doch irgendwann wird es besser, da bin ich mir sicher. Irgendwann werde ich als menschliches Wesen wahrgenommen werden statt lediglich als juristisches Wissen absondernde Nichtigkeit. Bis dahin sollte ich der Einfachheit halber auf den Namen Marron hören und am Wochenende keine Termine machen. Was gibt es in Montpellier auch großartig zu unternehmen? Wenn man die Ausflüge an den Strand, die herrliche Altstadt, Museen, Theater, Märkte und Cafés abzieht, bleibt da nicht mehr viel übrig. Ich muss mir das nur lange genug einreden, dann glaube ich es irgendwann.

Nachdem ich mich also damit abgefunden habe, mein Wochenende in der Kanzlei zu verbringen, fahre ich den Computer herunter und packe meine Handtasche. Ich will unbedingt zu dieser Weihnachtsfeier! Solche Veranstaltungen sind einer der wenigen Gründe, in einer Großkanzlei zu arbeiten, denn bei diesen Events wird nie an Geld gespart: Es gibt eine schicke Location, Champagner im Überfluss und leckeres Fingerfood. Man zieht atemberaubende Kleider an, in denen man leichtfüßig wie eine Seiltänzerin auf dem Grat zwischen ‚Ich will dich in Marmor verewigen!‘ und ‚Wie viel nimmst du für einen Blowjob?‘ wandelt, und trifft interessante Kollegen, mit denen man sich auf intellektueller und fachlicher Ebene austauschen kann.

Die letzten Gedanken lassen mich wehmütig lächeln. Ich sollte mir nichts vormachen, über juristische Themen kann ich mich im Büro von morgens bis abends austauschen. Woran es mir mangelt, und das schon seit vier Jahren, ist Romantik und alles, was dazugehört.

Manchmal braucht es eben nur eine schlechte Entscheidung, um das ganze Leben in Schieflage zu bringen. In meinem Fall handelt es sich um einen einmaligen und überaus bedauerlichen, dafür aber unglaublich heißen Fehltritt. Davor war ich eine Jurastudentin in einer glücklichen Beziehung, die ihren Abschluss machen, arbeiten, heiraten und Kinder kriegen wollte. Hinterher mutierte ich zu einer Singlefrau, die kein Interesse mehr an Männern hatte und all ihre Energie daransetzte, eine toughe, erfolgreiche Anwältin zu werden.

Dazwischen gab es Luc Bronnard.

Aber vielleicht ist es langsam an der Zeit, das Vergangene hinter mir zu lassen, um neu und vor allem glücklicher durchzustarten, denn so habe ich mir mein Leben nicht vorgestellt – overworked and underfucked. Heute Abend jedoch wird sich das Blatt wenden und in meinem scharfen schwarzen Cocktailkleid und meinen eleganten neuen Schuhen werde ich das Parkett der Jurisprudenz zum Beben bringen!

Bei dieser Aussicht stiehlt sich ein zufriedenes Lächeln auf meine Lippen.

***

Eine Stunde vor Beginn der Feier stehe ich vor meinem Kleiderschrank und betrachte mich skeptisch im

Spiegel. Im Laden war ich noch felsenfest davon überzeugt, dass dieses Kleid perfekt ist, aber nun, wo ich es anhabe, finde ich es langweilig und altmodisch – und das, obwohl es kurz ist. Sehr kurz. Wenn ich mich bücke, kann man sogar erkennen, dass ich halterlose Strümpfe trage.

Schnell schicke ich eine Notiz an mein Kleinhirn: Besser nicht nach vorne beugen!

Aber es ist nicht nur das Kleid. Mittlerweile bezweifele ich auch, dass diese silbernen, extravaganten High Heels aus dem Onlineversand eine gute Idee waren. Sie glitzern wie Feenstaub, wenn Licht darauffällt, und ich bin nicht sicher, ob das ein Minus- oder ein Pluspunkt ist. Geht es anderen Frauen eigentlich auch so, dass sie sich ständig unsicher fühlen und nie hundertprozentig dem trauen, für das sie sich entschieden haben, oder ist das einzig und allein mein Problem?

Während all dieser Gedanken drehe ich mich unzufrieden vor dem Spiegel hin und her. Zumindest sehe ich in den Schuhen richtig heiß aus ... vorausgesetzt, ich bewege mich nicht. Dann nämlich ähnele ich einer Dreijährigen, die versucht, auf Murmeln das Gleichgewicht zu halten.

Addendum zur Notiz an mein Kleinhirn: Nicht nur nicht nach vorne beugen, sondern auch nicht laufen. Und tanzen schon gar nicht. Wenn ich es mir recht überlege, sollte ich den Abend über sitzen bleiben oder mich adrett gegen eine Wand lehnen. Wenn ich Glück habe, kommt vielleicht ab und an ein Kollege vorbei und unterhält sich mit mir. Oder wenigstens einer der Kellner. Allerdings habe ich keine große Begabung für

Small Talk ... Letzten Endes bin ich eben doch nur eine unbedeutende Landpomeranze.

Ich schüttele den Kopf, um die negativen Gedanken zu vertreiben, und raffe mich zusammen. Das reicht jetzt! Wenig elegant streife ich mir die High Heels von den Füßen und lasse mich aufs Sofa fallen. Zugegeben, ich bin noch nicht da, wo ich hinwill, aber immerhin auf dem Weg und der ist ja bekanntlich das Ziel, wie man so schön sagt. Irgendwann – vielleicht nach zehn, zwölf Weihnachtsfeiern – wird mir aus dem Spiegel Maître Jeanne Monnet, Großstadtjuristin, entgegensehen, da bin ich sicher. Mit Haaren auf den Zähnen und einem erstklassigen modischen Gespür. Schlagfertig, fällegewinnend und komplett umwerfend!

Neu motiviert stehe ich auf, schminke mich und bürste meine Haare. Sie zu verführerischen Locken aufzustylen, habe ich mangels Erfolges schon vor langer Zeit aufgegeben. Zu guter Letzt schlüpfe ich wieder in meine Feenstaubschuhe und werfe meinen Mantel über.

Als ich einen weiteren Blick in den Spiegel werden, bin ich mit dem Endergebnis meiner Bemühungen doch recht zufrieden. Wer mich sieht, hält mich vielleicht schon jetzt für die selbstbewusste, elegante Anwältin, die ich so gerne wäre.

Ich schnappe meine Handtasche und verlasse meine Wohnung. Weihnachtsfeier – ich komme!

# § 1 (2) Luc

Der Konferenzraum des Hotels Massenet ist ein Dekorationsalbtraum in Grün, Rot und Gold. Jede Tischdecke, jede Serviette und sogar jede Girlande schreit „Weihnachten, Weihnachten!". Stumm bete ich um die Gnade der Farbenblindheit.

Der als Santa Claus verkleidete DJ, der am anderen Ende des Raums an seinem Mischpult steht, spielt einen langweiligen Feiertagshit nach dem anderen, weshalb momentan *Let it snow* aus den Boxen schallt, die überall an den Wänden hängen. Aber auch Dean Martin wird es nicht gelingen, dem Wettergott ein paar Schneeflocken für Montpellier abzuschmeicheln.

Nachdem ich einen kurzen Blick auf die stetig anwachsende Menge an Gästen geworfen habe, ziehe ich mich hinter einen der Pfeiler neben der Garderobe zurück. Offiziell tue ich dies, weil ich auf Francois warte, der zuvor einen anderen Termin wahrnehmen musste und mich so schneller finden kann. Inoffiziell entziehe ich mich auf diese Weise noch für ein paar Momente dem „Schön, Sie mal wieder zu sehen", dem „Was machen die Geschäfte?" und dem „Hier ist meine Karte". Ich hasse Smalltalk!

Das Rumoren meines Smartphones reißt mich aus meinen Gedanken – eine Nachricht von Villiers.

*Melden Sie sich, Bronnard. Ich will das weitere*
*Vorgehen noch in diesem Jahr besprechen.*

Warum sind die einträglichsten Mandanten nur so häufig die unangenehmsten? Ich atme gegen den aufkommenden Ärger an und beschließe, Villiers bis Montag früh zu ignorieren.

Gerade als ich das Smartphone wieder einstecke, vibriert es abermals. Doch bevor mir ein gotteslästerlicher Fluch über die Lippen kommt, sehe ich, dass diese Nachricht von Anais ist. Sie hat mir ein Foto ihrer Brüste geschickt, die Knospen von Weihnachtsmannstickern verdeckt, und dazu die Nachricht:

*Wenn du wieder hier bist, darfst du mich*
*abschmücken.*

Ich seufze entnervt. Vor ein paar Tagen hatten wir zum ersten Mal Sex – und es soll das letzte Mal bleiben. Nicht, dass es nicht gut war, aber Anais ist eine sehr fähige Assistentin und ich will ihre professionelle Leistung nicht wegen ihrer körperlichen aufs Spiel setzen. Also steht mir nach meiner Rückkehr ein Lass-uns-Freunde-und-Kollegen-bleiben-Gespräch bevor. Großartig!

Erst einmal jedoch schicke ich ihr ein „LOL", um sie und ihre Brüste nicht vor den Kopf zu stoßen. Ich komme mir dabei vor wie ein Idiot, werde jedoch im nächsten Moment von einer jungen Frau abgelenkt, sodass ich Anais schnell ins hinterste Eck meiner Gedanken verdränge. Die Frau steht so nah bei mir, dass ich ihr blumiges Parfum riechen kann, da sie mir aber den Rücken zuwendet und sich bückt, um die verrutschten Fersenriemchen ihrer silbernen High Heels hochzuziehen, kann ich ihr Gesicht nicht sehen.

Dafür streckt sich mir ihr Hintern entgegen. Ihr schwarzes Kleid ist so knapp, dass es den Blick auf das

Spitzenband ihrer halterlosen Strümpfe freigibt, und am liebsten würde ich den Stoff noch weiter nach oben schieben, um auch ihre wohlgeformten Pobacken freizulegen. Leider richtet sie sich schnell wieder auf, streicht ihre braunen Haare zurück und dreht sich anschließend ein wenig, als würde sie sichergehen wollen, dass niemand sie gesehen hat.

Die Zartheit ihres Profils ruft eine schemenhafte Erinnerung in mir wach, die ich nicht richtig fassen, nicht benennen kann, aber ich weiß, dass ich diese Frau schon einmal hatte.

Mit unsicheren Schritten – ganz offensichtlich ist sie es nicht gewohnt, auf so hohen Absätzen zu laufen – betritt sie den Saal und verschwindet in der Menschenmenge, worauf mich ein Hauch Bedauern anweht. Ich hoffe, mir fällt noch ein, woher ich sie kenne. Dann werde ich auch wissen, ob ich sie ansprechen kann oder es besser bleiben lassen sollte.

„Du sondierst das Terrain?"

Francois' belustigte Stimme holt mich zurück in die Gegenwart. Wir haben uns fast ein Jahr lang nicht gesehen, aber er hat sich überhaupt nicht verändert. Er ist noch immer das genaue Gegenteil von mir: blond und aristokratisch.

Einen Moment stehen wir etwas verlegen voreinander herum, bis ich ihn schließlich kurz an mich ziehe. „Mann! Es ist ewig her. Wie geht es dir?"

„Gut. Und dir?", erwidert Francois und klopft mir in der Umarmung auf den Rücken.

„Was soll ich sagen? Attraktiv und erfolgreich." Noch während ich die Worte spreche, schlage ich mir mental die Hand vor den Kopf. Himmel, ich rede manchmal so einen Scheiß!

Francois grinst nur. Ihm kann ich nichts vormachen. Als ich nach dem Tod meiner Mutter in seine Familie kam, wurde aus dem Sohn entfernter Verwandter ein Freund.

„Was meinst du, wollen wir von hier abhauen und in irgendeiner Kaschemme versumpfen?", frage ich, in der Hoffnung, dass er mich von meinem gesellschaftlichen Leid erlösen wird.

„Aber nicht doch. Wir sind seriös und erfolgreich, werden entsprechend auftreten und trotzdem unseren Spaß haben. Vielleicht triffst du ja die junge Frau wieder, der du gerade hinterhergestarrt hast." Mit einem Grinsen legt er seine Hand an meine Schulter und leitet mich so an, loszugehen.

Statt einer Antwort ziehe ich nur die Augenbrauen hoch und kurz darauf betreten wir das kunterbunte Winterwunderland. Nach einem schnellen Blick durch den Saal lassen wir uns in Loungesesseln nieder.

„Wie läuft die Kanzlei?", unterbricht Francois das Schweigen, das nach der ersten Freude über unser Wiedersehen entstanden ist.

„Ganz okay", erwidere ich, dankbar über diesen Anknüpfungspunkt für ein Gespräch. „Manchmal ist es schwierig mit Suzanne und Leonie. Auf der einen Seite die kaltschnäuzige Menschenfreundin und auf der anderen die drollige Ausbeuterin."

Francois lacht. „Und dann noch du als selbstgefälliges Alphamännchen."

„Glaub mir, bei den beiden ist es sehr schwer, sich als Alpha zu behaupten."

Francois kennt meine Kanzleipartnerinnen noch von früher. Leonie war eine Kommilitonin von uns und Suzanne lernten wir als Dozentin eines Workshops zum Thema Stiftungsrecht kennen.

Während wir danach in einer Kneipe versackten – wobei Suzanne uns gnadenlos unter den Tisch soff –, kam das erste Mal der Gedanke auf, gemeinsam eine Kanzlei zu gründen. Allerdings nahm Francois dann lieber die gut dotierte Stelle als Syndikus eines internationalen Pharmaunternehmens in Monaco an, während Suzanne und ich unseren Plan zusammen mit Leonie verwirklichten. Deshalb sitze ich jetzt als Quotenmann zwischen Skylla und Charybdis, wie ich meine Partnerinnen liebevoll und im Geheimen nenne. Ich bin mir nicht sicher, wie lange ich mir noch einreden kann, dass von uns beiden ich die bessere Wahl traf.

In der Zwischenzeit hat sich der Saal gut gefüllt, Menschentrauben bilden sich an den Buffetstationen und die Getränkekellner sind ständig dabei, das Verdursten der Gäste zu verhindern. Wir lassen uns von ihnen zwei Whiskey bringen. Das Zeug schmeckt zwar nicht besonders gut, aber immerhin macht man einen weltmännischen Eindruck, wenn man ein Glas davon in der Hand hält. Außerdem mag ich das Brennen, mit dem es die Kehle hinunterrinnt.

Nachdem wir versorgt sind, proste ich Francois zu und wir nehmen beide einen Schluck, bevor ich frage: „Alles in Ordnung mit dir und …?“

„Marianne“, hilft er mir auf die Sprünge. Natürlich weiß ich, wie seine Verlobte heißt, und ich freue mich für ihn, dass er die Richtige gefunden hat. Trotzdem tue ich gerne so, als wäre es mir egal. Mag daran liegen, dass meine eigene Ehe vor vier Jahren in die Brüche gegangen ist.

„Ja, bei uns läuft alles großartig. Die Hochzeit findet nächstes Jahr im Mai statt. Du weißt schon – der Frühling kommt, die Kirschen blühen ...“

Ich bedenke ihn mit einem abschätzigen Blick. „Meine Güte, nimmst du Hormone?“

„Spotte du nur. Es ist wunderbar, jemanden an seiner Seite zu haben, der einem sagt, was man mag.“

Es dauert einen Moment, bis ich seine Bemerkung verstehe, und dann müssen wir beide lachen – so albern und ununterdrückbar, als wären wir wieder Kinder. Es war Francois, mit dem ich zum ersten Mal nach dem Tod meiner Mutter wieder so lachen konnte. Ich weiß noch genau, wie wir uns schweratmend nach einem hastenden Sprint hinter einem Gebüsch versteckten, jeder mit einem gestohlenen Eis am Stiel in der Hand, und vor Freude und Erleichterung über unseren gelungenen Coup aus dem Kichern nicht mehr herauskamen. Und noch immer erinnere ich mich an den übersüßten Erdbeergeschmack unserer Beute.

„Und bei dir?“

Ich schrecke aus meinen Gedanken. „Bei mir was?“

„Gibt es jemand Besonderen in deinem Leben?“

„Wie definierst du ‚besonders‘? Letzte Woche habe ich meine Assistentin gevögelt.“

„Keine gute Idee. Oder ist es dir ernst mit ihr?“, fragt Francois mit skeptischem Blick.

Ich schüttele den Kopf. „Sobald ich Montag in der Kanzlei bin, werde ich unser Verhältnis wieder auf die berufliche Ebene transponieren.“

Er prostet mir grinsend zu. „Viel Glück dabei. Du bringst dich gern in unangenehme Situationen, stimmt's?"

„Die Situation letzte Woche war in keiner Weise unangenehm", erwidere ich, während ich ebenfalls mein Glas erhebe.

„Glaub mir, die in der nächsten Woche wird es."

Damit hat er leider so sehr recht, dass ich seine Bemerkung unerwidert im Raum stehen lasse und trinke. Danach schweigen wir wieder, doch dieses Mal ist es kein unbehagliches Schweigen, sondern ein gutes.

# § 2 – Altverbindlichkeiten

## § 2 (1) Jeanne

Der Saal ist wunderschön dekoriert und gefüllt mit Stimmengewirr sowie herrlich altmodischer Weihnachtsmusik. Der DJ versteht sein Handwerk.

Während ich mich umblicke, läuft Monsieur Dupond an mir vorbei. Rasch drehe ich mich zur Seite, damit er mich nicht sieht und mich nicht auch noch hier mit Arbeitsanweisungen überschüttet, aber wahrscheinlich erkennt er mich nicht mal, wenn ich nicht hinter meinem Schreibtisch sitze.

Als er sich in einer Gruppe Männer, die so wie er in dunkle Anzüge gekleidet sind, förmlich auflöst, will ich mich gerade erleichtert von ihm abwenden, als mein Blick auf *ihn* fällt und ich mich an der Wand festhalten muss.

Diese Augen würde ich überall wiedererkennen. Das kann nicht wahr sein. Das *darf* nicht wahr sein! Von allen Weihnachtsfeiern der Welt kommt er ausgerechnet auf diese?

Und doch sitzt er da, seelenruhig und entspannt.

Luc Bronnard.

Der Mann, mit dem ich meinen damaligen Freund Noah betrogen habe. Der mich verführt und benutzt und danach liegen gelassen hat wie dieses letzte Stück

Pizza, das man beim besten Willen nicht mehr hinunterkriegt.

Ja, ich kann wütend sein und trotzdem an Essen denken.

Luc Bronnard. Allein sein Name lässt meinen Blutdruck steigen.

Mein erster Impuls treibt mich aus dem Saal, um still und heimlich nach Hause zu gehen, aber dann ... kehre ich wieder um. Seit diesem Vorfall sind vier Jahre vergangen und ich bin nicht mehr die kleine Referendarin Jeanne Monnet. Ich bin Anwältin und eine fachliche Koryphäe – so in zehn, zwanzig Jahren zumindest. Ich bleibe hier. Ich werde feiern und Spaß haben und keinen Gedanken an den Mistkerl Bronnard verschwenden.

Ich greife mir ein Glas Champagner vom Tablett eines livrierten Kellners, nehme einen Schluck und es schüttelt mich. Das Zeug ist viel zu sauer. Allerdings servieren sie hier nur das Beste, also sollte es mir eigentlich schmecken. An so etwas muss ich mich als zukünftige Großstadtjuristin wohl gewöhnen.

Ein paar Meter von Bronnard entfernt finde ich hinter einem überschwänglich dekorierten Pfeiler versteckt einen freien Sessel. So kann ich ihn im Auge behalten, während ich angelegentlich die Luftbläschen in meinem Glas betrachte.

Er trinkt Whiskey und unterhält sich mit dem Mann neben ihm. Sie machen einen vertrauten Eindruck. Möglicherweise sind sie Freunde oder, was wahrscheinlicher ist, Kollegen, denn ich kann mir beim besten Willen nicht vorstellen, dass jemand mit Bronnard befreundet sein will.

Sein Anblick ruft Erinnerungen wach. An die Jeanne Monnet, die ich damals war: zweiundzwanzig Jahre alt, unerfahren und bis zur Verblödung eingeschüchtert.

***

*Es war während meines ersten Rechtsreferendariats und ich durfte an der Verhandlung einer außergerichtlichen Scheidungsvereinbarung teilnehmen. Unser Mandant, ein beliebter Lokalpolitiker, wollte sich von seiner Frau trennen, scheute aber, verständlicherweise, die Schlammschlacht eines Gerichtsprozesses wie der Teufel das Weihwasser. Drei unserer Anwälte – darunter der Kanzleigründer höchstpersönlich – traten an, um die Angelegenheit für ihn zu regeln. Bronnard vertrat die Gegenseite.*

*Er war allein gekommen und schien mir erstaunlich jung zu sein, gerade Ende zwanzig, dennoch trat er sehr selbstsicher auf. Alles an diesem Mann erschien mir wie eine Provokation: der feste Händedruck, mit dem er mich begrüßte, das Lächeln, das er dabei kurz aufscheinen ließ, sogar die dunkle Stimme, mit der er mir einen guten Tag wünschte. Und sein herber, männlicher Geruch, der sich mit seinem holzigen Aftershave vermischte.*

*Meine Aufgabe während der Verhandlung war es, „zu lauschen und zu lernen", wie mein damaliger Chef sagte, aber ich achtete nur auf Bronnard. Das Herz schlug mir bis in den Hals, wenn sich während der Gespräche immer wieder ein Blick aus seinen dunkelgrauen Augen zu mir verirrte, und mein Atem ging flacher, wenn er etwas sagte. Das alles empfand ich als eindeutige Zeichen seiner Bedrohlichkeit.*

*Die Nervosität, die sein Anblick bei mir verursachte, erklärte ich mir mit seiner negativen Ausstrahlung. Und das leichte Prickeln in meinem Schoß ignorierte ich bewusst.*

***

Während ich Bronnard beobachte, ein Glas prickelnden Champagners in der Hand, spüre ich einen leisen Widerhall meiner damaligen Verwirrung. Dabei ist er nicht einmal besonders attraktiv, eher so ein kantiger, grober Typ, der in seinem gut sitzenden Anzug wie verkleidet aussieht. Seine Haare sind pechschwarz und so weich, dass man die Finger nicht mehr herausnehmen will, wenn man sie einmal darin vergräbt.

Unvermittelt steht er auf und geht Richtung Büffet. Als er sich dabei meinem Sessel nähert, rutsche ich tief in die Polster, öffne meine Handtasche und tue, als würde ich eifrig etwas darin suchen. Meine Hektik ist wahrscheinlich unnötig. Er weiß bestimmt nicht mehr, wer ich bin – wohingegen ich noch jede Sekunde unserer Begegnung vor Augen habe. Aber falls er sich doch erinnert, falls er mich anspricht, wie soll ich dann reagieren?

Meine Hände werden schweißnass, doch meine Sorge ist umsonst. Zielstrebig geht er an mir vorbei und kommt nach ein paar Minuten mit einem gut gefüllten Teller zurück. Nicht ein einziges Mal verirrt sich sein Blick in meine Richtung.

Natürlich nehme ich ihm das übel, ich würde ihm jede Reaktion übel nehmen. Was mich angeht, so hat Bronnard keine Chance. Zumindest mittlerweile. Damals war das leider anders.

*** 

*Die Verhandlung zog sich deutlich länger als geplant, denn Bronnard feilschte um jedes noch so kleine Stück Hausrat. Er zeigte sich weder beeindruckt vom Bekanntheitsgrad unseres Mandanten noch von dem Triumvirat erfahrener Juristen, das ihm am Konferenztisch gegenübersaß. Rücksichtslos nutzte er die Tatsache aus, dass wir schlechte Publicity unbedingt vermeiden wollten. Tatsächlich habe ich nie wieder einen Anwalt so für seinen Mandanten kämpfen sehen. Da sein Mandant aber nicht unser Mandant war, empfand ich sein Auftreten selbstverständlich als absolut unverschämt.*

*Nachdem seit Beginn der Besprechung schon über vier Stunden vergangen waren, berief mein Chef eine Pause ein und ließ Sandwiches liefern. Ich sah den Männern zu, wie sie sich daran labten, doch obwohl mir mein Magen bis in die Kniekehlen hing, wagte ich es nicht, selbst zuzugreifen. Stattdessen stellte ich mich in eine Ecke, trank in kleinen Schlucken Mineralwasser und hoffte, dass das Hungergefühl irgendwann vergehen würde.*

*Als Bronnard während dieser Pause auf mich zukam, eine Serviette mit zwei Sandwiches in der Hand, wollte ich mich eigentlich auf den Flur verdrücken. Aber das Essen zog mich genauso sehr an, wie er mich abstieß.*

*Bei mir angekommen, reichte er mir eins der Brote. „Hier, nehmen Sie."*

*Doch ich schüttelte den Kopf und lehnte ab. „Ich will nichts essen."*

*„Bullshit. Natürlich wollen Sie. Sie sind nur zu eingeschüchtert von uns Anzugträgern."*

*Noch immer griff ich nicht zu. Es wäre mir wie eine Fraternisierung vorgekommen.*

*„Jetzt machen Sie schon! Man hört Ihr Magenknurren im ganzen Raum", forderte Bronnard langsam ungeduldig.*

*Eine entsetzliche Vorstellung. Ich starrte ihn mit weit aufgerissenen Augen an. „Wirklich?"*

*Da sah ich zum ersten Mal sein ganz spezielles Lächeln. Eines, bei dem sich nur der rechte Mundwinkel hebt. Überheblich, selbstsicher und arrogant.*

*„Meine Güte, sind Sie leichtgläubig. Also, was ist nun? Ich will Sie nicht füttern müssen wie ein Küken."*

*Ich hatte nicht genug Widerstandskraft, um mich gegen ihn durchzusetzen, deshalb griff ich zu.*

*Als sich meine Zähne durch das weiche Toast in saftige Tomate und zartes Hähnchenfleisch gruben, glaubte ich irrtümlicherweise, dass dies das Atemberaubendste sei, was ich an diesem Tag erleben würde.*

*Grinsend biss Bronnard in das andere Sandwich und eine Weile standen wir in schweigendem und genießendem Einvernehmen.*

*„Wie heißen Sie eigentlich?", fragte er schließlich. „Sie haben mir Ihren Namen zwar genannt, aber ich habe ihn wieder vergessen. Sie sind ...?"*

*Ich zupfte an meiner Bluse, brachte schließlich „Jeanne Monnet" hervor.*

*„Jeanne Monnet." Er lächelte, diesmal freundlicher, dann fuhr er mit dem Zeigefinger über meine Wange, ganz dicht an meinem Mundwinkel.*

*Ich erstarrte zu Eis, doch gleichzeitig floss Wärme durch meinen ganzen Körper.*

„Ein Krümel. Sie sollten sich uns Anzugträgern gegenüber besser keine Blöße geben. Wir sind unerbittlich", erklärte Bronnard und ging zurück zu seinem Platz.

Für den Rest der Besprechung spürte ich seine Berührung auf meinem Gesicht. Seine Arroganz, sein Lächeln und die Leichtigkeit, mit der er mich durchschaute, flößten mir Unbehagen und Abscheu ein. Trotzdem presste ich meine Oberschenkel aneinander, denn die heiße Unruhe, die er in mir hervorgerufen hatte, fühlte sich verdammt gut an.

Nachdem die Einigung endlich geglückt war – irgendwann gegen 21.00 Uhr –, machten sich die beteiligten Anwälte auf den Weg in eine nahe gelegene Bar, um die ausgefochtene Schlacht zu begießen. Juristen finden immer einen Grund zum Feiern. Ich schloss mich der Gruppe selbstverständlich nicht an, sondern suchte die während der Verhandlung gemachten Notizen zusammen.

Gerade als ich mich nach einigen Zetteln bückte, die auf dem Boden gelandet waren, kam Bronnard zurück, mit der Begründung, dass er sein Smartphone vergessen habe.

Ich fuhr so hastig hoch, dass ich mir den Kopf an der Tischplatte stieß. Ich verkniff mir einen Schmerzenslaut und grüßte ihn mit einem Nicken. Meine Hoffnung, er möge sofort wieder verschwinden und den Abend mit den anderen bei einem Glas Scotch ausklingen lassen, erfüllte sich nicht.

„Sagen Sie, Jeanne, finden Sie es nicht auch seltsam, was aus der Liebe wird?", fragte er stattdessen.

Irritiert wandte ich mich ihm zu. „Ich verstehe nicht?"

„Die Verhandlung. Sie waren doch dabei. Ein Ehepaar, über fünfzehn Jahre verheiratet, zwei gemeinsame Kinder. Man denkt doch, hinter alldem stünde etwas Größeres, etwas, das nicht zerstört werden kann. Doch am Ende läuft alles auf einen Stellvertreterkrieg der Anwälte hinaus, bei dem um jeden Cent und jedes Möbelstück gefeilscht wird. Und währenddessen streift er sein altes Leben so hastig ab, als wäre es ein kratzendes Hemd, und sie lässt sich vom Gärtner trösten. Was denken Sie darüber?"

Angesichts dieser unerwarteten Thematik schien mein Gehirn abgestürzt zu sein, aber irgendwann brachte ich hervor: „Vom Gärtner? Wirklich?"

Er lachte laut und bemühte sich nicht einmal zu verbergen, wie sehr ihn meine Dummheit amüsierte. „Sie haben ein Auge für die wesentlichen Details, Jeanne. Das ist sehr wichtig als Juristin. Wie lange sind sie hier schon Referendarin?"

„Im zweiten Monat."

„Und schon bei so einer Verhandlung?", erwiderte er überrascht. „Ihr Chef muss große Stücke auf Sie halten. Oder haben Sie eine Affäre mit ihm?"

Ich weiß noch genau, was mir in diesem Augenblick durch den Kopf ging. Es war eine Mischung aus „Bitte lass mich ohnmächtig werden" und „Ich will diesem Kerl in die Eier treten".

Dennoch setzte sich keiner dieser Impulse durch. Stattdessen sagte ich wie eine puritanische Gouvernante des vorvorigen Jahrhunderts: „Ich muss doch sehr bitten!"

Er lächelte, trat dicht an mich heran und fuhr mit dem Daumen über mein Kinn. „Nein, eigentlich musst du mich überhaupt nicht bitten."

***

„Darf ich bitten?"

Ich bin so in meine Erinnerungen versunken, dass ich zusammenzucke und ein wenig von meinem Sekt verschütte, als ich angesprochen werde. Claude steht vor mir, unser IT-Gott. Der einzige Mann hier, der keinen Anzug trägt, sondern ein T-Shirt, das mit einer Weste und einer Krawatte bedruckt ist.

„Was?"

Auffordernd streckt er mir seine Hand entgegen. „Tanzen."

Einen Moment zögere ich bei dem Gedanken an meine Schuhe, dann jedoch stelle ich mein Glas ab, ergreife seine Finger und lasse mich durch die Menschenmassen hindurch auf die Tanzfläche ziehen.

Als ich dabei an Bronnards Sessel vorbeikomme, streift meine Hüfte seine Schulter. Er sieht hoch, sieht mich und seine Augen weiten sich. Erkenntnis blitzt darin auf. Und dann lächelt er. Ich hasse dieses Lächeln. Es ist nicht offen, nicht freundlich, sondern siegesbewusst. Es zeigt mir, dass er noch genau weiß, welche Wirkung er auf mich hatte.

Ich gehe so souverän, wie es mir nur möglich ist, an ihm vorbei und schmiege mich beim Tanzen viel dichter an Claude, als unsere Kollegenbeziehung es eigentlich erlaubt. Aber Claude ist Gott sei Dank schwul, weshalb Missverständnisse nicht zu erwarten sind.

Er legt seine Arme um mich und flüstert in mein Ohr: „Der Typ ist echt heiß. Stehst du auf ihn?"

Obwohl ich genau weiß, auf wen er anspielt, tue ich unwissend. „Wen meinst du?"

„Komm schon, Jeanne, verkauf mich nicht für blöd. Der große Dunkelhaarige. Du hast ihn die ganze Zeit angestarrt. Ich verstehe das. Er hat so etwas Animalisches."

Übertrieben erschauert er in meiner Umarmung und ich muss lachen. „Nein, Claude, ich kenne ihn nur von früher."

„Hmm", schnurrt er und grinst dabei. „Alte Liebe rostet nicht. Willst du ihn eifersüchtig machen?"

Bevor ich noch widersprechen kann, legt Claude eine Hand provokativ nah an meinen Hintern und drückt mich so fest an sich, dass kein Blatt Papier mehr zwischen uns passt. Ich lasse es zu. Tatsächlich erfüllt es mich sogar mit Genugtuung. Bronnard führt sicherlich langweilige Fachgespräche, während ich mich mit einem jungen Mann auf der Tanzfläche amüsiere. Nimm das, du Mistkerl!

# § 2 (2) Luc

Die Frau mit den silbernen High Heels ist wieder da. Ich sehe sie, als sie dicht an mir vorbeigeht und mir dabei einen dieser Blicke zuwirft, den nur Frauen draufhaben und der geradezu schreit: „Bemerke mich gefälligst!"

Als ich allerdings in ihre großen braunen Augen sehe, fällt mir schlagartig wieder ein, woher ich sie kenne, und Bilder drängen sich in meinen Kopf. Bilder, wie sie mich damals angesehen hat, mit ihrem scheuen, wimpernverhangenen Blick, in dem ein wenig Angst stand. Und sehr viel Lust.

Dann erinnere ich mich an ihre Küsse, bei denen ich das Gefühl hatte, sie würde von ihrer eigenen

Leidenschaft überrumpelt. Vor allem jedoch – und bei dem Gedanken schlage ich meine Beine übereinander, denn ich reagiere sofort –, vor allem erinnere ich mich an ihre rosige Fotze mit diesem wunderbaren Geschmack einer geilen Frau. Und erst jetzt fällt mir ihr Name wieder ein: Jeanne. Jeanne Monnet.

Nach meiner Scheidung damals genoss ich jede Ablenkung, die ich nur kriegen konnte, und Jeanne lief genau in meine Schusslinie. Auf diese Monate bin ich nicht besonders stolz. Nein, überhaupt nicht.

„Ist das nicht die Frau von vorhin?" Francois stößt mich mit dem Ellenbogen an. „Die, der du an der Garderobe nachgestarrt hast?"

„Ja."

„Und? Jetzt komm schon, Luc. Ihr kennt euch doch, oder? Lass dir nicht alles aus der Nase ziehen."

„Es war nichts. Im Ozean meiner erotischen Begegnungen nur ein Tropfen."

Francois lacht. „Gott, bist du eitel!"

Ich muss selbst grinsen. Die Metapher ist einfach zu bescheuert.

„Aber Geschmack hast du. Sie ist süß. Wie eine Elfe."

Jeannes Tanzpartner, der höchstwahrscheinlich schwul ist, wie mich sein strähnchenblondierter Undercut vermuten lässt, wirbelt sie so heftig herum, dass sie sich lachend und stolpernd an ihm festhält. Francois hat recht. Sie ist süß wie eine Elfe. Ein Fabelwesen mit halterlosen Strümpfen. Eines, das sich zu mir dreht und dessen Blicke mich wie Dartpfeile treffen. Ganz offensichtlich hat Jeanne Monnet nichts von dem vergessen, was mir nach und nach wieder einfällt. Wie sie mit durchgebogenem Oberkörper vor mir auf dem

Konferenztisch lag, das Gesicht vor Lust beinahe schmerzverzerrt. Ob sie auch gerade daran denkt?

# § 2 (3) Jeanne

Claude dreht mich zu Sinatras *Have yourself a merry little Christmas* wagemutig im Kreis. In seinem Atem schwingt der Geruch von Rumpunsch mit. Das erklärt, warum er heute so aus sich herausgeht und von einem lieben Arbeitskollegen zu einer Art Fred Astaire wird. Alkohol löst vielleicht keine Probleme, aber definitiv Verklemmungen. Ich sollte mehr trinken.

„Er schaut zu uns herüber", flüstert er mir ins Ohr. „Und wie er schaut, dein geheimnisvoller, dunkler Bekannter!"

Bei der nächsten Drehung wage ich einen Blick in Bronnards Richtung. Er unterhält sich nach wie vor mit seinem Kollegen, sein Blick aber fixiert tatsächlich mich. Seine Aufmerksamkeit lässt mich provokativ werden.

„Na los, Claude, pack mich richtig an, dann bringe ich dir am Montag einen Wochenvorrat Madeleines mit."

Kaum habe ich das gesagt, spüre ich auch schon Claudes Hand fest auf meinem Hintern. Lachend drücke ich ihm einen Kuss auf die Wange.

*Schau ruhig hin, Bronnard. Beobachte mich. Mehr wirst du von mir nicht mehr bekommen!*

***

„Du hast mich die ganze Zeit beobachtet", sagte Bronnard.

„Das habe ich nicht", entgegnete ich und fühlte mich wie eine Maus in der Falle.

„Doch. Die ganze Zeit. Warum?"

„Ich werde dann jetzt gehen." Was ich hätte tun können, aber doch nicht tat. Ich wich nur zurück, bis ich die Wand des Konferenzraums hinter meinem Rücken spürte, und blieb dann stehen.

Er streckte seinen Arm aus und legte seine Hand an die Wand, wodurch er mir den Weg abschnitt. Als ich versuchte, über die andere Seite zu flüchten, verbaute er mir dort ebenfalls den Rückzug und stand wie ein Berg vor mir.

„Ich schreie um Hilfe!", sagte ich, im hilflosen Versuch, ihm Angst zu machen.

„Okay. Schrei."

Ich weiß nicht, was mich davon abhielt. Vielleicht die Angst, Aufsehen zu erregen, selbst wenn es nur bei der Dame vom Abendempfang wäre. Vielleicht aber auch das Flirren in meinem Magen.

„Was wollen Sie?"

„Ich will wissen, weshalb du mich beobachtet hast. Und sag besser die Wahrheit. Ich erkenne eine Lüge, wenn ich sie höre."

Mein Mund war trocken wie eine Wüste, nur mit Mühe konnte ich meine Worte formen. „Ich finde, Sie sind sehr unsympathisch. Sie scheinen ein schlechter Mensch zu sein."

Ich erwartete, dass er zornig würde und dass er mich durch Aggressivität endlich dazu brächte, laut um Hilfe zu rufen. Stattdessen nahm er die Arme herunter und richtete sich auf. Ein Lächeln erschien erst in seinen Augen und dann auch auf seinen Lippen. In meinem Körper breitete sich Wärme aus. Diese leichte Erregung, die ich verspürte, seit ich ihn das erste Mal gesehen hatte, wuchs zu einem verdammt aufdringlichen Kribbeln an.

„Du bist sehr ehrlich", sagte er und berührte mit dem Handrücken sanft meine Wange.

Ich schloss die Augen – wie ein Kind hoffte ich, er würde verschwinden, wenn ich ihn nicht mehr sähe. Aber stattdessen spürte ich ihn, spürte seinen Daumen, der über meinen Mund strich. Ich öffnete meine Lippen ein wenig und hielt seine Fingerspitze damit fest. Schmeckte seine Haut an meiner Zunge. Eigentlich wollte ich das nicht, aber es war, als hätte mein Verstand die Kontrolle über mich abgegeben, direkt in Bronnards Hände.

„Ich will dich, Jeanne", flüsterte er. „Während dieser öden Verhandlung musste ich immer wieder daran denken, wie es wäre, dich ... Ich hatte ziemliche Probleme, mich zu konzentrieren."

Tausend Gedanken wirbelten durch meinen Kopf, aber doch war ich nicht in der Lage, einen davon zu fassen. Immer neue bunte Bilder formten sich wie in einem Kaleidoskop – dass ich seit mehr als drei Jahren mit Noah zusammen war. Dass wir heiraten und Kinder haben würden. Dass ich genau wusste, was ich von meinem Leben wollte. Und dass all das überhaupt nicht mehr zählte, als Bronnards Finger meinen Hals hinabglitten, um Knopf um Knopf meine Bluse und anschließend meinen BH zu öffnen.

Seine warme Hand umschloss meine rechte Brust und knetete sie. Bebend stöhnte ich auf, als er meine harte Knospe zwischen Daumen und Zeigefinger rollte, aber noch immer hielt ich die Augen geschlossen. So konnte ich mir einreden, ich sei in einem Traum gefangen und das, was geschah, würde keine Konsequenzen haben. Mit einer Hand an meinem Hinterkopf hielt er mich fest und küsste mich so fordernd, wie ich es noch nie erlebt hatte.

In diesem Moment erkannte ich die Realität. Ich stand hier mit einem Mann, einem Fremden, der mir vom ersten Moment an unsympathisch gewesen war, und ließ zu, dass er mich küsste.

Ich legte meine Hände an seine Brust, um ihn wegzudrücken, aber genauso gut hätte ich versuchen können, einen Baum umzusetzen. Von dem Selbstverteidigungskurs, den ich an der Uni gemacht hatte, fiel mir nichts mehr ein. Und dann, als wäre das die einzig logische Konsequenz, gab ich meinen halbherzigen Widerstand auf und schlang meine Arme um seinen Nacken.

Meine Finger in seinen weichen Haaren vergraben, stürzte ich mich förmlich in diesen Kuss wie eine wagemutige Schwimmerin vom Zehnmeterbrett und fühlte meinen Schoß weich werden, als seine Zunge gegen meine drängte. Der Griff, mit dem er mich hielt, wurde fester. Er drückte mich so dicht an sich, dass ich nicht nur meine, sondern auch seine Erregung spürte.

Als wir uns für einen Moment lösten, um Luft zu holen, funkelte es in seinen Augen wie Sonnenstrahlen hinter einer Regenwolke.

„Du bist ja doch eine Lügnerin, Jeanne", sagte er atemlos. „Du tust so schüchtern und zurückhaltend, dabei brennst du."

Statt einer Antwort, die es sowieso nicht gab, küsste ich ihn wieder und wieder und mit jedem Spiel unserer Lippen wurde ich gieriger. Meine moralischen Grenzen standen sperrangelweit offen und ich hatte weder Mittel noch Willen, sie wieder zu schließen.

*Dann hob Bronnard mich hoch, als wäre es gar nichts, und setzte mich auf dem Konferenztisch wieder ab. Mit einer raschen Bewegung stieß er meinen Oberkörper zurück und zog mich nach vorne, bis ich mit den Hüften am Rand des Tisches zu liegen kam. Ich hielt mir eine Hand vor die Augen, während mein Atem hastete, und mein ganzer Körper prickelte, als hätte ich zu viel Sauerstoff in den Adern.*

*Bronnard setzte hungrige Küsse auf meinen Hals, meine Brüste, und als seine Zungenspitze in meinen Bauchnabel drang, war es, als würde eine Schleuse in mir geöffnet. Zitternd spürte ich mich nass und heiß. Selbst als er meinen Rock über meine Hüften schob und meinen Venushügel mit Küssen, zart wie Schmetterlingsflügel, bedeckte, selbst da war mir egal, dass ich mich einem völlig Fremden anbot. Noch dazu diesem Fremden. Der jetzt den Steg meines Slips zur Seite zog.*

*Elektrisierend strichen seine Finger über meine Spalte und ich drückte mich ihnen entgegen.*

*„So jemanden wie dich", sagte er heiser und kniete sich vor mir nieder, „esse ich normalerweise zum Frühstück."*

***

„Was ist los? Du sackst ja fast in dich zusammen. Alles in Ordnung?" Claude holt mich mit seinen Worten aus meinen Gedanken und hält mich vorsichtig an den Schultern fest.

Ich nicke bedächtig. „Ich brauche nur eine Pause. Etwas zu essen."

„Soll ich dir etwas bringen?"

Der besorgte Ausdruck in Claudes Gesicht lässt mich lächeln. „Nein, wirklich, alles gut. Kümmere dich lieber um den hübschen jungen Mann, der bei Santa DJ steht und sich schon die ganze Zeit den Kopf nach dir verdreht.“

„Wer?“ Ohne jeden Versuch, seine Neugier zu verbergen, starrt Claude in die angegebene Richtung. „Der süße Brünette mit Brille?“

„Genau der.“

Claude grinst und tut so, als würde er seine aufgedruckte Krawatte gerade ziehen. „Dann ab auf die Pirsch.“

„Waidmannsheil.“

Während Claude in Richtung Mischpult geht, verlasse ich die Tanzfläche in die andere. Der saure Champagner und meine Erinnerungen haben mich wirklich hungrig gemacht.

Am Buffet packe ich mir drei Lachs-Canapés, zwei Gemüsespieße und einen Cupcake auf den Teller.

„Interessante Mischung, Jeanne.“

Die Härchen in meinem Nacken richten sich auf, als ich Lucs dunkle Stimme hinter mir höre. Dann ist also jetzt der Moment gekommen, um ihm zu zeigen, wie wenig er mich noch beeindruckt. Nachlässig werfe ich einen Blick über die Schulter. Er hat sich kaum verändert, lediglich seine Haare sind ein wenig grau geworden an den Schläfen – und, verdammt, das steht ihm richtig gut!

„Verzeihung, aber müsste ich Sie kennen?“, frage ich mit bemüht neutralem Gesichtsausdruck.

Jetzt lacht er lauthals. Es überdröhnt sogar die Musik. „Schade, dass du mich vergessen hast. Aber um deine Erinnerung aufzufrischen, wir haben vor ein paar Jahren –“

„Ist ja gut", unterbreche ich ihn hastig und drehe mich jetzt ganz zu ihm um. „Wir sollten das nicht weiter vertiefen. Das war dumm von mir."

Bronnard nähert sich mir. Nicht so sehr, dass es aufdringlich wäre, aber doch genug, um mich seine Gegenwart intensiv spüren zu lassen. Ich drücke meine Fingernägel in die Handflächen und der leichte Schmerz lenkt mich ab.

„Du bist also noch immer eine Lügnerin, Jeanne."

Mit erhobenem Kinn versuche ich, möglichst hochnäsig zu wirken. „Ich bin Anwältin. Da gehört der flexible Umgang mit Fakten zum Berufsbild. Gerade Sie sollten das wissen."

Bronnards Miene bleibt unverändert, nur seine linke Augenbraue zieht sich ein Stück weit nach oben. „Wann habe ich dir je die Unwahrheit gesagt?"

Auch wenn mir eine spitze Bemerkung hinsichtlich eines möglichen altersbedingten Gedächtnisverlustes auf der Zunge liegt, so muss ich ihm doch recht geben. Tatsächlich hat er mich damals nicht angelogen, aber das macht sein Verhalten nicht besser.

*Geh nicht weiter auf ihn ein, Jeanne. Pack noch ein paar Macarons auf deinen Teller und dann verschwinde. Karamell ist meistens eine Enttäuschung, also nimm Himbeere, Pistazie und Schoko.*

Bronnard greift an mir vorbei nach einem Karamell-Macaron und isst es mit einem Bissen. „Hmm, lecker."

Innerlich verdrehe ich die Augen. *Na klar, du Süßigkeiten-Loser!*

Rasch führt er seinen Zeigefinger an die Lippen und leckt einen Hauch Cremefüllung ab. Die Bewegung scheint unbewusst, nicht so, als wolle er mich damit anmachen, aber es funktioniert trotzdem.

***

*Bronnard hatte schon längst gewonnen. Wahrscheinlich schon, als ich ihn vor ein paar Stunden das erste Mal gesehen hatte und mein Herz einen Moment lang aussetzte. Aber jetzt, als er mich zärtlich leckte, da konnte ich seinen Sieg nicht länger vor ihm verheimlichen.*

*Stöhnend ergab ich mich den sanften Berührungen seiner Zunge, die spielerisch über mein empfindliches Inneres tänzelte, in mich eindrang, mich liebkoste und stieß. Ich grub meine Finger in seine weichen Haare und schob ihm voller Begierde mein Becken entgegen, damit er jede zarte Stelle finden und verwöhnen konnte. Er aß mich und ich ließ mich verzehren. Noah hatte mir immer gesagt, dass mir Cunnilingus bestimmt nicht gefallen würde, und ich hatte es ihm einfach geglaubt, aber er hatte sich verdammt geirrt! Ich genoss jede Sekunde.*

*Unter halb geschlossenen Lidern beobachtete ich, wie Bronnard mich mit zwei Fingern öffnete und seine Zunge über meine geschwollene Perle glitt. Allein der Anblick ließ mich fast kommen. Als er dann seine Lippen darum schloss und heftig daran sog, wurde mir schwarz vor Augen und ich stöhnte meinen Orgasmus hinaus. Bronnard umklammerte meine Hüften, presste seine Zunge in mich, leckte meinen Lustsaft, als könne er nicht genug davon bekommen.*

*Schließlich stand er wieder auf, stellte sich an den Tischrand und zog mich noch dichter an sich heran. Auf seinem Gesicht lag dieses arrogante, siegessichere Lächeln. Ich hatte ihm genau das gegeben, was er von mir hatte haben wollen. Na ja, noch nicht ganz.*

***

„Ich sehe dir gerne beim Tanzen zu, Jeanne", sagt Bronnard.

Meine Gedanken fixieren sich wieder in der Gegenwart und ich antworte mit einem kühlen „Tatsächlich?".

„Ja. Du wirkst dabei so ausgelassen. Und dein schwuler Bekannter ist ein guter Tänzer."

So viel zu Claudes tollem Plan, Bronnard eifersüchtig zu machen. Zur Närrin habe ich mich gemacht. Wieder einmal!

„Es geht mir auch gut. Ganz hervorragend sogar." Möglichst gelassen greife ich mir drei Macarons von der farbenprächtigen Pyramide, zu der sie geschichtet sind, und lege sie auf meinen Teller.

„Ach ja?"

„Sicher. Ich habe mein Studium mit Bestnoten abgeschlossen, habe eine großartige Stelle in einer angesehenen Kanzlei und meine Freunde sind intelligent, witzig und in jeder Lebenssituation für mich da."

„Großartig." Es gelingt ihm tatsächlich, mit einem einzigen Wort Spott und Herablassung auszudrücken. Ich hasse diesen Mann. Trotzdem stehe ich noch hier.

„Dann verläuft dein Leben also vollkommen befriedigend."

*Von wegen, denke ich. Die Arbeit in der Kanzlei ist unglaublich öde und mein Freundeskreis besteht aus den Nerds der* Big Bang Theory. *Und vollkommen befriedigt wurde ich schon lange nicht mehr.* Und es ist unverschämt von ihm, darauf herumzureiten. Und außerdem ist es deprimierend, dass allein wegen des Wortes „reiten" und aufgrund von Bronnards Nähe meine Knospen hart gegen den Stoff meines Kleides pressen.

„Sie können damit aufhören."

„Womit?"

Die Unschuld, die er vortäuscht, kaufe ich ihm definitiv nicht ab. „Mit Ihren plumpen Anspielungen. Die beeindrucken mich weit weniger, als Sie glauben, und lassen Sie viel lächerlicher erscheinen, als Sie ahnen."

„Jeanne!", erwidert er nun mit einem Lachen. „Du bist ja gar nicht mehr so schüchtern und wortkarg wie früher. Das gefällt mir. Es macht Spaß, eine selbstbewusste Frau zu erobern", sagt er mit einem Lachen.

Ich packe noch einen Garnelenspieß auf meinen Teller, der allmählich übervoll ist. „Hier wird niemand erobert. Wir sind nicht im Krieg. Ich wünsche Ihnen einen schönen Abend."

„Danke." Damit greift er meinen Cupcake, beißt ein Stück ab und legt den Rest zurück.

„Sie nehmen sich immer, was Sie wollen, oder?"

„Selbstverständlich."

Ich bleibe zurück wie eine dumme Schülerin. Aber es stimmt. Er nimmt es sich und bekommt es. Zumindest von mir.

***

*Er beugte sich über mich und küsste mich drängend. Ich schmeckte meine eigene Lust, strich mit meiner Zunge* durch seinen Mund, liebkoste seine Lippen und vergaß dabei die Zeit, vergaß alles.

Seine Hände umfassten erneut meine Brüste und massierten sie mit einer Bestimmtheit, die mich weich und gefügig machte. Das musste ein Traum sein. So etwas passierte nicht im wirklichen Leben. Man traf nicht einfach einen Mann und gab sich ihm hin. Zumindest nicht in meinem wirklichen Leben.

Er strich mir den Slip vom Körper und trotz meines zitternden Keuchens hörte ich, wie er den Reißverschluss seiner Hose öffnete. Nur quälend langsam strich seine Eichel durch meine nasse Spalte. Um die Intensität der Berührung zu erhöhen, bewegte ich mich ihm entgegen und öffnete die Lider. Ich konnte kaum unterdrückte Gier in seinen Augen lesen. Was er wohl in meinen sah?

„Bitte", flehte ich schließlich, als ich es nicht länger aushielt. „Ich kann nicht mehr warten."

Ohne die Augen von mir zu nehmen, griff er in seine Hosentasche, zog ein Kondom daraus hervor und streifte es sich über. Dann erst drang er ganz vorsichtig in mich ein, hielt dabei immer wieder inne, als wolle er diesen allerersten Moment unendlich auskosten – und ich wollte das auch. Ihn immer weiter, immer tiefer in mir spüren.

Ich streckte mich ihm entgegen und schlang meine Beine um seine Hüften, wodurch meine Schuhe von meinen Füßen rutschten. Unsere Finger verwoben sich ineinander, als Bronnard mich langsam und genussvoll nahm. Ich hatte noch nie etwas so Unglaubliches gefühlt wie seine Härte in meinem Schoß.

Bronnards warmer Atem strich über meine Haut, wurde immer unregelmäßiger, und als ich ihn das erste Mal stöhnen hörte – tief und laut –, fühlte ich mich noch weicher werden, noch hingebungsvoller. Noch mehr bereit für ihn.

Allmählich wurde er schneller und nahm mich härter. Mein Stöhnen klang, als käme es von einer anderen Person – rau, kehlig, völlig hemmungslos. In diesem Moment hätte ich alles gegeben für ein Wort von ihm. Eines, an dem ich mich festhalten konnte, während er mir alle Grenzen nahm.

Als er sich in mir ergoss, kam ich so heftig, wie ich es noch nie erlebt hatte. Die Orgasmen, zu denen Noah mich ab und zu gestreichelt hatte, kamen mir im Vergleich zu dem Gewitter, das mich jetzt durchbebte, wie eine sanfte Windböe vor. Ich wusste gar nichts mehr, außer, dass ich das hier wollte. Das oder gar nichts. Und genau das stöhnte ich in sein Ohr, als er auf mir lag und mich in seinen Armen hielt.

Noch bevor ich wieder ganz bei Besinnung war, löste er sich von mir und schloss seine Hose. Nachdem ich mich aufgesetzt hatte, sah ihm dabei zu, wie er seinen Abgang vorbereitete und seine Kleidung richtete. Ich fühlte mich verloren und benutzt. Ich hatte gerade etwas erlebt, dass ich nie für möglich gehalten hatte, aber er schien nur Interesse daran zu haben, dass seine Krawatte wieder gerade saß. Und noch immer sagte er kein Wort.

„Warum hast du das getan?“, fragte ich, als ich mich meiner Stimme wieder sicher fühlte.

Er sah mich nicht an, als er antwortete und dabei sein Jackett zuknöpfte. „Warum ich dich gefickt habe? Weil es sich anbot.“

Ich weiß nicht, welche Antwort ich erwartet hatte – diese auf jeden Fall nicht.

„Das also bin ich für dich? Ein günstiges Angebot?“

*Er wandte sich mir zu und betrachtete mich mit einem Blick, der nichts mehr von der Leidenschaft zeigte, die ihn noch vor Kurzem hatte leuchten lassen.*

*„Was erwartest du denn? Dass das hier der Beginn von etwas Großem und Romantischen wird? Wir sind doch nicht in einer Kinoschnulze. Wir wollten Sex, wir hatten Sex. Red dir nicht ein, dass es etwas anderes war – weder zum Guten noch zum Schlechten."*

*Hatte mein Körper gerade noch vor Hitze geglüht, so durchzog mich nach seinen Worten Eiseskälte. „Verschwinde", stieß ich hervor und kreuzte die Arme vor meinen entblößten Brüsten. „Hau ab!"*

*Er zuckte mit den Schultern. „Das war meine Absicht. Aber vielleicht überlegst du dir in einer ruhigen Minute, warum du das hier getan hast."*

*Damit ging er. Eine ganze Weile blieb ich benommen auf diesem Tisch hocken, bevor ich schließlich wie ferngesteuert aufstand und meine Kleidung richtete. Meinen schwarzen Slip auf dem anthrazitfarbenen Teppichboden zu finden, war eine Herausforderung und während ich mich auf den Weg von der Kanzlei zu meiner Wohnung machte, spürte ich Bronnard noch immer in mir, spürte seine Hände noch immer auf meinem Körper.*

***

Am Tag darauf versuchte ich im Büro, alles über Bronnard in Erfahrung zu bringen, was nur möglich war. Er führte zusammen mit zwei Kolleginnen eine Kanzlei in Paris und hatte sich auf Wirtschafts- und Familienrecht spezialisiert. Auf seinem Profilfoto blickte er lächelnd in die Kamera, vertrauenerweckend und freundlich. Ich speicherte das Bild auf meinem Computer ab, um nie zu vergessen, wie sehr sich Menschen verstellen können.

Die beiden Artikel über spezielle Unterhaltsproblematiken, die ich von ihm fand und die er im Jahr zuvor veröffentlicht hatte, waren nicht so schlecht, wie ich es mir gewünscht hätte, und über vorsichtige Erkundigungen fand ich heraus, dass wenige Wochen vor unserer Begegnung Bronnards Ehe geschieden worden war. Dabei überraschte mich nicht das Scheitern der Verbindung, sondern die Tatsache, dass überhaupt eine Frau Ja zu ihm gesagt hatte.

Am Abend besuchte ich Noah in seinem Zimmer im Studentenwohnheim und erzählte ihm, dass ich ihn betrogen hatte. Das Desinteresse, mit dem er meine Beichte aufnahm, brachte mich dazu, die zweitwichtigsten drei Worte einer Beziehung auszusprechen: „Ich verlasse dich.“

Als ich die Tür kurz darauf hinter mir zuzog, hörte ich Noah noch rufen „Echt jetzt?“, aber weder hielt er mich auf, noch lief er mir nach. Damit endeten drei Jahre Beziehung und mit ihr all die Pläne, die ich mir für meine Zukunft mit ihm gemacht hatte. Stattdessen konzentrierte ich meine ganze Energie auf das Studium, ließ mich auf keine Beziehung mehr ein und hatte keinen Sex – außer mit meinen Fingern und einem pinkfarbenen Silikonhasen. Und auch wenn ich meinem kleinen vibrierenden Freund, den ich Monsieur Chouchou getauft habe, sehr dankbar bin, kommt das, was er mir beschert, nicht einmal ansatzweise an das heran, was ich mit Bronnard erlebt habe.

Ich bilde mir gerne ein, diesen Mann in das hinterste Eck meines Bewusstseins verdrängt zu haben, aus dem er nur ab und zu in Träumen auftaucht. Aber wenn ich ehrlich zu mir selbst bin, dann hat so gut wie alles, was ich seit unserer Begegnung vor vier Jahren tue, mit ihm zu tun. Das wird mir erst jetzt richtig klar, als ich einen Bissen von meinem halben Cupcake nehme und mich der Gedanke, dass seine Lippen diese Cholesterolbombe berührt haben, feucht werden lässt.

# § 3 – Änderungen gefasster Entschlüsse

## § 3 (1) Luc

„Sie hat dich abblitzen lassen?", empfängt mich Francois, als ich nach meiner ersten Kontaktaufnahme mit Jeanne wieder bei unserer Sitzgelegenheit ankomme.

„Wie kommst du darauf?"

„Nun, du bist hier und sie ist dort."

Ich verstehe Francois' Skepsis. Auf den ersten Blick sieht es tatsächlich so aus, als hätte Jeanne mich in die Wüste geschickt. Aber um Frauen wie sie richtig einzuschätzen, braucht man die Feinfühligkeit eines Seismografen – zumindest so lange, bis sie nackt sind. Ist das Erdbeben erst einmal ausgebrochen, bleibt kein Stein auf dem anderen.

So zu tun, als kenne sie mich nicht, nur um kurz darauf aufgrund meiner platten Provokation rasch einzulenken, das hastige Pochen ihrer Halsschlagader – all das offenbart den Subtext unter ihrer Ablehnung, der da lautet: „Ich will dich." Ihre harten Knospen, die sich unter dem dünnen Stoff ihres Kleides abzeichneten, bilden da nur das Ausrufungszeichen.

Es gilt nur noch zu klären, wo und wann ich die Grenze des Wohlanständigen überschreiten werde, denn eins ist klar: Ein hastiger Zusammenstoß wie beim ersten Mal reicht mir nicht aus. Diese neue Jeanne – widerspenstig und schlagfertig – reizt mich sehr viel mehr als das schüchterne Mädchen, das sie damals war.

„Sagst du mir endlich, wer sie ist und woher ihr euch kennt?", fragt Francois neugierig.

„Was willst du wissen?"

„Was du für erzählenswert erachtest."

„Sie heißt Jeanne."

Wie ein Gorilla schlägt sich Francois daraufhin gegen die Brust. „Ich Luc, du Jeanne!"

Obwohl ich eigentlich lachen möchte, bedenke ich ihn mit einem abschätzigen Blick. „Sonst alles in Ordnung bei dir?"

Er grinst breit und reicht mir einen Whiskey. „Wie immer."

Ich kippe das Zeug rasch herunter und schüttele mich. Zu viel davon geht gar nicht. „Es ist ein paar Jahre her. Sie war Referendarin einer gegnerischen Kanzlei und nahm an einer Besprechung teil."

„Aha."

Ich zucke mit den Schultern. „Was soll ich sagen? Sie wollte mich, ich wollte sie, also haben wir es gleich im Konferenzraum getrieben."

„Dafür, dass eure Begegnung einvernehmlich war, wirkt sie aber ziemlich abweisend", stellt er trocken fest und seine Worte treffen mich schmerzhaft wie ein unerwarteter Magenschwinger. Für einen Moment ist alles schwarz und kalt.

„Was willst du damit sagen, Francois? Wirfst du mir etwa vor, ihr Gewalt angetan zu haben?"

„So meinte ich das nicht. Ich frage mich nur, was schiefgelaufen ist. Vielleicht gab es ein Missverständnis zwischen euch." Er hebt die Hände ein wenig, aber diese beschwichtigende Geste macht mich nur noch wütender.

„Kein Missverständnis. Jeanne wollte mich genauso sehr wie ich sie. Sie hat sich nicht gewehrt, als ich sie geleckt habe, und erst recht nicht, als ich sie fickte. Und heute wäre das nicht anders."

„Ist ja gut. Beruhige dich wieder."

Ich drehe mich zur Seite. Ihn weiterhin anzusehen, wäre zu demütigend. Auf einen Mann wie ihn muss ich in solchen Momenten wie ein Neandertaler wirken und genau das las ich eben in seinem Blick.

Die Menschen um mich herum unterhalten sich, tanzen, trinken und essen. Ich frage mich, ob es unter ihnen noch einen gibt, der sich so getrieben fühlt wie ich. Immer auf der Jagd nach einem Sieg, nach einer Eroberung, die ich am Ende liegen lasse, während ich meine Stiefel schnüre und weiterziehe. Ob irgendjemand unter all diesen Leuten genauso kaputt ist wie ich? Aber immerhin erkenne ich, wenn eine Entschuldigung fällig ist.

„Tut mir leid", sage ich also. „Ich vertrage anscheinend nicht mehr so viel Alkohol wie früher."

„Du meinst, wir kommen langsam in die Jahre, wo sich jeder Übermut rächt?" Francois lächelt und streicht sich eine blonde Locke aus der Stirn. Genau wie ich ist er wieder um Normalität bemüht. „Wir werden alle nicht jünger, mein Bester."

„Wohl nicht."

Von wegen Normalität. Die Situation ist dermaßen unbehaglich, dass ich froh bin, als er sich ihr entzieht. „Ich muss noch ein paar Kollegen meine Aufwartung machen, Luc. Netzwerken. Man weiß nie, wozu es mal gut ist. Treffen wir uns morgen zum Frühstück? Um acht hier im Restaurant?"

„Damastservietten und hundert Sorten Müsli – wenn es unbedingt sein muss", seufze ich.

Francois schlägt mir auf die Schulter. „In diesem Leben wird aus dir kein Mann von Welt mehr."

Nach einem letzten aufmunternden Lächeln entfernt er sich von mir – was sich definitiv ungut anfühlt. Schon eigenartig, dass ich keine Probleme damit habe, Menschen zu verlassen, sehr wohl aber damit, sie gehen zu sehen.

# § 3 (2) Jeanne

In der nächsten Stunde tanze ich ein paar Mal mit diversen Herren und trinke vier Gläser Rotwein. Das entspricht meinem sonst üblichen Monatspensum an Alkohol und verdeutlicht sich durch das Gefühl, eine viel tollere Ausgabe meiner selbst zu sein als normalerweise.

Bronnard habe ich schon eine Zeit lang nicht mehr gesehen, obwohl ich vorsichtshalber immer wieder nach ihm Ausschau gehalten habe. Hoffentlich ist er nach Hause gegangen – oder zum Teufel. Doch leider wird mir weder der eine noch der andere Wunsch erfüllt.

Als ich mich zum Abkühlen auf die Dachterrasse des Hotels begebe, sehe ich ihn am Rand der Brüstung stehen und rauchen. Der Wagemut in meinem betrunkenen Hirn verführt mich dazu, mich neben ihn zu stellen.

„So ganz allein? Will sich niemand mit Ihnen abgeben, Bronnard?“

„Du anscheinend schon.“

„Weil Sie mir leidtun.“

„Tue ich das?“ Er drückt seine Zigarette am Gitterrand aus und schnipst sie nach unten, wo sie bestimmt den größtmöglichen Schaden anrichtet, da bin ich mir sicher.

„Natürlich. Nur deshalb bin ich hier.“

Er dreht sich zu mir um und lächelt. „Das ist nett, vielen Dank, aber du musst dir keine Sorgen um mich machen. Ich kann jederzeit genau die Gesellschaft haben, die ich will.“

Wie schafft er es nur, meine Herablassung in seine zu verwandeln?

„Dann gehen Sie doch und suchen sich diese Gesellschaft“, erwidere ich trotzig.

Er stellt sich dicht neben mich – zu dicht eigentlich – und der Duft seines Aftershaves dringt in meine Nase. Er trägt ein anderes als damals, aber sein eigener Geruch ist noch derselbe: herb und männlich. „Vielleicht muss ich nicht nach ihr suchen. Vielleicht hat sie mich gefunden.“

Als er seine warme, große Hand auf meine Schulter legt, zucke ich zusammen. Beinahe wie ein Krampf fühlt es sich an, der meinen Bauch Purzelbaum schlagen und meinen Schoß erbeben lässt.

„Lassen Sie das", flüstere ich automatisch, aber sobald er seine Hand von mir löst, packe ich sie und lege sie zurück. Er sagt nichts. Gott sei Dank.

Stattdessen fahren seine Finger unter den Träger meines Kleides und schieben ihn ein wenig zur Seite. Mein Mund wird trocken und der Rotweinwirbel in meinem Kopf legt noch eine Umdrehung zu. Ich starre hinunter auf den Place de la Comédie, wo die Oper mit ihren großen Rundbogenfenstern strahlendgelb erleuchtet durch die Nacht scheint. Bronnard streicht meine Haare zur Seite, entblößt meinen Hals. Ich spüre seine Blicke stärker auf meiner Haut als seine sanften Finger. Sie fühlen sich gut an.

„Du bist deshalb hierhergekommen, Jeanne." Seine Stimme ist nur ein Hauch. Ein rauer, dunkler Hauch, der mir Gänsehaut über den ganzen Körper jagt und dem ich nicht antworte. „Um mich zu finden. Um hier zu sein."

Er stellt sich dicht hinter mich, legt einen Arm um meine Taille, hält mich gefangen. Seine andere Hand gleitet über meinen Oberschenkel unter den schwarzen Seidenstoff meines Kleides, aber er berührt mich kaum – gerade so sehr, dass der Wunsch nach mehr in mir erwacht.

Schritte und Stimmen von anderen Gästen ertönen, anscheinend wollen auch sie sich frische Luft um die Nase wehen lassen.

„Man kann uns sehen", flüstere ich.

„Die stehen am anderen Ende. Und selbst wenn – mich stört das nicht."

„Aber mich. Ich will nicht mit Ihnen in Verbindung gebracht werden."

Seine Finger wandern weiter zu meinem Slip, gleiten darunter. Er vergräbt sein Gesicht in meinen Haaren und knurrt wohlig in mein Ohr: „So nass, wie du bist, willst du sehr wohl mit mir in Verbindung gebracht werden.“

Ich hasse meinen verräterischen Körper dafür, ihm so deutlich zu zeigen, dass ich mag, was er mit mir anstellt.

Unwillkürlich bewege ich mich Bronnard entgegen, der sofort darauf reagiert und mich mit feuchten Fingerspitzen streichelt. Ich schließe die Augen, lege den Kopf in den Nacken und mein Hinterkopf findet Halt an seiner Brust. Hitze gräbt sich in meine Wangen, als er mit zwei Fingern in mich eindringt. Während er mein Innerstes erkundet und massiert, reizt sein Handballen meine geschwollene Perle. Das samtweiche Gefühl der ersten Lust verwandelt sich in ein Verlangen, das mich dazu bringt, meine Beine weiter zu öffnen, jede Berührung von ihm zu ersehnen. Mittlerweile ist es mir egal, ob jemand mitbekommt, was hier vor sich geht, denn Bronnards Nähe und der Wein lassen meine Hemmungen vollständig verfliegen. Meinetwegen könnten alle meine Kollegen um uns herumstehen, es ist nicht wichtig. Wichtig ist nur die Kraft, mit der er mich hält, und dass er immer noch ganz genau weiß, was ich will.

Meine Finger krallen sich in seine Arme, als meine Knie anfangen zu zittern. Ich bin so kurz davor, so kurz ... Als stünde ich an einem Abgrund und nichts könne meinen Sturz aufhalten.

„Lass es geschehen, Jeanne. Lass es zu.“

Ich will es nicht, will ihn nicht wieder gewinnen lassen, aber wie sollte ich es verhindern? Ich beiße mir so fest auf die Lippen, dass ich Blut schmecke, bäume mich gegen Bronnard, als mich ein heftiger Orgasmus überwältigt.

Bevor ich jedoch lauthals meine Lust in den Himmel über Montpellier stöhne, dreht Bronnard meinen Kopf zu sich hin, presst seine Lippen auf meine und atmet meine Lustschreie ein. Himmel, dieser Mann schmeckt so gut! Das Aroma von Whiskey und Zigaretten, was mir eigentlich gar nicht gefällt, gehört ebenso zu diesem Moment wie der harte Kuss.

Zitternd presse ich meinen Schoß gegen seine Hand, reibe mich an ihr und will mehr, aber seine Finger gleiten aus mir heraus, bevor er sich zur Gänze von mir löst. Ich muss mich an der Brüstung festhalten, so unsicher fühle ich mich ohne seine Umarmung. Nur langsam beruhigt sich mein Herzschlag. Und als mein Verstand wieder anfängt zu arbeiten, wird mir auch die Situation, in der ich mich befinde, bewusst. Heiße Scham steigt in mir hoch und paart sich mit Ärger.

„Was bilden Sie sich eigentlich ein? Sie sind unverschämt! Und übergriffig. Wie können Sie es wagen, mich wie eine –?"

Während meiner Wutrede zieht er eine Augenbraue hoch, dann unterbricht er mich. „Jeanne, akzeptiere es doch einfach. Du willst mich. Mach es nicht komplizierter, als es ist."

Ich bin so wütend, dass ich heulen könnte. Wütend vor allem auf mich. „Für Sex bin ich nicht auf Sie angewiesen. Ich kann mir hier den nächstbesten Typen schnappen, der es mir besorgt. Sie sind wirklich nichts Besonderes, Bronnard!"

Natürlich lächelt er. Ich möchte ihn ohrfeigen.

„Ich habe ein Zimmer im Hotel. Nummer 310", sagt er. „Jetzt weißt du, wo du mich heute Nacht finden kannst."

„Ich werde ganz sicher ... ganz sicher nicht –"

Herausforderung blitzt in seinem Blick auf. „Komm nackt. Kein Kleid, keine Schuhe. Nur du in deinem Mantel. Und lass mich nicht allzu lange warten."

„Also, ich werde wirklich ganz sicher –"

Ohne meine Worte abzuwarten, wendet er mir den Rücken zu und sieht hinaus auf die Stadt.

Ich starre ihm kurz ungläubig nach, dann gehe ich wütend zurück in den Festsaal. Dort tauche ich jedoch nicht in die Gruppe der Feiernden ein, sondern suche den Waschraum auf, den eine Frau gerade verlässt, als ich die Tür öffne. Wir grüßen uns kurz, wobei ich den Eindruck gewinne, dass sie mich etwas befremdet betrachtet. Wahrscheinlich sieht man mir an, was gerade passiert ist.

Ein Blick in den goldumrandeten Spiegel über dem Waschbecken bestätigt meine Vermutung, zeigt er mir doch meine geröteten Wangen und meine Augen, in denen so viel Lust glänzt, dass ich mich vor mir selbst schäme.

Schnell wende ich mich ab und wasche mir die Hände, trockne sie mit einem der cremefarbenen Stofftücher trockne. Dann atme ich tief ein und aus, bevor ich mich wieder unter die anderen Gäste wage. Bei jedem Schritt spüre ich meinen Slip in meiner feuchten Spalte.

Ich wünschte, ich könnte mir einreden, Bronnard würde mich gegen meinen Willen nehmen. Als sein Opfer würde ich mich nicht so schmutzig fühlen wie in diesem Augenblick, in dem ich klar vor Augen habe, dass er wirklich der arroganteste und widerlichste Mann ist, dem ich je begegnet bin. Dennoch habe ich mich ihm in aller Öffentlichkeit hingegeben. Mein Fehler! Mein riesengroßer Fehler! Aber das wird nicht erneut passieren. Nie wieder! Ich werde Bronnard in seinem Zimmer 310 warten lassen, bis er schwarz wird. Mich kriegt er nicht mehr rum. Dieses zweite Mal war das letzte Mal!

# § 3 (3) Luc

So unauffällig wie möglich und sogar ohne mich von Francois zu verabschieden, verschwinde ich von der Feier, kaum dass Jeanne gegangen ist. Im Fahrstuhl, in dem ich Gott sei Dank allein bin, fällt die Erregung allmählich von mir ab und mein Schwanz drückt nicht mehr ganz so drängend gegen meine Hose.

Ich drücke auf die „3", lehne mich an die Spiegelwand und atme tief durch.

Jeanne. Nach außen erscheint sie wie die strebsame Frau, die spießige Geschäftsklamotten trägt – wie zum Beispiel das Outfit bei unserer ersten Begegnung oder jetzt dieses schwarze Cocktailkleid, das trotz seiner Kürze unglaublich bieder wirkt. Aber da schlummert etwas in ihr. Ich habe es damals gespürt und auch heute wieder. Sie sucht nach Leidenschaft, nach jemandem, der sie aufwühlt. Langweiler gab es bestimmt genug in ihrem Leben. Die meisten Frauen wünschen sich tief in ihrem Inneren einen üblen Kerl, zumindest für hin und wieder. Sie geben es nur sehr ungern zu, verstecken ihre lüsternen Gedanken, die sich an schlechtem Benehmen und Dominanz entzünden, hinter schönen und heuchlerischen Worten wie „Liebe".

Gut, Jeanne würde so etwas in tausend Jahren nicht zu mir sagen. Sie könnte schweißnass vor Erregung in meinen Armen liegen und würde trotzdem noch meckern. Francois hat sie zwar mit einer Elfe verglichen, aber tatsächlich hat sie eher etwas von einer Xanthippe. Vielleicht finde ich sie gerade deswegen erotisch. Außerdem erheitert sie mich. Der Gedanke an ihre silbernen High Heels zum Beispiel lässt mich grinsen. Sie erscheinen wie eine Mischung aus Schlampentretern und Cinderellas Glasschuhen. Wahrscheinlich beschreibt dieser Vergleich Jeanne sehr genau: Auf der einen Seite ist sie eine hungrige junge Frau, auf der anderen das naive Ding, das von einem Prinzen träumt.

In meinem Zimmer angekommen, streife ich sofort Schuhe und Strümpfe ab, schmeiße mein Jackett in die Ecke und die Krawatte fliegt gleich hinterher. Wie ich diese Monsieur-Wichtig-Verkleidung hasse! Warum bin ich nicht Holzfäller geworden? Warum ausgerechnet Anwalt?

Ich lasse mich auf mein Bett fallen und rieche an meinen Fingern, mit denen ich gerade noch Jeanne zum Höhepunkt getrieben habe. Der Geruch nach ihr turnt mich so an, dass mein Schwanz sofort wieder hart gegen meine Hose drängt. Ich öffne den Reißverschluss und hole mir mit dem Duft ihrer Geilheit in der Nase einen runter.

Ich weiß nicht, was diese Frau an sich hat, dass ich sie sogar in mein Hotelzimmer einlade, aber ich will, dass sie vor dieser Tür steht und mich anfleht, sich in mein Bett legen zu dürfen. Ich will sie vor mir auf ihren Knien, meinen Schwanz in ihrem Mund ... Ich kann meinen Schrei nicht unterdrücken, als ich komme.

Danach geht es mir besser. Ich bestelle mir einen Brunello di Montalcino aufs Zimmer. Bei einem guten Rotwein und *The public enemy*, der erstaunlicherweise im Hotelfernsehen läuft, warte ich entspannt auf Jeanne und verdränge meine Befürchtung, dass sie nicht kommen wird.

# § 3 (4) Jeanne

Um mich von dem abzulenken, was gerade geschehen ist, mache ich mich auf die Suche nach Claude. Glücklicherweise ist er nicht mit dem hübschen Brünetten verschwunden, sondern steht am Buffet und stopft sich die letzten Mozzarella-Basilikum-Ingwer-Häppchen in den Mund.

„Das ist gesund", knatscht er mit vollen Backen, als er mich sieht. „Ingwer! Superpowerfood!"

„Dann kannst du ja noch mit mir trinken. Ingwer hebt die schädliche Wirkung von Alkohol bestimmt auf."

Während wir uns mit zwei Gläsern Weißwein in einer ruhigen Ecke auf dem Boden niederlassen, denkt er darüber nach. „Meinst du, das funktioniert? Das wäre großartig."

Zwar kann ich ihm seine Frage nicht beantworten, aber mit Menschen scheint dieses Konzept nicht zu klappen. Denn obwohl ich jetzt neben einem liebenswerten Mann sitze, neutralisiert das nicht den Effekt, den dieser widerliche Egomane Bronnard auf mich hat. Er geistert nach wie vor durch meine Gedanken. Vielleicht hilft es ja, wenn ich Claude davon erzähle und sozusagen eine Art Verbal-Exorzismus vornehme.

„Erinnerst du dich an diesen Mann, den du heute gesehen hast? Den ich – angeblich – angestarrt habe?"

Wieder erzittert er theatralisch. „Natürlich. Monsieur Testosteron."

„Ich hatte was mit ihm."

Mit großen Augen starrt er mich an und zeigt dann mit dem Finger auf mich. „Ich wusste es! Ich wusste es! Du Glückliche. Erzähl mir alles, jedes schmutzige Detail."

Zwar enthülle ich nicht jedes Detail, aber ich erzähle ihm von Anfang an, von unserer ersten Begegnung bis zu dem Treffen auf der Dachterrasse, welches mittlerweile eine knappe Stunde zurückliegt. Bestimmt hat Bronnard mich jetzt endgültig abgeschrieben und ich konnte ihm zeigen, dass ich nicht nach seiner Pfeife tanze. Endlich ist ein Schlussstrich unter diesem unangenehmen Kapitel meines Lebens. Lange genug hat es gedauert!

„Wie fühlst du dich damit?"

„Erleichtert. Ich bin eine erwachsene Frau, die mit beiden Beinen im Leben steht. Ich lasse so nicht mit mir umspringen."

„Ach, Schätzchen." Claude streicht mir über die Wange und sein Gesichtsausdruck gleicht dem einer

Mutter, die ihr Kind über das Leben aufklärt. „Natürlich bist du unabhängig und selbständig und bla, bla, bla. Aber was hat das mit Sex zu tun?"

„Was meinst du?"

„Es ist doch nichts dabei, sich für ein paar Stunden mit so einem Kerl zu vergnügen. Wenn du es dir nicht gestattet, bist du eine tolle, emanzipierte Frau. Aber wenn du es dir gestattest, dann bist du eine tolle, emanzipierte Frau, die es sich ganz großartig hat besorgen lassen."

„Du kennst ihn nicht", widerspreche ich, wenn auch nicht mehr ganz so überzeugt wie noch vor wenigen Augenblicken. Claudes Worte ergeben Sinn. Irgendwie. „Er ist so ... großkotzig. Selbstüberzeugt. Er kann sich gar nicht vorstellen, dass ihm jemand nicht zu Willen ist."

Claude zuckt nur mit den Schultern und reicht mir mein Glas. Ich nehme es und trinke einen tiefen Schluck.

„Frag dich eins, Schätzchen. Wenn du heute nicht zu ihm gehst, was wird dir morgen nach dem Aufwachen als Erstes durch den Kopf schießen: ‚Dem Himmel sei Dank, ich habe dem Bösen widerstanden' oder ‚Hätt' ich nur, hätt' ich nur, hätt' ich nur!'?"

Schwankend stehe ich auf. Der Alkohol zeigt seine Wirkung. „Das mit dem Widerstanden, Claude. Genau das! Ich gehe jetzt nach Hause und freue mich darüber, dass ich ihm gezeigt habe, dass er mir völlig und komplett egal ist."

Claude applaudiert. „Wundervoll, du tolle, emanzipierte Frau!"

„Du sagst es!"

Auf unsicheren Beinen gehe ich zur Garderobe und lasse mir meinen schwarzen, knöchellangen Mantel geben. Es würde Bronnard umhauen, wenn er mich darin sähe!

Als ich ihn anziehe und nach draußen trete, stelle ich fest, wie kühl die Nachtluft ist. Kaum dass sie mir um die Nase weht, verschwindet mein Rausch und ich bin wieder ganz klar. Langsam entferne ich mich drei, vier Schritte vom Hotel, drehe mich um und betrachte das klassizistische Gebäude mit den säulenumrahmten Fenstern und schmiedeeisernen Balkongittern.

Unwillkürlich wandert mein Blick die Stockwerke empor. In der dritten Etage brennt nur noch in zwei Zimmern Licht. Ob eines davon die 310 ist? Was er jetzt wohl macht? Ob es ihn ärgert, dass ich seiner unverschämten Einladung nicht gefolgt bin? Vielleicht spült er seine Enttäuschung und seinen wohlverdienten Kummer gerade mit Whiskey herunter.

*Was wirst du morgen früh denken, Jeanne?*, frage ich mich und setze meinen Weg mit langsamen Schritten fort. Meine Wohnung ist zu Fuß mindestens dreißig Minuten entfernt. Ich sollte mir ein Taxi nehmen, aber so schnell will ich dann nicht nach Hause. Ich muss nachdenken, um schließlich die richtige Entscheidung zu treffen. Das habe ich immer getan. Ob es um mein Studium ging, um die Wahl meines Arbeitsplatzes, welches Buch ich lese – ich tue nichts, ohne dreimal zu überlegen und danach noch fünfmal abzuwägen. Dennoch zweifele ich anschließend an dem scheinbar richtigen Entschluss.

Mit jedem Schritt tönt Claudes Stimme lauter und lauter in meinem Kopf: *„Hätt' – ich – nur! Hätt' – ich – nur! Hätt' – ich – nur!"*

Mitten auf dem Platz bleibe ich plötzlich stehen. Außer mir sind nur noch wenige andere Menschen unterwegs, aber die scheinen genau zu wissen, wohin sie wollen. Im Gegensatz zu mir.

Eine ganze Nacht mit Bronnard. Zu was würde sie mich machen? Würde ich ihn danach vielleicht vergessen können? Was gebe ich auf, wenn ich zu ihm gehe? Und wann ist das überhaupt zu einer Option geworden? Wie wird es sein, wenn ich stattdessen morgen in meinem Bett aufwache mit Monsieur Chouchou neben mir, auf den ich garantiert zurückgreifen werde, wenn ich an die Dachterrasse denke? Warum fällt es mir so schwer weiterzugehen? Und warum muss mich ausgerechnet dieser Mann derart anziehen?

Ruckartig drehe ich mich um, stolpere auf meinen fürchterlich unbequemen Schuhen zurück ins Hotel und suche eine der öffentlichen Toiletten im Erdgeschoß auf. Dort angekommen, ziehe ich hastig am Reißverschluss meines Kleides. Er hakt. Ungeduldig zerre ich daran, bis er sich endlich löst und mein Kleid zu Boden gleitet. Mit fliegenden Fingern streife ich Schuhe und Strümpfe ab und meinen Slip gleich hinterher.

Dann blicke ich an mir herunter. Ich bin nackt. Jetzt erst einmal durchatmen. Was tue ich hier eigentlich? Das Richtige, das Falsche ...? Ich habe keine Ahnung.

Schnell raffe ich meine Kleidung vom Boden auf, stopfe sie in meine Handtasche und ziehe mir meinen Mantel über. Statt ihn zuzuknöpfen, halte ich den Stoff mit einer Hand zusammen. In der anderen trage ich meine Tasche und die Schuhe. Vorsichtig verlasse ich die Toilette und husche, nach links und rechts schauend, an der Rezeption vorbei zum Fahrstuhl, der sich glücklicherweise sofort öffnet. Hastig drücke ich die „3".

Vielleicht ist meine verzweifelte Aktion völlig umsonst. Immerhin ist seit unserer letzten Begegnung schon über eine Stunde vergangen. Bestimmt hat er mittlerweile eine andere Frau auf dem Zimmer und ich werde vor seiner Tür stehen und ihre Lustschreie hören, die meine sein sollten.

Bevor sich die Fahrstuhltüren schließen, drängen sich doch noch rasch zwei Männer und zwei Frauen herein. Anscheinend befreundete Pärchen, die hier zusammen Urlaub machen. Sie grüßen freundlich, was ich mit einem Nicken und Lächeln erwidere, obwohl ich mich unwohl fühle. Ihrem Gespräch kann ich entnehmen, dass sie auf die Dachterrasse wollen, da die Aussicht auf die Stadt in dieser klaren Nacht bestimmt wundervoll ist.

Der Blick eines der Männer verirrt sich zu mir. Ob er ahnt, dass ich unter dem Mantel nichts anhabe bin? Eine unbekannte Dreistigkeit überkommt mich und ich lasse den Mantel auseinanderklaffen – gerade so viel, dass meine Nacktheit zu erahnen und ein wenig zu sehen ist. Die Augen des Mannes werden riesig und er schnappt nach Luft, gibt sonst aber keinen Ton von sich.

Sobald wir im dritten Stock halten, dränge ich mich durch die Gruppe nach draußen, wobei ich besonders nah an ihm vorbeigehe. Mir gefällt die Vorstellung, dass er heute Nacht vielleicht noch wundervollen, wilden Sex mit seiner Freundin haben wird, weil er dieses kleine Erlebnis im Fahrstuhl hatte.

Als ich Zimmer 310 erreicht habe, kribbelt mein ganzer Körper vor Nervosität. Der Teppich auf den Fluren ist weich und dicht, ich grabe meine Zehen hinein, während ich überlege, was ich tun soll. Ich bin nicht geübt darin, spontan und unvernünftig zu sein.

Licht scheint unter der Tür durch, er ist also noch wach. Da ich auch keine Frau lauthals um Erlösung flehen höre, könnte ich anklopfen. Vielleicht ist er froh, mich zu sehen.

*Unfug. Der ist erst froh, wenn er mich vor sich auf dem Boden sieht.*

Um Himmels willen, sogar diese Vorstellung macht mich an!

*Sieh es ein, Jeanne, du willst das. Also bring es hinter dich.*

Ich klopfe. Zaghaft zuerst, dann noch einmal kräftiger. Mein Herz schlägt mir bis zum Hals. Ich zähle die Sekunden – eins, zwei, drei, vier … – und will gerade wieder gehen, als die Tür geöffnet wird.

Für einen Moment wirkt Bronnard vollkommen verdutzt, bevor sich das altbekannte Lächeln auf sein Gesicht legt. „Jeanne."

Es ist seltsam, ihn so leger zu sehen. Das Hemd hängt aus der Hose, die Ärmel sind hochgekrempelt und er ist barfuß. Mit einem raschen, verschämten Allround-Blick stelle ich fest, dass er schöne Füße mit langen, geraden Zehen hat und gebräunte, behaarte Unterarme. Es juckt mich in den Fingern darüberzustreichen.

„Ja, ich wollte nur mal … nur mal vorbeischauen. Ich kann auch wieder gehen. Es ist ja schon spät. Sie müssen morgen bestimmt wieder früh raus", gebe ich ihm und mir die Chance, das Ganze doch noch ohne Gesichtsverlust abzubrechen.

Sein Ausdruck verliert jede Freundlichkeit, wird sogar ungehalten. Anscheinend ist er kein Fan von gestammelten Floskeln. Mit festem Griff zieht er mich am Arm in sein Zimmer und wirft die Tür zu. Aus dem angrenzenden Raum erklingen unverständliche Wortfetzen.

„Ich kann wieder verschwinden, wenn Sie schon Besuch haben.“

„Du hast dir viel Zeit gelassen“, ignoriert er meinen Einwand.

Handtasche und Schuhe entgleiten meinen Fingern und in meinem Magen fährt nicht nur eine Achterbahn, sondern gleich das ganze Disneyland Paris. Ich nicke.

„Wieso?“

Bei unserer ersten Begegnung sagte er, dass er Lügen erkenne, also bleibe ich bei der Wahrheit. „Ich wollte nicht kommen.“

Nachdenklich runzelt er die Stirn. „Aber du bist hier. Was hat dich umgestimmt?“

Auf diese Frage weiß ich keine Antwort, stattdessen lehne ich mich gegen die Wand und löse die Hand vom Mantel. Er gleitet auseinander. In Bronnards Blick flackert Begehren auf wie ein Blitz am Horizont. Vorsichtig streicht er mit dem Zeigefinger den Stoff noch weiter zur Seite. Er berührt mich nicht, sieht mich nur an. Der Moment spinnt mich in ein Netz aus leise pochender Lust und nervöser Unruhe. Scham empfinde ich keine.

Als er sich mir entgegenbeugt, drehe ich den Kopf zur Seite – entweder um einen letzten Widerstand zu bieten oder um nur dem Verlangen nachzugeben, seine Lippen auf meinem Hals zu spüren. Ich schließe die Augen, während er mich dort küsst und der Stoff seines Hemdes meine Brüste berührt. Sanft spüre ich seine Finger an meiner Taille. Jemand stöhnt sehr leise, es ist mehr ein zitterndes Atmen, und ich merke, dass ich das bin.

„Jeanne." Bronnards Stimme klingt fest und doch schwingt ein Lächeln darin. Ich öffne die Augen.

„Komm mit", sagt er und zieht mich an der Hand hinter sich her in das Schlafzimmer seiner Suite. Es ist im kühlen Chic eingerichtet, viel dunkles Holz und Chrom. Auf dem Boden sehe ich sein Jackett und seine Krawatte, in einer Ecke liegt ein geöffneter Trolley, aus dem er anscheinend ohne viel Federlesens Kleidung gezogen hat. Seine Unordentlichkeit lässt ihn zum ersten Mal als völlig normalen Menschen erscheinen. Als jemanden, der nicht nur existiert, um mein Leben zu ruinieren.

Ich ziehe den Mantel vor meinem Körper zusammen und bleibe bei der Tür stehen. Auf dem Nachttisch leisten sich eine geöffnete Flasche Rotwein und ein Glas Gesellschaft, im Fernsehen läuft ein grobkörniger Schwarz-Weiß-Film. Ich deute darauf. „Sie mögen solche alten Schinken?"

Bronnard schnappt sich die Fernbedienung vom Nachttisch und schaltet den Apparat aus. „Film Noir", sagt er, als würde das irgendetwas erklären. „Wo Männer keine Helden sind und Frauen keine Heiligen."

Für einen Moment sind wir beide sehr verlegen, dann lache ich gekünstelt. „Na ja, Sie scheinen auf jeden Fall einen schrecklich langweiligen Abend zu verbringen."

Er setzt sich auf den Bettrand. „Das wird sich jetzt ändern. Das Leben birgt in jeder Sekunde die Möglichkeit einer Überraschung."

Tatsächlich. In dieser Sekunde überrascht mich zum Beispiel sein Hang zu Kalenderweisheiten und in der nächsten der ernste Blick, mit dem er mich betrachtet.

„Komm näher, Jeanne."

Ich gehe auf ihn zu, bis ich vielleicht noch einen Meter vom Bett entfernt bin, dann halte ich inne. Wie absurd diese Situation doch ist! Vier Jahre trage ich unbändigen Groll gegen ihn in mir und jetzt bin ich bereit, das alles über Bord zu werfen – und dafür muss er noch nicht einmal etwas machen. Er muss nur auftauchen und schon scheint die Zeit zurückgedreht.

Wenn man einmal in eine Grube fällt, ist man zu bedauern. Findet man sich ein zweites Mal auf dem Boden derselben Grube, ist man auch zu bedauern – aber aus ganz anderen Gründen.

Bronnard grinst schief. „Meine Güte, Jeanne, zieh endlich diesen Mantel aus."

Bin ich noch am Rand der Grube oder schon darüber hinaus?

Er steht auf und kommt auf mich zu. Als ich zurückweiche, hält er inne und sieht mich mit gerunzelter Stirn an. „Es ist kein Zwang, weißt du? Wenn du nicht hier sein willst, kannst du wieder gehen."

Nein, das ist keine Option. Wenn ich wirklich gehen wollte, wäre ich gar nicht erst gekommen. Ich zittere vor Aufregung, aber ich lasse den Mantel zu Boden gleiten.

Bronnard geht auch noch die letzten Schritte auf mich zu und streicht zärtlich über meine Arme. „Gänsehaut. Bist du nervös?"

„Schrecklich", gebe ich zu.

Er umfasst meine Taille, fährt mit den Händen langsam meinen Oberkörper empor, bis unter meine Brüste. Mit den Daumen streicht er über meine Knospen, die schon hart waren, als ich vor seiner Tür stand und klopfte. Die Berührung ist sanft und schickt eine helle Wärme unter meine Haut, lässt mich ruhiger werden.

„Was willst du von mir, Jeanne? Was erhoffst du dir?"

*Dass ich in dieser Nacht mein Verlangen nach dir ein für alle Mal stillen kann. Dass du ab morgen nicht mehr in meinen Gedanken bist und ich nach vorne schauen kann.*

Natürlich sage ich das nicht, sondern lege meine Hand in seinen Nacken, verspinne meine Finger in seinen Haaren und ziehe seinen Kopf zu mir heran. Dann küsse ich ihn. Ich schmecke den Rotwein, als unsere Zungenspitzen sich streicheln. So küsst nur er – dass alles andere versinkt, alles unwichtig und alles möglich wird.

Ich öffne die Knöpfe seines Hemdes, dringe mit der Hand darunter. Erst in diesem Moment fällt mir auf, dass ich ihn noch nie wirklich berührt habe. Meine Finger treffen auf eine muskulöse Brust, warme Haut und drahtige, krause Haare. Die Nervosität hat sich vollständig gelegt, stattdessen bin ich entspannt und weich und frage mich, wovor ich solche Angst hatte. Wie Claude schon sagte – es ist nur Sex.

Bronnard nimmt mich auf die Arme und für einen Moment ist es, als würde ich schweben, bevor er mich auf das Bett legt und sich selbst gleich neben mich. Sofort greife ich wieder nach seinem Kragen und will ihn zu mir herunterziehen. Hat man einmal damit angefangen, ihn zu küssen, fällt es schwer, wieder aufzuhören. Aber er hält Abstand – falls man das wirklich über einen Mann sagen kann, der einem sanft die Brüste massiert.

„Du bist so hingebungsvoll, Jeanne. Was ist mit dir geschehen?"

Vielleicht ist es der Wein, den ich getrunken habe, oder seine Nähe, die mich die Wahrheit sagen lässt. „Ich sehne mich seit vier Jahren nach diesem Moment."

Missbilligend zieht er die Augenbrauen zusammen. „Ach ja? Trotzdem hast du mich heute verdammt lange warten lassen."

„Hattest du Angst, ich würde dich versetzen?"

„Ein wenig. Und wovor hattest du Angst?"

Während ich noch überlege, was ich sagen soll, beginnen seine Finger ein zärtliches, tänzelndes Spiel in meinem Schoß. Himmel, dieser Mann weiß genau, wo und wie er mich berühren muss, damit mein Verstand in Endorphin und Dopamin ertränkt wird. Und es ist mir egal, dass er beobachtet, wie sich meine Wangen röten, meine Lippen sich öffnen und ich meinen Kopf nach hinten strecke, als seine Finger meinen G-Punkt massieren.

Genau das ist es, was ich jetzt will. Und wenn ausgerechnet Luc Bronnard es mir geben kann, dann nehme ich es eben von ihm.

# § 3 (5) Luc

Jeannes Lider flattern, ihr Gesicht zeigt diese Anspannung kurz vor einem Höhepunkt. Meine Finger baden in ihrer reichlich fließenden Nässe und mein Schwanz wird dabei so hart, als wolle er meine Hose sprengen. Er kann es kaum erwarten, endlich in diese süße Fotze einzutauchen. *Gleich*, versuche ich, mich zu beruhigen. *Gleich.*

Es stört mich, dass diese streitsüchtige Elfe eine so schlechte Meinung von mir hat. Um diesen Umstand zu ändern, will ich ihr heute Nacht den Sexhimmel auf Erden bereiten. Und dazu gehören jede Menge Orgasmen.

Dieser hier bricht sich gerade Bahn, als ich den Druck meines Daumens auf ihre Klit ein wenig erhöhe. Jeannes Körper versteift sich, während ihre Muskeln sich fest um meine Finger pressen. Immer fordernder drückt sie meine Hand gegen ihren Schoß, bis sie kommt und ihre Lust laut hinausschreit.

Ja, ich erinnere mich. Mademoiselle Monnet hat sehr intensive Höhepunkte. Die Gäste in den Zimmern nebenan werden während der nächsten Stunden Ohrenstöpsel brauchen.

Langsam öffnet sie ihre großen braunen Augen und sieht mich an. Für einen Moment habe ich tatsächlich Angst, ihren unausgesprochenen Erwartungen nicht genügen zu können. Immerhin gibt sie mir sehr viel: ihr, wenn auch unwilliges, Vertrauen, ihren wundervollen Körper, ihren Wunsch nach Lust und Abenteuer – das alles legt sie in meine Hände. Ich beuge mich vor, um Küsse zwischen ihre Brüste zu setzen, die gerade so groß sind, dass ich sie mit einer Hand umfassen kann, und rieche so das blumige Parfüm, das sie heute Abend dazwischen gesprüht hat und durch die Wärme ihrer Haut erblüht.

„Du hast mich gefragt, was ich will", sagt sie. „Aber was willst du?"

Mir fällt die Antwort auf diese Frage sehr viel leichter als ihr. „Ich will dich. Mit Haut und Haaren."

Unsere Blicke verfangen sich. Dann sagt sie nur zwei Worte und das Verlangen in ihrer Stimme ist unwiderstehlich. „Fick mich."

Stöhnend reiße ich mir das Hemd vom Leib, Hose und Boxershorts fliegen hinterher. Der letzte Rest meines Verstandes bringt mich dazu, in meinem Nachttisch nach einem Kondom zu fingern und es überzuziehen, bevor ich mich auf Jeanne werfe und mich zwischen ihre Beine dränge. Mit meinem ganzen Gewicht lege ich mich auf ihren Körper, damit ich hart und schnell in ihre enge Fotze stoßen kann. So mochte sie es damals und daran hat sich anscheinend nichts geändert. Sie bäumt sich auf, schlingt ihre Beine um meine Hüften.

„Endlich!", keucht sie. „Endlich!"

Es gibt keinen geileren Anblick als eine geile Frau. Jeannes Wangen glühen und ihre Warzenhöfe sind vor Erregung zusammengezogen, durch deren rosa Haut sich feine Fältchen ziehen. In dem Moment, in dem ich mich hinunterbeuge und mit der Zunge darüberstreiche, schreit Jeanne auf. Ich mache weiter, ziehe gierig die steinharten Knospen in meinen Mund, sauge und knabbere daran, beiße zärtlich hinein. Sie krallt ihre Fingernägel in meinen Rücken und in ihr Stöhnen mischen sich Worte, die ich ihr gar nicht zugetraut hätte.

Als ihr Keuchen schneller und lauter wird und die Muskeln ihrer Fotze sich verengen, höre ich auf, sie zu stoßen. Stattdessen wickle ich eine Haarsträhne um meine Finger und ziehe kurz und heftig daran. Der stechende Schmerz lässt ihre Lust ein Stück weit in sich zusammenfallen. Ganz ruhig verharre ich in ihr, auch wenn mir das verdammt schwerfällt, und streiche über ihre schweißbedeckte Stirn. Zärtlich hauche ich kühlende Luft über ihre Haut. Jeanne öffnet langsam die Augen, um mich fragend anzusehen.

Erst dann fange ich wieder an, mich zu bewegen. Anfangs nehme ich sie langsam und genüsslich, doch bald schon werde ich wieder schneller, bis sie sich mir wimmernd entgegenbeugt und ihre Brüste an meinen Oberkörper drückt. Ich weiß, dass sie endlich erlöst werden will, aber das ist meine Entscheidung. Für sie gibt es jetzt nur eines: von mir genommen zu werden.

Also halte ich abermals inne und lasse sie zur Ruhe kommen, nur um das Spiel von Neuem zu beginnen, bis sie um Gnade fleht: „Bitte, ich kann nicht mehr. Das ist zu viel!"

Da ich auch nicht mehr lange durchhalte, ändere ich die Position und knie ich mich zwischen ihre weit gespreizten Beine, um es zu Ende zu bringen. Jeannes Finger krallen sich um meine Hände, die ihre Hüften halten, und ihr süßes Gesicht verzerrt sich. Dann höre ich Jeannes lauten, wilden Orgasmus und meine Eier ziehen sich fast schmerzhaft zusammen. Mein Schwanz pulsiert und mit heftigen Stößen ergieße ich mich in ihr.

Als ich nicht mehr das Gefühl habe, dass mein Herz im nächsten Moment aus meinem Brustkorb springt,

öffne ich die Augen. Jeanne liegt vor mir, ihr schweiß-
glänzender Körper zuckt und bebt und sie atmet
schwer mit offenem Mund. Ich fahre mit den Fingerspitzen von ihren Brüsten bis zu ihrem Schambein. Sie
erzittert unter der Berührung. Das hier ist mein Werk.

# § 3 (6) Jeanne

Als ich die Augen wieder öffne, kniet Bronnard immer
noch zwischen meinen Schenkeln und betrachtet
mich. Was er wohl denkt, wenn er mich so sieht?

Seine Finger streichen über meine Scham. Ich zucke
zusammen, so empfindlich und gereizt bin ich noch.

„Du bist unglaublich, Jeanne", sagt er. „In einem Moment unschuldig wie ein Mädchen vom Lande und im
nächsten hemmungsloser als eine Kurtisane."

„Aber nur bei dir", gebe ich zu. „Keine Ahnung, warum. Ich meine, ich mag dich nicht einmal."

Als schlösse sich in seinem Inneren mit einem Mal
eine Tür, wird sein Blick ebenso abweisend wie seine
Worte. „Gerade weil du mich nicht magst. Anscheinend
kannst du deine Lust nur genießen, wenn du jemanden
dafür verurteilen kannst."

Er dreht sich von mir weg zum Nachttisch, gießt sich
Rotwein ein und trinkt. Ich fühle mich ertappt. Aus
Verlegenheit stehe ich auf, um ins Bad zu gehen und
unter die Dusche zu springen, spüle Schweiß und
Sperma von mir und lasse eine ganze Zeit lang heißes
Wasser über meinen so herrlich beanspruchten Körper
laufen.

Hat Bronnard recht? Versuche ich, mich von meiner Lust freizusprechen, indem ich mich als Opfer stilisiere? Wie gerne würde ich mit Claude darüber sprechen, aber der glaubt ja, ich wäre mittlerweile zu Hause und würde den Sieg über meine animalischen Instinkte feiern.

Als ich zurückkomme, sitzt Bronnard gedankenverloren auf dem Bett und dreht das halbvolle Rotweinglas zwischen seinen Händen.

„Soll ich gehen?", frage ich beklommen.

„Das hättest du wohl gerne." Er wirkt nicht mehr ärgerlich und reicht mir das Glas. Wie durstig ich bin, merke ich erst, als ich es in einem Zug leere.

„Meine Güte, du säufst ja wie ein Winzer! Warte, ich hole Nachschub."

Ich setze mich aufs Bett und beobachte ihn, wie er zur Minibar geht. Sein Hintern ist wundervoll muskulös – überhaupt ist sein Körper eine Augenweide. Er ist nicht übertrieben definiert wie bei Typen, die den Großteil ihres Lebens im Fitnessstudio verbringen. Bronnard ist groß und kräftig und bewegt sich mit zurückgenommener Stärke. Innerlich schicke ich ein Dankgebet an die archaische Gottheit, die ihn erschaffen hat.

Er holt eine Flasche Champagner, öffnet sie und stellt sich damit vor mich. Zuerst trinkt er daraus, dann hält er sie an meine Lippen. Hastig schlucke ich, bin aber nicht schnell genug, sodass das prickelnde Getränk über mein Kinn läuft, den Hals hinab. Bronnard küsst und leckt den Champagner von meiner Haut, während er mit den Händen meine Brüste zusammenpresst. Sein Pfad aus Küssen führt immer weiter hinab, bis er beide Knospen mit seinen Lippen umschließt und seine

Zunge darübertanzen lässt. Stöhnend grabe ich meine Finger in seine Haare.

„Mach deine Beine breit", knurrt Bronnard und drückt mich zurück aufs Bett. „Ich will dich lecken."

Der Gedanke ist hinreißend, aber ich habe andere Pläne. „Leg dich hin", befehle ich ihm deshalb.

Fragend sieht er mich an, befolgt dann aber meinen Wunsch. Ich will ihn ganz und gar kennenlernen, also beuge mich über ihn. Meine Zungenspitze spielt mit seinen Brustwarzen, die karamellfarben zwischen der dunklen Behaarung hervorschauen und unter meiner Berührung hart werden. Mit leichten Küssen wandere ich über seinen festen Bauch bis zu seinem Schwanz, der sich wieder mit Leben füllt, und grabe meine Nase in seine Schamhaare, um uns zu riechen. Damit Bronnard besser sehen kann, was ich hier unten mache, streiche ich meine langen Haare zur Seite. Seine Atemzüge werden schwerer, während meine Lippen über die Innenseite seiner Oberschenkel streichen, über seinen Bauch und die weiche Haut seiner Hoden, aber genau die Stelle vermeiden, an der er mich jetzt am liebsten hätte.

„Verdammt, Jeanne", stöhnt er ungeduldig. „Leck meinen Schwanz!"

Das lasse ich mir nicht zweimal sagen, sammele Feuchtigkeit in meinem Mund und lasse meine Zunge breit und nass über seinen Schaft gleiten. Ich blicke ihm in die Augen, als ich meine Lippen darum schließe und anfange, an ihm zu saugen. Es gefällt ihm, das sehe ich ihm an, und sein heiseres Stöhnen ist ein weiterer Beweis. Dann greift er nach mir. „Komm endlich her!"

Kaum dass ich mich über ihn gehockt habe, ohne ihn aus meiner Liebkosung zu entlassen, leckt er mich wild. Sofort krampft sich mein Unterleib zusammen.

Sein Schwanz wächst in meinen Mund zu seiner prachtvollen Größe und ich bin so damit beschäftigt, ihn zu verwöhnen, dass ich von meinem Orgasmus völlig überrascht werde. Kitzelnd explodiert er in meinen Schoß. Die seltsamen Geräusche, die ich von mir gebe, als ich mit Lucs Schwanz im Mund stöhne, tragen ihr Übriges dazu bei, dass mein Verlangen in Albernheit umschlägt.

„Isch bin ein bösches Mädschen", kichere ich. „Isch spresche mit vollm Mumd."

Bronnard prustet vor Lachen, packt mich um die Taille und wirft mich ohne Anstrengung aufs Bett, als wäre ich ein Katzenjunges. Dann legt er sich auf mich, meine ausgestreckten Arme fest im Griff haltend.

„Du nimmst das hier überhaupt nicht ernst, oder?" Er versucht, sein Lachen zu unterdrücken, aber es zuckt noch in seinen Mundwinkeln.

„Doch", sage ich. „Doch, sehr. Aber ich nehme dich nicht ernst."

„Ach, wirklich?"

„Ja, absolut und vollkommen wirklich."

Er sieht mir in die Augen. Sein Blick bändigt meine Albernheit, dringt durch den Groll, den ich seit vier Jahren gegen ihn hege, und berührt eine Stelle in mir, die mich ganz still werden lässt. Still und gleichzeitig unruhig. Wenn er mich noch ein paar Sekunden so ansieht, dann sage ich etwas, das ich überhaupt nicht sagen will. Etwas, das auch gar nicht stimmt. Was nur in diesem Moment wahr ist, wo ich seine Haut an meiner spüre und wir uns so fürchterlich wundervoll nahe sind.

Um den Bann zu brechen, befreie ich eine Hand und lasse sie zwischen seine Beine wandern, um seinen harten, warmen Schwanz zu umfassen. „Ich will das hier zu Ende bringen, Luc."

Er dreht sich auf den Rücken. „Dein Wunsch sei mir Befehl."

Ich rutsche wieder zwischen seine Beine, schnuppere den herben Geruch an ihm und hauche einen Kuss auf seine samtige, pralle Eichel. Mit einem Blick nach oben lecke ich mit der Zungenspitze darüber. Hat Luc zuerst noch seinen Kopf angehoben, um mir zuzusehen, so sinkt er nun mit einem langen Ausatmen nach hinten.

Ich öffne meinen Mund und nehme seinen Schwanz in mir auf. Sanft streiche mit der Zunge über die dicke Ader auf der Unterseite des Schaftes, liebkose das zarte Bändchen.

Als die ersten bitteren Lusttropfen über meine Zunge perlen und Bronnard rau und hemmungslos stöhnt, vibriert mein Unterleib. Ich will ihn so weit bringen, dass sein Verstand aussetzt, er in meinen Mund spritzt wie die Flasche Champagner und ich jeden Tropfen Brut de Bronnard schlucken kann.

Die Finger in seine muskulösen Oberschenkel gekrallt, sauge ich so gierig an ihm, dass schon bald ein Zittern durch Bronnards Körper läuft und er mit einem lauten Schrei stark und warm in meinem Mund kommt. In diesem Moment gibt es nichts Köstlicheres auf der Welt.

Ein paar Herzschläge vergehen. Doch kaum dass er wieder bei Atem ist, wirft er mich auf den Rücken und bringt sein Gesicht erneut zwischen meine Beine. Ich bin so erregt, dass ein einziger langsamer, weicher Zungenschlag von ihm genügt, um mich wieder zum Höhepunkt zu bringen.

Lächelnd sieht er mich an, nachdem ich mich wieder beruhigt habe. „Alles okay bei dir?"

„Ich bin müde", sage ich, kann mit einem Mal kaum noch die Augen offen halten.

„Dann schlaf ein wenig", erwidert er und deckt mich zu.

Ich strecke meine Hand nach ihm aus, streiche über seine bartschattige Wange. „Luc. Das ist ein schöner Name."

Er zuckt mit den Schultern. „Mir würde Georges besser gefallen."

„Georges?", frage ich und kichere albern. „Du bist doch kein Georges."

# § 4 – Reaktionen auf Ungeplantes

## § 4 (1) Luc

Innerhalb von Sekundenbruchteilen ist sie tief und fest eingeschlafen. Sie schnarcht sogar ein bisschen. Nein, das ist kein Schnarchen. Es klingt eher wie das Schnurren eines Kätzchens. Ein Kätzchen, das mich ganz schön ausgepowert hat. Ehrlich gesagt könnte ich auf der Stelle neben ihr einschlafen. Aber es würde mir ein ziemliches Armutszeugnis ausstellen, wenn sie aufwacht und ich im Sexkoma liege.

Um wieder zu Kräften zu kommen, bestelle ich beim Zimmerservice eine Platte mit Käse und Obst, dann lege ich mich neben Jeanne, während ich auf die Lieferung warte. Vorsichtig streiche ich eine Haarsträhne aus ihrem Gesicht. Ihre Wimpern sind lang und schwarz, ihre Nase zart, mit fein geschwungenen Flügeln. Ich halte den Zeigefinger darunter, spüre ihren warmen, gleichmäßigen Atem.

Meine Gedanken wandern ein paar Minuten zurück. Das ist mir bisher auch noch nicht passiert – dass eine Frau einen Lachkrampf bekommt, während ich sie lecke.

Ich küsse den kleinen Leberfleck auf ihrer linken Wange ganz dicht neben dem Mundwinkel. Insgeheim hoffe ich, dass sie davon wach wird. Sie schläft jetzt immerhin schon über zehn Minuten und ich vermisse ihre helle Stimme und ihre Berührungen. Am liebsten würde ich sie rütteln und dann nehmen, kaum dass sie die Augen geöffnet hat. Ihre herrliche, nasse Fotze erobern. Sie ficken, bis sie schreit.

In diesem Moment klopft es. Durch die geschlossene Tür hindurch weise ich den Zimmerservice an, das Tablett draußen stehen zu lassen, warte, bis sich die Schritte entfernen, und hole es dann rasch hinein. Ich habe keine Lust, mich anzuziehen. Wenn wir nur diese eine Nacht haben, ist jede Sekunde mit Jeanne, in der ich nicht nackt bin, die reinste Verschwendung.

Ich setze mich neben sie und fange an zu essen. Um mir die Zeit zu vertreiben, greife ich mein Smartphone. Francois hat mir eine Nachricht geschickt:

*Du warst plötzlich weg. Alles in Ordnung?*

Ich tippe „Jeanne ist bei mir", dann lösche ich die Nachricht wieder. Es fühlt sich wie Angeberei an. Und ein bisschen wie Verrat. Schließlich schreibe ich:

*Alles ok. Ich bin nicht allein.*

Nur ein kurzer Moment vergeht, dann kommt:

*Die kleine Elfe?*

Ich sehe zur Seite, zu Jeanne. An ihrem unruhigen Schlaf erkenne ich, dass sie bald erwachen wird. „Genau die", schreibe ich. „Die Elfe."

„Dann habt Spaß", antwortet Francois.

Ich lege das Smartphone beiseite und greife mir eine Weintraube. Während ich esse und trinke, streiche ich über Jeannes seidenweiche Haare und ihre runden Schultern. Ich fühle mich so verdammt glücklich, dass ich erschrecke, als ich es bemerke. Dass mein Herz so leicht wird in ihrer Nähe, war nicht geplant. Und es ist überhaupt nicht gut.

# § 4 (2) Jeanne

Es ist nicht viel Zeit vergangen, bis ich erwache, gerade einmal eine halbe Stunde. Trotzdem fühle ich mich erfrischt und munter. Luc sitzt auf dem Bett, die langen Beine ausgestreckt, und hat einen Teller mit Weintrauben und Käse neben sich. Nachdem er sieht, dass ich wach bin, reicht er ihn mir. „Ein Hurra auf den nächtlichen Zimmerservice. Hunger?"

Und wie! Ich greife zu und stelle fest, wie köstlich es schmeckt – die süßen Früchte bilden einen großartigen Kontrast zu dem milden Tête des Moine.

Als krönenden Abschluss vergrabe ich mein Gesicht an seiner Halsbeuge und atme tief ein. „Ich mag deinen Geruch."

„Immerhin etwas."

Er zupft eine Traube ab und steckt sie mir in den Mund. Ich zerbeiße die Frucht und lasse ihn von ihrer Süße kosten, indem ich meine Lippen direkt danach auf seine lege. Seine Hände fahren durch meine Haare, halten mich, als wir uns küssen. Wärme und Leichtigkeit durchströmen mich. Einen Moment lang ist es wieder da, dieses verwirrende Gefühl von vorhin, und ich bin versucht, mehr für ihn zu empfinden. Mehr als nur Lust. Kann das passieren? Hat Bronnard mich verliebt gevögelt?

Um den Gedanken abzuschütteln, räuspere ich mich und setze mich auf, weg von ihm. Die Bettdecke ziehe ich hoch, bis unter die Achselhöhlen.

„Ist dir kalt? Im Schrank ist noch eine zusätzliche Decke. Soll ich sie dir bringen?"

Jetzt wird er auch noch fürsorglich! Erst provoziert er mich, bis ich gar nicht anders kann, als in sein Bett zu springen, sorgt dort für die besten Orgasmen, die ich je hatte, und ist dann auch noch nett? War das etwa von Anfang an sein Plan? Gott, dieser Mann ist so teuflisch!

„Nein, ist nicht nötig, aber sehr rücksichtsvoll, danke."

Grinsend breitet er die Arme aus. „So bin ich. Immer bereit, Gutes zu tun und die Welt zu retten."

Unwillkürlich muss ich lächeln. Mir hat er heute schon so einiges Gutes getan ... *Verflixt! Hör auf damit, Jeanne – oder besser: Fang gar nicht erst damit an, mehr in ihm zu sehen als einen One-Night-Stand!*

„Und sonst so?", bemühe ich mich um Oberflächlichkeit, während ich die letzte Weintraube vom Teller nehme und zwischen den Fingern rolle. „Bei dir läuft alles gut? Ist irgendwas Wichtiges passiert, seit wir uns kennengelernt haben?"

Seine Augenbrauen sind dicht und dunkel, wodurch sie ihm einen beständig ernsten Ausdruck verleihen, vor allem, wenn er sie – so wie jetzt – fragend zusammenzieht.

„Ich habe eine Liste all der exorbitanten Dinge erstellt, die mir während der vergangenen Jahre zugestoßen sind. Willst du sie ausgedruckt oder per Mail?"

Ich lache so künstlich, dass es beim Zuhören schmerzt. Die Weintraube rutscht mir aus den Fingern und verschwindet in den Falten der Bettdecke. Fahrig taste ich nach ihr, bis Luc meine Hände packt und zwischen seinen festhält.

„Was zum Henker ist auf einmal mit dir los?"

Ich versuche, seinen Blick zu vermeiden – was schwierig ist, denn man kann sich zu leicht in ihm verlieren, während er einen gleichzeitig festhält. Ein Blick, der mich glauben lässt, ich wäre dem, der ihn mir schenkt, wichtig.

„Nichts. Ich musste nur daran denken ..." Ein Ausweichmanöver, ein Ausweichmanöver! Meinen Masterabschluss in Rechtswissenschaften für ein Ausweichmanöver!

„Ja?"

„Dass ich ... morgen wieder ins Büro muss. Am Samstag. Wahrscheinlich auch am Sonntag. Das ganze Wochenende. Es ist so viel Arbeit, manchmal nimmt es wirklich überhand." Ich verziehe die Lippen zu einem traurigen kleinen Lächeln und sehe an Lucs Gesichtsausdruck, dass er mir glaubt. Gerade noch mal gut gegangen!

„Also ist dein Job in der angesehenen Kanzlei doch nicht so großartig?"

„Es ist viel zu tun. Aber schließlich habe ich ja Jura studiert und nicht Faulenzerei." Meine Wangen werden heiß vor Scham. Was rede ich nur für einen Blödsinn?

„Das musst du nicht rechtfertigen. Ehrgeizige Berufseinsteiger, die sich beweisen wollen, werden allzu häufig ausgebeutet – und wissen oft nicht, wann sie eine
Grenze ziehen müssen."

So eine Grenze muss ich jetzt bei ihm ziehen, denn es
gefällt mir nicht, behandelt zu werden, als könnte ich
nicht auf mich selbst aufpassen. Und es gefällt mir
nicht, dass Luc recht hat.

„Ich lasse mich nicht ausbeuten. Ich arbeite hart,
denn ich will erfolgreich sein. Traust du mir das nicht
zu, weil ich eine Frau bin?"

Abwehrend hebt er die Hände. „Das habe ich weder
gesagt noch gemeint –"

„Du arbeitest doch bestimmt auch nicht von nine to
five."

„Nein, aber –"

„Na also! Und auch wenn Montpellier keine Stunde
vom Meer entfernt ist und ich dort gerne mal hinfahren würde – oder überhaupt irgendwohin –, es aber
nicht schaffe, weil ich Tag und Nacht im Büro sitze und
den Rest meiner verbleibenden Zeit völlig ausgelaugt
bin, so heißt das noch lange nicht, dass mich das unglücklich macht. Ich meine, deine Kanzlei ist in der Rue
de Marengo, aber deshalb bist du doch auch nicht jeden
Tag im Louvre, oder?" Selbstbewusst sehe ich ihm direkt ins Gesicht und verbuche das hier als Sieg. Zumindest so lange, bis Luc anfängt zu reden.

„Du hast recht, das bin ich natürlich nicht. Eigentlich
war ich seit Jahren nicht im Louvre. Wir schätzen wohl
nur wert, was in der Ferne liegt, und nehmen uns dafür
Zeit. Aber ich finde es interessant, dass du so genau
weißt, in welcher Straße sich meine Kanzlei befindet."

Bei den letzten Worten bildet sich ein arrogantes Grinsen auf seinen Lippen. Er hat mich ertappt.

Nach unserer ersten Begegnung habe ich immer wieder seine Firmenhomepage aufgerufen. Habe jede Seite genauestens inspiziert, von „Das Team" bis zu „Kontakt". Und genau das weiß er jetzt. Und das ist nicht gut.

„Als ehrgeiziger Berufseinsteiger kennt man die Adressen der interessanten Kanzleien", versuche ich, mich herauszureden. Aber Luc schneidet mir das Wort ab, indem er mir die Bettdecke herunterzieht und mich mit einem leichten Stoß gegen die Schulter auf die Matratze wirft. Die Entschiedenheit, mit der er auftritt, jagt mir einen wohligen Schauer über den Körper und ich bin dankbar, dass er das Thema so offensichtlich unterbricht. Als er sich über mich beugt, räkele ich mich und zeichne mit den Fingerspitzen seinen kräftigen Bizeps nach.

Lucs Hände graben sich in meine Haare. „Nachdem du jetzt endlich still bist, würde ich gerne irgendetwas sagen. Etwas, das dich zum Lachen bringt oder feucht werden lässt. Aber mir fällt nichts ein. Ich kann mich nur auf diese kleinen grünen Flecken im Braun deiner Augen konzentrieren. Als würde man in einen Wald schauen."

*Na toll, jetzt sind wir wieder an dem Punkt, dem ich eigentlich entgehen wollte. Der, an dem mein Herz zu einem Ballon wird und mein Hirn zu einem rosa Wattebausch.*

Ich presse meine Hände gegen Lucs Brust, als er mich küssen will. „Echt jetzt? Du vergleichst meine Augen mit einem Wald, weil sie braun sind? Das ist ja wohl dermaßen unoriginell und kitschig, dass es mal gar nicht nach dem Luc Bronnard klingt, den ich kenne", versuche ich, der Situation ihren Ernst zu nehmen.

Er setzt sich auf und obwohl er immer etwas ungehalten aussieht, glaube ich, dass er jetzt tatsächlich ärgerlich ist. „Du kennst mich nicht, Jeanne. Du kennst mich nicht im Geringsten."

„Ach ja? Verbirgt sich hinter der harten Schale des überheblichen Machos etwa ein sensibler Junge, der gern Gedichte schreibt?"

*Wow, fühlt sich das gut an, ihm die Meinung zu geigen und mich nicht unterbuttern zu lassen!* Gleichzeitig aber würde ich am liebsten heulen.

Ruckartig steht Luc auf. Dabei bemüht er sich nicht einmal, seine Nacktheit zu bedecken. Warum auch? An seinem Körper ist nichts, was verborgen werden müsste. „Ich gehe ins Bad", sagt er dann. „Hau ab, wenn du willst. Solltest du bleiben, dann beschwer dich morgen früh nicht."

Er verschwindet durch die Tür und gleich darauf höre ich das Rauschen der Dusche. Seine harten Worte lassen mich für einen Moment wie gelähmt zurück, dann aber werfe ich die Bettdecke zur Seite und gehe ans Fenster. Mein schemenhaftes Spiegelbild schwebt vor dem Nachthimmel. Vielleicht läuft auf der Straße unter mir gerade eine junge Frau, die sich fragt, für was sie sich entscheiden soll: für den Weg in ihr langweiliges Zuhause oder für eine vage Hoffnung auf Genugtuung und Abenteuer. Würde sie mich um Rat bitten, hätte ich keine Antwort für sie. Ich weiß nur, dass ich jetzt auf keinen Fall gehen werde.

Ein paar Minuten starre ich reglos in die Dunkelheit, bis sich die Badezimmertür öffnet und Lucs Spiegelbild neben meinem auf der Fensterscheibe erscheint. Ich drehe mich nicht um, als er auf mich zukommt, warte, bis er direkt hinter mir steht. Erst dann wende ich mich ihm zu. Seine duschwarme Haut verströmt den Sandelholzgeruch des Shampoos. Am liebsten würde ich in seine Schulter beißen, so gut riecht er.

„Du bist ja noch da."

„Offensichtlich." Langsam schlendere ich zum Bett, hocke mich auf allen Vieren hin, drehe ihm meinen Hintern zu. „Und jetzt, Luc? Was willst du tun, dass ich morgen einen Grund hätte, mich zu beschweren?"

„Reiz mich nicht, Jeanne. Sei vorsichtig", knirscht er.

Ich blicke ihn über meine Schulter hinweg an. Sehe, wie er auf mich zukommt und sein Schwanz so steil aufgerichtet ist, dass er beinahe seinen Bauch berührt. Der Anblick lässt mich sofort feucht werden und es zieht fast schmerzhaft in meinem Unterleib.

Ich schließe die Augen. Ich will nichts mehr sehen, will nur noch fühlen – alles, was er mir gibt, egal, *was* er mir gibt.

Die Matratze sinkt ein, als er sich hinter mich kniet. Jeden Muskel in meinem Körper angespannt, warte ich auf das, was er tun wird. Die Sekunden dehnen sich, meine Nässe rinnt kitzelnd an der Innenseite meiner Oberschenkel herab. Wann berührt er mich endlich?

„Luc", flüstere ich, „ich kann nicht mehr warten."

Ganz sachte legt er seine Hände auf meinen Hintern. Mir bleibt die Luft weg.

„Du machst mich wahnsinnig, Jeanne", sagt er mit rauer Stimme.

„Hoffentlich auf die gute Art", erwidere ich. Keine Ahnung, warum ich versuche, witzig zu sein.

„Auf jede Art."

Ich spüre einen sanften Kuss, genau dort, wo meine Wirbelsäule endet. Überrascht keuche ich Lucs Namen. Zärtlich leckt er über die empfindliche Stelle, saugt daran und fährt mit steifer Zunge über meine Pobacken. Auf die Nässe, die er hinterlässt, haucht er warmen Atem. Keine Ahnung, was ich erwartet habe, vielleicht Schläge. Aber nicht diese überwältigende Sinnlichkeit.

Mein zitterndes Stöhnen klingt fast wie Weinen und ich nenne ihn „Liebster", sage, dass es der Himmel ist, bei ihm zu sein. Er kostet seine Macht über mich aus, streichelt und leckt mich, bis ich vor Lust beinahe vergehe. Halt suchend kralle ich kralle meine Hände in das Laken. Vergeblich. Meine Arme geben nach, bis ich mit dem Oberkörper auf das Bett sinke.

Der Moment, den Luc braucht, um sich ein Kondom überzuziehen, scheint eine Ewigkeit zu dauern und als er endlich in mich eindringt, komme ich mit einer solchen Intensität, dass mir Tränen über das Gesicht laufen.

Das hier ist seine Rache für den Streit, den ich angezettelt habe. Er macht mir deutlich, dass ich ihm nichts entgegenzusetzen habe, wenn er es darauf anlegt.

Die Heftigkeit meines Orgasmus lässt mich schwach und kraftlos zurück, aber Luc ist noch lange nicht fertig. Er drückt mich auf die Matratze und zwingt meine Oberschenkel mit seinen Beinen zusammen. Dadurch werde ich enger, spüre seinen Schwanz noch größer und drängender in meinem zuckenden Schoß.

„Du glaubst, du kennst mich, Jeanne?", presst er keuchend hervor. „Du hast keine Ahnung."

Er schiebt seine Hände unter meine Brüste, knetet sie grob und beißt mich in den Nacken, als wäre ich seine Beute. Unbarmherzig treibt er mich wieder hoch, nimmt mich ausdauernd und hart. Ich schmelze unter ihm, bin schweißgebadet, bin nur noch seins. Und genau das will ich. Dieses Gefühl, besessen zu werden, über alle Grenzen hinaus begehrt zu sein.

Die Zeit bleibt stehen, als ein so überwältigender Höhepunkt von mir Besitz ergreift, dass ich ihm kaum gewachsen scheine. Ich lebe und sterbe im selben Moment, versuche, meine Schreie im Kissen zu dämpfen, aber Luc greift in meine Haare und zieht meinen Kopf nach oben. Er macht es mir unmöglich, mich zu verstecken. Mit kräftigen, beinahe wütenden Stößen ergießt er sich in mir. Das ist sein Triumph. In diesem Moment gehöre ich ihm. Mit Haut und Haaren.

Kurz darauf zieht er sich aus mir zurück, legt sich hin und zieht mich an sich. Sein wilder Herzschlag dröhnt im Einklang mit meinem, als er Arme und Beine um mich schlingt. Ich presse meine Lippen an seine Schulter, koste den salzigen Schweiß auf seiner Haut.

„Ich habe es dir gesagt", flüstert Luc. „Du machst mich wahnsinnig."

Wehmütig streiche ich mit den Fingern über seinen Oberkörper, nehme innerlich Abschied, bevor ich es sage: „Ich werde jetzt gehen."

„Was?"

Ich entziehe mich seiner Umarmung und setze mich auf. „Ich gehe. Wir sind hier ja wohl durch, oder?"

Mit beiden Händen streicht er sich die Haare aus der Stirn. „Hör auf, dich wie ein trotziges Kind zu verhalten, Jeanne. Du nimmst mir übel, dass du das zwischen uns genießt. Das ist absurd."

Was soll ich ihm sagen? Ich kann doch nicht zugeben, dass ich Angst davor habe, wie sehr er meine Gedanken und meinen Körper beherrscht. „Reicht es dir immer noch nicht, Luc? Ich will auf jeden Fall nach Hause."

Mit festem Griff zieht er mich an sich. „Wem willst du etwas vormachen? Du hast in meinen Armen nicht vor lauter Kummer gestöhnt – weder damals noch heute. Akzeptiere endlich deine Lust. Mit wem auch immer du sie noch ausleben wirst."

Dieser Hinweis auf zukünftige Männer in meinem Leben – auf andere Männer – macht mich unendlich traurig. Er kann mich so unglaublich leicht verletzen und so tief.

Mein Versuch, mich dagegen zu wehren, ist wie das Kratzen mit einer stumpfen Klinge. „Okay. Aber nur, wenn du akzeptierst, dass du nicht automatisch ein guter Mensch bist, nur weil du mich kommen lässt."

„Meinetwegen", sagt er mit erschöpftem Lächeln. „Was immer du brauchst, um dich als Siegerin zu fühlen. Hauptsache, du legst dich jetzt hin und schläfst ein paar Stunden neben mir."

In diesem Moment kommt mir zum ersten Mal der Gedanke, dass er einsam sein könnte. Ich gebe meinen Widerstand auf und schmiege mich an ihn. „Also gut. Ein paar Stunden?"

Er zieht die weiche Decke über uns. „Ein paar Stunden."

# § 4 (3) Luc

Jeanne schläft wieder. Ihr Kopf lehnt dabei an meiner Brust, ihre Haare kitzeln mein Gesicht und ihre Hand liegt auf meinem Schwanz. Vielleicht hindert mich dieser sanfte Griff daran, selbst Ruhe zu finden. Oder es sind meine Gedanken, die unablässig kreisen.

Ich hätte Jeanne gehen lassen sollen, als sie es wollte. Noch besser wäre es, ich hätte sie gar nicht erst in mein Bett geholt. Genau genommen war es das Dämlichste, sie damals, vor vier Jahren, zu verführen. Eine ganze Reihe mieser Entscheidungen haben dazu geführt, dass ich nun diese Frau im Arm halte, sie so intim kennengelernt habe, wie es nur möglich ist, und trotzdem nicht weiß, was ich will. Ob sie gehen oder bleiben soll. Als ob ich darauf einen Einfluss hätte!

Bevor ich mir endlich den dringend notwendigen Schlaf gönne, schicke ich Francois eine Nachricht, dass ich es morgen nicht um acht zum Frühstück schaffen werde. Dann stelle ich das Smartphone auf lautlos und befreie mich aus Jeannes Griff. Mit meinem Mund streichele ich ihre zarten Lippen. Kurz in ihrer Ruhe gestört, lächelt sie und murmelt etwas, das sich wie mein Name anhört. Danach schläft sie sofort wieder tief und fest.

Während meine Hand auf ihrem Schoß liegt, schließe ich die Augen. Meine letzten Stunden mit Jeanne Monnet.


# § 4 (4) Jeanne

Mein Schlaf ist tief, traumlos und endet kurz vor neun am nächsten Morgen. Die Wintersonne blendet durchs Fenster. Ich muss endlich von hier verschwinden, aber das Bett ist so wunderbar warm und bequem, dass ich mich noch einmal umdrehe.

Luc liegt schlafend neben mir auf dem Rücken. Ich nutze diese friedlichen Minuten, um mir sein Gesicht einzuprägen: seine breite Stirn, die dunklen, gewölbten Augenbrauen, die kräftige Nase und seine schön geformten Lippen. Wie konnte ich ihn jemals nicht attraktiv finden?

Unwillig reiße ich mich von seinem Anblick los, stehe auf und greife meinen Mantel. Dann hole ich, so leise wie nur möglich, meine Handtasche aus dem Flur. Rasch ziehe ich mich im Bad an und benetze mein Gesicht mit Wasser. Eigentlich müsste ich dringend duschen – nicht nur, um mich zu säubern, ich habe auch überall Muskelkater. Selbst an Stellen, an denen kein Mensch Muskeln haben sollte. Aber ich will keine unnötigen Geräusche machen, deshalb verzichte ich darauf. Hoffentlich komme ich hier raus, ohne dass Luc aufwacht.

Meine Schuhe in der Hand schleiche ich aus dem Bad und habe natürlich kein Glück. Er sitzt im Bett, mit zerzausten Haaren und verschlafenem Gesicht, die Augen ganz klein. Mein Herz stolpert, als ich ihn so sehe.

„Bleib doch noch", sagt er und streckt sich gähnend. „Ich kann uns Kaffee und Croissants aufs Zimmer bestellen."

„Meinst du das ernst?", frage ich ungläubig. „Wir frühstücken zusammen wie irgendein Pärchen, das es sich bei einem gemeinsamen Wochenendtrip gut gehen lässt?"

„Warum denn nicht?"

Gute Frage ohne Antwort. Ich öffne den Mund, schließe ihn wieder und schüttele nur den Kopf.

„Jetzt komm schon, Jeanne. Ich bin kein romantischer Mann und nicht sehr gut mit netten Worten, aber es ist lange her, dass mich eine Frau so wenig gelangweilt hat, dass ich mit ihr frühstücken wollte."

Und da habe ich meine Antwort. Weil er außerhalb der *erotic twilight zone* ein selbstgefälliger, überheblicher und arroganter Macho ist.

„Rührend. Trotzdem – nein."

Er hält den Kopf ein wenig schräg, sieht mich mit gerunzelter Stirn an wie ein Schüler, der über einer schwierigen Matheaufgabe brütet. Ganz langsam breitet sich Begreifen auf seinem Gesicht aus. „Du willst wirklich weg?"

Ich hebe die Arme, um das Offensichtliche zu untermalen.

„Habe ich irgendetwas falsch gemacht?"

„Kommt drauf an, was du dir vorgenommen hattest. Wenn es dein Plan war, mich in Grund und Boden zu vögeln, dann herzlichen Glückwunsch. Mission erfüllt. Ging es dir darum, mein Herz zu erreichen, dann hast du versagt."

„Würdest du es denn überhaupt zulassen? Dass ich dein Herz erreiche?"

So wie er mich jetzt ansieht, will ich mich am liebsten in seine Arme werfen, mich neben ihm einkuscheln und mit Croissants und Küssen füttern lassen. Stattdessen richte ich mich kerzengerade auf und weiß, dass der Moment gekommen ist, um für jenen Abend vor vier Jahren Genugtuung zu erlangen.

„Was erwartest du denn? Dass das hier der Beginn von etwas Großem, Romantischen wird?" Diese schmerzhaften Worte, an die ich mich erinnere, als seien sie in mein Gedächtnis eingebrannt, werden wieder gesagt – diesmal von mir. „Wir sind doch nicht in einer Kinoschnulze. Wir wollten Sex, wir hatten Sex. Red dir nicht ein, dass es etwas anderes war – weder zum Guten noch zum Schlechten."

Als ich das Zimmer verlasse, in dem ich keine zwölf Stunden verbracht habe, kommt es mir vor, als verließe ich ein Zuhause. In dieser kurzen Zeit habe ich mit Luc die intensivste Beziehung meines Lebens geführt. Aber wie es um mein Herz steht, hat ihn nicht zu interessieren.

***

Zu Hause sinke ich wie tot in mein Bett und wache erst am späten Abend wieder auf. Unwillkürlich taste ich nach Luc und begreife allmählich, dass er nicht da ist. Mehr noch, er fehlt.

Mit fliegenden Fingern krame ich das Smartphone aus meiner Handtasche und rufe im Hotel an. Vielleicht ist er ja noch da, vielleicht ...

Der freundliche Rezeptionist, der ans Telefon geht, informiert mich, dass es ihm sehr leidtue, aber Monsieur Bronnard habe vor einigen Stunden ausgecheckt.

Ich lasse mich zurück aufs Bett fallen. Mein Kopf ist ganz leer. Ich sollte mich freuen, dass es vorbei ist. Aber was ich mir von dieser Nacht erhofft hatte – ihn vergessen zu können –, wird mit Sicherheit nicht eintreten. Im Gegenteil. Das hier ist erst Tag eins nach Luc. Wie viel Zeit wird vergehen, bis ich ihm zufällig wieder über den Weg laufe? Erneut vier Jahre? Oder zehn? Zwanzig? Dreißig? Wie viele Tage sind das? Verdammt viele. Wie soll ich die alle überstehen? Hätte ich mit ihm frühstücken sollen? Hätte ich mich nicht wie ein gekränktes Kleinkind aufführen sollen? Hätte ich mit ihm reden sollen? Hätt' ich nur, hätt' ich nur, hätt' ich nur!

Nachdem ich den restlichen Samstag im Bett und den ganzen Sonntag im Büro verbracht habe, um meine Arbeiten zu erledigen, erlaube ich es mir am Montag, ungefähr alle fünf Minuten Lucs Kanzleihomepage zu öffnen.

Jedes Mal beginne ich, seine Nummer zu wählen, lege aber immer nach den ersten Ziffern auf. Ich habe nach einem Grund gesucht, ihn anzurufen, aber ich finde keinen. Zumindest keinen, bei dem ich mir nicht bedürftig und lächerlich vorkäme, würde ich ihn Luc gegenüber zugeben. Also muss ich sie aushalten, diese Sehnsucht, die sich wie eine Krankheit anfühlt.

# § 4 (5) Luc

Die Tür hat sich gerade hinter Jeanne geschlossen, aber die Luft scheint nach ihrem Abgang noch zu vibrieren. Und was das für ein Abgang war! Ihre letzten Worte waren sehr verletzend, das muss ich schon sagen. So etwas würde mir nie über die Lippen kommen. Ehrlich gesagt verstehe ich auch gar nicht, was sie für ein

Problem hat. Der Sex war gut. Richtig gut. Und mehr, als ihr zu sagen, dass sie eine angenehme Gesellschaft sei, kann man nach einer Nacht nun auch nicht von mir erwarten. Weiber!

Ich lasse mich wieder aufs Bett fallen und atme ihren Geruch ein, der in den Kissen hängt, das blumige Parfum und der Duft ihrer Lust. Ich vergrabe meine Nase im Bettzeug und atme tief ein, bevor ich vor mir selbst erschrecke und hastig aufstehe. Duschen, anziehen, Koffer packen, auschecken.

Mein Flieger geht erst in vier Stunden, also setze ich mich doch noch in das Hotelrestaurant und frühstücke. Der Kaffee ist hervorragend, das Croissant butterweich. Das alles hätte Mademoiselle Monnet auch haben können.

Ich ertappe mich bei dem Gedanken, dass es nett wäre, säße sie mir jetzt gegenüber und würde etwas erzählen. Meinetwegen auch meckern, das kann sie sowieso am besten. Nein, am besten kann sie etwas ganz anderes.

Mein Smartphone vibriert – eine Nachricht von Francois:

*Schade, dass es mit dem gemeinsamen Frühstück nicht geklappt hat. Sehen wir uns demnächst mal wieder? Mutter und Vater würden sich auch über einen Besuch freuen.*

Seine Mutter, sein Vater. Meine Pflegeeltern. Sie haben ihr Bestes gegeben, aber ich habe den Unterschied in ihrem Verhalten Francois und mir gegenüber immer gespürt. Einen Unterschied, wie ihn die Erst- und Zweitbesetzung im Theater ausmacht. Wegen des Stars kauft man das Ticket und zieht sich elegant an, beim Understudy ist man froh, wenn er ohne Textpatzer durch das Stück kommt.

„Ich rufe sie an", schreibe ich. „Ist nur sehr viel zu tun."

„Sie wären wirklich froh, von dir zu hören", kommt die umgehende Antwort und gleich hinterher: „Wirst du die Elfe wiedersehen?"

Ich lege das Smartphone beiseite und widme mich meinem Frühstück. Francois hatte schon immer die Angewohnheit, mit dem Finger genau in der Wunde zu bohren. Er nennt dieses Verhalten „Interesse an seinen Mitmenschen zeigen" und weil er sowieso keine Ruhe geben würde, antworte ich:

*Wohl eher nicht.*

Himmel, diesmal trifft seine Nachricht nur Sekundenbruchteile nach meiner ein. Hat der Mann nichts anderes zu tun?

*Wieso? Was ist schiefgelaufen?*

Keine Ahnung. Aber das schreibe ich natürlich nicht, sondern:

*Ich wollte mit ihr schlafen, keine Familie gründen. Du kennst mich.*

Diesmal antwortet er nicht mehr und dieses Schweigen zeugt von seiner Enttäuschung über meine Worte.

***

Als ich einige Stunden später endlich meine Wohnungstür aufschließe, schlägt mir betäubende Stille entgegen. Graues Nachmittagslicht flutet die Räume. Rasch schalte ich im Wohnzimmer erst die Deckenlampe an, dann das Radio. Schon besser.

Ich öffne das Fenster, um die Pariser Dezemberluft hinein- und die stickige Wohnungsluft hinauszulassen. Dabei genieße ich den Ausblick. Wie goldene Flüsse mäandern die Straßen durch das Land aus Häusern, fließen in breiten Strömen auf das Pantheon und den Eiffelturm zu, dessen Illumination wie ein verfrühtes Silvesterfeuerwerk flackert. Die Farben der Stadt lassen Wärme erhoffen, aber es ist kalt. Trotzdem schließe ich das Fenster noch nicht.

***

Im Laufe des Montagvormittags spiele ich diverse Male mit dem Gedanken, Jeanne anzurufen, verwerfe ihn aber jedes Mal wieder. Mir fallen keine passenden ersten Worte ein. Weder „Bist du gut nach Hause gekommen?" noch „War doch schön mit uns" scheint mir das Richtige zu sein. Also beschränke ich mich darauf, ab und zu auf der Homepage ihrer Kanzlei ihr Foto anzusehen und jedes Mal darüber zu grinsen, wie bemüht seriös und professionell sie in die Kamera blickt. Die leidenschaftliche Frau von Freitagnacht erkenne ich darauf kaum.

Nachdem ich mit Suzanne und Leonie zu Mittag gegessen habe, fange ich endlich an zu arbeiten. Am

Abend greife ich dann aber doch noch einmal nach dem Telefon, um Jeanne anzurufen. „Ich muss die ganze Zeit an dich denken" wäre doch ein akzeptabler Einstieg in ein Gespräch.

Allerdings – und diese Überlegung lässt mich wieder Abstand nehmen – hat sie mir unmissverständlich gezeigt, dass sie kein Interesse an weiterem Kontakt hat. Wenn eine Frau nicht einmal mit Kaffee und Croissants zu halten ist, dann ist alles vergebens. Jeanne Monnet wird für mein Leben nicht mehr bedeuten als zwei erstaunliche Begegnungen und ein wenig Melancholie.

Als ich gegen acht Uhr abends endlich nach Hause gehen will, betritt Anais mein Büro und lehnt sich lasziv gegen den Türrahmen, während sie eine Haarsträhne um ihren Zeigefinger dreht. „Hat dir mein Foto gefallen?", haucht sie.

Es dauert einen peinlich langen Moment, bis mir das Bild ihrer Weihnachtsmannmöpse einfällt. „Durchaus. Ich hatte dir ein LOL geschickt, nicht wahr?"

„Genau, ein LOL. Ein ROFL wäre mir aber lieber gewesen. Oder ein Lachtränensmiley."

Großartig, noch eine Frau, die mich nicht ernst nimmt. Muss an mir liegen. „Dann weiß ich ja, was ich dir zu Weihnachten schenken kann, Anais", versuche ich mich an einem Scherz.

Sie kommt mit wiegenden Hüften auf mich zu und knöpft dabei ihre dunkelblaue Bluse auf. „Dein Geschenk kannst du jetzt schon haben."

Sie trägt keinen BH, sondern tatsächlich nur diese Sticker auf den Nippeln. Das macht mich an, ist aber auch etwas absurd. Während ich ihre dunkelbraunen

Knospen mit einem raschen Ziehen befreie, kann ich mich nicht enthalten, *We wish you a merry Christmas* zu summen. Sie greift meine Hände, legt sie auf ihre Brüste und presst sie fest zusammen. Anais mag es hart – bei unserem ersten Fick hat sie ihre Vorliebe nachdrücklich kommuniziert.

Ich halte ihre Knospen mit den Fingerspitzen, ziehe daran und drücke gleichzeitig meine Nägel hinein, bis Anais keucht und ihre Augen glänzen. Binnen Sekunden verwandelt sie sich von einer toughen Frau in eine demütig erwartende Geliebte. Ich würde lügen, wenn ich sage, dass ich das nicht reizvoll finde, allerdings geht mir ihre Hingabe zu weit – einer der Gründe, warum ich mich eigentlich nicht mehr auf sie einlassen wollte. Aber um die Gedanken an Jeanne loszuwerden, kommt sie gerade recht.

„Zieh dich aus.“

Hastig entledigt sie sich ihrer Kleidung, dann bleibt sie wie eine brave Schülerin wartend stehen. Ich schiebe ein paar Akten auf meinem Schreibtisch beiseite, packe Anais mit festem Griff im Nacken, drücke ihren Oberkörper auf den Tisch und befehle ihr, sich auf die Zehenspitzen zu stellen. Dann setze ich mich wieder auf meinen Stuhl und öffne mein Mailprogramm. Gerade ist eine Nachricht eines Mandanten eingetroffen, die ich aufmerksam lese, während Anais nackt über meinem Schreibtisch hängt und schwer atmet.

Nachlässig greife ich an ihren Oberschenkel, lasse sie so ihre Beine weiter spreizen. Bestimmt ist diese Haltung nicht sehr bequem für sie, aber als ich mit dem

Zeigefinger durch ihre Spalte fahre, überzeugt mich ihre Nässe davon, dass ihr meine Behandlung gefällt.

Kaum dass ihr ein leises Stöhnen entfährt, ziehe ich meine Hand wieder zurück und nehme mir viel Zeit, um eine Antwort an meinen Mandanten zu formulieren. Erst nachdem ich sie versendet habe, widme ich mich wieder Anais.

„Wehe, du gibst auch nur einen Laut von dir", wispere ich in ihr Ohr, bevor meine Schläge hart und schnell wie Peitschenhiebe auf ihren Hintern knallen. Anais windet sich, versucht in einem Moment, sich zu entziehen, nur um mir im nächsten Augenblick ihr Hinterteil auffordernd entgegenzustrecken.

„Schlag mich ...", stöhnt sie, was mich verwundert, weil ich das ja gerade tue, aber dann fügt sie hinzu: „Mit dem Lineal. Nimm das Lineal."

Während ich im Durcheinander meiner Schublade danach krame, überlege ich, was jetzt eigentlich die größere Qual für sie wäre: sie zu schlagen oder sie nicht zu schlagen. Ein interessanter Gedanke, der mir einmal mehr zeigt, dass diese ganze Dom-Sub-Geschichte mich bei Weitem nicht so interessiert wie stinknormaler, handfester Sex, bei dem man am Ende schweißüberströmt und völlig ausgelaugt seine Gespielin in den Armen hält, ihr die langen Haare aus dem geröteten Gesicht streicht und sich in ihren lustvoll geweiteten braunen Augen verliert.

Als mir bewusst wird, wen ich bei diesen Gedanken vor Augen habe, ziehe ich die Augenbrauen zusammen. *Vergiss Jeanne!*, befehle ich mir und setze einen ersten Hieb. Ein roter Striemen bleibt auf Anais' heller Haut zurück, zu dem sich gleich ein zweiter und ein dritter gesellen. Wie sich so eine Markierung wohl auf Jeannes süßem Arsch ausmachen würde? Würde sie wollen, so behandelt zu werden? Würde *ich* sie so behandeln wollen?

„Fuck, ist das gut", stöhnt Anais und reißt mich dankenswerterweise aus meinen irrlichternden Überlegungen. „Mach weiter. Bitte."

Nein, diesmal nicht. Sofort höre ich auf, lasse sie liegen und verlasse das Büro, wobei ich die Tür nicht schließe. Die Möglichkeit, von anderen entblößt und bezwungen gesehen zu werden, macht Anais besonders heiß. Ich erfülle ihr diesen Wunsch jedoch nur, weil außer uns niemand mehr im Büro ist. Mein Ruf ist bei Suzanne und Leonie schon schlecht genug, da muss man nicht auch noch eine nackte Angestellte mit rot geprügeltem Hintern auf meinem Schreibtisch finden.

Nachdem ich in der Küche einen Espresso getrunken habe, kehre ich zurück und hoffe für einen Moment, dass Anais gegangen ist, doch sie scheint sich keinen Zentimeter bewegt zu haben. Ihre Unterwürfigkeit verursacht kurz ein flaues Gefühl in meinem Magen, aber ihr Anblick ist überaus anregend, sodass ich es schnell verdränge.

Ich stelle mich hinter sie und greife zwischen ihre Beine, wo ich sie hart reibe, ihre Schamlippen ziehe und zwirbele, bis mir ihre Feuchtigkeit über die Finger rinnt. Ihr Atem geht schnell und stoßweise und bei all dem Angebot, das vor mir liegt, ist es gerade dieses Geräusch, das mich hart werden lässt.

Da ich keine Lust mehr habe, weiterhin Anais' kleine Vorlieben zu erfüllen, öffne ich meine Hose, ziehe mir ein Kondom über und nehme sie, nur auf meine Erleichterung bedacht.

Anais' Schreie erfüllen das Büro, aber so geil sie auch ist, fällt es ihr wie schon bei unserem ersten Mal schwer zu kommen. Sie kämpft um jeden Orgasmus so hart wie andere um den Sieg beim Paris-Marathon. Gott sei Dank gibt sie mir hilfreiche Anweisungen.

„Meine Haare", keucht sie. „Greif meine Haare. Zieh daran."

Ich reiße an ihren goldblonden Locken.

„Fester! Bitte!"

Es kostet mich etwas Überwindung, aber dann zerre ich so heftig, dass ihr Kopf in den Nacken fliegt und eine Strähne in meiner Hand zurückbleibt. In diesem Moment kommt sie. Heftig zuckend presst sich ihre Fotze um meinen Schwanz und ich spritze ab, merke aber kaum etwas davon. Auf einmal ist es merkwürdig und alles andere als anturnend, auf diesen nackten, gefälligen Körper zu schauen.

Langsam richtet sich Anais auf und wischt sich ein paar Tränen von den geröteten Wangen. Dabei lächelt sie mich an, als hätten wir einen romantischen Moment vor einem prasselnden Kaminfeuer geteilt. Es ist schon seltsam, ich arbeite bereits einige Jahre mit Anais zusammen, aber seit wir intim geworden sind, habe ich das Gefühl, sie überhaupt nicht mehr zu kennen.

„Warum willst du das?", frage ich sie. „Was gefällt dir daran?"

Statt zu antworten, geht sie vor mir auf die Knie, nachdem sie das Kondom entsorgt hat, und lutscht meinen Schwanz sauber. Dann zieht sie sich an und verlässt das Büro. Ich habe keine Ahnung, wer hier wen benutzt hat. Also verbuche ich die Erfahrung als einvernehmlichen Sex unter Erwachsenen und gehe nach Hause.

# § 5 – Feiertagsdiversität

## § 5 (1) Luc

Am Abend des 24. Dezember komme ich in meiner Geburtsstadt Garron an. Nichts hat sich hier verändert, nicht während der letzten zwölf Monate und auch nicht während der letzten zwanzig Jahre. Den einzigen Unterschied bilde ich. Als ich ging, war ich ein schlaksiger Junge im abgetragenen Blouson aus Fallschirmseide. Zurück kam ein bulliger Typ im schwarzen Mantel – und nicht ein einziges Mal wurde ich bei meinen alljährlichen Besuchen erkannt. Gut so.

Das Zimmer im Hotel Royale ist wie immer eine Zumutung. Nachdem ich im stockfleckigen Bad geduscht habe, lege ich mich auf das Bett, dessen Lattenrost aus Kaugummi zu bestehen scheint. Die Luft riecht nach altem Rauch, auf dem Teppichboden finden sich unidentifizierbare Flecken und der Fernseher hat die Größe einer Keksdose. Dennoch fühle ich mich hier mehr zu Hause als in der spießig-schicken Suite des Hotels Massenet in Montpellier.

Mein Aufenthalt dort kommt mir seltsam fern vor, dabei ist seitdem keine Woche vergangen. Wenn ich an meine Nacht mit Jeanne denke, dann ist mir mittlerweile, als sähe ich einen Film Noir – grobkörnig und in schwarz-weiß –, der Mann kein Held und die Frau keine Heilige. Nur eines steht mir noch ganz klar vor

Augen: der Blick, den sie mir zuwarf, bevor sie das Zimmer verließ. Dieser lange, tiefe Blick, in dem ich weder den erwarteten Abscheu lesen konnte noch die erhoffte Traurigkeit. Nur Zweifel.

Ach, verdammt! Garron tut mir nicht gut! Die Stadt macht mich melancholisch. Ich sollte die Feiertage besser in der Karibik verbringen, am Strand und mit einer Frau, deren Körpereinsatz mich derart beansprucht, dass mir keine Zeit mehr für Gedanken an etwas anderes bleibt.

Das klingt nach einem guten Plan für nächstes Jahr. Aber vorerst begnüge ich mich damit, den Fernseher einzuschalten und auf dem winzigen Bildschirm die mysteriösen Abenteuer von Mulder und Scully zu verfolgen. Hier ist sogar das Fernsehprogramm eine Zeitreise.

***

Am nächsten Morgen checke ich schon kurz nach acht wieder aus. Die Sonne steckt hinter schneesatten Wolken fest und eine eigentümliche graue Dämmerung liegt über der Stadt. Ganz passend, schließlich gehe ich zum Friedhof.

Mein Weg führt mich vorbei an den verkommenen Betonbunkern, für die der Begriff „sozialer Wohnungsbau" der reinste Hohn ist. Nichts hieran ist sozial. An einem solchen Ort zu leben, gar aufzuwachsen, lehrt einen nur eines: Es ist egal, ob du existierst oder nicht.

Die für einen Ort wie Garron unverhältnismäßig große Shoppingmall vergrößert den tristen Eindruck nur noch, den die Stadt bietet. Gedrungen wie eine

Kröte hockt sie neben dem Bahnhof und bietet Billigmarken aller Art ein Zuhause. Als Junge habe ich mir hier oft mit Freunden die Zeit vertrieben, um nach der Schule so spät wie möglich nach Hause zu gehen. Unzählige Male sind wir um heiß ersehnte, unerreichbare Wunder herumgeschlichen – die neuesten Nikes, ferngesteuerte Autos, die hübschen Verkäuferinnen ... Und während ich jetzt durch das Rauchglasfenster der Eingangstür in das noch dunkle Innere starre, sind da dieselben Gefühle wie damals: Neugier, fast schmerzhaftes Begehren und die Hoffnung, all diese Dinge irgendwann einmal in den Händen halten zu können.

Nun ja, aus den Nikes sind rahmengenähte Oxforder geworden, aus den ferngesteuerten Autos ein deutscher SUV und aus den hübschen Verkäuferinnen Frauen wie Estelle und Anais. Von daher, Glückwunsch, Bronnard. Irgendetwas musst du richtig gemacht haben.

Die schmiedeeiserne Pforte des Friedhofs knarrt wie in einem Horrorfilm, als ich vor ihr ankomme und sie aufstoße. Während ich ganz allein die Reihen der Grabsteine abschreite und meine Schritte auf dem Kies knirschen, schleicht ein unheimliches Gefühl meinen Nacken empor. Erst vor dem Grab meines Vaters löst sich die Anspannung, sobald ich seinen Namen auf dem grauen Granit lese: „Matthieu Bronnard".

Mit vor Kälte ungelenken Fingern ziehe ich einen billigen Sekt aus der Innentasche meines Mantels und schraube den Verschluss auf. Das Gesöff schäumt über, weswegen ich die Flasche von mir weghalte. Dann proste ich meinem alten Herrn zu, rufe „Gut, dass du tot bist, Arschloch!" und nehme einen tiefen Schluck.

Als ich vor acht Jahren anfing, ihn an Weihnachten zu besuchen, direkt nachdem er gestorben war, füllte mich mein Zorn noch so vollständig aus, dass ich glaubte, explodieren zu müssen. Ich probierte einiges – meditierte in einem Yogastudio voller Orchideen und Klangschalen und nahm mein Boxtraining wieder auf –, aber nichts half. Nur das Vergehen der Zeit.

Jetzt stehe ich hier und bis auf ein wenig Freude über seinen Tod und die Kälte in meinen Knochen spüre ich gar nichts. Und das ist schlimmer als die Wut.

Ich schütte die letzten Tropfen aus der Flasche auf den Gehweg, dann laufe ich die zwei Schritte nach links zum Grab meiner Mutter. Sie war dreiunddreißig, als sie starb, genauso alt wie ich es heute bin. Ich habe keinen Sekt mehr für sie übrig und auch keine Worte, beuge mich nur hinunter und reiße zwei verdorrte Rosensträucher aus. Sinnloser Aktionismus. Ich starre ihren Grabstein noch einige Augenblicke an, ehe ich den Friedhof verlasse und den Rückzug aus Garron antrete.

Wieder im Auto, auf dem Weg nach Hause, sitzt als blinder Passagier diese widerwärtige Trostlosigkeit auf dem Rücksitz, die einem nur Familie geben kann.


# § 5 (2) Jeanne

Am 24. Dezember fahre ich endlich zu meinen Eltern. Wie jedes Jahr freue ich mich auf die Feiertage, doch dieses Mal sogar noch ein wenig mehr. Es ist schön, dass es Menschen gibt, die glücklich sind, mich zu sehen, und die mich lieben. So muss ich vor Freude lachen, sobald das kleine, rumpelige Haus hinter der nächsten Biegung auftaucht.

Ich kann erkennen, dass das Dach an einer Stelle lediglich mit Folie abgedeckt ist. Wahrscheinlich hat ein Sturm ein paar Schindeln gelöst, aber Vater wird nicht gestatten, dass ich ihm für die Reparatur finanziell unter die Arme greife. Schon immer hat er so etwas lieber selbst in die Hand genommen, hat am Wochenende gewerkelt und gebastelt. Deshalb sieht mein Elternhaus auch so aus, als wäre es aus Treibgut zusammengeschraubt.

Als ich aussteige, erwarten mich Mam, Paps und meine Nana schon am Gartentor und umarmen mich so herzlich, dass ich kaum Luft bekomme. Wir halten uns einen Augenblick fest und gehen dann gemeinsam ins Haus.

Wir verbringen den restlichen Vormittag mit Erzählungen und fangen ab dem frühen Nachmittag an zu kochen. Besser gesagt, die drei kochen und ich schneide, zupfe und quetsche. Für Handlangerdienste bin ich in der Küche einzusetzen, aber man darf mich nicht an einen Herd lassen. Da kommt nichts Gutes bei raus.

Doch Gott sei Dank bin ich als Einzige der Familie derart aus der Art geschlagen, wodurch sich das Haus allmählich mit köstlichen Gerüchen füllt. Und auch wenn bei uns nicht alle sieben Gänge und dreizehn Desserts des Réveillon auf den Tisch kommen, so bin ich nach Räucherlachs und dem mit Maronen gefüllten Truthahn bereits übervoll. Aber um Nana nicht zu kränken, esse ich noch ein großes Stück der mit Schokocreme gefüllten Biskuitrolle, die sie jedes Weihnachten bäckt.

Am Ende des Abends habe ich wegen des vielen Essens Bauchschmerzen, sodass Paps mir eine Wärmflasche bereitet und mir ein Glas seiner Spezialmedizin reicht, einem selbstgebrannten Kräuterschnaps. Das Zeug ist widerlich bitter, aber es hilft. Außerdem ist es schön, für ein paar Stunden umsorgt zu werden. Es ist albern, aber manchmal habe ich das Gefühl, noch nicht bereit zu sein für ein Leben als Erwachsene. Für all die Entscheidungen, die Verantwortung und die Enttäuschungen, die an jeder Ecke auf einen warten.

***

Als ich am nächsten Morgen aufwache und noch im Schlafanzug in das Wohnzimmer gehe, finde ich unter dem Weihnachtsbaum selbstgestrickte Handschuhe, einen wunderschönen Terminkalender und einen Fotoband über eine Boygroup, für die ich vor gut zehn Jahren unglaublich geschwärmt habe. Ich freue mich riesig und blättere immer wieder in dem Buch, das meine Nana im Internet bestellt hat, wie sie mir stolz verrät. Die Jungs hüpfen auf den Fotos entweder wie von der Tarantel gestochen über die Bühne oder sie gucken verträumt/rebellisch/grimassierend in die Kamera. Ich erinnere mich tatsächlich noch daran, wie mein Herz früher gepocht hat, wenn ich ihre Lieder hörte. Damals war die Liebe beneidenswert unkompliziert.

Später am Tag spüle ich mit Mam das Geschirr. Doch inmitten der Arbeit erfasst mich tiefe Melancholie, weshalb ich den Topf beiseitestelle, den ich gerade sauber machte, und meine Mutter umarme. Als sie meine

Berührung erwidert, fange ich an zu weinen, weil mich die Gedanken an Luc übermannen. Sie hält mich fest und sagt, dass kein Kerl der Welt einen solchen Kummer wert sei. Ich solle mir von niemandem den Spaß am Leben verderben lassen.

Meine Mam ist ziemlich cool, auch wenn ich keine Ahnung habe, woher sie weiß, dass ich wegen eines Mannes traurig bin. Vielleicht ist bei einer unverheirateten Tochter in meinem Alter nichts anderes zu erwarten. Oder sie kennt mich einfach sehr, sehr gut.

Trotz dieses Ausbruchs vergehen die restlichen Weihnachtsfeiertage fröhlich und wie im Flug. Bereits zwei Tage später muss ich wieder zurück. Im Gepäck habe ich neben meinen Geschenken genug eingetuppertes Essen für die ganze nächste Woche und dieses gute Gefühl, das einem nur die Familie mitgeben kann.

# § 6 – Modalitäten der Zusammenarbeit

## § 6 (1) Jeanne

Der Januar geht kalt und grau vorbei und der Februar beginnt. In den letzten Wochen arbeite ich besonders viel und falle abends todmüde ins Bett. In den wenigen Momenten, in denen ich Kapazitäten für mich freihabe, schwirrt mir Luc durch den Kopf: wenn ich die Augen schließe und einschlafen will, beim Morgenkaffee und sogar beim Zähneputzen. Immer wieder denke ich daran, wie er mich in diesem kurzen Moment am nächsten Morgen angesehen hat, als ich mich beinahe wieder in seine Arme geworfen hätte. Was für ein Gefühl es war, in seiner Umklammerung zu liegen, nachdem er mir den Atem geraubt hatte. Und immer wieder erinnere ich mich an seine Worte, dass er kein romantischer Mann sei.

In solchen Augenblicken frage ich mich, ob es ein Fehler war, Lucs Angebot zum Frühstück auszuschlagen, und bin dann froh, dass sich das Leben nicht um meine Zerrissenheit schert. Es nimmt mich einfach an der Hand und zieht mich mit sich.

***

Als ich am Valentinstag das Büro betrete, kommt mir ein aufgehübschter, frisch frisierter und gut gelaunter Claude entgegen. Er trifft sich mittlerweile regelmäßig mit Antoine, dem jungen Mann, den er während der Weihnachtsfeier kennengelernt hat, und erzählt, dass es ihm richtig gut ginge – auch wenn das eigentlich spießig sei. Eine bittersüße Enttäuschung sei ordinärem Glück eindeutig vorzuziehen.

Ich widerspreche mit so viel Vehemenz, dass er mich am nächsten Abend in eine Bar entführt, um zu erfahren, was mit mir los ist. Umgeben von After-Work-Gästen, die zwischen zwei Arbeitstagen ein Stückchen Leben unterbringen wollen, erzähle ich Claude von meinem Gesinnungswandel während der Weihnachtsfeier, davon, dass ich doch zu Luc gegangen bin. Und da zwei Caipirinhas meine Zunge gelöst haben, halte ich nichts zurück. Ich sage ihm, wie sehr ich den Sex genossen habe und dass ich immer noch an Luc denke, aber aus uns beiden nie etwas werden kann. Und dass Claude dankbar sein sollte, einen Menschen gefunden zu haben, der ihn glücklich macht und den er glücklich machen kann.

Nach meiner Beichte schweigen wir eine ganze Weile – so lange, wie es braucht, um einen Cocktail zu trinken. Danach sitzen wir noch eine ganze Weile zusammen und reden über Gott und die Welt – und die Liebe.

# § 6 (2) Luc

Seit dieser Weihnachtsfeier sind zwei langweilige Monate vergangen und mir fällt ums Verrecken nichts ein, was diese Ödnis, als die sich mein Leben momentan darstellt, in eine blühende Landschaft verwandeln könnte. Anais macht mir zwar ständig sehr laute nonverbale Angebote, aber ich sehe sie nicht als Lösung meines Problems.

Mit meinen Kanzleipartnerinnen habe ich nicht darüber gesprochen, denn ich weiß nur zu gut, was sie antworten würden. Von Leonie käme ein „Arbeite härter, akquiriere Mandanten, verdiene Geld!", Suzanne hingegen würde mich skeptisch ansehen und mir Links zu wohltätigen Organisationen zuschicken, mit dem Rat, mich ehrenamtlich zu engagieren.

Seufzend kritzele ich auf dem Entwurf einer Klageschrift für Villiers herum. Eigentlich müsste ich den Text auf Stichhaltigkeit überprüfen, Problematisches kleinreden und Entlastendes präzisieren. Stattdessen male ich Quadrate. Die letzte halbe Stunde kann ich eindeutig nicht in Rechnung stellen.

„Was sagst du dazu?" Energisch wie immer entert Suzanne mein Büro und treibt mich damit aus meinen Gedanken.

„Wozu?"

Sie verdreht die Augen, wodurch sie mir das Gefühl gibt, ich sei so intelligent wie Forrest Gump. Das kann Suzanne generell sehr gut, nicht nur mir gegenüber. „Florence war gerade bei mir und hat gekündigt."

Die Überraschung, dass Florence nach gerade einmal sechs Monaten schon wieder gehen will, wird schnell von dem Ärger über Suzannes Dreistigkeit übertrumpft. „Und wie soll ich bitte schön etwas dazu sagen, wenn sie es erst vor fünf Minuten offiziell gemacht hat?"

„Das ist für dich das Problem, Luc? Nicht, dass uns eine fähige Anwältin verlässt?" Sie setzt sich in meinen Ohrensessel, kerzengerade, wie ein menschliches Projektil.

„Warum hat sie gekündigt?"

„Sie geht nach Straßburg, zum Europäischen Rat. Ein guter Posten als hausinterne Juristin."

„Also hat es nichts mit uns zu tun? Dass ihr die Arbeit nicht zugesagt hat oder sie sich hier unwohl fühlte?"

„Wieso fragst du? Gab es da etwas zwischen euch, das zu einer solchen Reaktion ihrerseits hätte führen können?"

Nach ihren Worten fühle ich mich, als wäre ich vor eine Wand gefahren. „Was meinst du?"

„Nun, es ist ein offenes Geheimnis, dass zwischen dir und Anais etwas läuft. Mal davon abgesehen, dass ich so eine bürointerne Affäre nicht gutheißen kann, sorgt ein solches Verhalten des Chefs natürlich schnell für böses Blut in einer Firma."

Unter dem Schreibtisch balle ich meine rechte Hand zur Faust, entspanne sie wieder. „Zwischen Anais und mir läuft gar nichts. Und auch Florence ist nur eine Kollegin. Außerdem geht dich das überhaupt nichts an."

Tatsächlich habe ich Anais seit dem Fick in meinem Büro auf Abstand gehalten. Sex kann sich nämlich gut und trotzdem schlecht anfühlen.

Suzanne erhebt sich wieder. Die Audienz – oder besser der Einlauf – ist beendet. „Wie auch immer. Ich habe gleich eine Lunchverabredung mit ein paar meiner Mentees. Großartige junge Frauen. Ich werde fragen, ob eine von ihnen Interesse hat, bei uns einzusteigen."

„Mach das." Betont konzentriert beuge ich mich über meinen Schriftsatz. Als sie das Büro verlässt, kritzele ich wieder ein paar Quadrate und frage mich, wieso ich mich jemals auf diesen Schwachsinn eingelassen habe, mit Frauen eine Kanzlei zu gründen.

Dann überkommt mich eine Idee. Blitzschnell springe ich auf, rase aus meinem Büro und haste die Treppen hinunter auf die Straße. Dort erwische ich Suzanne gerade noch, bevor sie in ihr Auto steigt.

„Nicht", keuche ich außer Puste. „Noch nicht!"

Wieder dieser Blick, als wäre ich zurückgeblieben, aber diesmal kann ich ihn sogar verstehen.

„Bitte?"

Ich hole tief Luft, klinge trotzdem atemlos. „Frag deine Mädels noch nicht. Ich habe da ... jemanden kennengelernt. Eine wirklich, wirklich hervorragende junge Anwältin. Ich würde gerne sie als Erstes fragen."

„*Beruflich* hervorragend?"

Tatsächlich habe ich nicht die geringste Ahnung von Jeannes professionellen Qualitäten. Und die sind mir gerade auch völlig egal.

„Selbstverständlich beruflich. Sie war Referendarin bei *Watton & Associés*. Jetzt ist sie bei *Dupont & Leroux*."

In Suzannes Blick leuchtet Überraschung auf. „Das klingt nicht übel. Gut, erkundige dich bei ihr. Meine ‚Mädels', wie du sie herablassend und sexistisch nennst, kann ich später immer noch fragen."

Ich nicke. „Gut. Gut. Ich schreibe ihr gleich."

Suzanne steigt in ihr Auto, lässt das Fenster herunter und steckt den Kopf heraus. „Du hättest mich auch anrufen können, um mir das zu sagen, Luc, und nicht wie ein Getriebener aus dem Haus rennen müssen."

Ihre Logik ist bestechend, aber wie heißt es doch: „Lauf, Forrest, lauf.“

Ich verabschiede sie mit einem kurzen Winken und gehe dann zurück ins Büro, wo ich eine gute Stunde über den richtigen Worten für Jeanne grübele, bis ich genau die passende Mischung aus professioneller Aufmerksamkeit und persönlicher Distanz finde. Ich schicke die Mail ab und je länger ich auf eine Antwort warte, umso weniger bin ich davon überzeugt, dass es eine gute Idee ist, mit Jeanne zusammenzuarbeiten. Vielleicht sieht sie das ja genauso und sagt ab. Was ich allerdings auch nicht gut fände.

# § 6 (3) Jeanne

Gerade habe ich mir den vierten Kaffee an diesem Tag geholt, als eine neue Mail eingeht – ohne Betreff und von der Adresse *Bronnard@bdf.fr*. Es dauert einen Augenblick, bevor ich begreife, dass sie tatsächlich von Luc ist. Meine Hände werden plötzlich schweißnass, das Herz schlägt mir bis in den Hals. Ich trinke einen Schluck, doch der Kaffee ist noch so heiß, dass ich mir die Zunge verbrenne.

Ich sollte die Mail öffnen. Ich sollte sie jetzt öffnen.

Ich puste auf meinen Kaffee, trinke wieder. Immer noch heiß.

Weshalb er wohl schreibt? Nun, das werde ich wissen, wenn ich die Mail öffne.

Ich muss zur Toilette. Zu viel Kaffee.

Als ich zurückkomme, ist die Mail immer noch da. Vielleicht gibt er mir seine Verlobung bekannt. Oder er teilt mir mit, dass er schwerkrank ist. Oder er hat eine berufliche Anfrage – was die schlimmste Enttäuschung wäre.

Ich öffne wieder den Vertrag, an dem ich arbeite. Es geht um einen anteiligen Firmenverkauf und ich überprüfe ihn vor dem Notartermin nächste Woche abschließend auf seine Richtigkeit.

*Jeanne, ich weiß, dass ich mich in deiner Nähe immer wie ein Idiot benehme. Aber das ist deine Schuld. Du bist zu umwerfend, zu atemberaubend, zu heiß …*

Nein, das würde Luc nie im Leben schreiben. Eher so etwas wie:

*Na, froh, dass ich mich melde? Kann ich verstehen, ich bin schließlich zu umwerfend, zu atemberaubend, zu heiß …*

Ich finde ein paar Rechtschreibfehler im Vertragstext, korrigiere sie und füge meine Anmerkungen zu einigen Unschärfen beim Rücktrittsrecht im Überarbeitungsmodus ein.

Als ich auf die Uhr schaue, sind fast zwei Stunden vergangen, seit die Mail eingetroffen ist. Tief durchatmend fasse ich mir ein Herz. Ich sollte sie behandeln wie jede andere Nachricht und sie endlich öffnen. Was ich dann auch tue – und perplex auf die kaum zwei Sätze starre:

*Jeanne, bdf hat eine Stelle frei für eine junge, begabte Anwältin. Interesse? Luc*

Zuerst bin ich enttäuscht. Mehr als das, völlig niedergeschmettert ob seiner unpersönlichen Worte. Aber dann erkenne ich, dass dies nach unserem Abschied im letzten Jahr die einzige Möglichkeit für ihn ist, mit mir in Kontakt zu treten. Und für mich ist es die einzige Möglichkeit, den Kontakt anzunehmen.

Vor Aufregung vertippe ich mich zuerst bei meiner Antwort, die sehr kurz ausfällt.

*Dann wärst du mein Boss?*

Postwendend kommt eine Mail zurück.

*Ja. Und ich verlange viel.*

Ich grinse übers ganze Gesicht, tippe „Ich auch" und setze meine Gehaltsvorstellung dahinter. Wenn schon geschäftlich, dann aber auch richtig.

Nervös mit den Fingern trommelnd warte ich auf seine Antwort, die nach einer halben Stunde eintrifft – eine leere Mail mit meinem Arbeitsvertrag im Anhang.

Nachdem ich den Inhalt rasch überflogen habe, unterschreibe ich, scanne ihn ein und schicke ihn zurück. Bald darauf kommt eine Mail von ihm.

*Ich freue mich auf unsere Zusammenarbeit.*

Oh, das tue ich auch! So sehr, dass ich die ganze Nacht kein Auge zukriege, weil ich mir immerzu ausmale, wie es sein wird, ihn wiederzusehen. Noch einen Monat bis dahin. Ein Monat bis Luc.

# § 7 – Ausschließlichkeitsverzicht

## § 7 (1) Jeanne

Meinen letzten Abend in Montpellier verbringe ich natürlich mit Claude. Er war schließlich der Grund, warum ich trotz allem jeden Morgen gern zur Arbeit gegangen bin. Wir sitzen auf meinem Sofa und während wir kichernd über unsere Chefs herziehen, kippt plötzlich die Stimmung und wir fallen uns weinend in die Armen.

„Ich werde dich vermissen, Schätzchen!", flennt Claude und ich kriege kaum noch Luft, so sehr muss ich heulen bei dem Gedanken, dass er nicht mehr mein Kollege ist.

„Und ich dich erst! O Gott, wahrscheinlich ist das ein Riesenfehler! Ist das ein Riesenfehler? Sei ganz ehrlich, mache ich einen Riesenriesenriesenfehler?"

Claude löst sich aus meiner Umarmung und wischt sich mit dem Ärmel über das Gesicht. Er versucht zu lächeln, obwohl ihm immer noch Tränen über die Wangen laufen. „Du neigst zur Redundanz, wenn du zu viel getrunken hast, Jeanne."

„Hab ich gar nicht!", erkläre ich im Brustton der Überzeugung, stocke kurz und haste im nächsten Moment auf die Toilette, weil ich mich übergeben muss. Was schon mal passieren kann, wenn ich zu viel getrunken habe.

Ich spüle den säuerlichen Geschmack mit Unmengen an Wasser aus meinem Mund, bevor ich mich wieder ins Wohnzimmer begebe. Dort stehen die paar Kisten, die ich morgen in meinen Wagen packen und mit nach Paris nehmen werde, sorgfältig aufeinandergestapelt in einer Ecke. Viel ist nicht darin – Papierkram, Kleidung, Erinnerungen.

Im Grunde ändert sich kaum etwas in meinem Leben. Ich ziehe von dieser möblierten Wohnung in eine andere und werde wieder in einer Kanzlei arbeiten. Der große Unterschied besteht darin, dass Luc ab Montag mein Boss sein wird. Und dieser Gedanke lässt trotz meines miserablen Zustands ein paar Schmetterlinge in meinem Bauch fliegen.

Unwillkürlich sehe ich sein Gesicht vor mir, dieses strenge, männliche Gesicht mit den grauen Augen, die so abschätzig und so leidenschaftlich schauen können. Auch wenn es mir eigentlich egal ist, wie er mich ansehen wird, ich möchte nur endlich wieder in seinem Blick versinken. Seine Hände spüren. Seinen Körper ...

„Du denkst an ihn, stimmt's?"

„Was?"

„Verklärte Augen, ein leicht debiles Grinsen im Gesicht – das sind ganz klare Anzeichen. Du denkst an Bronnard."

Ich bin viel zu leicht zu durchschauen. Ich muss an meinem Pokerface arbeiten.

„Ein wenig." Seufzend setze ich mich neben Claude auf das Sofa.

„Hattet ihr inzwischen Kontakt?"

„Kein bisschen. Seine Assistentin hat alles geregelt.
Sie hat mir sogar einen Makler vermittelt und einen
Reiseführer für Paris zugeschickt. Sie ist ganz großar-
tig. Wirklich!“

„Aha. Und weshalb hasst du sie dann?“

„Ich hasse sie doch nicht! Wie kommst du denn darauf?“

„Ach, Herzchen. Ich bin schwul und kenne diesen zi-
ckigen, möchtegernfreundlichen Tonfall zur Genüge.
Ich wage zu behaupten, dass ich ihn selbst sehr gut be-
herrsche. Also was ist dein Problem?“

Ja, was eigentlich? Ich wünschte, ich könnte es benennen, aber Sehnsucht, Verlangen, Unsicherheit und Eifersucht sind in mir so verheddert wie Nanas Strick-
wolle. „Es ist ihr Name.“

„Ihr Name?“

„Ja. Anais Paradis. Wer heißt denn so? Das klingt doch
nach einem leicht geschürzten Bondgirl, das Luc erst einen Wodka Martini serviert und danach einen bläst,
während er die Olive kaut.“

Claude legt seinen Arm um meine Schulter und
drückt mich tröstend an sich. „Ich kann mir nicht vorstellen, dass es in seiner Kanzlei so zugeht. Bestimmt ist
Anais die gute Seele des Büros, etwas über sechzig Jahre
alt und bringt montags immer selbst gebackenen Apfel-
kuchen mit.“

Ich würde ihm gerne glauben, aber ich kann es nicht.
Dafür sind die Bilder in meinem Kopf zu hartnäckig.
Wahrscheinlich kommt mein geistiger Amoklauf nur
daher, weil ich Luc umso mehr vermisse, je näher unser
Wiedersehen rückt. Noch zwei Tage! In zwei Tagen
liege ich wieder in seinen Armen. Während der ganzen

letzten Wochen kam es mir vor, als müsste ich die Luft anhalten. Doch bald kann ich wieder atmen!

Nachdem Claude gegangen ist und ich die Pizzaschachteln in den Müll geräumt habe, gehe ich ins Bett und frage mich, ob ich Luc anrufen soll. Ich möchte so gerne seine Stimme hören, selbst wenn er mir nur sagen wird, dass ich verrückt bin, ihn so spät noch zu stören. Und ich entschließe mich, das Risiko einzugehen.

Mit schweißnassen Händen und einem Knoten im Bauch wähle ich seine Nummer und lausche dann dem Rufton. Die Mailbox geht an.

„Bronnard. Hinterlassen Sie eine Nachricht. Ich rufe zurück."

Die Ansage ist nicht gerade originell und ich bin etwas enttäuscht, dass ich ihn nicht persönlich erreiche, trotzdem drücke ich ein paar Mal die Wahlwiederholung, um seiner tiefen Stimme zu lauschen. Ich versuche, den Gedanken zu verdrängen, dass er das Smartphone lautlos gestellt hat, weil er gerade mit Anais im Bett ist, sie ihre mit Sicherheit endlos langen Beine um seine Hüften geknotet hat und sich von ihm ins Nirwana vögeln lässt.

„Hallo, Luc", spreche ich beim nächsten Anruf auf die Mailbox. „Ich bin es. Jeanne. Ich habe hier alles gepackt, weißt du? Und bin ein bisschen beschwipst. Es ist nicht leicht, etwas zu verlassen, auch wenn es nicht sooooo toll war. Versprichst du mir, dass es toll wird? Mit uns? Also in der Kanzlei? Ich freu mich schon! Wir sehen uns dann am Montag."

Kaum dass ich aufgelegt habe, möchte ich meinen Kopf gegen die Wand donnern. Was habe ich da nur für einen Unsinn erzählt?

Um meinen Fehler zu revidieren, rufe ich ein zweites Mal an. „Vergiss meine Nachricht von gerade eben. Sie ist aus Alkohol und Abschiedsschmerz geboren. Also lösch sie bitte und stell dir vor, diese Nachricht hier wäre so etwas wie das Blitzdings in *Men in Black*, okay? Du kannst dich einfach nicht mehr daran erinnern. Und an diese Nachricht am besten auch nicht."

Ich bin mir nicht sicher, ob ich es damit besser gemacht habe, aber mein alkoholumnebeltes Gehirn ist beruhigt und kurz darauf schlafe ich tief und fest.

***

Nach fast neun Stunden Autofahrt und nachdem ich erneut ein paar Tränen verdrückt habe, weil Claude mir einen weinenden Emoji geschickt hat, komme ich am Samstagabend völlig erschöpft vor dem Neubaublock in Montrouge an, in dem sich meine neue Wohnung befindet. Der Plan, eine exquisit ausgestattete Haussmann-Wohnung im ersten Arrondissement zu beziehen, scheitert momentan noch an dem starken Missverhältnis, das zwischen der Miete für ein solches Appartement und meinem Gehalt besteht. Vorläufig bewohne ich also eine Anderthalbzimmerbude in einer Gegend, die beinahe zu Paris gehört.

Nachdem ich die Tür mit dem Zahlencode geöffnet habe, den mir der Makler letzte Woche zugesandt hat, gesellt sich zu meiner Erschöpfung auch noch Desillusionierung – und so stehe ich nun in meinen eigenen vier Wänden, die deprimierend schäbig eingerichtet sind. Der Couchbezug war zuletzt in den Achtzigern modern und in dem handtuchbreiten Bad verleiten die

Fliesen zu dem Spiel „Finde heraus, welche noch nicht gesprungen ist". Vom Wohnzimmerfenster aus blicke ich direkt auf das im klassischen Stil erbaute Rathaus, das etwas deplatziert wirkt, wie es da von Neubauten umzingelt wird. Als würden die Klassenrowdys den Schulstreber auf dem Pausenhof bedrängen.

Dass meine Eltern mir eine liebe Willkommens-SMS geschickt haben, vergrößert mein Verlorenheitsgefühl so sehr, dass ich schon wieder heulen könnte. Doch statt mich meinem Frust hinzugeben, packe ich rasch meine Habseligkeiten aus, dekoriere meine Schmuckkissen auf der Couch und stelle meine Kosmetik ins Bad. All das lässt mich mich weniger traurig sein und bevor ich ins Bett gehe, werfe ich noch einen Blick hinaus.

Der Abendhimmel ist von einem tiefen Blau und mir scheint, als wäre ganz weit in der Ferne die Spitze des Eiffelturms zu sehen. Und da wird es mir klar. Ich bin in Paris. In der schönsten Stadt der Welt. Wo die Liebe herrscht und bei Sonnenschein alle Menschen tanzen. Und ich habe die Chance, mich in ihren Reigen einzureihen. *Pass auf, Universum, hier kommt Jeanne Monnet!*
Aber jetzt brauche ich erst einmal Ruhe. In meiner Legebatterie – aka Schlafzimmer – falle ich, so wie ich bin, aufs Bett und schlafe ein.

# § 7 (2) Luc

Hotelbars – egal, in welchem Hotel, und egal, an welchem Ort der Welt – gehören zu den einsamsten Plätzen, die es gibt. Fremde sitzen nebeneinander auf unbequemen Stühlen und trinken. Nicht, weil sie unbedingt Kontakt suchen, sondern weil ein Hotelzimmer immer noch ein Gutteil einsamer ist.

Genau aus diesem Grund sitze auch ich hier, nippe an meinem Whiskey und starre auf mein Smartphone. Es erinnert mich höchst penetrant daran, dass Jeanne mir gestern zwei Nachrichten hinterlassen hat, die ich noch nicht abgehört habe. Ich erwarte nicht, dass sie in letzter Sekunde einen Rückzieher macht. Sie sucht eine Möglichkeit, ihrem langweiligen Job zu entkommen und Abenteuer zu erleben, deshalb hat sie mein Stellenangebot angenommen. Ihre Motivation ist mir völlig klar. Meine dagegen nicht. Immer noch nicht.

Tatsache ist, die Erinnerung an ihren sinnlichen Körper und ihr freches Mundwerk steckt wie ein Widerhaken in meinen Gedanken. Um ihn loszuwerden, gibt es nur eine Möglichkeit: Ich muss Jeanne zu meiner Geliebten machen. Ich muss so lange Sex mit ihr haben, bis ihre Stimme, ihr Geruch, ihre Augen sowie ihr ganzer renitenter Charakter jeden Reiz für mich verloren haben und nur noch Langeweile in mir hervorrufen.

Aber genau das – und hier erkenne ich einmal mehr, was für ein Idiot ich sein kann, wenn ich mir Mühe gebe – ist nicht möglich. Zwischen Jeanne und mir wird nichts laufen. Nicht nur, weil sie mir bei ihrem Abschied damals klar zu verstehen gab, dass sie mit mir durch ist, sondern weil ich ihr Chef sein werde und sie deshalb für mich tabu ist. Ich werde Jeanne jeden Tag sehen und nichts tun können, um ihrer überdrüssig zu werden. Langsam glaube ich, dass mein Geistesblitz vor einem Monat eine ziemliche Schnapsidee war, und für den Moment bin ich froh, dass ich diese Woche mehrere Termine in Luxemburg habe und Jeanne so noch aus dem Weg gehen kann.

Als ich meinen Blick durch die Bar schweifen lassen, entdecke ich links von mir eine Frau. Sie trinkt Weißwein, sieht zu mir herüber und prostet mir zu. Aus Höflichkeit nicke ich grüßend, aber bevor sie ihre Handtasche und ihr Glas nehmen und sich neben mich setzen kann, höre ich kurz entschlossen meine Mailbox ab.

Jeannes Stimme klingt verwaschen; dass sie betrunken war, als sie angerufen hat, glaube ich ihr sofort. Für einen Moment bin ich versucht, sie zurückzurufen, aber ich lasse es bleiben.

*Berufliche Distanz, Bronnard,* rufe ich mich zur Ordnung. *Arbeite mit Jeanne, notfalls piesacke sie ein wenig. Wenn du Glück hast, kündigt sie bald wieder, weil sie sich verliebt und ein neues Leben beginnen will. Das wäre die beste Lösung. Für alle.*

Nachdem ich mein Smartphone wieder eingesteckt habe, macht die Frau links von mir Anstalten, zu mir zu kommen. Sie ist attraktiv und offensichtlich auf der Suche nach jemandem, der ihr für eine Nacht die Einsamkeit vertreibt. Dieser Jemand könnte ich sein. Früher hätte ich nicht gezögert. Jetzt lege ich zwanzig Euro auf den Tresen und verlasse die Bar.

***

Am nächsten Morgen nehme ich meinen ersten Termin wahr. Im hell getäfelten Konferenzzimmer von Immobilier Global warte ich auf Monsieur Villiers. Seine nicht nur dem Namen nach weltweit agierende

Immobilienfirma hat er als junger Mann aus eigener Kraft aufgebaut.

Zuerst, so erzählte er mir nach dem glücklichen Abschluss unserer ersten gemeinsamen Klage, besaß er nur ein Häuschen in Lille, das er von seiner Urgroßmutter geerbt hatte und mit Gewinn verkaufte. Auf dieser Grundlage erschuf er mit Geschäftssinn, Energie und sehr viel Skrupellosigkeit ein Unternehmen, das mit Häusern in den oberen Preissegmenten handelt. Seinen Firmenhauptsitz verlagerte er vor einigen Jahren von Frankreich nach Luxemburg – nicht der Liebe, sondern der günstigen Steuergesetze des Großherzogtums wegen.

Seine Assistentin huscht beinahe lautlos in das Konferenzzimmer. Mit einem Hundertwattlächeln im Gesicht stellt sie eine Tasse Kaffee und einen Teller Kekse vor mir auf den Tisch. Die Kekse schiebe ich beiseite, vom Kaffee dagegen nehme ich einen ersten, heißen Schluck.

Als Villiers endlich eintritt, ist die Tasse leer. Wir waren vor einer guten halben Stunde verabredet, aber er kommt wie immer zu spät. Es ist das typische Alpha-Gehabe: Ich bin so wichtig, ich kann andere warten lassen. Dieses Verhalten kenne ich auch von Leonie und bei beiden finde ich es lächerlich.

„Bronnard!" Zur Begrüßung schlägt er mir auf den Rücken.

„Monsieur Villiers." Ich erhebe mich gerade so viel von meinem Stuhl, dass es noch als Höflichkeitsbekundung durchgeht, lasse mich dann wieder zurückfallen und strecke die Beine aus.

„Kommen wir gleich zur Sache“, sagt er, während auch er sich setzt. „Ich bin verliebt.“

„Oh, damit habe ich nicht gerechnet, aber ich fühle mich geschmeichelt“, versuche ich mich an einem Scherz und möchte mir gleich darauf die Zunge abbeißen. Villiers sieht mich an. Ein zweigdürres Lächeln zieht sich über seine schmalen Lippen, wodurch er noch mehr als sonst an einen Falken erinnert. Einen grauhaarigen, hageren Falken.

„Witzig“, sagt er, was bei ihm wie „Dummkopf“ klingt. „Ich treffe mich seit einiger Zeit mit einer jungen Frau. Süß, naiv, arm – und vor allem nicht sehr intelligent. Dafür ist sie leider sehr katholisch, wenn Sie verstehen, was ich meine. Kein Sex vor der Ehe. Das Problem: Ich will die Kleine. Unbedingt. Aber ich will sie nicht heiraten.“

„Sie denken an einen Konkubinatsvertrag. Einen Pacs.“

Villiers grinst. „Sie verstehen mich, Bronnard. Guter Mann!“

Seine Leutseligkeit ist zum Speien.

„Eine solche Verbindung ist nicht das Gleiche wie eine Ehe. Bei Weitem nicht. Die junge Dame ...“

„Valerie Bernard“, wirft Villiers in meine Pause.

„Madame Bernard braucht nur ein wenig zu googeln, um herauszufinden, dass ein Pacs sehr unvorteilhaft für sie wäre. Keine Unterhaltszahlungen, keine Teilung der beruflichen Vorsorge –“

„Wie gesagt, Vale ist nicht sehr clever. Einer ihrer größten Vorzüge. Sie betet mich an, aber nicht genug, um es auch ohne Heirat mit mir zu treiben. Und da kommen Sie ins Spiel. Ein anwaltliches Gutachten

darüber, dass ein Konkubinatsvertrag einer Ehe gleich-
gestellt, nein, sogar besser ist, wäre der letzte Anstoß,
den sie bräuchte. Vermischen Sie das Ganze mit ein wenig Glamour und bringen Sie prominente Paare ins
Spiel, die einen Pacs geschlossen haben. Royal und Hollande zum Beispiel."

Ich soll also einer jungen, naiven Frau ein X für ein U
vormachen, damit sie mit einem alten Gockel ins Bett
steigt. Manchmal finde ich meinen Job so richtig ekel-
haft. Allerdings hat der Gockel meine Wohnung bezahlt.

Trotzdem tut mir das Mädchen leid und ich starte einen weiteren Versuch. „Wenn Ihnen Madame Bernard
aber doch so gut gefällt, warum dann nicht den großen
Schritt gehen? Vielleicht ist sie Ihre wahre Liebe."

Villiers lacht so heftig, dass er sich verschluckt. „Was
ist denn mit Ihnen los, Bronnard? Ich zahle schon genug jeden Monat an meine ersten beiden Frauen. Und
Sie? Sind Sie nicht auch geschieden? Haben Sie nicht
zuerst auch gedacht, es wäre die wahre Liebe?"

Ganz ehrlich? Das habe ich nicht. Meine Ehe mit Estelle war ein Schauspiel, das wir nur für uns aufgeführt
haben. Und wie jedes schlechte Stück wurde es nach
sehr kurzer Laufzeit abgesetzt.

„Also beauftragen Sie ein Gutachten über die Vorteile
des Konkubinats gegenüber der Zivilehe."

„Genau. Allerdings hat die Sache noch einen Haken."
*Wie wahr und dieser Haken heißt Villiers*, denke ich.

„Vale will schrecklich gerne kirchlich heiraten. Sie
steht auf diesen Schmus – weißes Kleid, Blumen, Dia-
mantring, Tauben. Ich fürchte, ohne wird sie sich nicht
auf mich einlassen."

Jetzt greife ich doch nach einem Keks. Villiers erweckt in mir regelmäßig das Verlangen, ihm alles wegzunehmen, was möglich ist, und wenn es nur dieses trockene Schokoladengebäck ist.

„Eine kirchliche Hochzeit hat keine rechtlich bindende Wirkung. Sie können mit Madame Bernard also vor den Traualtar treten“, gebe ich mit innerem Widerstand Auskunft.

Übers ganze Gesicht strahlend, breitet Villiers die Arme aus. „Perfekt! Das wäre doch gelacht, wenn wir das nicht hinkriegen!“

„Das Gutachten erhalten Sie Ende nächster Woche. Gehen Sie von zwölf bis fünfzehn Arbeitsstunden aus, die ich in Rechnung stellen werde.“ Dabei berücksichtige ich ein mentales Schmerzensgeld. Voraussichtlich wird die Erstellung des Pamphlets nämlich nicht mehr als sieben Stunden dauern.

Villiers Lächeln schrumpft zu gekräuselten Lippen zusammen. „Na ja, das soll es mir wert sein. Allerdings wäre es sicherlich überzeugender, wenn das Gutachten nicht von einem Mann, sondern einer Frau käme. Vale soll sich verstanden fühlen. Sie wissen schon, so von einem Weibchen zum anderen. In Ihrer Kanzlei sind doch Anwältinnen beschäftigt, nicht wahr?“

Ja, allerdings. Jeanne wird sich über diesen Auftrag ja so freuen!

„Und setzen Sie gleich noch einen Nebenvertrag bezüglich partnerschaftlicher Treue auf, den wir dann zeitgleich mit dem Pacs beurkunden lassen.“

„Inhalt?“

„Eine Million Euro Vertragsstrafe, sollte es bei einem der Partner zu Affären während der Dauer des Konkubinats kommen."

Diese Wendung überrascht mich. Mal ganz abgesehen davon, inwieweit ein solcher Vertrag tatsächlich vor Gericht durchsetzbar wäre, aber Villiers legt sich damit selbst Fesseln an. Sollte er tief unter seiner kaltschnäuzigen, verachtenden Art tatsächlich Gefühle für dieses junge Naivchen haben?

„Sie wissen, dass das auch für Sie gelten würde, sollte Madame Bernard Ihnen einen Seitensprung nachweisen?"

„Ich bin zweiundsiebzig Jahre alt, Bronnard. Ich bin froh, wenn ich ab und zu bei Vale einen hochkriegen werde. Die Kleine dagegen zieht Blicke auf sich, wo sie geht und steht. Dass sie irgendwann bei einem anderen schwach wird, ist nur zu wahrscheinlich. Der Gedanke an die Vertragsstrafe soll ihr so viel Angst einjagen, dass sie ihre Schäferstündchen wenigstens nicht genießen wird."

Ich nehme meine vorigen Gedanken zurück. Er empfindet definitiv nichts für sie – nichts außer Habgier und Wollust.

„Für diesen Zweck eignen sich drei Millionen Euro sehr viel besser." Je höher die Vertragssumme, umso höher mein abrechenbares Honorar.

Nach den langen Jahren unserer Zusammenarbeit müsste Villiers das wissen, dennoch springt er sofort darauf an. „Gute Idee, machen Sie es so."

***

In den nächsten Tagen habe ich ein paar äußerst erfolgreiche Termine mit zwei luxemburgischen Firmen, die juristische Beratung brauchen, da sie nach Frankreich expandieren wollen. Und so sitze ich am Freitagnachmittag mit drei lukrativen Aufträgen in der Tasche im TGV und fahre nach Haus. Leonie wird mich lieben!

In einen der purpurfarbenen Sitze in der ersten Klasse zurückgelehnt, wiegt mich das Rattern des Zuges in einen leichten Schlaf, begleitet von einem Traum, in dem Jeanne vor mir auf die Knie fällt und mich mit einem Ring in der Hand bittet, sie auf drei Millionen Euro zu verklagen.

# § 7 (3) Jeanne

Am Montag erwache ich mit Herzklopfen. Vor Nervosität kriege zum Frühstück keinen Bissen herunter und brauche viel zu lange, um meine Kleidung für den ersten Arbeitstag auszuwählen. Es muss konservativ genug für eine Kanzlei sein, aber auch nicht zu langweilig, schließlich will ich Luc gefallen. Das ist zwar kein Gedankengang, auf den ich stolz bin, doch ich will seine Augen leuchten sehen, wenn er mich betrachtet!

Ich zerre alle meine Büroklamotten aus dem Schrank und drapiere sie auf dem Bett. Rosa Bluse, senfgelber Rock – auf gar keinen Fall. Das hellgrüne Leinenkleid ist hübsch, aber zu leger für den ersten Tag. Weiße Bluse, schwarzer Rock – langweilig!

*Jetzt mach schon, Jeanne, du hast noch zwanzig Minuten!*

Nachdem ich vier verschiedene Outfits anprobiert habe, entscheide ich mich letztlich für einen marineblauen, knielangen Rock und eine weiße Spitzenbluse. Als ich endlich angezogen bin, bleibt mir kaum noch Zeit, mich zu schminken, weshalb ich hastig viel zu viel Rouge auftrage und mir Fliegenbeine tusche.

Der letzte, rasche Blick in den Spiegel zeigt mir, dass ich wie ein Clown im Nannykostüm aussehe, aber ich muss los, sonst komme ich zu spät. Großartig! Schnell greife ich meine Tasche und eile die Treppe herunter. Zum Glück ist die nächste U-Bahn-Station nur wenige Meter entfernt.

Mit der Metrolinie 4 komme ich gerade noch rechtzeitig an und haste die Rue de Marengo entlang, bis ich endlich vor dem streng klassizistischen Gebäude stehe, in dem sich Lucs Kanzlei befindet. Als ich das messingfarbene Namensschild sehe, muss ich vor glucksender Vorfreude ein wenig kichern.

*Bronnard, Deniaud & Forestier*

*Anwälte*

Jetzt ist es gleich so weit! Nach drei Monaten wird er mir endlich wieder gegenüberstehen. Ich weiß schon, was ich tun werde: ihn küssen, meine Finger in seinen Haaren vergraben, sein Hemd aufknöpfen und mich fest an ihn schmiegen. Ihn endlich wieder anfassen, riechen, spüren, schmecken. Nicht unbedingt in dieser Reihenfolge, aber auf jeden Fall alles davon, und zwar bald! Ich bin sexuell wirklich ausgehungert!

Im dritten Stock angekommen, atme ich einmal tief durch, bevor ich klingele – und eine schöne junge Frau die Tür öffnet. Ihre Kleidung ähnelt der meinen, sieht an ihr jedoch verführerisch aus wie das Kostüm einer

Burleske-Tänzerin, was wohl an ihren langen Beinen und dem wohlgeformten Körper liegt. Dass sie blonde Locken hat, wodurch sie noch perfekter wirkt, erklärt sich von selbst.

„Wie schön, dich kennenzulernen, Jeanne", begrüßt sie mich. „Ich bin Anais. Luc hat viel von dir erzählt. Wir sind sehr froh, dass du unser Team verstärkst."

Genau so habe ich mir Lucs Assistentin vorgestellt. Das Bond-Girl par excellence!

Von ihrer Attraktivität und Freundlichkeit paralysiert, stehe ich steif wie ein Stück Holz in der Tür. „Freut mich auch. Danke. Ich ... Es ist toll, wirklich toll, hier zu sein."

Sie lächelt samtweich. „Komm rein. Am besten zeige ich dir erst einmal alles und stelle dir die anderen vor."

Ich stolpere hinter ihr her in den Flur, der sich zu einem großen Raum öffnet, in dem drei Schreibtische stehen. Einer für Anais, die anderen für Maryse und Charles, die Assistenten von Deniaud und Forestier, wie sie mir erklärt. Küche und Toiletten schließen den Raum zur Westseite ab. Am anderen Ende führt ein Gang zu den Büros der Partner, dem Konferenzraum und den Zimmern der angestellten Anwälte.

Ich hatte mir vorgestellt, dass in der Kanzlei Weiß und Chrom vorherrschen würden, aber weit gefehlt. Die Wände sind bis ungefähr einen Meter Höhe dunkel getäfelt und darüber tannengrün tapeziert. Geschmückt werden sie von Kupferstichen, die das alte Paris zeigen, und indirektes Licht verbreitet angenehm warme Helligkeit.

Während ich so neben Anais stehe und mich umschaue, klopft mein Herz verhalten intensiv. Jeden

Moment erwarte ich, dass Luc um die Ecke oder aus einem Zimmer kommt. Ich überlege, Anais nach ihm zu fragen, aber ich will nicht gleich einen falschen Eindruck erwecken – der eigentlich der *richtige* Eindruck wäre. Also folge ich ihr zu meinen neuen Kollegen Victor und Pascal.

Victor, spezialisiert auf Wirtschaftsrecht, ist Mitte dreißig und zeichnet sich durch stark gegelte Haare sowie einen Hang zu Herrenwitzen aus. Mir gegenüber haut er eine Anzüglichkeit nach der anderen heraus, bis Anais ihn in die Schranken weist, indem sie freundlich sagt, dass schon ihr Urgroßvater herzhaft über diese Geschichtchen gelacht habe. Mir wäre so etwas nicht eingefallen. Ich hätte nur müde geschmunzelt und innerlich die Augen verdreht. Neidvoll muss ich anerkennen, dass diese Frau wirklich cool ist.

Pascal trägt seinen Bürospitznamen „der Unsichtbare" zu Recht. Er ist zum Verschwinden unauffällig und spricht mit einer spindeldürren Stimme. Auf seinen Fachgebieten, IT- und Urheberrecht, soll er jedoch unschlagbar sein.

„Und das", damit stößt Anais die Tür zu einem ganz am Ende des Ganges gelegenen Zimmers auf, „das ist dein Büro. Gefällt es dir?"

Die gediegene Einrichtung setzt sich auch hier fort und die Bankerslamp auf meinem Schreibtisch ist das Tüpfelchen auf diesem kleinen, aber gemütlichen i.

„Es ist wirklich schön! Allein dieser Luxus, eine Tür hinter mir schließen zu können." Meine Worte zaubern Anais ein kleines Lächeln ins Gesicht. Dann nehme ich meinen ganzen Mut zusammen und versuche, gelassen zu wirken, als ich sage: „Ich würde gerne kurz

Monsieur Bronnard sprechen. Nur um Hallo zu sagen, nichts weiter.“

„Oh.“ Anais sieht mich erstaunt an. „Du weißt es gar nicht? Luc ist diese Woche nicht im Haus. Er führt Verhandlungen außerhalb.“

„Ach so …“ Die Enttäuschung trifft mich wie ein Vorschlaghammer, aber ich reiße mich schnell wieder zusammen. Das ist albern! Ich atme tief durch und lächele Anais an. „Dann halt in einer Woche. Ist auch nicht schlimm.“

„Genau. Komm erst einmal richtig an und hol dir was zu trinken. Soll ich dir schnell die Kaffeemaschine erklären?“

Ich winke ab. „Nicht nötig, aber danke.“

***

Natürlich scheitere ich an der Barista-Maschine, die mit ihren Knöpfen, Hebeln und blinkenden Displays an ein Flugzeugcockpit erinnert. Glücklicherweise ist es Pascal und nicht Anais, der in die Küche kommt und mir eine gut fünfminütige Einweisung gibt. Es ist erstaunlich, wie kompliziert es sein kann, eine Tasse Cappuccino zu brühen.

Zur Mittagszeit werde ich in Suzanne Deniauds Büro gerufen, das mit einem folkloregemusterten Sitzsack und einem handsignierten Druck von Andy Warhols Che-Guevara-Porträt einen Hauch Woodstock verbreitet. Die beiden Kanzleipartnerinnen erwarten mich dort und heißen mich willkommen. Danach stellen sie sich und ihre Arbeit kurz vor. Ihre bisherigen Laufbahnen sind ebenso beeindruckend wie sie selbst.

Madame Deniaud erinnert mich mit ihrer energischen Art und den kurzen grauen Haaren an einen General. Sie übernimmt jedes Jahr einige Pro-Bono-Fälle und ist ansonsten im Gesellschaftsrecht spezialisiert. Madame Forestier ist das genaue Gegenteil: klein, pummelig und ein wenig durcheinander. Sie nennt mich abwechselnd entweder „Jeanette" oder „Jasmin".

Schließlich unterziehen sie mich einer Art Verhör, bei dem mir die Fragen nur so um die Ohren fliegen. Während Madame Forestier Interesse an meinem beruflichen Werdegang und meinen juristischen Interessen zeigt, will Madame Deniaud wissen, warum ich gewechselt habe und welcher Art meine Beziehung zu Luc ist. Ich bleibe ruhig und kann hoffentlich den Eindruck erwecken, dass ich hundertprozentig für den Job geeignet bin und Luc nur auf rein kollegialer Ebene kenne und schätze.

Von Madame Forestier erhalte ich dann meine erste Aufgabe. Es geht um die Scheidungsverhandlung zweier Kunstsammler, die so verbissen um eine handsignierte Chagall-Radierung kämpfen wie andere um das Sorgerecht für ihren Erstgeborenen. Bezüglich dieses Bildes soll ich eine Lösung finden, die beide zufriedenstellt.

Der Tag vergeht rasch und all die neuen Eindrücke sorgen dafür, dass ich kaum an Luc denke. Am Abend jedoch, bevor ich nach Hause gehe, öffne ich die Tür zu seinem Büro und wage einen Blick hinein. Ich bin schrecklich neugierig, wie es aussieht, und meine Erwartungen werden sogar noch übertroffen.

Der Raum ist mindestens dreimal so groß wie meiner und sehr elegant eingerichtet. Irgendwann will ich auch in so einem Büro sitzen. Es gibt sogar eine Sofaecke zum Empfang von Gästen. Ich kann ihn fast vor mir sehen, wie er zurückgelehnt und die Beine übereinandergeschlagen auf dem braunen Leder thront.

Ausgaben von L'Express, der Financial Times und eine Packung Pfefferminzbonbons liegen auf dem Couchtisch im Kolonialstil. Sein Schreibtisch ähnelt allen Anwaltsschreibtischen, die ich bisher gesehen habe. Er ist überhäuft mit Akten, aufgeschlagenen Gesetzestexten und Zetteln voll unleserlicher Notizen. Ich versuche, aus diesem Tohuwabohu etwas über ihn herauszufinden – etwas anderes als die Tatsache, dass er ein handelsüblicher Chaot ist. Im Grunde erhoffe ich mir ein Zeichen, dass er an mich gedacht hat.

Vorsichtig hebe ich ein paar Zettel an und schiebe Bücher zur Seite. Vielleicht ist hier irgendwo eine Haftnotiz, auf die er meinen Namen geschrieben hat. Oder ein aufgeschlagener Kalender, in dem der heutige Tag rot umrandet ist. Aber so etwas machen wahrscheinlich nur Frauen. Ich zumindest habe in meinem Küchenkalender neben das heutige Datum eine Blume gemalt.

In Gedanken versunken, zucke ich ertappt zusammen, als Anais' Stimme in meinem Rücken ertönt. „Enttäuscht, dass er nicht da ist?"

Hastig drehe mich um. Ich weiß, dass ich knallrot im Gesicht bin, aber dank meines Rougemissgeschicks heute Morgen fällt das vielleicht gar nicht auf.

„Nein. Nein! Ich wollte nur mal schauen, wie er so arbeitet. Er ist eine Art Mentor für mich und ..."

Anais kommt mit verschwörerischem Lächeln auf mich zu. „Keine Panik, Jeanne. Ich werde es niemandem verraten."

„Verraten? Was denn?"

„Dass du dich in sein Büro schleichst und in seinen Sachen stöberst. Von wegen Mentor! Da läuft doch was zwischen euch. Ich hatte schon so eine Ahnung, als er von dir erzählte. Seine Augen haben gefunkelt. Das tun sie immer, wenn ihn eine Frau anturnt."

„Und woher weißt du, wie seine Augen dann funkeln?" Gleich, nachdem diese Worte über meine Lippen gekommen sind und ich Anais' Grinsen sehe, begreife ich. Meine Stimme bröckelt vor Enttäuschung. „Ach so. Du auch."

Und damit habe ich ihr auch mal eben unsere Affäre gestanden. Großartig! Aber vor allem – und das beschäftigt mich deutlich mehr – hat mein Bauchgefühl mich nicht getrogen, dass Luc und Anais ...

„Es ist nichts Festes. Wir haben Spaß miteinander, wenn uns danach ist." Beiläufig und elegant zuckt sie mit den Schultern. „Zuletzt auf diesem Schreibtisch."

Vor meinem inneren Auge läuft die Szene erschreckend realistisch ab. Werde ich irgendwann auch dort landen? Zwischen Akten und Notizzetteln? Am Ende mit einem Post-it auf dem Hintern?

„Keine Angst, ich nehme ihn dir nicht weg. Luc ist Manns genug für mehr als eine Frau. Pass nur auf, dass du ihn nicht mit Ausschließlichkeit verscheuchst."

Ich lächele, weil ich nicht weiß, was ich sonst tun soll. Die ganze Situation ist unangenehm und desillusionierend.

Anais legt ihre Hand auf meine Schulter, streichelt dann leicht über meinen Oberarm. „Und jetzt ab nach Hause. So ein erster Arbeitstag ist immer anstrengend."

„Du hast recht", sage ich und das Lächeln auf meinem Gesicht fühlt sich wie eine Maske an. „Wir sehen uns morgen."

***

In meiner Wohnung angekommen, esse ich eine ganze Tüte Chips und trinke dazu zwei Gläser Rotwein. Ich brauche Alkohol und gesättigte Fettsäuren, um meine Situation rational betrachten zu können. Das Ergebnis meiner Überlegungen stellt sich schließlich wie folgt dar:

Ad 1.  Luc ist kein Mann für eine ganz normale Beziehung.
Ad 2.  Anais ist umwerfend.
Ad 3.  Was tue ich hier?

Alle drei Punkte verursachen mir Bauchkneifen. Vielleicht sind es aber auch die Chips.

Meine Vorfreude der letzten Tage ist jedenfalls in weite Ferne gerückt, als ich mich ins Bett lege und nur noch schlafen will. Aber natürlich ist meine Müdigkeit wie weggeblasen, kaum dass mein Kopf das Kissen berührt.

Habe ich mich vollkommen unüberlegt auf etwas eingelassen, das nur schiefgehen kann? Was kann ich von Luc überhaupt erwarten? Und was erwartet er von mir? Ab und an einen hastigen Zusammenstoß auf dem Schreibtisch? Jeanne Monnet die Großstadtjuristin könnte damit locker umgehen. Die nimmt sich, was sie will, und lässt den Rest laufen. Wohingegen Jeanne Monnet die Landpomeranze ihre Probleme damit hat.

Aber vielleicht – und dieser Gedanke löst den Knoten in meiner Brust –, vielleicht steht Luc ja nächsten Montag in meinem Büro, frisch zurückgekehrt von seiner Reise, den Trolley noch in der Hand. Und dann fallen wir uns in die Arme und er küsst mich, wie nur er küsst, während seine Hände über meinen Körper streichen ...

Fabelhaft, jetzt bin ich noch wacher! Vor allem mein Schoß. Pochend und warm fordert er meine komplette Aufmerksamkeit, als ich mir vorstelle, in Lucs Umarmung zu liegen.

Ich taste unter meinen Slip, streiche durch meine Nässe und gleite mit zwei Fingern zwischen meinen geschwollenen Schamlippen tief in mich hinein. Sanft berühre ich die raue Erhebung in meiner Vagina. Die Vorstellung, es wäre Lucs Schwanz, der mich massiert, mich mit wundervoller Entschiedenheit nimmt, macht mich so an, dass ich unter meinen Fingern zerfließe.

Immer heftiger stoße und reibe ich mich, knete mit der anderen Hand meine Brüste, so wie er es tun würde, und drücke meine Knospen zusammen, bis ich aufstöhne und die Lust durch meinen Körper flammt. Als ich komme, rufe ich seinen Namen, flüstere ihn, als mein Orgasmus langsam abebbt und ich meine Arme um das Kopfkissen schlinge.

Heute ist Montag, in einer Woche ist er wieder zurück. Also noch sieben Nächte ohne Luc.

***

Zum Glück jedoch vergeht die Arbeitswoche unerwartet schnell. Ich habe mich zu Forestiers Zufriedenheit in die mir zugewiesene Scheidungsangelegenheit eingearbeitet. Bis auf den Kampf um das Gemälde ist es ein relativ unkomplizierter Fall, bei dem keine schmutzige Wäsche gewaschen und keine Grabenkämpfe ausgetragen werden. Die Eheleute wollen voreinander nicht das Gesicht verlieren, haben aber kein Interesse an langen Auseinandersetzungen. Sie wollen sich nur loswerden und dort kann ich anknüpfen, um eine Lösung hinsichtlich des Bildes zu erreichen.

Ich muss daran denken, was Luc vor vier Jahren im Konferenzraum zu mir gesagt hatte. Wie seltsam es doch sei, was aus der Liebe wird.

Dass es so etwas wie ein „Und sie lebten glücklich bis ans Ende ihrer Tage" geben kann, glaube ich seitdem nicht mehr. Trotzdem freue ich mich darauf, Luc wiederzusehen.

Nachdem ich anschließend ein unspektakuläres erstes Wochenende in Paris verbracht habe, ist es endlich so weit!

Am Montagmorgen stehe ich extra eine Stunde früher auf, um genug Zeit zu haben und mich ordentlich zurechtzumachen. Im Gegensatz zu sonst ziehe ich eine etwas durchsichtigere Bluse und einen kürzeren Rock an, im Ganzen jedoch sehr dezent – schließlich soll es nicht allen auffallen, nur ihm.

Der Puls pocht in meinen Ohren, als ich ein paar Stunden später durch das Büro laufe. Die Tür zu Lucs Büro steht halb offen, Wortfetzen und Gelächter ertönen daraus. Seine Stimme, sein Lachen.

Er sitzt zurückgelehnt in seinem Drehstuhl, die Füße liegen auf dem Schreibtisch. Deniaud hat es sich auf der Couch und Forestier im Schneidersitz auf dem Boden bequem gemacht. Sie trinken Kaffee und unterhalten sich. Ich bleibe stehen und starre ungebührlich lange auf diese Szene. So viele Wochen sind vergangen, seit ich ihn das letzte Mal gesehen habe. Dass er jetzt nur ein paar Meter von mir entfernt ist, scheint unrealistisch.

Irgendwann bemerkt er wohl, dass er unverhohlen betrachtet wird. Er dreht den Kopf und sieht mich an. Erst mit seinem üblichen strengen Blick, dann legt sich langsam ein Lächeln auf sein Gesicht. Ein Sonnenaufgang könnte nicht schöner sein. Mein Herz stockt und ich verliere mich in seinem Anblick.

Luc unterbricht diesen Moment, als er seine Hand kurz grüßend hebt und gleich darauf eine Bewegung macht, die mich verscheuchen soll. Ich schrecke auf wie aus einer Trance und gehe in mein Büro. Wir werden später miteinander sprechen können.

# § 7 (4) Luc

„War das Jacqueline?", fragt Leonie.

„Sie heißt Jeanne", korrigiere ich ungehalten.

„Natürlich. Jeanne! Ein nettes Ding. Und richtig gut. Ihre Arbeit in der Moreau-Scheidung ist einwandfrei."

„Wie kommt es, dass du dir den Namen jedes Mandanten merken kannst, aber nie die Namen unserer Mitarbeiter?" Suzannes Stimme wird spitz, genauso wie ihr Gesicht. Selbstverständlich kennt sie die

Einstellung unserer Partnerin, reibt sich aber immer wieder gerne daran. Leonie liefert ihr auch sofort Munition.

„Nun, unsere Mandanten bringen uns Geld. Unsere Mitarbeiter kosten uns welches.“

„Ohne unsere Mitarbeiter könnten wir einpacken, Leonie. Deine kannibalismus-kapitalistische Haltung ist unerträglich.“

„Dein blümchensozialistisches Engagement in allen Ehren, liebe Suzanne, aber das zahlt uns hier nicht die Miete.“

An diesem Punkt entziehe ich mich der Unterhaltung und überlasse mein Zimmer den Frauen. Ganz ehrlich, ich kann dieses passiv-aggressive Weibergezicke nicht ertragen. Die beiden sollten sich einmal ordentlich prügeln und danach zusammen ein Bier trinken. Aber so vernünftig sind nur Männer.

Ich schlendere durch das Büro, um mein eigentliches Vorhaben hinauszuzögern. Kurz quatsche ich mit Victor, der einen seiner zwar niveaulosen, aber doch lustigen Witze zum Besten gibt, lasse mich von Anais auf den neuesten Stand der Kanzleiinterna bringen und ignoriere dabei ihre Hand, die angelegentlich meinen Hintern streift. So nähere ich mich auf Umwegen Jeannes Arbeitsplatz. Gerade noch rechtzeitig erinnere ich mich an meine gute Kinderstube und hole einen Kaffee für sie.

Derart gewappnet, mit Gastgeschenk und freundlichem Lächeln, betrete ich ihr Büro und wundere mich, dass ich ziemliches Herzklopfen habe.

Sie steht am Fenster und liest konzentriert im Scheidungsrecht von Claux. Ihre langen Haare, die die Farbe von Haselnüssen haben, fallen wie ein Vorhang herab. So bemerkt sie mich zuerst gar nicht und es braucht ein kräftiges Räuspern, um sie auf mich aufmerksam zu machen. Jeanne schaut auf, Überraschung macht sich in ihrem Gesicht breit. Das voluminöse Buch entgleitet ihren Händen, fällt herunter und auf ihren Fuß.

„Mist!"

„Ich freue mich auch, dich zu sehen, Jeanne."

Sie humpelt zu ihrem Stuhl und setzt sich, dann schlüpft sie aus ihrem Schuh und massiert ihre malträtierten Zehen. Was ich sehr gerne sehr zärtlich für sie übernehmen würde. Aber ... ich bin ihr Boss. *Also verhalte dich auch wie einer, Bronnard. Auch wenn es schwerfällt.*

„So habe ich mir das nicht vorgestellt", sagt sie mit schiefem Lächeln. „Unser Wiedersehen."

Keine Ahnung, wann ich mich das letzte Mal so unbeholfen gefühlt habe. Es muss irgendwann in der Pubertät gewesen sein.

Abrupt stelle ich ihr die Tasse auf den Tisch. „Hier. Für dich."

„Danke."

Wie ein kleines Mädchen umschließt sie die Tasse mit beiden Händen und trinkt. An ihren Schreibtisch gelehnt, beobachte ich sie. Ihre Hände zittern, als sie die Tasse wieder hinstellt. Bei Jeanne braucht es nur diese kaum zu bemerkenden Gefühlsregungen, damit ich mehr und mehr von ihr möchte.

Dummkopf, der ich bin, greife ich jäh nach ihren Fingern und halte sie zwischen meinen. „Tut der Fuß noch sehr weh?"

Ich gebe zwar vor, sie wegen des Missgeschicks mit dem Buch zu trösten, tatsächlich will ich aber dieses zarte Zittern spüren und mir vorstellen, dass es durch meine Gegenwart verursacht wird.

Jeanne sieht mich an mit ihren großen braunen Augen und der Moment zwischen uns spannt sich wie eine Bogensehne – bis ich mich zur Raison rufe und ihre Hand wieder loslasse. Sofort greift Jeanne wieder nach ihrer Tasse, trinkt, verschluckt sich und hustet.

„Und, gefällt es dir bei uns? Ich hoffe, du bereust deinen Wechsel nicht", versuche ich, meine Befangenheit zu überspielen, während sie noch nach Luft schnappt.

„Nein", keucht sie, „alles wunderbar."

„Gut. Solltest du irgendwelche Fragen oder Probleme haben, kannst du dich jederzeit an mich wenden."

„Danke. Werde ich tun."

Sie sieht mich an, als erwarte sie etwas. Eigentlich müsste ich unser Verhältnis spätestens jetzt klarstellen, aber mir fallen die passenden Worte nicht ein. Mir fällt überhaupt nichts ein, also nicke ich bloß und verlasse ihr Büro.

Das eben war sehr viel unbehaglicher, als ich es mir auch nur im Entferntesten hätte vorstellen können. Ich hätte Jeanne den Job niemals anbieten dürfen. Seit heute steht diese Aktion auf der Top-Ten-Liste meiner idiotischen Taten ganz weit oben.

# § 7 (5) Jeanne

Am Abend kommt Anais in mein Büro und packt mir einen Stapel Akten auf den Tisch. Für einen Moment fühle ich mich zurückversetzt in meinen alten Job. „Was ist das?“

Sie stemmt die Hände in die Hüften, streckt den Rücken durch und stöhnt leise. „Das ist erst einmal ein schrecklich schwerer Haufen Papier.“

„Und zweitens?“

„Unterlagen zu unserem Mandanten Villiers. Er handelt mit Immobilien, für die ich töten würde, ist sehr alt, sehr, sehr reich und einer unserer langjährigsten Klienten. Luc will, dass du dich in die Angelegenheit einarbeitest, um später den Großteil des Mandats zu übernehmen.“

Ist das jetzt ein Vertrauensbeweis oder will er diesen Villiers loswerden?

„Normalerweise geht es um Kaufverträge für die Immobilien.“ Mit diesen Worten schiebt Anais vier der Ordner zu mir. „Hin und wieder jedoch auch um Privates. Seine Scheidung vor drei Jahren zum Beispiel.“ Eine weitere Akte rutscht in meine Richtung.

„Gut, ich lese mich ein. Gibt es auch etwas Aktuelles, das ich bearbeiten soll?“

„Allerdings.“

Statt eines Ordners erhalte ich nun einen Zettel. In Lucs Handschrift – zumindest gehe ich davon aus, dass es seine ist, denn die Worte sind knapp und scharf wie Blitze auf das Papier gesetzt – finden sich darauf einige Anmerkungen. Es soll ein Gutachten erstellt werden mit den Vorzügen des Konkubinatsvertrags gegenüber der zivilrechtlichen Eheschließung.

Fragend sehe ich Anais an. „Was ...?“

Sie zuckt mit den Schultern. „So wie ich es verstehe, will Villiers ein junges Ding von sich überzeugen, ohne ein Risiko einzugehen."

Da mir das zu wenige Informationen sind, um vernünftig arbeiten zu können, greife ich den Zettel und marschiere schnurstracks in Lucs Zimmer. Er sitzt an seinem Schreibtisch und starrt voller Verzweiflung auf den Monitor. Dabei hat er eine Hand in den Haaren vergraben, während die andere einen Kugelschreiber nervös zwischen den Fingern dreht.

„Was ist los?", fragen wir beide gleichzeitig und lachen hinterher kurz auf.

„Du zuerst, Jeanne."

Ich mag es, meinen Namen aus seinem Mund zu hören. Bei allen anderen klingt er wie der eines kleinen Mädchens, aber er lässt ihn wie den einer sinnlichen Hetäre wirken. Das „J" liebkost er mit seiner Zunge und das „eanne" fließt rau zwischen seinen Lippen hervor. Was muss ich tun, um die seltsame Distanz, die er mich heute Vormittag hat spüren lassen und mir seitdem im Kopf herumspukt, zwischen uns aufzuheben? Soll ich ihm sagen, dass ich die Worte, die ich nach unserer gemeinsamen Nacht zu ihm sagte, schon längst bereue? Oder wäre es besser –

Der Kugelschreiber klopft zweimal auf das Holz des Tisches und ich erwache aus meiner Träumerei. Luc sieht mich fragend an. „Also?"

„Nein, du zuerst", lenke ich ab. „Dein Problem scheint das größere zu sein."

„Ach!" Er wirft den Kugelschreiber auf den Tisch. „Ich komme mit der Formatierung des Dokuments nicht klar. Wenn ich die automatische Nummerierung nutze, kommt immer dieser dämliche Zeileneinzug."

„Warum fragst du nicht Anais?"

Er sieht mich an, als wäre ich nicht ganz zurechnungsfähig. „Ganz bestimmt nicht. Das würde sie mir die nächsten Jahre noch vorhalten."

Ich stelle mich neben ihn, dichter als notwendig, und nehme ihm die Maus aus der Hand. Es ist angenehm, seine Wärme und seine Schulter an meinem Arm zu spüren.

„Lass mal sehen." Mit ein paar Klicks stelle ich die Formatierung wie gewünscht ein und gehe nur mit großem Bedauern einen Schritt zur Seite. „Siehst du? So geht das."

„Danke. Du hast mich vor einer großen Blamage bewahrt." Luc grinst schief und es gefällt mir gar nicht, dass er anscheinend solche Angst hat, vor Anais schlecht dazustehen.

„Kein Problem. Ich werde kein Wort darüber verlieren, wie schlecht du dich mit Computern auskennst."

„Hey!" Nachlässig wirft er den Kugelschreiber in meine Richtung. Dann kommt er zurück zum eigentlichen Thema. „Ich schätze, du bist wegen des Gutachtens hier, oder?"

„Genau. Deine handschriftlichen Notizen in allen Ehren, aber worum geht es überhaupt?"

„Ganz einfach." Luc bückt sich und hebt den Kugelschreiber auf. „Villiers ist ein millionenschwerer Lustgreis von über siebzig Jahren, der sich in eine hübsche Zweiundzwanzigjährige verguckt hat. Die aber ist sehr katholisch und lässt sich ohne Ehe nicht einmal küssen."

„Und wir sollen ihr weismachen, dass sie mit einem Pacs sehr viel besser dran ist.“

„Nicht wir. Du. Betrachte es als deine erste Herausforderung bei *Bronnard, Deniaud & Forestier*.“

Dieser Auftrag fordert mich tatsächlich heraus. Nicht nur juristisch, sondern vor allem moralisch. Ich habe meinen Job nicht ergriffen, um Unanständigkeiten zu legitimieren.

„Schmücke das Ganze ein bisschen aus. Schreib über Gleichberechtigung, Unabhängigkeit, meinetwegen auch über die Errungenschaften der Revolution. Und bring etwas Glamour rein, erwähne Royal und Hollande.“

Obwohl mich diese Angelegenheit ärgert, lache ich trotzdem kurz auf. „Das Wort Glamour in Zusammenhang mit Hollande? Du schreckst wohl vor nichts zurück.“

„Wie auch immer. Mach der Kleinen das Konstrukt schmackhaft. Ihr wird es garantiert an nichts mangeln. Ich bin sicher, dass Villiers sie mit Geschenken überhäufen wird. So ein Trophy Wife will bei Laune gehalten werden.“

„Anscheinend kennst du dich damit aus.“ Meine Stimmung sinkt bei den vorherigen Worten auf den absoluten Gefrierpunkt – und durch Lucs Antwort noch darunter.

„Ich war mit einer verheiratet, also ja, ich habe meine Erfahrungen. Sind wir dann hier fertig?“

„Eine Frage hätte ich noch, Luc.“

„Bitte.“

„Warum vertreten wir solche Arschlöcher wie Villiers?“

„Solche Arschlöcher haben das Geld, damit all das hier funktioniert." Er breitet die Arme aus, als wolle er den ganzen Raum umfassen. „Sie zahlen mein Leben und sie zahlen von nun an auch deins. Waren die Mandanten bei *Dupont & Leroux* durchweg Mäzene und Philanthropen?"

Nein, natürlich nicht. Ich hatte nur gehofft, dass es hier anders wäre.

„Aber ..." Ich beiße mir auf die Lippe. Mitunter sage ich zu viel und gerne auch noch das Falsche, weshalb ich kurz hadere.

„Was?"

Oh, Monsieur Bronnard scheint genervt. Aber ich muss trotzdem fragen. „Wenn man auf die Skrupellosen angewiesen ist, sollte man dann nicht sein Konzept überdenken?"

Luc schweigt und seine Miene ist zunächst völlig ausdruckslos. Schließlich dreht er sich wieder seinem Monitor zu. „Willkommen in der Realität", sagt er dann und ich verstehe die Worte als den Rausschmiss, der sie sind.

Bevor ich das Büro jedoch verlasse, ruft er noch: „Jeanne, nur damit keine Missverständnisse zwischen uns aufkommen ..."

Ich halte inne. Mein Herz schlägt einen Salto. Was kommt jetzt? Bemüht ruhig erwidere ich: „Ja, was gibt es noch?"

„Diese Weihnachtsfeier letztes Jahr ..."

*Endlich redet er darüber*, denke ich, doch er schweigt und sieht mich nur an, als erwarte er, dass ich wüsste, was er meint.

*Jetzt sag es schon! Sag, dass du mich willst! Nervös reibe ich meine Hände an meinem Rock.*

„Es wird sich nicht wiederholen. Du arbeitest hier und ich auch. Das ist aber auch alles."

Was immer ich erwartet habe, das war es ganz bestimmt nicht. Da hätte er auch gleich einen Eimer Eiswasser über mir ausschütten können.

Trotz seiner niederschmetternden Worte klingt meine Stimme ruhig und spöttisch, als ich antworte. „Also kein Sex auf dem Schreibtisch? Gut, dass du es so offen ansprichst, Luc. Ich sehe das ganz genauso. Wir sind Kollegen. Mehr nicht."

„Schön, dass wir das geklärt haben."

„Ja. Sehr schön. Es beruhigt mich."

„Gut."

Er greift den Kugelschreiber und dreht ihn wieder zwischen den Fingern. Ich nicke und verlasse sein Büro. Mit allem habe ich gerechnet, aber nicht mit einer solchen Abfuhr!

***

„Und das hat er wirklich gesagt? Dass eure gemeinsame Nacht ein Fehler war?"

„Ja! Also nein. Gesagt nicht, gemeint schon", erkläre ich frustriert.

„Jeanne, ich muss dir mal ganz generell etwas über euch Frauen erklären." Claude klingt ein wenig ungehalten. Vielleicht, weil ich ihm schon eine halbe Stunde am Telefon vorheule, wie schrecklich das Wiedersehen mit Luc heute war. „Ihr glaubt, ihr könntet Gedanken lesen. Aber ganz ehrlich, Schätzchen – das könnt ihr

nicht. Allerdings seid ihr Meisterinnen im Hineininter-
pretieren. Also, was hat er gesagt?"

„Dass es keine Missverständnisse geben solle und
diese Nacht sich nicht wiederholen werde. Dass wir
nur Kollegen seien."

*Pah, da hast du's, Claude!* Im Grunde bedeuten diese
Worte nämlich genau das: Es war ein Fehler.

„Das klingt doch fair. Er redet Klartext und hält beruflichen Abstand. Scheint ein anständiger Typ zu sein,
dein Luc."

Seine diplomatischen Worte wecken den Trotz in
mir. „Er ist nicht mein Luc. Er ist jetzt Anais' Luc. Und
anständig soll er schon gar nicht sein! Ich habe mich
die ganzen letzten Wochen so sehr nach ihm gesehnt."

„Es wäre dir also lieber, wenn er seine Position als
dein Chef ausnutzen würde? Habt ihr Frauen wirklich
so viel für ausbeuterische Mistkerle übrig, die Angestellten Zigarren in die Muschi stecken?"

Gerade will ich darauf antworten, dass Luc mir noch
ganz was anderes … Aber da merke ich, dass Claude die
Vernunft auf seiner Seite hat. Ich beschwere mich tatsächlich gerade darüber, von meinem Chef korrekt behandelt zu werden. Meine Aufregung fällt in sich zusammen und ich schweige. Auch Claude scheint meine
Kapitulation bemerkt zu haben.

„Haben wir uns wieder beruhigt?"

„Ja."

„Und wer hatte recht?"

Statt einer Antwort brumme ich lediglich in den Tele-
fonhörer.

„Wer hatte recht?"

„Du, verdammt!", gebe ich zu und kann Claudes Grinsen durch die Leitung spüren.

„Gut. Und was hast du ihm geantwortet?"

„Was schon? Dass ich das genauso sehe wie er. Und wir nur zusammen arbeiten."

Claude schweigt. Nach einer Weile wird mir das unheimlich.

„Alles in Ordnung?"

„Ich fürchte, ich hatte gerade einen Gehirnschlag, Schätzchen. Warum stößt du ihn so vor den Kopf?", fragt er ungläubig.

Ich verstehe gar nichts mehr. „Was hätte ich denn –?", setze ich an, werde aber harsch unterbrochen.

„Wenn du was von ihm willst, musst du auf ihn zugehen. Ihm sind die Hände gebunden. Du hättest zum Beispiel sagen können ..." – und bei den folgenden Worten gibt er seiner Stimme einen weichen, verführerischen Hauch – „„Natürlich, Luc. Aber ich denke noch sehr oft an unsere gemeinsame Nacht. Daran, wie du mich geliebt hast. Bitte sei mir nicht böse deswegen, es war so unvergesslich mit dir.'"

Mir entweicht ein abfälliges Schnauben. Nie im Leben würde ich so herumschmalzen! Andererseits treffen Claudes Worte genau den Kern. Wahrscheinlich habe ich mich tatsächlich vollkommen falsch verhalten.

„Und was soll ich jetzt tun?"

„Sprich mit ihm, um Himmels willen! Sag ihm, dass du verknallt bist. Bis über deine entzückenden, etwas abstehenden Ohren."

„Ich bin nicht ... Meine Ohren stehen nicht ab!"

„Doch und doch. Warte auf einen passenden Moment und dann rede mit ihm.“

Nachdem wir noch eine Weile über dieses und jenes gesprochen haben, beenden wir das Telefonat. Mit schlurfenden Schritten gehe ich ins Bad, nehme meine Haare zurück und betrachte mich im Spiegel. Mit den Ohren hat Claude recht. Und mit dem Rest auch, befürchte ich. Aber um herauszufinden, wie Luc das Ganze sieht, bleibt mir wohl tatsächlich nichts anderes übrig, als ihm gegenüber offen zu sein.

***

Am nächsten Tag warte ich, bis fast alle die Kanzlei verlassen haben, und gerade als ich Lucs Büro betreten will, um mit ihm zu reden, eilt er mir daraus entgegen.

„Jeanne“, sagt er überrascht und bleibt vor mir stehen. „Was gibt's?“

Nervös knete ich meine Finger. „Hast du kurz Zeit für mich?“

Er steckt mit einem Arm in seinem Mantel, die Autoschlüssel baumeln in seiner Hand. „Tut mir leid, jetzt nicht. Ich habe noch einen Termin und muss los. Kann das bis morgen warten?“

„Natürlich. Klar. Kein Problem. Ist nichts Wichtiges.“

„Gut.“ Sein Lächeln schneidet mit seiner oberflächlichen Freundlichkeit tief in mein Herz. Er zieht seinen Mantel an und legt dann kurz die Hand auf meine Schulter, bevor er geht.

Anais kommt aus der Küche, ebenfalls gestiefelt und gespornt. „Du fährst zu den Martins?“

„Ja.“

„Kannst du mich mitnehmen? Der Weg führt fast direkt an meiner Wohnung vorbei.“

„Was ist mit deinem Auto?“

„Die alte Krücke ist in der Werkstatt. Der Vergaser. Ich würde ja die Metro nehmen, aber es wird mal wieder gestreikt. Wenn es bei dir nicht passt, kann ich auch per Anhalter fahren.“

„Bist du wahnsinnig?“, erwidert er entsetzt. „Weißt du, wie gefährlich das sein kann? Es gibt jede Menge Irre da draußen!“

Sie lacht. „Dann wirst du mich wohl fahren müssen.“

Er erwidert ihr Lachen. „Das muss ich wohl tatsächlich.“

Sie verlassen gemeinsam die Kanzlei und ich starre ihnen frustriert hinterher. An diesem Punkt muss ich es mir wohl endgültig eingestehen – als Luc mir das Jobangebot gemacht hat, war er tatsächlich nur an mir als Anwältin interessiert.

# § 8 – Nachlässe

## § 8 (1) Luc

Die Martins sind ein sehr altes, sehr vermögendes Ehepaar, das seine Testamente aufsetzen möchte. Bisher kenne ich sie nur von einem ersten Telefonat, in dem Monsieur Martin herumdruckste, dass es familiäre Probleme hinsichtlich ihres letzten Willens gäbe, und Madame Martin immer wieder dazwischenkrähte, ob der Herr Anwalt bei seinem Besuch Kaffee oder Tee wolle.

Mit einem unguten Gefühl im Bauch mache ich mich auf den Weg zu ihnen. Testamente sind nicht mein Lieblingsgang im juristischen Menü. Sie haben immer mit Tod zu.

„Was wollte Jeanne von dir?"

Fast hätte ich vergessen, dass Anais neben mir sitzt, und mit ihrer Frage bringt sie sich mir wieder in Erinnerung. „Ich hatte keine Zeit für ein Gespräch mit ihr."

Obwohl es mich schon interessiert hätte.

„Sie ist eine Süße, findest du nicht?" Anais' Tonfall gibt ihrer Aussage noch eine zusätzlich indiskrete Note, aber nachdem ich sie letztens über meinen Schreibtisch gezogen und ihr den Hintern versohlt habe, gibt es wohl keine Möglichkeit mehr, Distanz von ihr einzufordern.

„Sie ist eine Kollegin."

Dann beugt sich Anais plötzlich zu mir herüber und haucht die Worte „Wollen wir jetzt wirklich über Jeanne reden?“ in mein Ohr.

„Du hast damit angefangen.“

Ihre Zunge bohrt sich nass und kitzelnd in meinen Gehörgang, gleich darauf fasst Anais mich so unvorbereitet in den Schritt, dass ich das Auto kurz nach links verziehe.

„Um Himmels willen! Hör auf damit!“

Doch sie ignoriert meine Worte, öffnet stattdessen Knopf und Reißverschluss meiner Hose und gleitet mit ihrer Hand unter meine Boxershorts.

„Lass das! Ich kann so nicht für unsere Sicherheit garantieren.“ Ein Verkehrserzieher für Vorschüler könnte nicht eindringlicher klingen als ich in diesem Moment, aber er hätte bestimmt mehr Erfolg mit seiner Ermahnung. Anais denkt zumindest nicht daran, ihre Finger zurückzuziehen.

„Es gibt für nichts im Leben eine Garantie, Luc. Aber wenn du mehr Sicherheit möchtest, halte doch an. Es ist dunkel, die Straße ist leer.“ Während sie spricht, massiert sie meinen Schwanz.

Natürlich werde ich hart. Und natürlich fahre ich rechts ran. Anais macht das gut, nicht zu fest, nicht zu lasch. Wenn ich hinterher ordentlich Gas gebe, könnte ich sie einfach machen lassen und käme trotzdem noch pünktlich zu den Martins. Eine kleine Belohnung dafür, dass ich mich mit Testamentsangelegenheiten herumschlagen muss.

„Willst du einen Blowjob? Ich würde dich schrecklich gerne schmecken.“ Ihre Augen glänzen und in ihren Mundwinkeln spielt ein Lächeln. Ich wüsste nicht, warum ich ihr den Gefallen nicht tun sollte. Jeden Tag eine gute Tat.

Anais beugt sich hinunter, um mich ohne Umschweife zwischen ihre prallen, rot geschminkten Lippen zu saugen. Während ich die Wärme genieße, die Nässe, das Spiel ihrer Zunge, schließe ich die Augen und stelle mir vor, sie wäre jemand anders. Es dauert nicht lange, bis es mir kommt – und ich dabei Jeannes Namen stöhne.

Anais hebt den Kopf und sieht mich grinsend an. Mit geübten Bewegungen wischt sie sich mit einem Taschentuch über Lippen und Kinn. „Keine Bange", sagt sie. „Ich verrate es ihr nicht."

Peinlich berührt gebe ich einen seltsamen Laut von mir und richte meine Kleidung. Ohne weiter darauf einzugehen, starte ich den Wage wieder und erreiche mit großer Erleichterung keine zehn Minuten später ihre Wohnung.

„Holst du mich morgen früh ab?", fragt sie beim Aussteigen.

Ich würde gerne verneinen, aber das kann ich nun wirklich nicht bringen. Auch ich habe meine Prinzipien. „Ich komme um acht."

„Oder", sagt sie und steckt ihren Kopf durch die geöffnete Autotür, „du kommst schon um sieben und fickst mich für einen guten, gesunden Start in den Tag."

Gibt es so etwas wie eine postorgasmische Ehrlichkeit? Wenn ja, dann ergreift sie in diesem Moment von mir Besitz. „Ist es das, was du willst? Einen Mann, der sich auf dir abreagiert, während er an eine andere denkt?"

Ihr Gesicht verliert den offensiv-verführerischen Ausdruck, den sie üblicherweise darauf spazieren trägt, und für einen Augenblick sehe ich eine erstaunlich ernste Anais.

„Ich will Befriedigung. Die können mir nicht viele Männer verschaffen. Du bist einer davon. Außerdem riechst du gut und ich mag es, dass du immer so aussiehst, als wärst du unzufrieden – selbst, wenn du gerade einen Blowjob bekommen hast. Also, sehen wir uns morgen um sieben?"

Ich bin versucht nachzugeben, bis mir einfällt, dass in dieser Angelegenheit nicht nur sie zu entscheiden hat. Schon dieser Blowjob war ein Fehler und ich werde keinen zweiten hinzufügen. „Ich komme um acht. Sei pünktlich, ich warte nicht gerne."

Sie nimmt meine Absage ohne Murren hin und wirft mir eine Kusshand zu. „Es ist heiß, wenn du den Boss gibst."

Sie zu fragen, ob sie Jeanne erzählt hat, dass wir Sex auf meinem Schreibtisch hatten, verkneife ich mir. Erstens kann ich mir nicht vorstellen, dass sie so indiskret ist, und zweitens würde diese Frage nur noch mehr von dem Gefühlschaos preisgeben, in das Jeanne mich stürzt. Ihren Namen zu stöhnen, als ich in Anais' Mund gekommen bin, stellt für einen Tag genug Blöße dar.

***

Auf die Minute genau fahre ich bei meinen neuen Mandanten vor. Ihr „kleines Häuschen", wie Monsieur Martin es am Telefon nannte und um das es im Testament unter anderem gehen soll, entpuppt sich als Villa im mediterranen Stil, die von einer Parkanlage umgeben ist. Es überrascht mich, dass mir statt eines Butlers eine grauhaarige Dame öffnet, die sich als die Herrin des Hauses vorstellt.

Sie führt mich in einen Raum, der mit zierlichen Antiquitäten möbliert ist: vier Stühle, ein Beistelltisch, zwei Kommoden. Ölgemälde hängen in vergoldeten Rahmen an den Wänden. Sie sind riesig und wenig geschmackvoll, wenngleich sicher teuer. Ihr Anblick übersättigt das Auge so sehr, dass ich befürchte, Sehnervadipositas zu bekommen.

„Und", ertönt hinter mir eine sonore Altherrenstimme, „gefallen Ihnen meine Schätze, Monsieur Bronnard?"

Ich drehe mich um. Monsieur Martin steht senkrecht wie ein Lotblei im Türrahmen, gut gekleidet in braunem Tweed. Hinter ihm wartet seine Frau mit einem Tablett in der Hand und neben den beiden liegt eine zerschlissene Nackenrolle auf dem Boden. Erst auf den zweiten Blick erkenne ich, dass es sich um einen uralten Dackel handelt. Er passt zu den beiden, die die Siebzig bestimmt schon weit überschritten haben.

„Nehmen Sie doch Platz." Monsieur Martin weist auf einen der Stühle, die um den Beistelltisch aus Kirschholz gruppiert sind. Ich zögere und er deutet das ganz richtig. „Keine Bange, der Stuhl sieht fragil aus, aber er trägt auch einen Mann wie Sie problemlos. Die Schreiner des Louis-Seize verstanden ihr Handwerk."

Vorsichtig setze ich mich auf das türkisfarbene Polster. Der Stuhl knarrt zwar, aber er hält.

Während Madame Martin das Tablett auf dem Tisch platziert und jedem von uns eine Tasse Grüntee einschenkt, erklärt mir mein Gastgeber die Symbolik in einem der großformatigen Stillleben. Ein paar Fliegen sowie ein fleckiger Apfel sollen auf die Vergänglichkeit alles Irdischen hinweisen.

Der Dackel hat inzwischen schwer atmend die zwei Meter bis zu mir zurückgelegt und leckt meine Hand. Seine irdische Vergänglichkeit ist nur allzu offensichtlich.

„Oh, er mag Sie!", jubiliert Madame Martin. „Unser Martin mag Sie!"

„Ihr Hund heißt Martin?"

Der Hausherr lacht mit dem ganzen Stolz eines Tierbesitzers. „Darf ich vorstellen? Martin Martin oder auch Martin junior."

Ich entziehe der Dackelzunge meine Hand, streichele den Kopf des Tieres und bemühe mich, den Anblick seiner milchigen Augen nicht unangenehm zu finden. Als ich wieder aufschaue, betrachten mich meine Mandanten mit glücklichem Lächeln.

„Sie sind unser Mann, Monsieur Bronnard. Sie lieben Hunde. Sie werden die Problematik verstehen."

„Die da wäre?"

Hausherr und Hausherrin wechseln einen kurzen Blick, bevor Monsieur Martin es auf den Punkt bringt: „Es ist Ihnen sicherlich aufgefallen, dass wir recht vermögend sind. Mit dem Haus, den Antiquitäten und einigen Aktienfonds liegen wir bei ungefähr 50 Millionen Euro. Und wir haben einen Sohn."

„Adoptivsohn", wirft Madame Martin ein. Es klingt wie „Mängelexemplar".

Ihr Mann nickt zustimmend und sein Gesicht verdunkelt sich. „Er soll jedoch nichts von unserem Geld bekommen. Keinen einzigen Cent. Es soll alles an Martin junior gehen."

Ich bin mir nicht im Klaren, welche der Aussagen mich mehr durcheinanderbringt: die Höhe der Summe, über die wir hier reden, die Tatsache, dass der Sohn vollständig enterbt werden soll, oder der Umstand, dass ein nahezu toter Köter als Alleinerbe auserkoren ist.

„Selbstverständlich wissen wir, dass Kinder – auch Adoptivkinder – Anspruch auf einen Pflichtanteil haben. Und dafür brauchen wir Sie, Monsieur Bronnard. Helfen Sie uns, Philippe zur Gänze aus dem Testament zu streichen."

Ich runzle die Stirn. Ein solch rigoroses Vorgehen ist ungewöhnlich und wenig Erfolg versprechend. Mit meiner Antwort versuche ich, dem Ehepaar dies aufzuzeigen.

„Nun, da gibt es natürlich Möglichkeiten. Hat ihr Sohn zum Beispiel versucht, sie umzubringen?"

Madame Martin nickt so heftig, dass ihre sorgfältig gelegten Löckchen in Unordnung geraten. „O ja! Und nicht nur einmal."

„Bitte?" Darauf war ich nicht vorbereitet.

„Er hat uns nur Kummer bereitet. Als Jugendlicher war er immerzu aggressiv, hat sich geprügelt und die Schule abgebrochen. Außerdem hat er Drogen genommen. Eine Ausbildung hat er ebenfalls nicht und an ein Studium war aufgrund seiner intellektuellen Minderleistung gar nicht erst zu denken. Mit einundzwanzig ging er fort, ohne ein Wort zu sagen, und erst drei Jahre später erfuhren wir, dass er überhaupt noch lebt. Wir sind vor Sorge schon hundert Tode gestorben, Monsieur Bronnard. Martin junior hat uns nie so enttäuscht."

Ich blicke wieder auf den Hundesenior, der sich auf den Rücken geworfen hat und mit seinen Stummelbeinchen die Luft tritt. Mehr aus Verlegenheit streichele ich seinen kahlen Bauch. Dass die Argumente seines Frauchens absolut haltlos sind, brauche ich ihm nicht zu erzählen. Allerdings sind die Wünsche des Mandanten stets ernst zu nehmen – vor allem, wenn sich die Erfüllung dieser Wünsche für die Kanzlei derart lohnen kann wie bei den Martins.

„Um nutzbringend für Sie tätig werden zu können, brauche ich einen genauen Einblick in ihre Finanzen, aber auch in einige höchst private Lebensbereiche Ihrer Familie. Sind Sie bereit dafür? Wenn nicht, sollten wir das Ganze an dieser Stelle beenden."

Monsieur Martin tauscht mit seiner Frau wieder einen kurzen Blick, dann lehnt er sich in seinem Stuhl zurück. „Wie viel Zeit haben Sie mitgebracht?"

„So viel wie nötig", erwidere ich und ziehe aus meinem Aktenkoffer zwei Mandatsvollmachten sowie eine Honorarvereinbarung. „Lassen Sie uns zuerst die Formalien regeln."

***

Nachdem ich am nächsten Tag meinen beiden Partnerinnen einen kurzen Abriss des gestrigen Gesprächs gegeben habe, führt Leonie eine Art indianischen Kriegstanz auf, bevor sie mir um den Hals fällt. Kein Wunder, denn die Martins haben einem Anwaltshonorar in Höhe von 5 % des infrage stehenden Vermögenswerts zugestimmt und das beläuft sich auf gut 2,5 Millionen Euro. Diese Summe gibt es natürlich nur im Erfolgsfall, das heißt, wenn die Martins tot sind und eine Anfechtungsklage des Sohnes erfolglos geblieben ist. Auch wenn sich das zu einem juristischen Schaulaufen über mehrere Jahre entwickeln kann.

Vorab erhalten wir für unsere Bemühungen pauschal eine Viertelmillion, abrechenbar nach der notariellen Beurkundung des Testaments. Die Martins lassen es sich etwas kosten, ihrem Sohn nichts zu geben. Die beiden wissen, dass finanzielle Anreize der beste Weg sind, gute Arbeit zu erhalten.

Problematisch könnte werden – und darauf habe ich meine beiden Partnerinnen natürlich hingewiesen –, dass es verdammt schwer ist, vor Gericht einen vollständigen Erbausschluss seiner Kinder durchzuboxen.

„Du schaffst das schon", jubelt Leonie. „Lüg und betrüg. Tu es für die Kohle."

Sanft, aber bestimmt löse ich ihre Hände von meinem Nacken. „Natürlich tue ich das. Ich bin Anwalt."

Suzanne lächelt schmallippig und missbilligend. „Wie gedenkst du vorzugehen, Luc?"

Ich hasse es, wenn sie mich wie eine Lehrerin abfragt, und reagiere jedes Mal wieder wie ein trotziger Schüler darauf.

„Erfolg versprechend", erwidere ich. Ihr Lächeln wird noch dünner, also gebe ich nach. Zumindest ein wenig. „Das Wichtigste sind jetzt erst einmal Präzedenzfälle aus der jüngeren Vergangenheit. Ich werde Pascal bitten, mir einen Überblick zusammenzustellen."

„Pascal ist ausgelastet."

„Dann Victor."

„Warum nicht Jeanne? Immerhin warst du es, der sie unbedingt als neue Mitarbeiterin wollte, und im Gegensatz zu den anderen hat sie noch Kapazitäten frei."

Ein vernünftiger Vorschlag, hätte Jeanne nicht so gelassen reagiert, als ich ihr klarmachte, dass wir zukünftig nur Kollegen sind. Ich hätte mir ein bisschen mehr Enttäuschung gewünscht.

„Ich denke, sie hat genug zu tun mit dieser Scheidungssache."

Mein Hilfe suchender Blick wird von Leonie leider nicht verstanden.

„Die ist so gut wie abgeschlossen. Jeanne hat das Ehepaar davon überzeugt, das infrage stehende Gemälde dem Musée d'Orsay als Dauerleihgabe zu überlassen. Im Gegenzug haben die beiden dort lebenslang freies Besuchsrecht. Sie können es jederzeit sehen, kommen sich aber nicht in die Quere. Eine salomonische Idee, findest du nicht?"

Leonie wirkt beeindruckt und ich muss ihr zustimmen. Jeanne ist nicht nur süß, sondern auch klug – was sie nur noch begehrenswerter macht.

„Außerdem erstellt sie das Villiers-Gutachten", suche ich nach einer weiteren Ausflucht.

„Und jetzt wird sie dir auch noch in dieser Angelegenheit helfen. Das hier ist kein Sanatorium, Luc."

Verdammt. Mir fällt keine Möglichkeit ein, mich herauszureden, ohne mich verdächtig zu machen. Gerade Suzanne beäugt mich wegen der Affäre mit Anais sowieso schon misstrauisch.

„Gut, ich bespreche es mit ihr", gebe ich deshalb, mental die Zähne knirschend, nach.

Suzanne nickt, dann verlassen meine Partnerinnen mein Büro. Ich richte meine Krawatte und atme tief durch. Also dann! Auf zu Mademoiselle Smart, Sexy und Uninteressiert.

# § 8 (2) Jeanne

Es fällt mir schwer, mich zu konzentrieren, als Luc lässig gegen die Wand gelehnt in meinem Büro steht, das Jackett offen. Eine lockige Strähne hängt ihm in die Stirn. Wenn ich von meinem Stuhl aufstünde und die paar Schritte auf ihn zuginge, könnte ich sie mit einem Finger zurückstreichen. Und wenn ich schon mal da wäre, könnte ich auch sein Hemd aufknöpfen, mit den Lippen über die warme Haut streichen, die dabei zum Vorschein käme, und vielleicht hätte er auch nichts dagegen, wenn ich mich ganz dicht an ihn presse ...

„Hörst du mir überhaupt zu, Jeanne?"

Ich starre ihn an. Mein Schoß ist feucht, meine Wangen sicherlich knallrot. „Natürlich. Ich soll dir ein paar Urteile heraussuchen."

Er lächelt skeptisch. „Schon mal nicht ganz falsch. Aber um präzise zu sein, geht es mir um Fälle, in denen es Eltern gelang, ihre Kinder zur Gänze zu enterben. Alles, was du aus den letzten zwei Jahren zu Erb- oder Pflichtteilsunwürdigkeit findest."

Ich nicke. „Okay."

„Und schreib mir zu jedem Fall eine kurze Zusammenfassung. Außerdem deine Meinung dazu."

„Meine Meinung? Geht das auch genauer?"

Eine schier unendliche Weile sieht er mich ohne jegliche Regung an. Wahrscheinlich verlässt er jetzt das Zimmer und lässt mich mit meiner Aufgabe allein. Oder – und der Gedanke entlockt mir ein leises Seufzen – er ist so verärgert, dass er mich vom Stuhl hochzieht, packt und für einen Moment innehält, weil er nicht weiß, was er tun soll. Und mich dann wild und leidenschaftlich küsst, während er mir die Bluse vom Leib reißt ... gleich hier im Büro, ganz egal, ob uns jemand hört.

Luc kommt einen Schritt auf mich zu und ich richte mich schlagartig auf. Himmel, es passiert tatsächlich!

Er greift sich meinen Besucherstuhl und setzt sich neben mich. Nicht ganz das, was mich mir vorgestellt habe, aber er könnte mich immer noch küssen. Wir müssten nur ein wenig die Hälse strecken ...

Doch nicht. Er lehnt sich zurück und streicht sich durch die Haare. Die Strähne verschwindet zwischen all den anderen. „Mich interessiert dein Blick auf die Dinge. Nicht nur juristisch, auch dein ... wie soll ich es nennen ... dein Bauchgefühl, was zur Entscheidung des Gerichts geführt hat."

O Gott, mein momentanes Bauchgefühl lässt sich in ein paar Worte fassen.

„Und auf wessen Seite stehen wir? Du musst mir von diesem Fall erzählen, Luc, wenn meine Arbeit von Nutzen sein soll."

Er nickt und erzählt mir dann von seinem Mandantentreffen am gestrigen Abend. Zehn Minuten später bin ich informiert – und deprimiert.

„Was sagst du dazu?", fragt Luc.

Ich kann nur mit den Schultern zucken. „Es ist traurig, dass es Eltern gibt, denen ein Tier mehr bedeutet als das eigene Kind. Und das Vorenthalten von Geld ist der schlussendliche Liebesentzug. Was ist da schiefgelaufen? Was sind das für Leute? Haben sie den Jungen nur adoptiert, um mit ihrer Großherzigkeit anzugeben? Vielleicht ist es in dieser Sache falsch, ausschließlich als Anwalt zu handeln.“

„Das heißt?“

„Du solltest den Martins sagen, dass es auch einen anderen Weg gibt. Und dann musst du diesen Sohn aufsuchen. Mit ihm reden. Wenn es die Möglichkeit gibt, dass beide Seiten wieder ins Gespräch kommen –“

„Ich bin nicht Mary Poppins, die, Simsalabim, alles wiedergutmacht“, unterbricht er mich. „Das ist nicht meine Aufgabe und wird auch nicht von mir erwartet. Wenn du zu einem Bäcker gehst und Baguette bestellst, willst du zu Hause schließlich auch kein Blasenpflaster in der Tüte finden.“

Seine zynische Ablehnung lässt mich die Arme vor der Brust verschränken. „Du hast nach meiner Meinung gefragt, also höre sie dir auch an. Und ich habe immer noch die Hoffnung, als Anwältin mehr zu sein als nur eine stupide Erfüllungsgehilfin. Ich will das Leben der Menschen verbessern, auch wenn du das albern und unrealistisch findest.“

Amüsiert lachend steht Luc auf. „Du bist so jung, Jeanne.“

Ein schönes Sinnbild, wie er jetzt auf mich hinabsieht. Der Welterfahrene und die Naive.

Ich erhebe mich ebenfalls, um auf Augenhöhe mit ihm zu sein – was schwerfällt, angesichts der Tatsache, dass er mich um gut zwanzig Zentimeter überragt. Eigentlich sollte ich die Ruhe bewahren und mich durch seine Äußerungen nicht so provozieren lassen, aber ich fühle mich betrogen. Erst lockt er mich hierher, lässt mich alle Brücken abbrechen, nur um mir dann eine lange Nase zu drehen. Ätsch, bätsch, reingefallen. Dumme Jeanne. Die angestaute Wut über die Situation bricht aus mir heraus.

„Ich bin jung, aber nicht dumm", fauche ich.

„Das behauptet auch keiner", antwortet er und seine Ruhe macht mich nur noch ärgerlicher.

„Ach ja? Gerade eben klang das noch ganz anders."

„Ich habe dich in einen Fall eingebunden, was ich wohl kaum machen würde, wenn ich dich für dumm hielte."

„Dann behandele mich gefälligst auch nicht so!"

Eine tiefe Falte gräbt sich zwischen seine Augenbrauen. „Haben wir ein Problem miteinander? Wenn ja, dann sag es. Ich schätze klare Worte."

„Selbstverständlich. Du bist schließlich der Meister der klaren Worte."

„Was soll der Bullshit?"

Ich starre ihn wütend an, er starrt wütend zurück. Die Luft zwischen uns ist so hart und kalt, dass ich das Gefühl habe, sie könnte splittern.

„Du kommst anscheinend doch nicht damit klar", sagt er nach einigen Augenblicken des angespannten Schweigens. Auf mein Stirnrunzeln erläutert er: „Mit mir zu arbeiten, nachdem ... Fühlst du dich vernachlässigt, Jeanne? Erwartest du mehr Aufmerksamkeit von mir?"

„O Gott!" Ich lache laut und erschrecke darüber, wie gekünstelt es klingt. „Bild dir bloß keine Dummheiten ein! Das mit uns, das ist so lange her, ich kann mich kaum noch daran erinnern. Und andere Männer hatte ich in der Zwischenzeit auch schon. Viele. Einen nach dem anderen. Sehr gute Liebhaber."

Ich habe keine Ahnung, woher ich diese Lüge nehme, aber der Blick, mit dem er mich danach betrachtet, ist eindringlich wie ein Seziermesser. „Wenn das so ist, dann sollte es keine Schwierigkeiten geben zwischen uns."

Ich strecke mein Kinn hoch. „Ganz genau."

Warum kann er sich nicht einfach umdrehen und gehen? Stattdessen reicht er mir seine Hand. „Ein Neuanfang?"

Die Ruhe, die er jetzt ausstrahlt, lässt auch mich wieder vernünftig werden. Einen Moment nur zögere ich, bevor ich seinen Handschlag annehme. Sein Griff ist fest und er hält ihn länger aufrecht als nötig wäre. Mit dem Daumen streicht er hauchzart über meinen Handrücken, die Berührung vibriert durch meinen ganzen Körper.

Es liegt mir auf der Zunge, dass ich ihn vermisse – jede Nacht. Dass ich keine Sekunde unseres Beisammenseins vergessen habe und gar nicht wüsste, was ich mit einem anderen Mann machen sollte. Dass *er* mein Problem ist.

Glücklicherweise bleibt es mir erspart, das auszusprechen, denn eine Frauenstimme durchbricht die Situation.

„Hallo, Luc."

Blitzartig lässt er meine Hand los, dreht sich zu der Sprecherin um und baut sich wie eine Mauer aus Fleisch und Blut vor mir auf.

„Was machst du denn hier, Estelle?"

„Ich wollte nur mal schauen, ob du noch lebst."

„Ja, tue ich. Enttäuscht?"

„Nicht doch. Schließlich bräuchte ich ein wenig Hilfe von dir, mein Lieber."

Lucs Stimme nimmt einen sarkastischen Tonfall an. „Dir zu helfen, gibt meinem Leben einen Sinn."

Wer zum Henker ist das? Um mehr zu sehen als nur Lucs Rücken, stelle ich mich neben ihn. Beeindruckt starre ich die Frau, Estelle, an, die vor uns steht. Sie könnte eine Schauspielerin sein. Kinnlange rote Haare, hohe Wangenknochen, grüne Katzenaugen. Ihre Wahnsinnsfigur zeigt sie in einem luftigen, bunten Hosenanzug, der an einer anderen als ihr wie ein Pyjama aussehen würde.

Ich drängele mich nach vorne. Dies hier ist schließlich mein Büro und das noch immer in mir zirkulierende Adrenalin von unserem Streit lässt mich mutig werden. „Wir kennen uns noch nicht. Mein Name ist Jeanne Monnet."

„Estelle Oran. Sie sind neu dabei?"

„Seit letzter Woche."

„Mein Beileid. Luc ist als Boss nicht leicht zu ertragen." Ihr Ton ist fröhlich, ihre Worte sind es nicht.

„Haben Sie auch für ihn gearbeitet?", frage ich vorsichtig.

„Schlimmer!" Vertraulich beugt sie sich mir entgegen und flüstert: „Ich war mit ihm verheiratet."

„Großartig, Estelle." Luc klingt sehr übellaunig. „Deine Diskretion habe ich immer ganz besonders an dir geschätzt. Komm mit." Er legt seine Hand auf ihre Schulter und zieht sie mit sich hinaus. Ihr Parfum, eine Mischung aus Vanille und Amber, schwebt durch die Luft wie ein pudriges Echo.

Das ist also seine Frau, das Trophy Wife, von dem er gesprochen hatte und von dem er sich wenige Wochen, bevor ich ihn das erste Mal traf, hatte scheiden lassen. Warum, um Himmels willen, verlässt man so jemanden? Vielleicht, weil an der nächsten Ecke eine Geliebte wie Anais wartet. Und für den kleinen Hunger zwischendurch knabbert man an Landpomeranze Monnet.

Allmählich fügen sich die Puzzlesteine zu einem vollständigen Bild von Lucs Liebesleben und ich wünschte, ich könnte die Zeit bis zu jener Weihnachtsfeier zurückdrehen. Bevor ich die Entscheidung traf, ihn auf seinem Zimmer zu besuchen, und stattdessen nach Hause hätte gehen können. Lieber würde ich für den Rest meines Lebens diesen unterschwelligen Zorn auf ihn mit mir herumtragen, als mich noch einmal so klein, unzulänglich und dämlich wie jetzt zu fühlen.

Nachdem ich noch eine Weile auf meine Tür gestarrt habe, raffe ich mich auf und setze mich zurück an meinen Schreibtisch. Ich arbeite bis in die Nacht, um seinen Auftrag zu erfüllen, und lege ihm meine Ausarbeitung für den nächsten Morgen auf den Tisch.

Nur drei Fälle habe ich gefunden, in denen der vollumfängliche Erbausschluss erfolgte, und die Hintergründe jeder einzelnen Geschichte sind entsetzlich. Kein Vergleich mit dem, was die Martins gegen ihren

Sohn ins Feld führen. Meiner Meinung nach stehen wir in diesem Fall auf verlorenem Posten und genau das schreibe ich als mein Fazit.

Am nächsten Tag kommt Luc zu mir, bedankt sich für meine Arbeit und lobt sie als strukturiert und hilfreich. Wie um seinen Worten mehr Gewicht zu verleihen, legt er mir einen Moment lang die Hand auf die Schulter. Warm und schwer spüre ich sie durch den Stoff meiner Bluse und mein Herz surrt wie eine Biene. Den Plan, den ich während der letzten Stunden immer wieder in meinen Gedanken gewälzt habe – meine Koffer zu packen und zu verschwinden –, verschiebe ich in die Wiedervorlagenmappe, Datum unbestimmt.

# § 9 – Verpflichtungsbegrenzung

## § 9 (1) Luc

Der Mai nähert sich dem Ende und der Sommer steht in den Startlöchern. Auf den Straßen muss man Slalom um all die Bistrotische und Stühle laufen, die Luft riecht nach purer Sonne. Genau die richtige Zeit für ein Wochenende in Dreux. Dort gibt es mitten im Wald eine Ferienwohnung, in die ich mich gerne für ein paar Tage zurückziehe, wenn ich von alldem genug habe, besonders von der Juristerei. Am Fluss zu sitzen – die Beine im Wasser, den Blick auf die Wiesen und den Wald –, gehört zu den besten Dingen, die mir passieren können.

Ja, es wird mir guttun, ein paar Tage abzuschalten. Keine nervigen Mandanten, keine anstrengenden Partnerinnen und vor allem keine Jeanne, die sich inzwischen gut eingelebt hat und allen nur Freude bereitet. Sie versteht sich gut mit Anais, albert mit Victor herum und ist besonders aufmerksam zu Pascal, was seinem Selbstbewusstsein auf die Sprünge hilft. Sogar unser Concierge ist von ihr angetan und es ist ein hartes Stück Arbeit, dessen Sympathie zu gewinnen. Mir ist das noch nicht gelungen. Es ist also nur noch eine Frage der Zeit, bis Jeanne einen netten Kerl kennenlernt, sich mit Familie, Haus und Hund niederlässt und glücklich wird.

Also alles super so weit. Wirklich ganz toll.

„Du bist mit deinen Gedanken aber gerade sehr weit weg.“

„Hmm?“

Leonie wirft mit einer Büroklammer nach mir. „Wenn du mir nicht endlich zuhörst, nehme ich den Locher.“

Entschuldigend hebe ich die Hände. Ich weiß ja, worum es ihr geht. Das Testament der Martins wurde schon vor zwei ganzen Tagen beurkundet und ich habe noch immer keine Rechnung gestellt.

„Wir reden hier nicht über einen Euro fünfzig, Luc. Es geht um eine Viertelmillion! Kassier das endlich ein.“

„Nächste Woche. Es mag dir nichts ausmachen, geldgierig zu wirken, Leonie, aber ich finde es unangenehm. Deshalb lasse ich lieber ein paar Tage verstreichen.“

Sie zieht die Nase kraus. Komisch, dass ein knallharter Mensch so drollig und harmlos wirken kann, einfach nur, weil er eine Frau mit einem kindlichen Gesicht ist.

„Und was sind deine nächsten Schritte?“

„Bezüglich was?“

„Bezüglich der weiteren Millionen.“

Ihre Impertinenz verschärft sich gerade von „So ist sie halt“ zu „Sie ist unerträglich“.

„Die wir bekommen, wenn unsere Mandanten tot sind und das Testament nicht angefochten wird. Im Falle der Anfechtung bleibt abzuwarten, wie das Gericht entscheidet. Und meine nächsten Schritte bestehen darin, den Martins ihre verbleibende Lebenszeit zu gönnen. Erst danach sehen wir weiter."

„Du könntest diesen Prozess aber auch beschleunigen."

Ich denke, ich hör nicht recht! Nur mühsam bleibe ich ruhig. „Soll ich nachts zu ihnen fahren und ihnen ein Kissen aufs Gesicht drücken? Stellst du dir das so vor, Leonie?"

Ausgerechnet in diesem Moment, dem denkbar ungünstigsten des ganzen Tages, geht die Tür zu meinem Büro auf.

„Nicht jetzt!", brülle ich und sehe Jeanne im Türrahmen stehen, einen verängstigten Ausdruck im Gesicht. Dann nimmt sie ihre Schultern zurück.

„Ich habe eine Frage zur Akte Villiers. Die vertragliche Untreueregelung."

„Ich bin in einer Besprechung, siehst du das nicht?"

„Doch, aber ich kann nicht weiterarbeiten, wenn –"

„Ich komme zu dir, wenn ich hier fertig bin. Beschäftige dich solange mit irgendetwas anderem, um Himmels willen. Eigeninitiative, Jeanne, okay?"

Verdammt, meine Worte waren härter als beabsichtig. Ich glaube, sie hat Tränen in den Augen. Wie soll ich das wieder geradebiegen? Muss ich das überhaupt? Immerhin bin ich ihr Boss. Niemand sagt, dass ein Boss immer nett sein muss.

Ohne ein weiteres Wort zu verlieren, verlässt sie den Raum.

Leonie nickt übertrieben anerkennend. „Ganz großes Kino, Luc. Warum hast du Juliette so angefahren?"

Augenblicklich drehe ich meinen Kopf wieder zu ihr und funkle sie an. „Vielleicht, weil du mir gerade vorgeschlagen hast, Mandanten zu töten?"

„So ein Blödsinn! Aber du könntest mit dem Sohn reden. Wenn du ihn dazu bringst, einer Erbausschlagung zuzustimmen, dann können wir den Martins schon vorher die restliche Summe in Rechnung stellen, weil bei der Testamentseröffnung keine Probleme zu erwarten sein werden."

Ja, das könnte ich, einen auf Aasgeier machen. Ich habe keine Argumente gegen ihren Vorschlag, bis auf die Tatsache, dass mich der bloße Gedanke daran zum Speien bringt.

Plötzlich fühle ich mich völlig leer. Ich will nach Dreux. An den Fluss, in den Wald. Nur nichts mehr sehen und hören, weder von Jeanne noch Leonie und alldem hier.

„Ich überlege es mir."

„Wirklich?"

„Hau ab!"

Nachdem Leonie mein Büro verlassen hat, nehme ich mir ein paar Minuten Zeit, um tief durchzuatmen. Dann schaue ich wie versprochen bei Jeanne vorbei.

Sie tut, als wäre nichts gewesen, und verkündet mir, sie habe ihr Problem schon allein gelöst. In Eigeninitiative.

# § 9 (2) Jeanne

Arschloch, Arschloch, Arschloch! So ein Arschloch!

Ich habe ihn nicht einmal angesehen, als er gerade vorbeikam. Er soll ja nicht glauben, ich wäre aufgeschmissen ohne ihn. Ich habe zwar noch immer keine Ahnung, wie ich in der Sache weiter verfahren kann, aber auf keinen Fall gebe ich vor ihm noch einmal eine Schwäche zu.

Arschloch!

Dabei geht es doch um seinen ach so tollen Mandanten, der ihm mehr Geld einbringt, als er essen kann, also sollte ihm doch daran gelegen sein, mir zu helfen. Aber stattdessen kanzelt er mich vor Madame Forestier ab wie ein Schulkind!

„Alles in Ordnung?" Anais schaut mit besorgtem Gesicht in mein Büro. „Ich habe mitbekommen, dass du und Luc gestritten habt …"

„Bei seiner Lautstärke hat es wahrscheinlich ganz Paris mitbekommen. Gott, was für ein Arschloch!"

„Was war denn los?"

„Nichts! Ich hatte eine Frage und er schlechte Laune. Ich bin nicht sein Punchingball!"

„So ist Luc halt. Mach dir nichts draus, das haben wir alle hier schon erlebt."

Ich blicke sie skeptisch an. „Du auch?"

„Na klar."

„Und was hast du dann getan?"

„Hmmm." Sie legt den Kopf ein wenig schräg. „Ich habe mir die Kante gegeben."

„Hat es geholfen?"

„Für den Moment. Aber das Einzige, das etwas bringt, ist Selbstermächtigung.“

„Und das heißt …?“

„Der Mann muss dir egal werden.“

„Oh.“ Das klingt vernünftig, aber nicht realisierbar.

Anais schenkt mir ihr traumhaftes Lächeln, bei dem man erwartet, dass sich im nächsten Moment hinter ihr ein Vorhang öffnet, eine Big Band zu spielen beginnt und Revuetänzerinnen die Beine schwingen.

„Das ist viel verlangt, ich weiß. Beginne damit, dich in Form zu bringen. Wer trainiert, fühlt sich gleich viel selbstbewusster, wirkt dadurch überzeugender und wird erfolgreicher.“

Wahrscheinlich liegt es an mir, aber ich höre aus diesen aufmunternden Worten nur das hier: „Du bist unsicher, unglaubwürdig und eine Null in deinem Job. Außerdem sieht man dir auf den ersten Blick an, dass deine sportliche Betätigung lediglich darin besteht, dich auf dem Bürostuhl im Kreis zu drehen, bis dir schwindlig wird.“

„Du kommst heute Abend mit zum Sport“, stellt Anais mich schließlich, weil ich nicht reagiere, vor vollendete Tatsachen. „Der Laden, in dem ich trainiere, ist etwas heruntergekommen, aber er besitzt so eine rohe, gewalttätige Energie. Genau richtig, um sich zu entspannen. Und danach gehen wir trinken!“

„Klingt toll“, lüge ich, „aber es ist mitten in der Woche und eigentlich müsste ich länger bleiben, um am Villiers-Fall zu arbeiten.“ Was wiederum die Wahrheit ist. Aber andererseits: Luc ist ein Arschloch!

Ich zögere kurz, doch dann revidiere ich meine Absage. „Weißt du was – ich komm mit.“

„Super! Wir hauen hier um sechs ab, fahren bei dir vorbei, damit du deine Trainingsklamotten holen kannst, und dann geht es ab ins Iron Fist."

„Irgendetwas, das ich beachten muss? Also, kleidungstechnisch?"

„Keine Abendgarderobe notwendig, Jeanne." Hell lachend kneift Anais mir in die Wange. „Sporthose und ein altes T-Shirt reichen völlig. Du wirst ins Schwitzen kommen, Süße."

Nachdem Anais mein Büro verlassen hat, bleibt bei mir der Eindruck hängen, sie hätte mit mir geflirtet. Entweder das oder ich bin erotisch noch ausgehungerter, als mir ohnehin schon bewusst war.

***

Das Iron Fist strahlt tatsächlich diese rohe Energie aus, von der Anais gesprochen hat. In einer stillgelegten Fabrik untergebracht, wirkt es mit seinen unverputzten Betonwänden und den meterhohen, knalligen Graffitis so, wie ich mir den Treffpunkt einer Rockerbande vorstelle. Statt Bikes und Gewehren stehen hier jedoch maschinengraue Geräte herum, an denen Frauen und Männer mit verbissenem Ernst trainieren.

Als ich aus der Garderobe heraustrete – etwas verlegen, weil ich zu Hause in aller Eile versehentlich mein übergroßes Hello-Kitty-Schlafshirt gegriffen habe –, winkt Anais mir schon vom Laufband zu. Im Gegensatz zu mir, die neben besagtem peinlichem Shirt noch eine an den Knien und eigentlich überall ausgebeulte Jogginghose trägt, scheint sie direkt dem Cover einer Fitnesszeitschrift entsprungen. Ihr enges, bauchfreies Top lässt ein beachtliches Sixpack sehen, eine kurze Hose betont ihre Modelbeine und die blonden Locken sind zu einem Pferdeschwanz zusammengebunden, der locker hüpft, während sie über das schwarze Rollband joggt.

„Nimm doch für den Anfang das Fahrrad“, sagt sie und deutet auf das Gerät gleich neben ihr. „Ist gut zum Aufwärmen.“

„Klar“, entgegne ich sarkastisch und lege mein Handtuch über den Sattel. „Bevor es an die Gewichte geht.“

Glücklicherweise kriege ich das Gerät problemlos gestartet und trete los. Leichte Steigung, leichter Widerstand, schließlich war ich lange nicht beim Training. Und nach gut drei Minuten weiß ich auch, wieso: Es ist unsagbar öde.

Ich versuche, über einen meiner Fälle nachzudenken, aber um auf juristisch verwertbare Ideen zu kommen, lenkt mich der leichte Schmerz in meinen Oberschenkeln doch zu sehr ab. Also starre ich aus dem Fenster in den nachtdunkelnden Himmel und auf die in den Fenstern der Wohnblöcke aufscheinenden Lichter. Ob es den Menschen in diesen Silos etwas bedeutet, in Paris zu leben? Hier, wo so gar nichts das Flair und die Schönheit dieser Stadt widerspiegelt? Der Sturm auf die Bastille hatte seinen Ursprung wahrscheinlich in einem Bezirk wie diesem.

Und so treiben meine Gedanken während der nächsten halben Stunde zwischen meinen lange nicht hervorgekramten Schulkenntnissen über die Revolution, umstürzlerischen Überlegungen und dem stärker werdenden Schmerz in meinen Waden hin und her.

Als Anais ihre Einheit beendet, steige auch ich ab und folge ihr zu Übungen für Bauch, Beine, Po, Arme, Brustkorb und Rücken, bis ich nur noch ein schwer atmendes, rotgesichtiges Etwas bin, dessen Haare schweißnass im Gesicht kleben.

Anais' Wangen hingegen ziert eine zarte Röte, ihre Augen leuchten und ein wenig kristallglänzende Transpiration läuft ihr Dekolleté hinab. Selbst wenn sie schwitzt, sieht sie schön aus.

„Können wir jetzt aufhören?", keuche ich. „Ich will duschen und nach Hause."

„Die Duschen hier kann ich dir nicht empfehlen. Zumindest nicht, wenn du warmes Wasser bevorzugst. Komm doch mit zu mir, ich wohne nur ein paar Straßen entfernt. Ich habe Rotwein und kann uns eine Kleinigkeit zu essen machen."

Ich zögere nicht lange, bevor ich ihr Angebot annehme. „Klar. Warum nicht?"

Alles, nur weg hier! Noch eine Runde Bizepspumping überlebe ich nicht.

„Super! Ein Mädelsabend. Ich freu mich."

Ich bin leider viel zu fertig, um etwas anderes als Schwäche zu empfinden. Das glaube ich zumindest, bis wir an einem abgetrennten Bereich vorbeikommen, in dessen Mitte sich ein Boxring befindet. Von der Decke hängen einige Sandsäcke, auf die Männer einprügeln, denen auch ohne diese sportliche Aktivität viel zu viel Testosteron durch die Adern zu kreisen scheint.

Einer von diesen Kerlen ist Luc, in einer grauen Jogginghose und weißem T-Shirt, umwirbelt von Staub, der im grellen Licht der Neonröhren schwebt. Die Arme angewinkelt vor dem Körper, tänzelt er leichtfüßig vor dem Sandsack und platziert immer wieder harte Schläge. Es scheint, als prügelte er sehr viel Frust in das braune Leder, und in meinem dehydrierten, sehnsüchtigen Hirn verlangsamt sich der Lauf der Zeit. Alles bis auf Luc verschwindet im Dunkel und von irgendwoher ertönt *Eye of the Tiger*.

Viel lieber würde ich beim Anblick eines rollkragenpullovertragenden Philosophen dieses luftige Gefühl von Lust und Freude verspüren, das mich plötzlich durchfährt, aber nein, ich starre auf einen Mann, der mich heute früh völlig zu Unrecht zusammengestaucht hat. Und obwohl er einen Ledersack zu Brei schlägt, möchte ich zu ihm hinrennen und meine Finger über seine schweißglänzende Haut gleiten lassen, um das Spiel seiner Muskeln zu ertasten.

„Das tut mir leid", flüstert Anais in mein Ohr. „Ich wusste nicht, dass Luc heute auch hier sein würde."

„Er kommt öfter hierher? Zum Boxen?"

„Na ja", in Anais' Stimme perlt ein leises Lachen, „er ist nicht der Typ für Pilates, oder? Eigentlich war er es, der mir den Laden empfohlen hat."

In diesem Moment packt Luc den Sandsack mit seinen behandschuhten Fäusten, um ihn zum Stillstand zu bringen, und sieht in unsere Richtung. Seine Augen weiten sich. Zunächst bleibt er ganz still, dann kommt er auf uns zu. „Was macht ihr denn hier?"

*Dich anstarren*, denke ich, aber Anais findet die richtigen Worte. „Wir treiben Sport. Frauenpower, du weißt schon."

Luc verzieht keine Miene.

„Verstehe." Sein Blick wandert zu mir. „Alles in Ordnung? Du siehst fix und fertig aus."

„Hartes Training. Ganz meine Welt", bringe ich hervor, stemme die Hände in die Hüften und unterdrücke mühsam ein Stöhnen, als dabei ein stechender Schmerz durch meine Oberarme zuckt.

„Nicht, dass du nachher noch erste Hilfe benötigst. Dein Gesicht ist rot wie eine Tomate und ..."

Ich bin Anais dankbar, dass sie Lucs Aufmerksamkeit heldenhaft von mir ablenkt, indem sie sich halb vor mich schiebt und neckisch die Spitze ihres Pferdeschwanzes zwischen den Fingern zwirbelt. „Sorry, Luc, aber wir müssen weiter. Wir wollen es noch so richtig krachen lassen, oder, Jeanne?"

Ich nicke. Himmel, sogar das tut weh! „Natürlich. Jetzt geht es erst richtig los."

„Viel Spaß euch beiden. Setzt euch am besten in eine Krankenhauscafeteria, dann seid ihr schon am richtigen Ort, falls Jeanne doch noch kollabiert." Sein Gesicht bleibt ernst, während er das sagt, aber mir ist, als sähe ich ein amüsiertes Funkeln in seinen Augen.

Mit einem verächtlichen Schnauben und einem unglaublichen Hüftschwung wendet sich Anais zum Gehen. Ich tue es ihr nach, wenn auch mit einem heiseren Ächzen und einem leichten Hinken, und zusammen machen wir uns auf den Weg zu Rotwein und Dusche.

Anais wohnt tatsächlich nur wenige Meter entfernt. Kein Wunder, das sie so gut trainiert ist. Wenn ich ein Fitnesscenter in der Nähe hätte, würde ich auch ... Nein, würde ich nicht.

Wie das Iron Fist, so ist auch Anais' Wohnblock etwas heruntergekommen. Im Erdgeschoss sind Scheiben eingeworfen und Müllhaufen liegen in dem schmalen Streifen Grün vor dem Haus.

„La Courneuve", sagt Anais auf meinen fragenden Blick. „Keine gute Gegend."

„Warum ziehst du nicht weg?", frage ich, als ich mich neben ihr in den dritten Stock schleppe.

„Hier kann ich mir zwei Zimmer, Küche, Bad leisten. In den besseren Gegenden außerhalb oder im Zentrum nur ein Wohnklo."

Ich denke an meine eigenen vier Wände und muss ihr zustimmen.

Im Gegensatz zum Äußeren des Hauses ist Anais' Wohnungseinrichtung schlicht, aber stilvoll. Was auch sonst. In ihrem kleinen Bad gönne ich mir eine ausgiebige Dusche und als ich wieder ins Wohnzimmer trete, stehen schon Rotwein, Gläser und zwei Schalen mit Käse und Crackern auf dem Tisch.

Wir trinken und quatschen über alles Mögliche, aber nach nicht einmal einer halben Stunde landen meine Gedanken und damit auch das Gespräch wieder bei Luc.

„Weißt du, warum er manchmal so ausrastet?"

„Keine Ahnung. Er ist halt ein Neandertaler. Aber das macht ihn ja auch anziehend."

„Also für mich nicht mehr. Ich bin mit ihm fertig", bringe ich im Brustton der Überzeugung hervor, während ich mir das dritte Glas Rotwein einschenke. Sobald ich das getrunken habe, glaube ich mir vielleicht sogar selbst.

„Ist auch besser so. Du bist viel zu nett und zart für einen Mann wie ihn. Warum verabredest du dich nicht mal mit Pascal? Ihr würdet gut zusammenpassen."

Pascal, der „Unsichtbare". Ich mag ihn. Er ist leise, zurückgenommen und immer bemüht, anderen nicht zur

Last zu fallen. Er wäre sicherlich ein guter, verlässlicher Partner. Aber nicht er lässt mein Herz höherschlagen. Außerdem scheint er mehr an einer anderen interessiert zu sein.

„Ich glaube, Pascal hat eher ein Auge auf dich geworfen."

Anais rümpft die Nase. „Jeder Mann wirft ein Auge auf mich", sagt sie und diese Aussage klingt erstaunlicherweise weder arrogant noch zickig. Wahrscheinlich, weil es die Wahrheit ist.

„Für die meisten Männer bin ich eine Göttin, die sie auf einen Podest heben und anbeten wollen. Aber ich will nicht ehrfürchtig behandelt werden, ganz im Gegenteil – wenn du verstehst."

Sie redet nicht weiter, aber ich kann mir auch so vorstellen, was sie meint. Ob Luc ihr das gibt, was sie braucht? Vielleicht hier, in dieser Wohnung?

Taumelnd erhebe ich mich und spüre in diesem Moment den genossenen Alkohol mit aller Wucht. „Ich sollte jetzt gehen, Anais."

„Von wegen. In dem Zustand fährst du mir nicht mit der Metro."

„Ich rufe mir ein Taxi."

„Das kostet dich ein Vermögen bis zu dir nach Hause." Sie steht auf und verschränkt die Arme entschlossen vor der Brust. „Du übernachtest heute bei mir."

Kommt mir die Situation nur so seltsam vor, weil ich so viel getrunken habe oder weil ich vom Land komme oder ... warum?

„Wirklich, mach dir keine Umstände, aber –"

„Nichts da." Sie nimmt mich bei der Hand und zieht mich hinter sich her in ihr Schlafzimmer. Das Bett ist breit genug für zwei. Hat sie hier schon mit Luc ...?

Aus einer Kommode neben dem Fenster zieht sie zwei Nachthemden hervor und wirft mir eines davon zu. „Umziehen und dann ab ins Bett!"

Während ich sie noch ratlos anstarre, streift sie schon ihre Kleidung ab. „Nun mach schon. Ich guck dir nichts weg."

Zögerlich folge ich ihrem Beispiel und fühle mich angesichts ihres kurvigen, weiblichen Körpers wie ein Teenager. Ich versuche, mir nicht vorzustellen, wie Lucs Hände ihre Brüste umfassen oder er zwischen ihren Schenkeln liegt – und denke natürlich jetzt erst recht daran, spüre dieses sanfte Ziehen in meinem Schoß.

Während ich mich schon hinlege, holt Anais unsere frisch gefüllten Gläser aus dem Wohnzimmer.

„Nein, ich sollte nicht mehr ..."

„Du solltest nicht?" Sie streckt mir ein Glas entgegen. „Wer entscheidet das? Gibt es ein Jeanne-soll-das-nicht-Gesetz?"

„Nein, aber –"

„Kein Aber!"

Ich fühle mich wie in Gegenwart des Borg-Kollektivs: Widerstand ist zwecklos. Also setze ich mich auf und trinke das Glas leer. In meinen Kopf schwirrt und dreht es sich mittlerweile wie ein Karussell.

Anais hockt sich neben mich aufs Bett. „Verrat mir eins, Jeanne, wie hast du Luc eigentlich kennengelernt?"

Ich schlucke, versuche, meine Sätze zu strukturieren, und versage kläglich. „Außergericht... Außer... In einer Verhandlung. Er war ... er war unser Gegner. Er hat uns platt gemacht. So dermaßen."

„Und dann?"

„Hatten wir Sex. Ich fand ihn so unsympathisch, aber ich wollte ihn so sehr! Mann, Anais, ich sehe ihn und will ihn. Also ... das! Du weißt schon." Seufzend sinke ich auf ihr Bett, lasse das Glas zu Boden fallen. Die Zimmerdecke dreht sich wie Badewasser, wenn man den Stöpsel zieht.

„Ja, ich weiß." Anais legt sich neben mich, ihr blondes Haar glänzt im Licht der Nachttischlampe.

Ein Anflug von heulendem Elend überkommt mich. „Ich sehe ihn gerne an. Hinterher. Dann ist sein Gesicht ganz weich. Und er sieht so jung aus."

„Du magst ihn." Anais streichelt meine Wangen.

„Ja. Ist doof, oder?"

„Es ist schade. Weil er nie das Gleiche empfinden wird. Ich glaube, das kann er gar nicht."

„Er war verheiratet!", protestiere ich. Was sie da sagt, will ich nicht hören.

„Keine zwei Jahre. Er hat es versucht und ist gescheitert. Manche Männer sind mit Leib und Seele Beziehungsmenschen. Luc ist es nicht."

„Und wenn ich mehr will?"

„Dann such dir einen anderen. Du wirst dein Glück schon finden, nur eben nicht mit Luc."

Es schmerzt, das zu hören. Umso mehr, weil Anais sicherlich recht hat. Aber noch wüsste ich keinen anderen Platz, an dem ich nach diesem Glück suchen sollte.

„Er ist nicht der einzige Mann auf der Welt. Und außerdem ... es gibt nicht nur Männer."

Bei diesen Worten unterbrechen meine Gedanken jäh und ich drehe den Kopf in ihre Richtung. Anais liegt jetzt dicht an meiner Seite. Im Blick ihrer schönen blauen Augen liegt etwas, das ich nicht zuordnen kann. Oder zuordnen will?

Vorsichtig streichen ihre Fingerspitzen über meinen Bauch. Es ist schön, berührt zu werden. Aber auch sehr seltsam.

„Was meinst du?"

„Ganz einfach. Wir Frauen sollten zusammenhalten."

Bevor ich etwas erwidern kann, beugt sich Anais über mich und küsst mich mit weichen Lippen. Zuerst noch wie erstarrt öffne ich ein wenig meinen Mund. Sanft neckt mich ihre Zungenspitze. Es fühlt sich gut an, ist aber weiterhin sehr seltsam.

Ihre schmale Hand gleitet von meinem Bauch langsam hinunter zu meinem Schoß. Ihre Finger tänzeln über meine nasse Haut und lassen das zuvor seltsame Gefühl unter Lust verschwinden. Ich stöhne und strecke mich ihr entgegen. Das hatte ich schon viel zu lange nicht mehr!

„Du bist nicht auf Luc angewiesen", flüstert Anais. „Nicht, um dich gut zu fühlen."

Sie kniet sich zwischen meine Beine, schiebt das Nachthemd über meine Hüften und anschließend meinen Slip herunter. Zarte Küsse huschen über meine Spalte, während sich die Zimmerdecke immer schneller dreht.

„Keine Angst, das hier verpflichtet dich zu nichts. Lass dich von mir verwöhnen."

Ihre sanfte Zunge teilt mich, dann endlich spüre ich ihre Lippen, die mich saugen und streicheln. Das ist gut. Das ist verdammt gut! Großstadtjuristin Jeanne Monnet würde sich jetzt fallen lassen in eine heiße Nacht mit einer heißen Frau.

Aber nicht ich. Als mir klar wird, was und mit wem ich es hier tue, rutsche ich hastig nach oben, entziehe mich Anais' weichem Mund und springe aus dem Bett. Mein Rausch ist mit einem Mal verschwunden und ich bin völlig klar im Kopf.

„Tut mir leid, Anais, aber das geht nicht."

„Jeanne, wirklich –"

„Nein!"

Ich haste mit meiner Kleidung ins Bad, ziehe mich an und renne aus der Wohnung, ohne noch ein Wort mit Anais zu wechseln. Erst auf der Straße bleibe ich stehen. Das Licht der Neonreklamen scheint so grell, dass kein Stern am Himmel zu sehen ist. Die Autos rasen über die Straße, als wäre es nicht bereits Nacht, als würden nicht Tausende Menschen schlafen wollen, als dürfe es keine Minute Ruhe geben. Betrunkene hasten an mir vorbei. Einer rempelt mich an, beschimpft mich. Es berührt mich nicht. Nichts hier berührt mich.

Und dann begreife ich es: Diese Stadt ist nicht mein Platz auf der Welt. Ich weiß nicht, welcher es sein könnte, aber Paris ist es auf keinen Fall. Was habe ich denn geglaubt, was hier mit Luc und mir geschehen würde? Dass aus einem überheblichen Womanizer plötzlich ein Kuschelkater wird und aus mir eine Frau von Welt?

Ja, okay, genau das habe ich geglaubt. Aber nun bin ich völlig allein in einer Stadt, die hektisch und laut und teuer und schmutzig ist und wahrscheinlich nur aufgrund einer sehr guten PR-Abteilung als „Stadt der Liebe" bezeichnet wird. Ich bin wieder nur eine kleine Anwältin, die ohne Belang ist, und Luc könnte nicht weiter von mir entfernt sein, wenn er auf dem Mond säße. Stattdessen hätte ich beinahe eine Affäre mit seiner Geliebten angefangen. Nein, damit komme ich definitiv nicht klar.

Als ich mich in die Polster eines Taxis fallen lasse, begreife ich, dass die Situation, in der ich mich befinde, nur eine Reaktion zulässt: Ich muss weg von hier. Weg von Luc.

Der Gedanke tut schrecklich weh und bringt gleichzeitig eine unglaubliche Erleichterung. Als würde einem ein schmerzender Zahn ohne Betäubung gezogen.

# § 9 (3) Luc

Ich fange Anais am nächsten Tag ab, kaum dass sie die Kanzlei betreten hat.

„Jeanne hat sich krankgemeldet. Hat das was mit eurem Besuch im Iron Fist zu tun? Sie sah aus, als ginge es ihr wirklich schlecht ..."

„Du machst dir ja Sorgen." Anais stemmt die Hände in die Hüften und sieht mit mich schiefgelegtem Kopf an.

Unwillkürlich trete ich einen Schritt zurück. „Von wegen!"

„Keine Sorge, Luc." Mit einer Geste, die einer Gouvernante anstände, legt Anais mir die Hand auf den Arm. „Sie ist nur ein wenig erkältet."

So, wie Anais das letzte Wort betont, kann man nur eine Schlussfolgerung ziehen. „Es ist also spät geworden bei euch."

„Spät, vielleicht auch früh. Worte sind nur Schall und Rauch."

Nach dem gestrigen Tag ist meine Reizschwelle sehr niedrig. „Seid ihr jetzt alle komplett verrückt geworden? In Leonies Hirn dreht sich alles nur noch um Kohle, Jeanne gibt das kleine Mimöschen und du kommst mir mit Philosophiephrasen?"

Ein rotlippiges Lächeln zieht sich quer durch Anais' Gesicht. „Warum beschwerst du dich? Sei doch froh, dass du mit so großartigen Frauen zusammenarbeiten darfst. Leonie weiß, worauf es im Geschäftsleben ankommt, ich bin humanistisch gebildet und das kleine Mimöschen ist einfach süß. Und es schmeckt verdammt gut."

Ich begreife nicht, was sie mir damit sagen will. Im ersten absurden Moment denke ich an George-Romero-Filme, aber Anais hilft meinem Verständnis auf die Sprünge.

„Ich steh nicht nur auf Schwänze, Boss."

Als ich endlich verstehe, was sie andeutet, springt mein Kopfkino springt sofort an. Aber Anais hat endgültig eine Grenze überschritten.

„Das ist mehr, als ich von dir wissen sollte", entgegne ich kalt. „Wie wäre es zukünftig mit mehr Fleiß und weniger Distanzlosigkeit deinerseits?"

Sie stockt. Mit dieser Reaktion hat sie offensichtlich nicht gerechnet. „Alles klar. Dann gehe ich mal an die Arbeit."

„Fein. Korrigiere als erstes die Klageschrift in Sachen GPT Electro. Achte auf die Formatierung. Blocksatz, Anais, okay? Du arbeitest nicht erst seit gestern für mich."

Gäbe es auf dem Weg zu ihrem Schreibtisch eine Tür, würde sie diese garantiert sehr laut hinter sich zu schmeißen. Ja, Anais ist sauer, aber ehrlich gesagt ist es mir egal. Und was immer sie mit Jeanne verbindet, ist mir auch egal.

***

Am nächsten Morgen ist Jeanne wieder da. Ein knapper Gruß in die Runde, dann geht sie in ihr Büro und schließt die Tür. Den ganzen Tag verbarrikadiert sie sich dort und kommt nur heraus, um sich Kaffee zu holen oder um auf die Toilette zu gehen.

Kurz nach einundzwanzig Uhr steht sie mit verschränkten Armen vor meinem Zimmer, wo sie mich durch die halb geöffnete Tür ansieht. „Kann ich hereinkommen oder bist du in einer Besprechung?"

Na klar. Sie wird mir meinen Ausrutscher noch im nächsten Leben nachtragen.

„Außer uns ist niemand mehr hier. Mit wem sollte ich mich besprechen?"

Sie tritt ein, bleibt aber neben der Tür stehen – als hätte sie Angst vor mir. Das fühlt sich übel an und ich versuche, meine Stimme besonders freundlich klingen zu lassen. „Was hast du auf dem Herzen, Jeanne?"

„Ich bin dir dankbar, dass du mir die Stelle bei euch angeboten hast."

Okay, das läuft auf eine Kündigung heraus. Niemand fängt ein Gespräch mit seinem Arbeitgeber mit diesen Worten an und endet mit: „Ich freue mich auf die nächsten zwanzig Jahre hier.“

Ein Teil von mir ist erleichtert. Das Ganze war sowieso von Anfang an eine selten dämliche Idee. Ich sollte sie anhören, ihr alles Gute wünschen und sie ziehen lassen. Gäbe es da nicht diesen anderen Teil in mir – der alles, was sie noch sagen wird, mit einem Kuss ersticken will.

„Die Arbeit ist interessant und die Kollegen sind großartig, aber ich bin hier am falschen Ort.“

Ich runzle die Stirn. Ist das alles? „Am falschen Ort? Gefällt dir Paris nicht? Was ist das Problem? Die vielen Touristen? Die gehen mir auch manchmal auf die Nerven.“

„Ach, das meine ich nicht. Es fühlt sich alles falsch an.“

Sie sieht so zerbrechlich aus, wie sie da an der Wand lehnt.

„Wenn es“, meine Stimme klingt heiser, weshalb ich mich räuspere, „wenn es wegen dieser Sache ist – als du in mein Büro gekommen bist –, es tut mir leid, dass ich dich so angefahren habe. Ich war nicht wütend auf dich und hätte mich dir gegenüber beherrschen müssen.“

Was ich die ganzen letzten Wochen schon mache. Mich Jeanne gegenüber beherrschen. Tatsächlich fühlt sich die Situation auch für mich völlig falsch an und allmählich bin ich es leid, so zu tun, als würde ich sie nicht wollen.

„Das ist es nicht. Nicht allein. Es ist kompliziert. Versuch wenigstens, mich zu verstehen.“

„Ich soll dich verstehen? Ich habe den Eindruck, du verstehst dich noch nicht einmal selbst."

Jeannes Wangen röten sich. Habe ich sie wütend gemacht? Manchmal sollte ich einfach die Klappe halten.

„Ich habe Pläne für mich. In die passt du nicht hinein."

Anscheinend habe ich irgendwo die Abzweigung verpasst und sie in dieser Unterhaltung verloren. „Es geht um deinen Job. Was habe ich damit zu tun?"

Sie wendet sich ab. Ihre Haare schwingen dabei zur Seite wie ein Theatervorhang, der sich schließt. Als sie mich wieder ansieht, glänzen ihre Augen vor Entschlossenheit und Tränen.

„Glaubst du wirklich, du würdest dabei keine Rolle spielen? Ich bin doch nur hier, weil ich dich nicht erst in ein paar Jahren bei irgendeiner Weihnachtsfeier ..." Sie bricht ab, presst die Lippen aufeinander, als wolle sie den Rest ihres Satzes in ein Gefängnis sperren.

Mein Herz schlägt unvermittelt heftig. Trotzdem versuche ich, ruhig zu klingen, als ich aufstehe und auf sie zugehe. „Deshalb hast du also alles hingeworfen – Arbeit, Freunde, Wohnung?"

Sie drückt sich mit dem Rücken gegen die Wand, als hoffe sie, von ihr verschlungen zu werden.

„Wegen dieser einen Nacht?"

Sie schweigt. Natürlich. Ich kann mir vorstellen, dass sie sich gerade dafür ohrfeigen könnte, so viel preisgegeben zu haben.

„Ist es so?"

„Was willst du denn hören, Luc?"

„Die Wahrheit." Wie von selbst legt sich meine Hand in ihren Nacken, das seidenweiche Gespinst ihrer

Haare liebkost meine Finger. Und da ist er, dieser Blick, den ich so herbeigesehnt habe: ein wenig ängstlich, aber voller Lust.

„Ich warte, Jeanne."

Sie bleibt für einen Moment stumm, flüstert schließlich: „Wegen unserer Nacht."

Diese ganze Zurückhaltung ist Bullshit. Niemand kann jetzt noch von mir erwarten, dass ich sie nicht küsse.

Ich umfasse ihr Gesicht mit den Händen, beuge mich ihr entgegen. Jeanne schließt die Augen und das leichte Öffnen ihres Mundes heißt mich willkommen. Endlich! Endlich spüre ich wieder diesen leichten Widerstand, der sich in Sekundenbruchteilen in Leidenschaft wandelt. Endlich schmecke ich wieder diese Lippen, spüre ihre Arme um meinen Nacken und ihre Finger in meinen Haaren.

Ich greife unter ihren Rock und ihr Slip ist so herrlich feucht, dass ich sofort hart werde. Ich kann sie jetzt nehmen, gleich hier. Hastig, schnell, derb. Oder …

Ich halte inne, beende den Kuss. Alles in mir schreit, dass ich ein Idiot sei und weitermachen soll, aber ich will sie nicht hinunterschlingen wie Fast Food. Jeanne ist ein Fünf-Gänge-Menü.

„Hör nicht auf", keucht sie. „Schick mich jetzt nicht weg."

Ich muss tief durchatmen, bevor ich antworten kann. Das hier ist eine Vollbremsung bei 180 Sachen und ich schlingere gerade noch etwas. „Das habe ich nicht vor."

Jeannes Augen glänzen, ihr Mund ist halb geöffnet, ich spüre ihren Atem auf meinem Gesicht, so nahe sind wir uns. Wie an Stricken zieht es mich zu ihr. Ich küsse sie und spüre Jeannes Enttäuschung, als ich mich erneut von ihr löse.

„Was ist? Willst du mich nicht?", fragt sie.

Statt einer Antwort knöpfe ich langsam ihre Bluse auf, nur so weit, dass ich sie ein Stück öffnen kann und ihr BH zum Vorschein kommt. Er ist weiß, mit Spitzenbesatz am oberen Rand. Das ist so typisch Jeanne – unschuldig und gleichzeitig verführerisch, ohne es zu merken.

Langsam schiebe ich die Träger über ihre Schultern, entblöße ihre Brüste, bis ihre rosa Knospen durch die Spitze brechen.

„Natürlich will ich dich. Das ist das Problem, das ich habe."

Auf Jeannes Lippen spielt ein freches Grinsen. „Du Armer. Ich habe noch nie von einem schlimmeren Schicksal gehört."

Wenn sie wüsste, dass es mir nicht um das geht, was sie sich in ihrer Kleinmädchenwelt wahrscheinlich zuckersüß vorstellt, sondern nur darum, sie *nicht* mehr zu wollen. Diesen Punkt des Überdrusses zu erreichen, ab dem sie mir langweilig wird. So wie Estelle, Anais und all die anderen Frauen vor ihr.

Als ich mit den Fingern ganz kurz über Jeannes Brüste streife, zuckt sie zusammen. Ich beuge mich vor, um ihre harten Knospen zwischen meinen Lippen einzufangen, lasse sie entkommen, sauge sie wieder in meinen Mund und setze sie erneut frei. Ich spiele mit ihr. Spiele mit ihrem Verlangen, das ich anheize, aber jetzt noch nicht stillen werde.

Jeannes Finger krallen sich in meine Haare, während sie sich mir entgegendrückt. Ich weiß, dass sie mehr will, aber es macht gerade sehr viel Spaß, ihre kleinen, festen Brüste zu küssen und sanft hineinzubeißen, bis Jeanne helle Töne von sich gibt – fast wie ein Quietscheentchen.

Erregungsschweiß perlt auf ihrem Brustansatz. Ich lecke ihn ab, gleite mit der Zunge ihren Hals hinauf. Wimmernd reibt sie ihren Unterleib an meinen Körper und hat dabei diesen verschleierten Ausdruck in den Augen. Diesen Mach-mit-mir-was-du-willst-Blick.

Zeit, einen Gang herunterzuschalten.

Geschäftsmäßig richte ich ihren BH und knöpfe ihre Bluse zu. „Komm mit."

Verwirrt sieht sie mich an. „Wohin ... wohin gehen wir?"

„Zu mir."

Sie stolpert, als sie einen Schritt auf mich zumacht. Ich lege meinen Arm um ihre Schultern und gemeinsam verlassen wir das Büro.


# § 9 (4) Jeanne

Das hatte ich anders geplant. Ich hatte kündigen, Luc meine Enttäuschung vor die Füße werfen, den Abend bei Rotwein und bitteren Tränen verbringen und am nächsten Morgen zu meinen Eltern fahren wollen.

Stattdessen stehe ich in Lucs Küche, bin prall gefüllt mit der Anspannung einer schweigend verbrachten Autofahrt, voller Begierde nach seinen Küssen, seinen Berührungen, und ohne jede Ahnung, wie das hier weitergehen wird.

Luc schenkt zwei Gläser Merlot ein, wovon er mir eines reicht. „Bitte."

Wenigstens der Rotwein ist geblieben.

„Schön hast du es hier", sage ich.

„Danke." Luc grinst. Ein paar Sekunden betrachtet er mich, dann sagt er: „Du trinkst ja gar nicht. Ich kenne dich anders."

Mein Lachen klingt nervös. Ich *bin* nervös! Feucht, nervös und irritiert, weil er den guten Gastgeber spielt, während ich nichts weiter möchte, als endlich neben ihm zu liegen. Oder unter ihm, über ihm – ganz egal! Wahrscheinlich wartet er darauf, dass ich ihn anflehe. Und ich bin so kurz davor, es zu tun. Ich habe es satt zu warten! Meinen Blick unverwandt auf ihn gerichtet, knöpfe ich meine Bluse auf und ziehe den Rock aus, bis ich nur noch in Unterwäsche vor ihm stehe.

Lucs Augen verdunkeln sich, nachlässig deutet er auf Slip und BH. „Das auch."

Endlich. Mit zitternden Fingern entkleide ich mich vollständig. Unter seinen Blicken erhärten meine Knospen, während mein Schoß erwartungsvoll zuckt. Dann greift Luc meine Hand und zieht mich hinter sich her in sein Schlafzimmer. Beim Anblick des großen Bettes läuft mir ein Schauer über den Rücken.

Mit einem unerwarteten Stoß wirft er mich darauf. Als ich federnd auf der Matratze lande, löst sich meine Anspannung und ich muss vor lauter Glück lachen. Rasch zieht sich Luc aus und legt sich dann zu mir aufs Bett. Ich rutsche dicht an ihn heran, lasse meine Blicke genießerisch lange über seinen Körper gleiten, der noch viel begehrenswerter ist, als ich ihn in Erinnerung hatte.

„Wie schön du bist", flüstere ich. „Wie schön du bist."

„Ist das nicht eigentlich mein Text?", fragt er, bevor er mich küsst.

Ich schicke meine Finger auf Erkundungsreise, streiche über warme Haut, kralle sie in feste Muskeln. Auf meinem Weg spüre ich eine Narbe auf seiner Schulter, höre seinen Herzschlag, küsse seinen Hals. Ich atme mich voll mit seinem herrlichen Duft. Endlich wieder Luft holen!

Luc sieht mich lächelnd an. „Kleine Jeanne. So einen Appetit hast du?"

„Ich bin kurz vorm Verhungern."

Er setzt sich auf, lehnt sich gegen die Kopfseite des Bettes und breitet die Arme aus. „Dann bedien dich."

Das lasse ich mir nicht zweimal sagen. Aus seinem wunderbaren harten Schwanz quellen die ersten Lusttropfen. Ich streiche meine Haare zur Seite, beuge mich hinunter und lecke jede dieser kleinen Perlen ab. Luc lacht unterdrückt.

„Himmel, Jeanne, ist das ein Anblick! Deine Zungenspitze auf meinem Schwanz. Wie ein Kätzchen, das Milch schleckt."

Ich sehe ihn an, während ich weitermache, seine samtige Eichel liebkose, meine Lippen darüberstülpe und ganz leicht sauge. Nicht lange kann ich ihn so verwöhnen, bin viel zu begierig, ihn endlich wieder zu spüren.

Als ich mich über ihn hocken will, zieht Luc seine Nachttischschublade auf und wirft mir grinsend eine ganze Handvoll Kondome zu, die wie ein verheißungsvoller Regen auf das Bett fallen. Ich schnappe mir eins und reiße die Verpackung auf. Obwohl ich es kaum noch erwarten kann, ihn endlich wieder zu spüren, lasse ich mir viel Zeit dabei, die hauchdünne Haut über seinen kräftigen Schwanz zu rollen.

Luc lacht und stöhnt gleichzeitig. „Wenn du so weitermachst, bin ich fertig, bevor du etwas davon gehabt hast."

Nein, das kann ich unmöglich zulassen, also lasse mich auf ihm nieder. Halte inne. Lucs Hände liegen auf meinen Brüsten. Es ist kaum eine Berührung, mehr ein Hauch.

„Fick mich, Jeanne", flüstert er.

Langsam, die Augen geschlossen, bewege ich mich auf ihm. Genieße es, ihn zu umschließen, von ihm gedehnt zu werden. Das Gefühl seiner Härte in meiner Weichheit. Lucs leises Stöhnen ist wie ein Widerhall meiner eigenen zitternden Laute.

Ich beuge mich nach hinten, damit ich seine Knöchel umfassen kann. In dieser Position massiert sein Schwanz meinen G-Punkt und ich liebe es, ihn für meine Lust zu benutzen, liebe es, das Tempo zu bestimmen, den Rhythmus vorzugeben.

Dann, ohne Vorwarnung, wirft Luc mich auf den Rücken und schmeißt sich über mich. Die Rollen vertauschen sich, was mich so geil macht, dass ich schreie. Seine Finger umklammern meine Handgelenke, während er mich hart und entschieden nimmt.

Ich schlinge meine Beine um seine Hüften, damit er noch tiefer eindringen kann, mich noch mehr in Besitz nimmt.

Mein Körper brennt so sehr, dass ich in Lucs Schulter beiße, weil ich sonst zerspringen würde. Luc knurrt meinen Namen, sein Griff um meine Hände wird fester. Auf seinem Gesicht zeigt sich pures, egoistisches

Verlangen, während mich seine Stöße höher und höher tragen, bis ich falle, fliege, stürze und von seinen Armen gehalten werde – bis ich irgendwann zitternd und bebend auf dem Boden aufkomme.

Ich weiß nicht, wann ich das letzte Mal so mit mir im Reinen war wie in diesem Augenblick. Vielleicht ist das meine Bestimmung im Leben, mit Luc zu schlafen.

Als er sich aus mir zurückzieht, drehe ich mich auf den Bauch, das Gesicht Luc zugewandt. Er dagegen liegt mit geschlossenen Augen auf dem Rücken, sein Brustkorb hebt und senkt sich in einem schnellen Rhythmus.

Die Abdrücke meiner Zähne leuchten rot auf seiner Schulter. *Ich habe ihn markiert*, denke ich. *Jetzt gehört er mir.*

Sein Atem beruhigt sich, dann wendet er mir den Kopf zu und sieht mich an. Seine Gesichtszüge zeigen wieder diese Weichheit, die ich so gerne an ihm sehe.

„Verrätst du mir was?", frage ich.

„Kommt drauf an", sagt er zögernd.

„Warum musste ich so lange hierauf warten?"

Er zieht die Augenbrauen zusammen. „Du wirst es mir zwar nicht glauben, aber ich hatte mir fest vorgenommen, dir ein guter Boss zu sein."

Ich kann mir ein Grinsen nicht verkneifen. „Gerade eben warst du es."

Jetzt muss auch er lachen. „Erstaunlich, wie viel Dreistigkeit in eine so kleine Person passt."

„So klein bin ich gar nicht."

„Du bist winzig. Manchmal habe ich Angst, ich könnte dich zerbrechen."

„Pah! Ich bin doch nicht aus Zucker."

Ich spüre seine Wärme und sein Gewicht, als er sich halb über mich legt. Und seinen Schwanz, der anwachsend gegen meinen Oberschenkel drückt.

„Nein, nicht aus Zucker. Du bestehst aus dieser verführerischen, unschuldigen Lust, die wie ein heißer Sommertag flirrt." Seine Hand streicht über meinen Rücken, hält dann auf meinem Po inne. „Ich weiß nie genau, was ich mit dir machen soll. Dich beschützen, dich ficken oder beides."

Seine Berührungen, ebenso wie seine Worte, schicken ein Prickeln in meinen noch satt befriedigten Schoß. Dennoch spreize ich erneut meine Beine für ihn und er legt sich zur Gänze auf mich, gleitet sachte in mich. Küsse fallen wie Regentropfen auf meinen Nacken.

Diesmal liebt er mich lange und langsam und es ist, als würden sich meine Grenzen auflösen, als würden wir verschmelzen. Hinterher fühle ich mich ob dieser intensiven Intimität völlig ungeschützt und jedes Wort von ihm könnte mich zum Weinen bringen. Luc scheint dies zu spüren, er zieht mich schweigend in seine Arme und so schlafen wir ein.

***

Orientierungslos erwache ich in völliger Dunkelheit und taste nach Luc, aber er ist nicht da. Ich fahre hoch – und finde ihn vergraben unter seiner Decke. Nur seine schwarzen Haare schauen noch hervor.

Leise stehe ich auf und verlasse das Zimmer. Als wir hier ankamen, hatte ich keine Augen für die

Umgebung, nur für ihn. Jetzt nehme ich mir die Zeit und streife ein wenig umher.

Seine Wohnung gefällt mir. Sie ist wie ein Loft geschnitten, in dem Flur, Wohnbereich und Küche ineinander übergehen. Weiß dominiert die Wände und schnörkellosen Möbel, wohingegen auf dem Boden dunkles Parkett kontrastiert. Im Wohnzimmer bieten bodentiefe Fenster einen Ausblick auf den hinteren Gartenbereich und zwei baugleiche Häuser direkt gegenüber. Vor dem Fenster steht ein Schreibtisch, der genauso unordentlich ist wie der in Lucs Büro. An der Wand links davon befinden sich Bücherregale, auf der rechten Seite hängt ein großer Fernseher an der Wand mit enormen Lautsprechern, die darüber thronen. Ein weißes Sofa und ein Couchtisch stehen in der Mitte des Raumes auf einem petrolfarbenen Teppich, der fast die Hälfte des Wohnzimmers einnimmt. Er sieht so weich aus, dass man sich darauf herumwälzen möchte.

Ob er hier mit Estelle gelebt hat? Hat er sie nach der Hochzeit über diese Schwelle getragen? Wie oft Anais wohl schon hier war? Und wie viele andere Frauen? Dass Luc sich als Single nicht zurückhalten muss, ist klar und die Kondome in seinem Nachttisch sprechen eine deutliche Sprache. Aber der Gedanke, nur eine unter vielen zu sein, tut weh.

*Egal*, rufe ich mich zur Ordnung. *Egal.* Es ist so, wie Anais sagte – ich kann mit ihm viel Spaß haben und Großstadtjuristin Monnet nimmt sich, was sie will. In diesem Fall den umwerfenden Sex mit ihrem Kollegen Bronnard.

# § 9 (5) Luc

Als ich aufwache, ist es sehr dunkel im Zimmer. Dunkler als normalerweise. Vielleicht sind die Straßenlaternen ausgefallen. Ich versuche, aus dem Fenster zu sehen, aber auch dort ist es gänzlich schwarz, wie Obsidian. Mein Umriss spiegelt sich auf der glänzenden Fläche. Klein bin ich. So klein.

Dumpfes Klagen füllt die Luft. Das Geräusch führt mich aus diesem Raum, aus dem ich mich nur tastend vorwage, in den nächsten, der etwas heller ist. Ich erkenne die Umrisse eines Sofas. Eine Gestalt steht daneben und eine andere liegt darauf. Es ist eine Frau, das weiß ich, wenn auch nicht, woher. Ihr Arm hängt zu Boden, das Gesicht ist von mir abgewandt.

„Entschuldigen Sie bitte, aber ist das da Jeanne?", frage ich die Gestalt neben dem Sofa. „Liegt dort Jeanne?"

Niemand antwortet mir, doch dann sehe ich schimmernden roten Lack auf den Fingernägeln der Frau und bin erleichtert. Jeanne trägt so etwas nicht.

Die Gestalt neben dem Sofa dreht sich zu mir. Sie hat kein Gesicht, nur ein glänzendes weißes Rund, trotzdem kann sie sprechen.

„Das ist Liebe", sagt sie und der Lack fließt in dicken Tropfen über die Finger der Frau zu Boden.

***

Schlagartig öffne ich die Augen. Rings um mich herrscht Dunkelheit und Angst kriecht mein Rückgrat empor. Sie drängt sich in mein Hirn, sodass ich fast laut aufschreie. Erst der flackernde Schein der kaputten Laterne auf der anderen Straßenseite bricht den Bann.

Wie lange habe ich nicht mehr davon geträumt? Von den beiden Gestalten und dem fließenden Lack? Von meinem Vater, meiner Mutter und dem Blut. Und – natürlich – der Liebe. So ein Bullshit!

Ich setze mich auf, schlage die Decke zur Seite und reibe mit beiden Händen über mein Gesicht. Gerade als ich nach Jeanne tasten will, fällt mir auf, dass ich allein im Bett bin. Das ungute Gefühl, das ich dabei habe, verstärkt sich, als ich aus dem Wohnzimmer Geräusche höre. Kein Wehklagen, aber Schritte. Entweder war Jeanne auf Toilette, dann ist sie in wenigen Augenblicken wieder hier, oder Mademoiselle Monnet unterzieht meine Wohnung einer Inspektion.

*Warte noch ein bisschen, Bronnard. Gib ihr die Chance, von selbst zurückzukommen, bevor du sie rauswirfst.*

# § 9 (6) Jeanne

Männer, die lesen, sind wirklich heiß und mit Freuden stelle ich fest, dass Lucs Bibliothek eine passable Größe hat. Im gedämpften Licht einer Stehlampe lese ich seine Buchtitel quer, stoße auf alte Philosophen, moderne Thriller und Bildbände mir unbekannter Fotografen.

Seine CD-Sammlung besteht aus viel Heavy Metal, Klassik von Berlioz bis Wagner und etwas Swing. Dazwischen entdecke ich ein einsames Best-of-Album von Charles Aznavour. Genau diese CD besitzen meine

Eltern auch. Meine Mutter hat mir *La Bohème* oft als Schlaflied vorgesungen.

Ich ziehe die vertraute Scheibe aus dem Regal. Die Hülle ist zerkratzt, teilweise gesprungen. Jemandem – Luc? – muss sie sehr wichtig sein, so oft, wie sie benutzt worden ist. Und auch wenn ich gerade mit ihm geschlafen habe, stellt es fast eine größere Intimität dar, diese CD in den Händen zu halten.

Vorsichtig öffne ich sie und ein Stück Papier fällt daraus zu Boden, das ich aufhebe. Ein Foto, genauso abgenutzt wie die Plastikhülle, in der es steckte. Es zeigt eine Familie – Vater, Mutter, Kind. Lucs Familie. Sein Vater sieht aus wie eine weichere Version von ihm, seine Mutter wirkt mit ihren langen blonden Haaren sehr jung.

Vor ihnen steht Luc, vielleicht zehn, elf Jahre alt, mit großen Augen in einem schmalen Kindergesicht. Er trägt ein König-der-Löwen-T-Shirt. Wahrscheinlich war er unheimlich stolz darauf, so wie ich früher auf meinen Toy-Story-Pullover. Er sieht so zart aus, dass es unmöglich scheint, dass dieser Junge zu dem großen, kräftigen Mann werden konnte, der schlafend nebenan liegt. Oder besser schlafend nebenan *lag*, denn im nächsten Augenblick wird das Deckenlicht angeschaltet.

„Was tust du hier?"

Ich starre Luc an, der in den Raum gekommen ist, ohne dass ich es bemerkt hätte, und mich nun dabei erwischt hat, wie ich mich durch seine persönlichen Sachen krame. Geht es noch peinlicher? Ja, offensichtlich, wie meine nächsten Worte beweisen.

„Ich hatte Durst."

„Warum bist du dann nicht in der Küche und trinkst etwas?"

Mit schnellen Schritten geht er auf mich zu, nimmt mir Foto und Hülle aus den Händen und packt das eine wieder in das andere.

„Deine Eltern sehen sehr sympathisch aus."

Er schiebt die CD zurück an ihren Platz.

„Und du warst ein ganz süßer –"

„Hör auf, Jeanne. Das hier" – mit einer ausschweifenden Armbewegung markiert er den ganzen Raum, meint aber eigentlich sein Leben – „geht dich nichts an. Nicht das Geringste. Eigentlich müsste ich dich jetzt auffordern zu gehen. Nicht nur, weil du herumschnüffelst, sondern auch, weil du meine Angestellte bist. Tatsache ist aber, dass ich gerne mit dir schlafe. Und du hast anscheinend auch deinen Spaß dabei. Also hier die Regeln. Paragraf 1: Wir haben Sex. Mehr nicht. Paragraf 2: Es wird keine Gefühlsverwicklungen geben und keinerlei Besitzansprüche. Eben nichts von all dem, was Probleme bringt und sich störend auf die Arbeit auswirken könnte."

Mit wachsendem Ärger und wachsender Angst, die sich gegenseitig die Waage halten, höre ich ihm zu.

Dann verschränkt Luc die Arme vor der Brust. „Ist das für dich in Ordnung?"

Was soll ich jetzt sagen außer: „Natürlich. Ich wollte nie etwas anderes."

„Gut."

Sein Blick gleitet über meinen nackten Körper. Kleidungstechnisch ist er mir gegenüber im Vorteil, denn während ich noch immer nackt bin, trägt er eine graue Jogginghose, die tief auf seinen Hüften sitzt und die Vförmigen Muskeln seines Unterbauchs zeigt. Gerne würde ich etwas sagen, aber alles, was mir gerade durch den Kopf schießt, geht in die unerwünschte Richtung – voller gefühlig verwickelter Besitzansprüche.

Er tritt dicht an mich heran und hat dabei dieses selbstbewusste Lächeln auf den Lippen, das ich früher als arrogant und überheblich empfand – was es wahrscheinlich immer noch ist, aber mittlerweile jagt es mir prickelnde Schauer über den Rücken.

Wir stehen ganz nah beieinander, so nah, dass ich den Stoff seiner Hose an meiner Haut spüre. Seine Hände streichen sanft meine Schultern und Arme entlang, verschlingen sich dann mit meinen Fingern. Seine Blicke liegen liebkosend auf mir und jeder seiner Atemzüge drückt seine Brust gegen meine, lässt meine Knospen in seine drahtigen Haare tauchen.

Spürt er sie nicht, diese Nähe zwischen uns, die sich wie eine Umarmung anfühlt? Empfinde nur ich so? Wenn ja, wäre es wohl besser, er würde mich hinauswerfen – denn ich kann nicht gehen, auch wenn ich vor wenigen Stunden noch so fest davon überzeugt war, es zu tun.

Er beugt sich vor, birgt sein Gesicht an meinem Hals. Ich schließe die Augen und lehne mich an ihn. So stehen wir eine ganze Weile und mir kommt derselbe Gedanke wie in unserer Nacht im Hotel: dass Luc ein einsamer Mensch ist. Und er lässt mich nicht in diese Einsamkeit hinein, genauso wenig wie in sein Leben.

# § 10 – Nachverhandlungen

## § 10 (1) Luc

Leonies und Suzannes Berichte zu ihren aktuellen Fällen schwirren bei unserer wöchentlichen Besprechung wie Fliegen an mir vorbei. Ein bisschen störend, aber ignorierbar. Ich sehe in ihre Gesichter, lächele, werfe Phrasen wie „Ach ja?" oder „Ein komplexer Sachverhalt" ins Gespräch. Der überwiegende Teil meines Großhirns beschäftigt sich allerdings mit dem heutigen Morgen.

Ich hatte keine Croissants im Haus, konnte Jeanne aber wenigstens einen Kaffee ans Bett bringen. Sie trank ihn, zerzaust und ungeschminkt und unglaublich reizvoll, und war dabei bis unters Kinn in die Bettdecke gewickelt. Als könnte sie sich noch vor mir verhüllen. Als würde ich nicht mittlerweile jeden Zentimeter ihres Körpers kennen.

Schon kommt mein limbisches System ins Spiel, das mir ein paar Momentaufnahmen der vergangenen Nacht vorbeischickt. Jeanne auf meinem Schoß, die sich nimmt, was sie braucht. Jeanne, die sich im Schlaf an mich schmiegt und ihre eiskalten Füße an meine Waden presst. Jeanne, die ich hinauswerfen wollte – bis zu dem Zeitpunkt, als sie mit hochrotem Kopf vor mir stand und sich wegen ihrer Neugier herauszureden versuchte.

Jeanne.

Ich richte mich in meinem Stuhl auf, räuspere mich und schiebe ein paar Blätter zusammen. *Konzentrier dich, Bronnard.*

Leichter gesagt als getan, denn im nächsten Moment läuft sie an meinem Büro vorbei, zwei dickleibige Bücher aus der Bibliothek in den Armen. Rasch schaut sie zu mir, schickt mir ein Lächeln und blickt genauso schnell wieder weg. Ich muss ihr sagen, dass diese betonte Unauffälligkeit extrem auffällig ist. Ich habe keine Lust auf weiteren Klatsch im Büro. Es reicht schon, dass Suzanne von meiner Kurzaffäre mit Anais weiß. Und wenn sie es weiß, dann weiß es auch Leonie. So sehr sich die beiden auch immer wieder in die Haare kriegen, wenn es darum geht, sich über meine Lasterhaftigkeit zu empören, dann halten die Damen zusammen. Anais macht das Getratsche nichts aus, aber Jeanne will ich dem nicht aussetzen. Also werde ich in der Kanzlei noch mehr Abstand zu ihr halten als ohnehin schon.

Ich versuche, meine Aufmerksamkeit dem Meeting zu widmen, doch meine Gedanken driften immer wieder ab und bereits vier Stunden später ist dieser hehre Entschluss zu einem Schatten verblasst. Ich will sie so sehr, dass es beinahe schmerzt.

„Komm in fünf Minuten ins Archiv", texte ich ihr deshalb und verabschiede mich offiziell zum Mittagessen.

Das Archiv der Kanzlei liegt außerhalb der eigentlichen Räume im hinteren Treppenhaus. Mit den vollen Aktenregalen und dem Staubgeruch in der Luft gibt es keine sehr romantische Umgebung ab, aber momentan ist es das einzige Zimmer, in dem wir ungestört sein können.

Jeanne klopft mit einer Art Geheimcode an: zweimal kurz, zweimal lang. Wahrscheinlich hat sie das in irgendeinem Agentenfilm gesehen. Um mitzuspielen, öffne ich die Tür einen Spalt weit und blicke misstrauisch nach links und rechts, bevor ich sie hereinlasse. Lachend will sie mir um den Hals fallen, aber mit einem raschen Schritt nach hinten und einer abwehrenden Handbewegung gebiete ich ihr Einhalt.

„Es geht um Villiers. Wo ist der Vertragsentwurf?"

Überrumpelt bleibt sie stehen. „Ich bin in der Angelegenheit noch nicht weitergekommen. Ich suche nach vergleichbaren –"

„Und warum erzählst du mir dann, du hättest eine Herangehensweise gefunden?"

Sie wird ganz blass um die Nase und tut mir auf einmal schrecklich leid. Aber da sie gestern Nacht genau diese niedliche Nase in meine höchst privaten Angelegenheiten gesteckt hat, verdient sie einen Stüber darauf.

„Das war, nachdem ... nachdem du mich so angefahren hattest. Ich wollte nicht –"

„Der Mandant ist immer das Wichtigste, Jeanne. Irgendwelche Zwistigkeiten zwischen uns – ob nun real oder nur eingebildet – müssen dahinter zurückstehen."

„Es war nicht eingebildet, Bronnard. Du hast mich vor Leonie gedemütigt. Was ist das überhaupt für eine Mitarbeiterführung? Inspiriert von Iwan dem Schrecklichen?"

Mir gefällt ihr Temperament – im Bett und auch im Alltag. „Wie auch immer. Du hättest mich fragen müssen, wenn du nicht weiterkommst." Ich ziehe eine schmale Akte aus dem Regal, vor dem wir stehen, und reiche sie ihr. „Hier haben wir einen ähnlich gelagerten Fall. Von dem du im Übrigen wüsstest, wenn du in unserer Datenbank entsprechend gesucht hättest. Es wird dir weiterhelfen, dich damit zu beschäftigen."

Sie presst die Akte gegen ihren Oberkörper und sieht mich kühl an, in ihrer Stimme jedoch zeigt sich ihr Ärger. „Ich werde mich einarbeiten."

„Selbstverständlich wirst du das."

Mit Schwung dreht sie sich zur Tür und will gehen, aber ich halte sie zurück. „Wir sind hier noch nicht fertig, Jeanne."

Sehr viel langsamer wendet sie sich mir wieder zu, lässt die Akte fallen und reagiert wie erwartet mit diesem kleinen Zögern, als ich sie an mich ziehe und küsse, bevor sie leidenschaftlich in meine Umarmung sinkt.

„Du bist unausstehlich", sagt sie atemlos, kaum dass meine Lippen die ihren für einen Moment freigeben, und es ist diese Bemerkung, die mich dazu bringt, sie umzudrehen und fest gegen die Wand zu drücken. Mit geübten Griffen öffne ich den Reißverschluss ihres Rockes, der daraufhin zu Boden gleitet. Meine Hand bleibt auf ihrem in einen reizend unerotischen Baumwollslip gehüllten Hintern liegen.

„Was hast du vor?", flüstert Jeanne.

Ich bringe mein Gesicht ganz nah an ihres, will so dicht wie nur möglich bei ihr sein, wenn ich es das erste Mal tue. „Ein bisschen unausstehlich sein."

Der erstickte Schrei, der Jeanne entfährt, als ich einen leichten Schlag auf ihren Hintern setze, ist eine unglaublich erotische Mischung aus Überraschung, Schmerz und Freude. Ich halte inne und warte auf ihre Reaktion – die darin besteht, die Augen zu schließen und mit halb geöffnetem Mund hastig einzuatmen.

Bevor ich abermals zu einem Schlag ansetzen kann, flüstert sie: „Warte, warte", und zieht zu meinem Erstaunen ihren Slip ein Stück herunter, wodurch sie mir ihren zauberhaften, nackten Hintern präsentiert.

„So ist es schöner", wispert sie und drückt sich auffordernd an mich. Diese Frau kann mir immer wieder und auf die unterschiedlichsten Arten den Atem rauben.

Während ich sie mit sanften, spielerischen Hieben verwöhne, presst sie ihre Stirn gegen die Wand, stöhnt voller Sehnsucht. Dass sie sich mir derart hingibt, bringt mich fast um den Verstand.

Unfähig, noch eine Sekunde länger zu warten, drehe ich sie herum und reiße ihr den Slip vom Leib. Rasch befreie ich meinen Schwanz und noch rascher streife ich mir ein Kondom über. Dann packe ich Jeannes Oberschenkel und hebe sie hoch. Ich nehme mir ihre warme, enge, nasse Fotze, die ich so sehr vermisst habe, als läge unsere letzte Begegnung Jahre zurück. Jeanne schlingt ihre Beine um meine Hüften und ihre Arme gleiten um meinen Nacken, bevor sie mich gierig küsst. Ihr Seufzen füllt meinen Mund, sodass ich mich kaum noch zurückhalten kann. Aber erst als sich Jeanne ein langer, lauter Schrei entringt und ihr Körper sich in meinen Armen windet, spritze ich ab – so heftig, dass ich mir fast wünsche, ich wäre in ihrem Mund gekommen.

Sachte lasse ich sie wieder herunter und ziehe sie in meine Arme.

„Das", sagt Jane seufzend, „war eine wirklich erfreuliche Mittagspause."

„Dann sollten wir das als schöne Tradition etablieren. Was hältst du davon, wenn wir uns morgen wieder hier treffen?"

Drolligerweise lassen meine harmlosen Worte sie erröten. „Warum erst morgen? Du könntest doch heute Abend bei mir vorbeischauen. Ich bestelle uns was Leckeres und –"

„Ich bin verabredet."

„Mit wem?"

Die gespielte Gleichgültigkeit in ihrer Stimme ist amüsant.

„Das, meine süße Jeanne", sage ich und hebe ihr Kinn mit einem Finger an, „hat dich nicht zu interessieren."

„Tut es auch gar nicht."

Ich setze einen Kuss auf ihre Nasenspitze. „Wir sollten jetzt gehen. Ich habe noch einen Termin außer Haus, wahrscheinlich komme ich heute nicht mehr ins Büro. Und morgen will ich in Sachen Villiers etwas Substantielles auf meinem Schreibtisch vorfinden."

Ganz der Profi nickt Jeanne auf meine Worte. „Selbstverständlich." Dann hebt sie ihren Slip vom Boden auf und seufzt einen Augenblick später genervt. „Toll. Den kann ich wegschmeißen. Völlig zerrissen."

„Zieh dir zukünftig überhaupt keinen Slip mehr an. Zumindest nicht im Büro."

„Nicht dein Ernst!" Ihre Augen werden noch größer, als sie es ohnehin schon sind.

„Ich will, dass du nackt bist für mich. Jederzeit verfügbar. Ich habe es dir damals schon gesagt, Jeanne – du machst mich wahnsinnig. Und ich habe keine Lust mehr, so zu tun, als wäre dem nicht so."

Sie schluckt schwer. „Du verlangst viel."

Sachte streiche ich mit zwei Fingern über ihre nasse Spalte. „Auch das habe ich dir schon gesagt."

Ich öffne sie, lasse meine Fingerspitzen über ihr weiches Inneres tänzeln. Jeanne schließt die Augen.

„Willst du jetzt etwa einen Rückzieher machen? Ich habe dich für wagemutiger gehalten."

Erst sanft, dann etwas stärker drücke ich ihre Perle zwischen meinen Fingern. Jeanne lässt ein zitterndes Seufzen hören. Wie ein Kolibri fliegt es von ihren Lippen und zeigt mir, dass die Lust in ihr die Oberhand gewonnen hat.

Ich ziehe meine Hand zurück und löse mich von ihr. „Lässt du dich darauf ein?"

Sie öffnet die Augen. „Kann ich bis morgen darüber nachdenken?"

„Nein."

„Du bist dermaßen selbstüberzeugt. Und ein Macho. Und ich weiß gar nicht, was noch alles."

Statt einer Antwort hebe ich nur die Augenbrauen.

„Ja, verdammt! Meinetwegen. Dann bin ich halt ..." – und mit einem Mal wandelt sich ihr Ärger in eine atemberaubende Laszivität – „dann bin ich halt für dich verfügbar. Wann immer du mich willst."

Jetzt bin ich derjenige, der heftig schlucken muss. Ich drücke sie gegen die Wand, knie mich vor sie. Ihre Spalte schmeckt nach uns, verströmt ihren süßen Geruch und meinen herben. Ich lecke sie, bis Jeanne von einem Orgasmus überwältigt wird, der sie fast zu Boden gehen lässt, lecke sie weiter, bis sie abermals kommt und nur noch wimmern kann. Dann erst höre ich auf und lasse sie so zurück – halb nackt und hoffentlich bis morgen Mittag befriedigt.

# § 10 (2) Jeanne

Ehrlich gesagt bin ich sogar froh, dass Luc verabredet ist. Er hat mich während der letzten Stunden ziemlich beansprucht. Ein heißes Bad und eine einsame Nacht werden mir guttun.

Allerdings wird meine Vorfreude auf diese kleinen Annehmlichkeiten durch die Frage geschmälert, mit wem zum Teufel Luc den heutigen Abend verbringt. Natürlich geht der erste Gedanke in Richtung Anais, aber bei einer gemeinsamen Tasse Kaffee an ihrem Schreibtisch erfahre ich, dass sie zum Gig einer Rockband geht, zu dem sie von einem der Musiker eingeladen wurde. Die Geschichte, wie es zu dieser Einladung kam, beinhaltet ein zufälliges Treffen während eines Abendessens im Restaurant, ein verschüttetes Glas Rotwein und eine Vertiefung der Bekanntschaft auf der Toilette beim Auswaschen ihrer Bluse. Eine Vertiefung, die sie nach dem Konzert gerne wiederholen möchte, wie sie mir in ihrer unverblümten Art erklärt.

Anais' Freimütigkeit beeindruckt mich immer wieder und auch die Leichtigkeit, mit der sie über unser – was auch immer es war – hinweggeht. Meine gestammelte Entschuldigung für meinen überstürzten Abgang verwirft sie mit einer Handbewegung und einem „Vergiss es". Eine tolle Frau! Die sich Gott sei Dank heute Abend nicht mit Luc trifft. Ich verbiete es mir, darüber nachzudenken, dass es noch andere tolle Frauen in Paris gibt, und schwelge stattdessen in Erinnerungen an die letzte Nacht und unsere Mittagspause, während ich in der Wanne liege. Denke zurück an die Rauheit seiner Stimme, als er sagte, ich würde ihn wahnsinnig machen. An die Weichheit seiner Zunge, als er mich leckte. Dieser Mann ist der König des Cunnilingus.

Endlich ist also das eingetreten, was ich seit der Weihnachtsfeier wollte: Luc und ich haben eine Affäre. Ich lebe meine Lust aus und genieße sie in vollen Zügen. Lasse mich vom heißesten Kerl, den ich kenne, ficken und verwöhnen. Seine sanften Schläge heute Mittag fühlten sich gut an. Jemandem ausgeliefert zu sein, birgt einen ganz besonderen sinnlichen Reiz.

Ist doch so, oder?

Das Shampoo häuft sich auf zu schillernden Pfirsichduftschneebergen, als ich warmes Wasser nachlaufen lasse, und aus der Nachbarswohnung klingt Jazzmusik. Vielleicht bestelle ich mir eine Pizza und eine Weißweinflasche steht auch noch im Kühlschrank. Was für ein Leben!

*Okay, Jeanne*, denke ich und lasse meinen Hinterkopf auf den Wannenrand sinken. *Warum nagt dann immer noch etwas in dir? Bist du unfähig, jemals zufrieden zu sein? Was ist dein Problem?*

Grübelnd steige ich aus der Wanne, trockne mich ab und schlüpfe in meinen abgetragenen Plüschbademantel.

Aus der Küche hole ich mir ein Glas Wein und eine Schale mit Cashews – doch keine Pizza heute Abend –, dann lümmele ich mich auf die Couch und rufe Claude an. Wenn mir einer den Kopf zurechtrücken kann, dann er. Nach dem dritten Klingeln hebt er ab.

„Hallo?“

„Claude, ich bin’s, Jeanne.“

„Ach“, antwortet er einsilbig und verunsichert mich damit.

„Ist es gerade ungünstig?“

„Ich bin nur überrascht. Wochenlang höre ich nichts von dir und dann auf einmal ...“

Seine Stimme hat diesen Gekränkte-Diva-Tonfall. Den habe ich bisher nur einmal von ihm gehört, und zwar als er von einem der Partneranwälte zusammengestaucht wurde, weil der zu dumm war, seinen Computer zu bedienen. Jetzt werde ich damit abgestraft. Nicht ganz zu Unrecht, ich habe mich wirklich rargemacht.

„Es tut mir leid, aber es ist so viel zu tun und –“

Mit einem wie von einer Fanfare ausgestoßenen „O bitte!“ verwandelt sich die gekränkte Diva in eine entrüstete. „Komm mir bloß nicht mit der Ich-weiß-nicht-wo-mir-der-Kopf-steht-Ausrede! Fakt ist: Seit du in der Hauptstadt lebst, bei deinem Monsieur Testosteron, sind deine alten Freunde abgeschrieben.“

„Er ist nicht *mein* Monsieur Testosteron. Überhaupt ist das ein dämlicher Spitzname und du bist auch der Einzige, der ihn benutzt.“

„Schnippisch, schnippisch, schnippisch, wie eine echte Pariserin.“

Verärgert schweige ich in das Telefon, höre auf der anderen Seite Claude atmen.

„Gut“, sagt er schließlich. „Ich schätze, du weißt nun, dass ich sauer auf dich bin.“

„Ist angekommen.“

„Dann können wir ja jetzt reden.“ Wie durch Zauberei ist aus der Diva wieder mein guter Freund geworden. „Also, erzähl mir alles. Wie ist das Leben mit Mr T.?“

Nervenzerfetzend, verunsichernd, unglaublich geil.

„Ganz okay.“

„Ganz okay? Ein Croissant aus dem Tankstellenbackshop ist ganz okay. Kapselkaffee ist ganz okay. Poloshirts sind ganz okay.“

„Ist ja gut!“, unterbreche ich seinen Schwall schnell. „Message angekommen.“

„Also?“

Während ich noch nach Worten suche, bricht Claude schon in Entzücken aus.

„O mein Gott, es ist passiert! Ihr habt zueinandergefunden, ja? Das ist so schön, ich freue mich für dich!“

Angesichts seiner Euphorie flaut meine Freude noch weiter ab. Was habe ich schon zu berichten? Wir haben miteinander geschlafen, er hat mir den Hintern versohlt und ich werde zukünftig keinen Slip tragen. Nicht gerade ein rosarotes Märchen, noch nicht mal eine Kinoschnulze. Aber das war es mit uns ja noch nie und wird es auch nie werden.

„Wir hatten Sex“, unterbreche ich Claudes Enthusiasmus. „Nichts weiter. Keine Liebesschwüre, keine Rosenblätter. Nur Sex, aber der ist umwerfend.“

Nun ist es Claude, der in den Hörer schweigt.

„Ist es das, was du willst?“, fragt er schließlich.

„Es ist das, was ich kriege.“

„Anders gefragt: Reicht es dir aus?“

Völlig unerwartet schießen mir Tränen in die Augen. Ich presse meine Nasenwurzel zwischen Daumen und

Zeigefinger zusammen, um sie zu unterdrücken. Erst als ich meiner Stimme wieder sicher bin, antworte ich. „Ich weiß es nicht. Kannst du mir einen Rat geben? So einen lustigen, unkonventionellen, wie ihn Schwule für ihre verklemmten Hetero-Freundinnen immer parat haben?“

„Du siehst zu viele Romcoms“, lacht er in den Hörer. „Wir verfügen über keine geheimen Superkräfte, mit deren Hilfe wir eure Beziehungsprobleme besser verstehen als ihr.“

„Echt? Du enttäuschst mich.“

„Ich habe aus meinen vielen in den Sand gesetzten Beziehungen nur eines gelernt, was wirklich wichtig ist.“

„Und das wäre?“

Eine dramatisch lange Pause später sagt Claude: „Tue niemals etwas, das du nicht möchtest. Verlier dich nicht.“

Eine Stunde später, das Telefonat ist schon längst beendet und die Cashews sind alle, sitze ich immer noch auf der Couch und grübele.

Es gab diesen einen Abend, kurz bevor ich Luc das erste Mal traf. Ich hatte gerade von meiner Mutter gehört, dass unser Hund gestorben war. Keine große Sache im Leben einer Jurastudentin, möchte man meinen, aber ich war todtraurig. Als mich Noah abends in meinem WG-Zimmer besuchte, tat er die Sache mit einem Kuss auf meine Stirn und einem beiläufigen „Er war ja schon alt“ ab. Danach setzte er sich auf die Couch und recherchierte für eine Hausarbeit – was bei ihm immer ein Euphemismus dafür war, im Internet zu surfen.

An diesem Abend, weil ich so verzweifelt Zuwendung brauchte und sie von ihm nicht bekam, tat ich etwas, das ich nicht wollte. Nach Noahs routiniert abgespultem Vorspiel, das sich stets wie ein Zugeständnis an mich anfühlte und nicht wie etwas, das auch er wollte, erlaubte ich ihm, mich anal zu nehmen. Einer seiner großen Wünsche an mich, gleich nach unserem Hochzeitstanz zu Whitney Houstons *I will always love you*.

Ich ertrug also, dass Noah seine Fantasien grob und unvorbereitet mit mir auslebte, in der Hoffnung, im Gegenzug Zuwendung zu erfahren. Noch so ein Plan von mir, der nicht funktionierte.

Gleich nachdem er gekommen war, was von einem gegrunzten „Du bist so eine geile Sau“ begleitet worden war, schlief er ein. Ich dagegen lag stundenlang wach, mit schmerzendem Hintern und dem demütigenden Gefühl, nicht mehr als ein Stück Fleisch zu sein.

Keine zwei Wochen später begegnete ich Luc und vielleicht – dieser Gedanke kommt mir heute zum ersten Mal –, vielleicht ging ich nicht nur fremd, weil Luc der ist, der er ist, sondern auch, um einen Grund zu haben, Noah zu verlassen. Vielleicht hat nicht Luc damals mich benutzt, sondern ich ihn.

Ich wusste es: Wenn mir einer den Kopf zurechtrücken kann, dann Claude. Und was noch viel wichtiger ist, ich werde garantiert nie wieder etwas tun, das ich nicht möchte.

*Komm damit klar, Mr. T.*

# § 10 (3) Luc

Kurz nach neunzehn Uhr, nachdem mein Meeting beendet ist, fahre ich doch noch einmal zur Kanzlei. Offiziell, weil ich mein Smartphone dort vergessen habe, inoffiziell, weil ich einen raschen Blick in Jeannes Büro werfen will. Doch sie ist weg, gerade erst gegangen, wie mir Pascal verrät. Also werde ich heute ihr Gesicht nicht mehr sehen.

Gedankenverloren streiche ich über ihre Tastatur, schnappe mir mein Smartphone und will endlich zu meiner nächsten Verabredung, als Anais sich mir in den Weg stellt. Meine Zurechtweisung hinsichtlich ihrer Arbeitsleistung hat sie anscheinend gut verkraftet, denn sie strahlt mich mit glänzenden Augen an.

„Gut, dass ich dich noch treffe, Luc."

„Gut, weil …?"

„Mein Auto schon wieder in der Werkstatt ist. Kannst du mich nach Hause fahren?"

Zeit genug hätte ich für den Umweg. Andererseits wäre es mir lieber, den Privatkontakt zu Anais weitestgehend zu beschränken. Allerdings sollte ich mich nach unserer Vorgeschichte nicht wie ein kaltherziges Arschloch aufführen. Jedoch könnte Pascal Jeanne gegenüber morgen herausrutschen, dass er gesehen hat, wie Anais und ich gemeinsam das Büro verlassen haben. Hingegen ist es gar nicht schlecht, wenn Jeanne von vornherein klar ist, dass das mit uns keine lange Halbwertzeit haben wird. Gleichwohl möchte ich nicht als Lügner dastehen – immerhin habe ich Jeanne gesagt, ich würde heute das Büro nicht mehr betreten.

„Überlegst du noch oder hattest du einen Schlaganfall?", reißt Anais mich aus meinem inneren Zwiespalt.

„Hol deine Sachen, ich fahre dich. Und beeil dich gefälligst."

„Natürlich, Boss."

Gemeinsam verlassen wir die Kanzlei, aber auf dem Weg zu meinem Auto sehe ich einen zitronengelben Fiat, der eine verdächtige Ähnlichkeit mit Anais' Klapperkiste hat. Meinen entsprechenden Hinweis tut sie mit einem kurzen Seitenblick in Richtung des Wagens und der Bemerkung ab, dass so ein Auto ja jeder zweite in Paris fahren würde.

Was nicht stimmt.

Warum sagt sie nicht, dass sie Zeit mit mir verbringen will? Dann könnte ich sie direkt abweisen und alles wäre in Ordnung. So bleibe ich mit dem unguten Gefühl zurück, verarscht worden zu sein.

Dass ich während der Fahrt beharrlich schweige und damit etwas ausdrücken möchte, nämlich: „Lass mich in Ruhe", wird von Anais entweder nicht wahrgenommen oder ignoriert. Sie erzählt belangloses Zeug und streicht dabei immer wieder ihre Locken zurück.

„Lass sie doch abschneiden", schlage ich vor, als wir ihre Wohnung erreicht haben.

„Abschneiden? Meine neuen Gardinen?"

Ach, darüber hatte sie geredet.

„Nein. Deine Haare. Du fummelst die ganze Zeit darin herum, als würden sie dich stören."

„Gott, Luc!" Energisch löst sie ihren Gurt. „Du bist manchmal so ein Stiesel."

„Stiesel? Ist das ein Fachbegriff?"

„Für Männer wie dich schon."

„Na dann. Steig endlich aus, ich muss weiter."

„Jetzt sei nicht eingeschnappt." Sie beugt sich mir entgegen, haucht einen Kuss auf meine Wange und streicht mit den Fingern über meine Brust, bevor sie die obersten beiden Hemdknöpfe öffnet. Ich halte sie nicht auf.

„Willst du noch mit hochkommen? Ich könnte uns Pasta machen, eine Flasche Wein habe ich auch noch. Und eine Massage für deine bestimmt sehr verspannten Schultern gäbe es gratis dazu."

Sie ist mir jetzt ganz nahe und aus ihrem Dekolleté steigt der Geruch ihres süßlichen Parfums in meine Nase.

„Jeanne ist heute nicht da, also hättest du Zeit." Ihre Lippen legen sich leicht auf meine und für einen Augenblick erwidere ich den Kuss. Es fällt schwer, Anais zurückzuweisen, umso mehr, wenn ihre Zungenspitze ins Spiel kommt. Es gelingt mir trotzdem.

„Ob ich Zeit habe oder nicht, hat nichts mit Jeanne zu tun. Heute habe ich keine."

„Morgen?" Ihre Hand liegt auf meinem Knie, dann wandert sie langsam höher. Trotzdem spüre ich kaum Erregung. Nach gestern Nacht und dieser Mittagspause würde ich wahrscheinlich nicht mal dann einen hochbekommen, wenn ich es wollte.

Ich löse ihre Hand von meinem Oberschenkel. „Wie gesagt, ich wünsche dir einen schönen Feierabend. Und wenn du mir demnächst noch mal vormachen willst, dass dein Auto in der Werkstatt ist, dann sei so clever und parke es etwas weiter weg."

Anais packt sowohl Jacke als auch Tasche, steigt aus und knallt die Tür so heftig zu, dass das Auto bebt.

Hastig lasse ich das Fenster herunter und rufe ihr hinterher: „Anais!"

Mit leichter Verzögerung dreht sie sich um, kommt in elegantem Schlendergang zurück und beugt sich auf eine Art und Weise zum Fenster hinunter, die gleichermaßen ihre Brüste und ihren Hintern in Szene setzt. „Luc?"

„Was hat Jeanne denn heute vor? Hat sie etwas gesagt?"

Für einen Moment verliert Anais ihre Fassade und starrt mich nur an, bevor sie sich wieder fängt und auf eine unheimliche Art lächelt. Ich hätte mir diese Frage besser verkneifen sollen.

„Nicht viel. Nur, dass sie sich mit jemandem treffen will. Einem lieben Freund."

Mein rechtes Augenlid zuckt. „Ein lieber Freund?"

„Mehr weiß ich auch nicht. Sie wollte vorher noch ins Lafayette, nach einem neuen Kleid gucken", erwidert Anais mit neckisch zur Seite gelegtem Kopf. „Ich habe ihr geraten, ein rotes zu nehmen, das erhöht ihre Chancen. Männer stehen auf Rot."

„Du bist eine gute Kollegin."

„Ich weiß. Also dann, bis morgen."

Jeanne in einem roten Kleid. Mit einem lieben Freund. Ein unangenehmer Gedanke. Natürlich besteht die Möglichkeit, dass Anais mich anlügt, dessen bin ich mir bewusst. Aber genauso gut könnte Jeanne in diesem Moment einem netten Kerl gegenüberstehen, ihr wunderbarer Körper in verruchtes Rot gehüllt. Der Gedanke ist ... nun, auf jeden Fall unangenehm.

***

„Hallo? Kannst du mich hören?“

Francois' Bewegungen, die durch den Videochat übertragen werden, sind abgehackt wie unter Stroboskoplicht. Seine Worte genauso. „Ja, i… ka… di… hö…“

Mann, Skype, nicht jetzt!

„Warte, ich melde mich noch mal.“

Beim nächsten Anruf steht die Verbindung einwandfrei. Er sitzt in einem grünen Ohrensessel und grinst übers ganze Gesicht. „Na, bist du darauf vorbereitet zu weinen?“

„Selbstverständlich. Literweise Freudentränen.“

„Träum weiter, Luc. Wir werden euch so fertigmachen.“

Ich lache auf. „Ihr habt nicht die geringste Chance. Unser Sturm wird euch vom Platz fegen.“

„Das sanfte Lüftchen?“

Es geht – natürlich – um Fußball. Francois und ich haben uns zum gemeinsamen Fernsehabend via Skype verabredet. Die Mannschaften unserer Geburtsorte, FC Garron und Le Ronde Sports, sind im besten Fall drittklassige Clubs, deren Spiele meistens nicht gesendet werden, aber heute Abend wird das Unglaubliche Realität: Nicht nur, dass unsere Mannschaften gegeneinander antreten, nein, dieses sportliche Großereignis wird auch noch live übertragen. Selbst die Kollision eines Asteroiden mit der Erde ist wahrscheinlicher als so ein Ereignis, weshalb ich extra ein unverschämt teures Fernseh-Abo für den winzigen Pay-TV-Sportkanal abgeschlossen habe, der diesen Kampf der Giganten überträgt. Jeanne konnte ich das natürlich nicht sagen. Soll sie ruhig glauben, dass ich mich auf einem First-Class-Event mit einer anderen Frau herumtreibe. Das ist besser, als wenn sie wüsste, dass ich in Freizeitklamotten auf dem Sofa hocke, meinen besten Freund digital und eine XXL-Portion Fast Food analog vor mir.

Noch ist das Aufwärmen des Publikums im vollen Gange. Blecherne Musik schallt durch die Lautsprecher des Stadions und die Maskottchen unserer Teams, ein Hund undefinierbarer Rasse mit Furcht einflößenden Glubschaugen und eine Ziege, deren Stoffhörner wie Schlappohren nach unten hängen, tanzen auf dem Platz dazu. Es ist besser, dass Jeanne hiervon nichts weiß.

„Bist du essenstechnisch gut ausgerüstet für deine Niederlage?", fragt François.

Ich halte erst meinen Burger, dann die Pommes vor die Kamera. „Ein Festmahl für Champions."

„Gehaltvoll. Ich habe mir Sushi kommen lassen."

„Sushi? Was bist du denn für eine Muschi?" Mein ungewollter Reim bringt mich zum Lachen. „Du lebst schon viel zu lange in Monaco, Francois. Wahrscheinlich rasierst du dir auch die Brusthaare, was?"

„Natürlich. Du etwa nicht? Frauen mögen Pelz nicht einmal mehr in ihrem Kleiderschrank."

Hmm. Bisher hatte ich den Eindruck, ich gefalle Jeanne ganz gut, so wie ich bin. Ich muss sie wohl mal fragen, wenn sich die Gelegenheit ergibt. Vielleicht morgen, sofern sie nicht gleich bei dem lieben Kerl bleibt, für den sie sich ein rotes Kleid gekauft hat. Wer zum Henker ist der Typ?

Doch dann ertönt der Anpfiff und alles andere tritt erst einmal in den Hintergrund.

Neunzig Minuten später hat der FC Garron nicht nur das Spiel, sondern unser Stürmer auch einen Zahn verloren. Ansonsten hielten sich die Verletzungen im Rahmen – die Torchancen für meine Mannschaft leider auch. Das Ergebnis von 1:5 ist niederschmetternd.

„Tut mir leid, Luc", sagt Francois und entlockt mir ein Schnauben.

„Ich würde dir glauben, wenn du nicht ganz so breit grinsen würdest."

„Mach dir nichts draus. Ihr seid halt einfach fürchterlich schlecht."

„Bist du jetzt fertig?"

Er grinst immer noch, nickt aber und prostet mir mit seinem Sakeglas zu. In stiller Verbrüderung nehme ich einen Schluck aus meiner Bierflasche. Die Zeiten, in denen mich eine Niederlage meines Vereins geärgert hat, sind vorbei.

„Wie geht es eigentlich Jeanne? Hat sie sich gut bei euch eingelebt?"

Natürlich habe ich ihm davon erzählt. Oder besser, ich habe ihm eine Mail geschickt und um Rat gefragt, als ich ein paar Tage nach meinem Jobangebot davon überzeugt war, das Falsche getan zu haben. Francois riet mir aufgrund ihres Angestelltenverhältnisses eindringlich zu beruflicher Distanz – ein Rat, den ich als sinnvoll und hilfreich empfand und deswegen auch plante umzusetzen. Bis Jeanne mir sagte, dass sie alles für mich aufgegeben hatte. Von diesem Augenblick an war er nicht mehr als ein zusammengeknüllter Spickzettel. Trotzdem kann niemand sagen, ich hätte es nicht versucht.

„Alles in Ordnung. Sie ist ein Gewinn für die Kanzlei. Das meint sogar Suzanne."

„Donnerwetter! Und du kommst damit klar, nur mit ihr zu arbeiten?"

Mein überlanges Schweigen ist entlarvend.

„Du suchst die Herausforderung, Luc. Erst deine Assistentin, jetzt die neue Anwältin."

„Zwischen Jeanne und mir ist alles klar", bügele ich Francois' Kritik ab. „Wir haben vorläufig Spaß miteinander. Es wird sowieso nicht allzu lange dauern, bis sie mit irgendeinem Tierarzt, Grafikdesigner oder Architekt in den Hafen der Ehe einläuft."

Mit irgendeinem lieben Kerl halt. Ich kann Jeanne fast vor mir sehen, wie sie mich anschauen und sagen wird: „Ich habe da jemanden kennengelernt, Luc. Es ist etwas Ernstes. Lass uns Freunde bleiben."

„Es könnte auch ein Anwalt sein."

„Natürlich. Aber nicht ich. Du kennst mich, Francois. Ich bin ein einsamer Wolf. Meine Kernkompetenz besteht darin, Frauen besinnungslos zu vögeln." Alles andere im zwischenmenschlichen Bereich läuft dagegen suboptimal.

„Alter Angeber."

„Das ist keine Angeberei, sondern auf empirischen Daten fußende Erkenntnis."

Francois rutscht auf seinem Sessel hin und her – ein untrügerisches Zeichen dafür, dass er etwas Unangenehmes ansprechen will. Als er dann noch einen Schluck Sake nimmt, weiß ich, dass er zum Tiefschlag ausholt.

„Du hast jedes Recht, glücklich zu werden. Du kannst eine Beziehung führen, ohne die Fehler deines Vaters zu wiederholen.“

Leises Rauschen ertönt in meinen Ohren und Schweiß bildet sich in meinem Nacken. „Warum versuchst du eigentlich ständig, mir deine spießige Version von Beziehungsglück aufzuschwatzen? Willst du dich nicht so allein fühlen in deinem Verlobungselend? Jeanne ist eine Affäre, mehr nicht. Vor ihr gab es schon viele und auch nach ihr wird es viele geben.“

Jetzt schweigt Francois. So lange, dass ich glaube, Skype sei abermals abgestürzt. So lange, dass ich mich beinahe für meine dämlichen Worte entschuldige.

Aber dann sagt er doch noch etwas, bevor er abrupt das Gespräch beendet: „Unabhängigkeit ist eine schöne Sache. Aber ein einsamer Wolf ist vor allem eines, Luc. Einsam.“

# § 10 (4) Jeanne

Das Gespräch mit Luc brennt mir auf den Nägeln, aber zunächst bittet mich Leonie Forestier in ihr Büro, um mir einen neuen Mandanten zu übertragen. Gerade als ich gehen will, holt mich das Klingeln meines Telefons zurück an den Schreibtisch.

„Guten Tag, Maître Monnet, hier ist Valerie Bernard.“

In meinem Kopf macht es sofort klick. Sie ist die Frau, um die sich in den letzten Tagen alles dreht. Ihre Stimme klingt so zart und lieblich, man könnte fast vermuten, dass beim Reden Vanilleduft aus ihrem Mund kommt.

„Madame Bernard. Wie kann ich Ihnen helfen?“

„Ich wollte mich für Ihr Gutachten bedanken. Dank Ihrer Ausführungen kann ich mit meinem Jacques endlich unbesorgt zusammen sein.“

Bei diesen Worten krampft mein Bauch unangenehm. *Dafür komme ich in die Hölle*, denke ich. Aber vielleicht – man soll schließlich niemanden vorverurteilen – ist das zwischen Madame Bernard und Monsieur Villiers ja doch Liebe. Als ich nichts sage, spricht Valerie weiter.

„Ich war zuerst sehr skeptisch, weil er mich nicht heiraten will. Man hört so viel Schlechtes über Männer, die Frauen nur ausnutzen, auch wenn Jaques so etwas nie tun würde. Dennoch ... Sie wissen bestimmt, was ich meine.“

„Natürlich.“ Dass ich nicht an Jacques’ lautere Absichten glaube, verschweige ich.

„Sie haben meine Bedenken zerstreut. Überhaupt fällt es mir in dieser Angelegenheit so viel leichter, einer Frau zu vertrauen, wissen Sie?“

O ja, ein Platz im neunten Kreis der Hölle ist für mich reserviert!

„Das ... das freut mich“, stammele ich und möchte am liebsten im Erdboden versinken.

„Sind Sie auch verantwortlich für den weiterführenden Vertrag?“

„Ja, das bin ich, aber leider kann ich Ihnen keine weiteren Auskünfte geben. Mein Auftraggeber ist Monsieur Villiers, von daher ...“

„Ich verstehe.“ Sie trillert ein silbriges Lachen in den Hörer. Diese Frau muss aus Rosenblättern und Zuckerwatte bestehen. „Ich will auch überhaupt keine

Einzelheiten wissen, sondern Ihnen nur danken. Indem ich dieses Stück Papier unterzeichne, sage ich Jacques, dass ich ihn nie im Leben betrügen würde. Es ist wie ein Keuschheitsgürtel aus Geld. Unsere Verbindung soll meinem Liebsten nur Freude bereiten, nichts weiter als pure Freude."

„Das wird sie, Madame Bernard, ich bin mir ganz sicher."

Wieder dieses Lachen, ein gehauchtes „Danke" und dann ist das Telefonat beendet. Sollte ich mit diesen in meinen Augen sittenwidrigen Schriftstücken wirklich jemanden glücklich gemacht haben?

Ich werfe einen Blick aus dem Fenster. Der Himmel ist immer noch blau, aber nach diesem Gespräch würde es mich nicht wundern, wäre er grün oder gelb oder lila. Tatsächlich verspüre ich durch das Telefonat eine gewisse Erleichterung und nutze das gute Gefühl, um endlich mein Gespräch mit Luc in Angriff zu nehmen.

„Jeanne!" Ein breites Lächeln legt sich auf sein Gesicht, als ich in sein Büro trete. „Wie kann ich dir helfen?"

Er lehnt sich zurück, schlägt die Beine übereinander und wippt ein-, zweimal mit dem Stuhl. Wie kann ein einzelner Mann nur so gut aussehen? Wenn sich seine Attraktivität auf zehn Kerle verteilte, wäre jeder von denen immer noch „Oh, là, là"! Ich komme mir vor wie ein Teenie im Angesicht seines Lieblingssängers, mit trockenem Mund und nassen Händen. Das ist lächerlich.

„Es ist wegen gestern", setze ich dann an und verstumme. Ich habe keine Ahnung, wie er reagieren wird.

„Kannst du das eingrenzen? Gestern war vierundzwanzig Stunden lang."

Gut, er will es auf die harte Tour.

„Du erinnerst dich an unsere Mittagspause? Im Archiv?"

„Ja, allerdings ..."

„Also Folgendes. Ich komme nicht halb nackt ins Büro und ich werde nicht mehr geschlagen."

Von einer Sekunde zur anderen verliert er seine lässige Haltung. Er setzt sich gerade hin und zieht die Augenbrauen fragend zusammen. „Ich hatte den Eindruck, es gefiele dir. Das ..." Mit der rechten Hand macht er eine Bewegung, als würde er einen Klaps geben. Mein Mund wird noch trockener.

„Es hat mir gefallen. Aber ich will es nicht. Vielleicht später einmal, wenn wir uns näher sind, falls es jemals dazu kommt. Im Augenblick jedoch nicht. Bestimmt wirst du das nicht verstehen, aber Sex kann gut und trotzdem falsch sein."

„Doch." Er steht auf und kommt mich auf zu, aber ich kann seine Miene nicht deuten. „Doch, ich verstehe das."

„Ändert das jetzt etwas zwischen uns?"

„Allerdings." Er zieht mich in seine Arme und küsst mich auf die Stirn. „Ich bin froh, dass du mir sagst, was du willst und was nicht."

Erleichterung durchflutet mich und ich sinke in seine Umarmung. *Mein schöner Luc*, denke ich. *Mein heißer Luc. Mein unerwartet verständnisvoller Luc.* Der zufällig auch genau die richtigen Fragen stellt: „Hast du Hunger?"

„Ganz schrecklich. Ich hatte nur einen Apfel zum Frühstück."

Er tastet wie ein Arzt meinen Rücken entlang. „Das müssen wir ändern. Ich kann deine Rippen spüren. Worauf hast du Appetit?"

Grinsend hebe ich den Kopf. Ja, tatsächlich immer die richtigen Fragen.

„Also als Vorspeise hätte ich gerne Fellatio picante und als Hauptgericht deftigen Sex nach Art des Hauses. Zum Dessert bitte einen Cunnilingus à la Bronnard."

Seine Wangen färben sich rot. Ich hätte nicht gedacht, dass ihm so etwas passiert. „Jeanne Monnet, du bist die ungehörigste Person, der ich je begegnet bin."

„Ich bin dann im Archiv", sage ich und wende mich zum Gehen. „Lass mich nicht zu lange warten."

„Mit Sicherheit nicht, du kleine –"

In diesem Moment geht die Tür auf und Estelle tritt ein. Die atemberaubende Estelle – diesmal in einem strengen schwarzen Hosenanzug. Sie scheint mich nicht einmal zu bemerken, läuft mich fast über den Haufen.

„Ach, schön, du bist schon so weit. Ich dachte, ich muss wieder einmal auf dich warten."

Nach einem kurzen Moment stößt Luc ein genervtes Seufzen aus. „Unsere Verabredung zum Lunch! Die hatte ich ganz vergessen."

Jetzt trifft auch mich der Blick aus Estelles Katzenaugen, aber noch immer fühle ich mich ignoriert.

„Soll ich wieder gehen?", fragt sie.

„Wäre das eine Möglichkeit?"

„Sei nicht unhöflich, Lucky Luke."

„Nenn mich nicht Lucky Luke."

So heiter, wie sie sich gibt, so ungehalten wirkt Luc. Ich fühle mich richtig unwohl zwischen den beiden, denn im Grunde könnten jetzt zwei Szenarien eintreten: entweder gehen sie sich an die Kehle oder an die Wäsche.

„Das ist doch kein Problem", versuche ich, mich aus der Situation zu winden. „Geht ihr ruhig zusammen essen. Wir können uns auch nachmittags zusammensetzen und den Fall besprechen."

„Den Fall?" Luc erweckt den Anschein von Seriosität, aber ich kenne ihn mittlerweile gut genug, um das in seinen ernsten Zügen versteckte Amüsement zu erkennen.

„Ja. Den Fall. Du weißt schon."

„Nein, ich habe keine Ahnung."

Das Grinsen vertieft sich in seinen Mundwinkeln und ich kann nicht anders, als ebenfalls zu lächeln. Dieser kurze, innige Moment zwischen uns wird dadurch unterbrochen, dass Estelle kurz entschlossen meine rechte Hand packt und sie festhält, als wären wir Freundinnen. Und das obwohl sie mich bis dato nicht einmal begrüßt hat.

„Warum gehen wir nicht zu dritt? Ich will meine Vernissage besprechen und mir käme ein zusätzliches Paar Augen sehr gelegen, das einen Blick auf den Flyer wirft."

Ihre Einladung überrumpelt mich. Wäre es sehr unhöflich abzulehnen? Was könnte sie daraus schlussfolgern? Oder, schlimmer noch, er? Dass ich eifersüchtig bin?

Ich sehe Luc an. Er zieht die Augenbrauen hoch und zuckt kaum merklich mit den Schultern. Keine große Hilfe.

„Gib dir einen Ruck, Jeanne", drängt Estelle.

„Also gut, warum nicht?", willige ich ein und gewinne dabei den Eindruck, dass ihr viel zu oft nachgegeben wird.

***

Wenig später sitzen wir in einem schicken italienischen Restaurant mit hohen Preisen und warten auf unser Essen. Estelle hat den Entwurf ihres Flyers aus der Handtasche gekramt und vor uns auf dem Tisch gelegt. Die Vernissage findet in einem guten Monat in einer Galerie statt, die ihrer Aussage nach ein absoluter Geheimtipp ist – eine Bemerkung, die Luc mit einem verächtlichen Schnauben kommentiert.

Auf dem Flyer finden sich neben dem Titel der Ausstellung – „Hautnähe" – Estelles Name und ein paar Zeilen zu ihrem bisherigen künstlerischen Werdegang: Kunststudium an der Sorbonne, Praktikum bei diversen Fotografen, kleinere Ausstellungen in Nizza und Toulon. Als Blickfang dient eines ihrer Bilder, das ein matt koloriertes Foto zweier Brüste zeigt. Die wunderschön sind. Perfekte Halbrunde mit Knospen, die noch nicht ganz hart sind, aber sich schon leicht nach oben recken. So als wäre ihre Besitzerin gerade sanft berührt und zart geküsst worden. Das Foto fängt den Moment ein, in dem Sinnlichkeit in Begehren wechselt.

„Also, was meint ihr?"

236

Da Luc den Flyer schweigend betrachtet, fühle ich mich in der Verantwortung, etwas zu sagen. „Er ist sehr schön. Die Ausführung. Und auch die ... das Motiv."

„Leicht exhibitionistisch, die eigenen Titten als Werbemittel zu benutzen." Luc hat seine Sprache wiedergefunden, die anscheinend direkt neben seiner Grobheit lag.

Estelle lächelt. „Du hast sie erkannt?"

„Natürlich. Während unserer Ehe hast du sie mir ja inflationär vor die Nase gehalten."

Ich hätte nicht mitgehen sollen. Der Begriff „fünftes Rad am Wagen" gewinnt hier eine völlig neue Dimension. Die Vorstellung, dass Luc diese makellose Frau in den Armen gehalten hat, schnürt mir die Kehle zu.

„Vielleicht ein bisschen viel Text", werfe ich zusammenhanglos ein, damit Lucs Gedanken sich wieder auf andere Pfade begeben.

Und tatsächlich sieht er nicht mehr Estelles daguerrotypische Brüste an, sondern mich. „Was meinst du?"

Ich greife nach meinem Wasserglas und trinke langsam, während ich fieberhaft überlege, was zum Teufel ich jetzt sagen soll. Schließlich erkläre ich, dass sie ihren Lebenslauf streichen solle, damit das Bild für sich allein wirken könne und es Raum zum Atmen habe.

Erstaunlicherweise stimmt Estelle mir nach kurzer Überlegung begeistert zu und Luc schenkt mir einen anerkennenden Blick. Was mich mit lächerlichem Stolz erfüllt.

Und plötzlich spüre ich seine Hand unter meinem Rock, die langsam auf meinem Oberschenkel nach oben wandert. Seine Finger kommen dicht vor meinem Schoß zur Ruhe, berühren ihn allerdings nicht. Ich rutsche ihnen entgegen, aber Luc gibt mir nicht mehr als diese quälende Verlockung.

Estelle scheint nichts davon mitzubekommen, stattdessen erzählt sie viel von ihrer Ausstellung; wie schwierig es war, eine Galerie zu finden, die passenden Bilder zusammenzustellen oder sich für die Art der Hängung zu entscheiden.

Luc lauscht Estelles Ausführungen mit spöttischem Interesse, sein Gesicht zeigt keine Regung, die auf sein Tun unter dem Tisch hindeuten würde. Mir hingegen fällt es zunehmend schwerer, ein Pokerface zu wahren, denn seine Fingerspitzen streichen nun doch über meinen Slip, der sich unter seinen intensiven Berührungen nässt. Ich wünsche mir, ich hätte statt eines Höschens einen Keuschheitsgürtel angezogen. Schweißtropfen bilden sich auf meiner Oberlippe, die ich hastig wegwische.

Gerade als ich das Gefühl habe, jeden Augenblick zu kommen, wendet Estelle mir wieder ihre Aufmerksamkeit zu. „Da rede ich die ganze Zeit nur über mich, weiß aber gar nichts von dir, Jeanne. Ich bin ja Künstlerin mit Leib und Seele und ich könnte mir gar nichts anderes vorstellen, aber wolltest du schon immer Juristin werden?"

Lucs Finger dringen ein Stück weit unter den Steg meines Slips. Ich spüre ihre Wärme an meiner nassen Haut, Blitze zucken durch meinen Schoß.

„O ja. O ja", stammele ich, unfähig, einen klaren Gedanken zu fassen. „Juristin. Auf jeden Fall. Schon immer. O ja, so sehr!"

Luc entfährt ein albernes Prusten und ich würde ihn am liebsten treten. Gott sei Dank wird in diesem

Moment das Essen gebracht. In dem Trubel, der entsteht, als Estelle den Kellner darauf hinweist, dass sie Vollkorntagliatelle bestellt hatte, zieht Luc seine Hand zurück und leckt mich von seinen Fingern.

„Nichts in diesem Restaurant kann so köstlich schmecken wie du", flüstert er mir ins Ohr.

„Du bist ein Monster", flüstere ich zurück und er grinst mir breit ins Gesicht. Ich muss unbedingt wieder runterkommen.

Eine Entschuldigung murmelnd, stehe ich auf, ziehe mich auf die Toilette zurück und gönne mir ein paar Minuten, damit sich mein Atem wieder beruhigt, die Röte aus meinen Wangen verschwindet und die Nachbeben meines Orgasmus abebben. Allmählich begreife ich, was es bedeutet, sich auf Luc einzulassen.

Als ich zurück an den Tisch komme, sind alle Probleme bezüglich der Bestellungen beseitigt und endlich kann ich meinen nur noch größer gewordenen Hunger stillen.

Während wir essen, lausche ich dem Dialog zwischen Estelle und Luc, der eigentlich ein Monolog ist. Sie erzählt von ihren Plänen für weitere, größere Ausstellungen und Luc wirft ab und zu sarkastische Bemerkungen ein, auf die Estelle entweder mit einem Lachen oder mit einem tadelnden „Du bist so ein Kunstbanause" antwortet. Einmal schlägt sie ihm neckend auf die Hand, was er mit einem Brummen quittiert. Die Situation fühlt sich eigenartig an und das liegt nicht nur daran, dass in mir immer noch Lucs Berührungen nachhallen.

Es dauert eine Weile, bis ich bemerke, was es ist, das mich so irritiert. Es ist die Vertrautheit zwischen den beiden. Luc macht zwar keinen Hehl daraus, dass Estelle ihn nervt, und sie gibt mehr als deutlich zu verstehen, wie froh sie ist, ihn los zu sein. Trotzdem ist die Nähe aus ihrer Zeit als Ehepaar nicht vollständig verloren gegangen. Sie steht so unsichtbar und so anziehend wie ein Magnetfeld zwischen ihnen. Oder bilde ich mir das nur ein? Aber warum sucht Estelle ihn dauernd auf?

Meine Laune rutscht in den Keller und so bin ich froh, als Estelle sich fluchtartig aus dem Staub macht, weil sie einen Anruf ihres Galeristen bekommt, wir wieder in die Kanzlei zurückkehren und ich die Tür hinter mir schließen kann.

Derart schlecht gelaunt will ich am frühen Abend nach Hause gehen, aber Luc betritt genau in der Sekunde mein Büro, als ich meinen Computer ausschalte. Er greift meine Hand und zieht mich vom Stuhl hoch. „Komm mit.“

Missgelaunt versuche ich, mich loszureißen. Ich bin nicht in der Stimmung für seine Spielchen. „Wohin?“

„Zu mir. Ich musste heute schon viel zu lange auf dich verzichten, also hör auf herumzualbern und beweg dich.“

Mit gespieltem Widerstreben lasse mich von ihm aus meinem Büro zerren, wo er meine Hand loslässt und wir mit gebührendem Abstand das Gebäude verlassen. Eine Seitenstraße weiter wartet er bei seinem grauen Geländewagen, der genauso bullig und schnörkellos ist wie sein Besitzer. Luc öffnet mir die Tür und ich bin versucht einzusteigen, halte dann aber doch inne. Was auch immer das zwischen uns ist, ich will dabei auf keinen Fall nur die Beifahrerin sein.

Rasch krame ich meinen Autoschlüssel aus der Handtasche und halte ihn Luc vor die Nase. „Kleine Planänderung. Du kommst mit zu mir und wir nehmen meinen Wagen."

Dass mein Ansinnen Luc entsetzt, erkenne ich daran, dass er einen Schritt zurücktritt. Ansonsten behält er die Fassung. „Dein Wagen? Meiner hat Sitzheizung."

„Mir ist nicht kalt."

Ich drehe mich um und laufe los, höre hinter mir das Piepen der automatischen Verriegelung und Lucs zögerliche Schritte.

Als wir vor meinem dunkelgrünen Japaner stehen und ich ihm meinerseits die Tür aufhalte, wirft er einen raschen Blick ins Wageninnere. „Und du bist sicher, dass der noch fährt?"

„Heute früh war alles in Ordnung." Bis auf die üblichen kleinen Probleme.

„Airbags?"

„Ja." Denke ich.

„Wie lange liegt die letzte Wartung zurück?"

„Knapp zwei Monate." Na ja, Zeit ist relativ.

„Keine Sitzheizung?"

„Jetzt steig endlich ein, verdammt!"

Mit Todesverachtung im Blick schiebt sich Luc auf seinen Platz und faltet seine langen Beine zusammen. Ich setze mich gelassen neben ihn, stecke den Schlüssel ins Schloss und versuche zu starten – ein zweites, ein drittes Mal –, bis es mir beim vierten Anlauf endlich gelingt. Mit seinem üblichen Hüpfer springt das Auto an und ich fädele in den Straßenverkehr ein.

„Ein vertrauenerweckender Wagen."

Ich nehme seine Kommentare mit Gelassenheit. Mein Auto muss man erst kennenlernen, bevor man es lieben kann. „Er ist fünfzehn, also mitten in der Pubertät. Er darf noch ein bisschen herumspinnen."

„Fährst du ihn freiwillig oder zwingt dich jemand?"

„Er ist ein Geschenk meiner Eltern ... Moment." Rasch nehme ich beide Hände vom Lenkrad, um den schwergängigen Schalthebel in den vierten Gang zu drücken. „Anlässlich meines Studienabschlusses. Sie haben nicht viel Geld, deshalb gab es einen Gebrauchten und ich trenne mich erst von ihm, wenn er auseinanderfällt."

„Ihr steht euch sehr nahe, du und deine Eltern."

„Ja, das tun wir."

Obwohl ich den Blick auf die Straße gerichtet halte, weiß ich, dass Luc mich beobachtet. Ein verunsicherndes Gefühl ist das, als würde er etwas Bestimmtes erwarten, und ich habe keine Ahnung, ob ich mehr erzählen soll. Mehr von meiner Familie, mehr von mir. Aber dann besinne ich mich. Er hat letztes Mal sehr deutlich gemacht, dass er diese Art Beziehung nicht will, und ich habe keine Lust, jemandem von meinen liebsten Menschen zu berichten, der kein Interesse daran hat. Also halte ich den Mund, fahre schweigend nach Hause und steige mit Luc das enge Treppenhaus hoch bis in den vierten Stock zu meiner Wohnung.

Einen Moment zögere ich, bevor ich die Tür aufschließe. Mache ich einen Fehler? Aber bevor ich weiter nachdenken kann, nimmt mir Luc die Schlüssel aus der Hand, schließt auf, schiebt mich in den Flur und wirft die Tür wieder zu. Im nächsten Moment zieht er mich schon in seine Arme, hebt mich hoch und küsst mich so heftig, dass mir die Luft wegbleibt.

„Gott, habe ich das vermisst", sagt er, als sich unsere Lippen für einen Moment trennen. „Ich wäre so sehr viel lieber mit dir im Archiv verschwunden, als mit Estelle zu Mittag zu essen."

„Wenn du deinen Terminplan sorgfältiger führen würdest, wäre so etwas nicht passiert", erkläre ich, immer wieder unterbrochen von Küssen.

Luc sieht mich mit übermütig funkelnden Augen an. „Dir ist hoffentlich klar, dass niemand Besserwisser leiden kann?"

Dann stellt er mich wieder auf den Boden und sieht sich in meinem Flur um, der so klein ist, dass ich das Gefühl habe, er könnte ihn sprengen, wenn er einmal tief einatmet.

„Wo ist die Küche?", fragt Luc. „Ich habe Hunger und will uns etwas kochen."

Ich weiß nicht, was mich mehr verblüfft – dass er nicht gleich Sex möchte oder dass er kochen kann. Aber da die Portionen heute Mittag ebenso winzig wie teuer waren und ich schon einen Orgasmus hatte, bin ich zufrieden mit seiner Prioritätensetzung und weise ihm nicht den Weg ins Schlafzimmer, sondern in meine kleine Küche.

Ein wenig peinlich ist es, als Luc den Inhalt meines Kühlschranks hervorholt: einen Teller mit Cherrytomaten, eingeschweißte Käsescheiben und eine Packung Garnelen.

„Echt jetzt, Jeanne? Mehr hast du nicht da? Von was ernährst du dich? Und Tomaten lagert man bei Zimmertemperatur."

„Oh! Hörst du das?" Ich halte die Hand an mein Ohr, als würde ich auf etwas lauschen.

Verdutzt sieht Luc mich an. „Was?"

„Die Sirenen. Anscheinend ist die Lebensmittelpolizei schon alarmiert."

„Die würde dich in Handschellen abführen. Meine Güte!" Energisch packt Luc mich an den Schultern und manövriert mich in eine Ecke. „Hast du Nudeln und wenn ja, wo lagerst du sie? Neben dem Putzzeug?"

Mit einem herablassenden Schnauben deute ich auf die Packung Spaghetti in meinem Hier-kommt-alles-andere-rein-Regal. Luc legt sie zu den gesammelten Zutaten und stellt sich an den Herd.

„Komm mir bloß nicht in die Quere, wenn ich koche."

Ich lehne mich gegen die Wand und beobachte ihn, wie er Tomaten schneidet, Garnelen anbrät und eine einsame Knoblauchzehe schält, die sich hinter dem Schneidbrett versteckt hatte. Ich gehe einfach mal davon aus, dass sie von mir ist und nicht von meinen Vormietern.

Der Geruch, der schon nach wenigen Minuten meine sonst so vernachlässigte Küche erfüllt, treibt mir das Wasser im Mund zusammen. Der alte Spruch stimmt also doch: Die Frau hat ihren Platz am Herd. Wo sie ihrem Liebsten dabei zusieht, wie er ein köstliches Mahl für sie bereitet.

Ja, für einen Moment lasse ich diesen Gedanken zu – dass Luc mein Liebster ist.

Nachdem das Essen in völlig entspannter Atmosphäre abgelaufen ist, fast wie zwischen zwei Freunden, wächst in mir die Anspannung. Luc und ich stehen gerade an der Schwelle zwischen animalischer

Anziehung und dem leisen Anklopfen der Routine. Diesen Übergang gut zu bewältigen, ist Noah und mir nicht so gut gelungen. Wir rutschten von einer Passt-schon-irgendwie-Leidenschaft direkt in gepflegte Langeweile.

Während Luc duscht, räume ich die Küche auf und gehe selbst ins Bad, nachdem er sich ins Schlafzimmer zurückgezogen hat. Er ist schon angenehm bettwarm, als ich mich glücklich zu ihm lege. Luc ist wie ein großes Weihnachtsgeschenk und ich kann nicht aufhören, mich daran zu erfreuen und damit zu spielen.

Ich drücke meine etwas kühlen Füße an seine Waden, worauf ihm ein leiser Schreckenslaut entfährt.

„Was ist los?", frage ich und lege den Kopf an seine Brust.

„Gar nichts", erwidert er, streicht mir über die Haare und drückt einen Kuss auf meinen Scheitel. „Ich frage mich nur, wie ein Mensch so eisige Zehen und trotzdem einen Herzschlag haben kann."

Wir schweigen ein paar Sekunden, bevor ich die entspannte Atmosphäre nutze, um ein Thema anzuschneiden, das mich wahnsinnig interessiert, auch wenn es seine No-Intimacy-Politik verletzt.

„Ihr habt noch ein recht gutes Verhältnis, du und Estelle."

Luc gibt ein tiefes Brummen von sich. Was soll das bedeuten? Ja, nein, halt den Mund?

„Seht ihr euch noch oft?"

„Unregelmäßig. Sie kommt vorbei, wenn sie etwas von mir will."

„Wie zum Beispiel?"

Seine Finger klopfen einen unregelmäßigen Takt auf meinen Rücken. „Geld, um ihre Vernissage auf die Beine zu stellen."

Mit allem Möglichen habe ich gerechnet, damit nicht. „Du bezahlst dafür?"

„Einen Teil zumindest. Einen erheblichen Teil."

Eifersucht kriecht meinen Nacken empor. „Warum? Empfindest du noch etwas für sie?"

„Um Himmels willen!" Sein Ausruf kommt beruhigend rasch und entschieden. „Aber Estelle stand mir für eine kurze Zeit nahe. Sie ist eine Art Familie. Dieser anstrengende Teil, weißt du? Der, den man nur an Feiertagen sieht, und selbst da geht er einem auf die Nerven. Aber trotzdem ist er Familie. Ich habe nicht sehr viel davon."

Noch nie habe ich Luc so redselig und offen erlebt. Ich nutze die Gelegenheit, schmiege mich noch dichter an ihn und frage weiter. „Wo habt ihr euch kennengelernt, du und Estelle?"

„Du willst wirklich weiter über meine Exfrau reden?"

„Warum nicht?"

„Das Thema wirkt auf mich ernüchternder als eine eiskalte Dusche. Wenn du verstehst, was ich damit sagen will."

„Nicht so schlimm", erwidere ich leichthin. „Der Reiz des Neuen ist ja ohnehin vorbei zwischen uns."

„Du kleine Kröte!" Lachend zieht er mich noch dichter an sich, fesselt mich in seinen Armen. „Wie wir uns getroffen haben, willst du wissen?"

Ich nicke.

„Es ist gut sechs Jahre her und war bei einer Ausstellung."

„Von Estelles Fotos?“

„Irgendwelche Skulpturen. Keine Ahnung, von wem, Suzanne hatte mich mitgeschleppt. Sie hegte wohl eine Zeit lang die Hoffnung, mich kultivieren zu können. Wie auch immer, Estelle kellnerte bei dieser Veranstaltung. Ich langweilte mich wohl recht offensichtlich und sie fragte, ob sie etwas tun könne, um mich aufzuheitern. Ich sagte, wenn sie das ernst meine, dann solle sie ihr Tablett abstellen und mit mir woandershin gehen.“

Das klingt herrlich romantisch. Noah und ich lernten uns bei einem Spendenlauf der Uni kennen. Wir waren verschwitzt und rochen streng.

„Was hat sie geantwortet?“

„Dass ich wohl verrückt sei und sie den Job brauche, um ihr Studium zu finanzieren. Und dann noch irgendetwas mit ‚ignoranter Schnösel‘.“

„Autsch!“

Er grinst nur. „Sie steckte mir trotzdem ihre Telefonnummer zu. Wir trafen uns ein paar Mal, haben geheiratet und uns wieder getrennt. So viel zu Luc und Estelle.“

Ich stütze mich mit den Unterarmen auf seinem Brustkorb ab und sehe ihn missbilligend an. „Das ist die schlechteste Liebesgeschichte aller Zeiten.“

„Sieht Estelle bestimmt genauso.“

Ich ignoriere seinen Einwurf. „Ihr habt euch also ein paar Mal getroffen. Wann wurde es ernst zwischen euch?“

„Ernst?“ Lucs Augen blitzen, als er seine Hände auf meinen Hintern legt und ihn massiert. „So ernst wie das hier?“

„Lenk nicht ab.“

„Himmel, bist du hartnäckig!“ Er seufzt resigniert. „Nach ein paar Treffen lud sie mich zu einer Party in ihre WG ein. Lauter Kunststudenten, die mich misstrauisch beobachteten, weil ich Anwalt war und mit Estelle ging. Sie wären wahrscheinlich entspannter gewesen, wenn sie gewusst hätten, dass wir zu dem Zeitpunkt noch nicht miteinander geschlafen hatten. Wie auch immer, irgendwann wurden mir das hohle Gerede und der Billigwein zu öde und ich wollte einfach nur weg. Estelle fing mich an der Tür ab und fragte, warum ich gehen wolle.“

„Ja?“, hake ich nach, weil er nicht weiterspricht.

Mit dem Zeigefinger fährt Luc über meinen Lippenbogen. „Ich befürchte, deine Neugier wird mich jeden Augenblick verschlingen.“

„Dann stille besser ihren Appetit“, sage ich und schnappe neckisch nach seinem Finger.

„Ich sagte Estelle, dass ich nicht länger meine Zeit vertrödeln wolle. Sie solle jetzt mit mir kommen oder wir sollten es bleiben lassen. Sie kam mit. Drei Wochen später haben wir geheiratet. Zweiundzwanzig Monate später waren wir wieder geschieden. Bist du jetzt zufrieden?“

„Einigermaßen. Hast du sehr gelitten?“

Luc lacht. „Es hat meinen Stolz verletzt, das war alles. Estelle habe ich keine Träne hinterhergeweint. Liebe und Bronnard sind wie Öl und Wasser. Sie verbinden sich nicht. Und jetzt mach die Augen zu. Meine Selbstentblößung ist hiermit beendet.“

Tatsächlich schläft er bald darauf tief und fest, wobei er mich immer noch fest in seinen Armen hält, und lässt mich mit all den Fragen allein, die noch durch meinen Kopf schwirren. Warum er gerade sie geheiratet hat, zum Beispiel. Wollte er so sehr eine Familie? Und kann er wirklich nicht lieben?

# § 10 (5) Luc

In mein Erwachen, mitten in der Nacht, mischen sich seltsame Geräusche. Wie ein dumpfes Klagen hört es sich an. Ich kann mich in der Dunkelheit des Zimmers nur schlecht orientieren, die Schwärze schluckt jede Form und jede Kante. Sogar die Luft scheint weniger zu werden.

Ich taste mich in einen Raum vor, in dem ein Lichtstrahl wie ein Scheinwerfer auf *dieses* Sofa fällt. Es ist leer, niemand liegt darauf, niemand steht daneben, aber im gebündelten Licht glänzen die roten Tropfen auf dem Boden wie Feuer.

„Jeanne?" Ich weiß, dass ich ihren Namen rufe, doch ich höre mich nicht. „Jeanne?" Und ein drittes Mal: „Jeanne!"

Da ist nur Stille und ich weiß, dass sie weg ist. Von der Finsternis verschlungen.

***

In mein Erwachen mischen sich seltsame Geräusche. Ich schrecke hoch. Es ist wie in meinem Traum!

Nach einer kurzen Phase der Orientierung erkenne ich, dass Jeanne im Schlaf spricht, wenn auch nichts Verständliches, was schade ist. Sie schläft tief und fest, nur ihre Lippen öffnen sich ein wenig und geben diese verwaschenen Wortfetzen frei. Sie lächelt dabei, also scheint ihr Traum ein guter zu sein. Im Gegensatz zu meinem.

Ich schließe die Augen und sofort sind da wieder diese roten Tropfen. Es nützt nichts, sich gegen die Gedanken zu wehren. Das weiß ich mittlerweile. Aber ich versuche es dennoch immer wieder.

Um mich abzulenken, wende ich mich Jeanne zu und rüttele sie an der Schulter. Dann ein zweites Mal, als sie nicht reagiert.

„Was ...?" Ihre Augen öffnen sich, bevor sich ihr Blick fokussiert und sie die Situation begreift. „Weshalb weckst du mich?"

„Weil ich wollte, dass du wach bist."

„Mission erfüllt, Ethan Hunt. Und weshalb gönnst du mir meinen Schlaf nicht?"

Weil ich schlecht geträumt habe, wäre keine gute Erklärung. Sie würde bloß die fürsorgliche Seite in ihr auf den Plan rufen. Jeanne würde mich in die Arme nehmen, über meine Haare streichen und mein Gesicht an ihre Brüste drücken.

Hm. So übel klingt dieses Szenario vielleicht doch nicht.

„Ich habe schlecht geträumt."

„Nicht dein Ernst! Wie stellst du dir das vor, Luc? Weckst du mich jetzt immer, wenn du schlimme Träume hattest? Muss ich pusten, wenn du dir das Knie stößt?"

Sie meckert. Das kann Jeanne gut – und sieht unfassbar süß dabei aus. Sie zieht die Augenbrauen zusammen, schürzt die Lippen und es würde mich nicht

überraschen, bänden sich ihre Haare wie von Geister-
hand zu einem Dutt.

„Soll ich ein Medizinstudium absolvieren, um dich zu
operieren, wenn du dir einen Splitter in den Finger –"

Ohne auf ihre Tirade zu achten, ziehe ich sie in meine
Arme und küsse sie. *Sei still, Jeanne Monnet*, denke ich.

Ihre Hände fassen in meine Haare und sie erwidert
meinen Kuss so innig und leidenschaftlich, dass ich
hart werde. Diese Frau ist das reinste Aphrodisiakum.
So möchte ich sterben – mein Schwanz in ihr, meine
Hände auf ihren Titten und ein seliges Lächeln auf meinem Gesicht.

„Das macht mir Angst, weißt du?", sagt sie, als wir uns
wieder voneinander lösen. „Dass ich nichts gegen dich
tun kann. Du küsst mich und ich bin sofort ..."

Keine Ahnung, ob ihr das wirklich Angst macht, mich
jedenfalls macht es in diesem Moment unheimlich geil.
Ich drehe sie zur Seite, um mich hinter sie zu legen. Mit
ein paar Küssen und einem zarten Spiel meiner Zungenspitze an ihrer empfindlichen Halsbeuge wird
Jeanne nass und weich für mich, während ich mir ein
Kondom überstreife. Der Hersteller dieser Dinger sollte
uns ein Dankschreiben schicken, er macht durch
Jeanne und mich zurzeit einen Megaumsatz.

Ich ziehe ihr Bein nach vorne, um so tief wie möglich
in sie eindringen zu können. Die Schnelligkeit, mit der
Jeanne kommt, lässt mich erahnen, wovon sie geträumt hat.

Ich stoße sie weiter, bis unsere Körper vor Schweiß
glänzen und jeder Nerv in mir vibriert. Jeanne streckt
sich in meinen Armen, als ich ihre Perle reibe, stöhnt so

sinnlich, dass ich mich nicht mehr beherrschen kann und mich in ihr ergieße.

„War es so auch mit Estelle?", flüstert sie, kaum dass sich ihr Atem wieder beruhigt hat.

Bei Weitem nicht. Das mit Jeanne ist mit nichts zu vergleichen, das ich bisher erlebt habe.

Ich antworte nicht, ziehe nur ihren Kopf an meine Brust und halte sie fest. Bald ist sie eingeschlafen und ihre feinen Haare kitzeln mein Kinn. Ich weiß, dass meine Träume heute Nacht bessere sein werden.

# § 11 – Auftreten von Divergenzen

## § 11 (1) Jeanne

Seit meinem Umzug sind inzwischen vier Monate vergangen. Der Sommer ist nach Paris gekommen und ich genieße es, abends über die Boulevards zu schlendern, mich in den schmalen Gassen des alten Marais-Viertels zu verlieren und auf ein Croque Monsieur und einen Aperol Spritz unter den grünen Schirmen der Straßencafés Platz zu nehmen. Jetzt zeigt sich auch mir der Zauber dieser Stadt, wo die rosa Wolken der Kirschbaumblüten sich gegen den azurblauen Himmel abzeichnen und die weißen Kieselwege der Parks im Sonnenschein strahlen.

Die Wochen vergehen in einem wirbelnden Rausch aus langen Arbeitstagen und leidenschaftlichen Begegnungen mit Luc, unter die sich auch einige herrlich entspannte Abende auf der Couch mischen, die wir in Wohlfühlklamotten, mit Lieferpizza und Streamingserien verbringen. Tatsächlich könnte ich mir kein besseres Leben vorstellen.

So erfüllt bin ich von all dem, das mir momentan widerfährt, dass ich erst am Freitagabend, als ich meinen Computer in der Kanzlei herunterfahre, bemerke, dass ich am nächsten Tag Geburtstag habe. Was soll's.

Vielleicht lade ich Luc abends zum Essen ein und lasse ihn raten, warum. Oder besser noch: Ich lasse ihn etwas kochen. Es war eine anstrengende Woche und eigentlich möchte ich den ganzen Tag im Bett oder auf der Couch verbringen. So weit der kurzfristig erarbeitete Plan.

Die Realität findet mich morgens um sieben, als Luc mir die Bettdecke vom Körper zieht.

„Was?", schreie ich ihn an.

„Aufstehen." Er klingt bemerkenswert gelassen, ist wie immer tadellos angezogen und deutet auf seine Uhr. „Mandantentermin. Wir müssen bald los."

„Mandanten…? Was soll das? Bist du wahnsinnig geworden? Es ist Samstag!"

Er packt mich am Knöchel und versucht, mich aus dem Bett zu ziehen. Als ich zutrete, treffe seinen Oberkörper, woraufhin er mich fluchend loslässt.

„Ein neuer Fall, Jeanne. Erbschaft, Testament, Scheidung. Das Komplettpaket. Schwerreiche Leute, große Rechnung, üble Absichten. Du weißt, dass mich so etwas glücklich macht, und ich will, dass du mein Glück teilst. Also steh schon auf."

Ich greife nach der Bettdecke, ziehe sie mir bis unters Kinn. „Ich habe heute Geburtstag."

Er wirkt unbeeindruckt. „Ach wirklich? Hast du etwas Besonderes vor?"

„Ja. Gar nichts."

Erneut fliegt die Decke zur Seite. Schnell packt Luc mich um die Taille und wirft mich wie einen Mehlsack über seine Schulter. Weder meine Protestschreie noch meine trommelnden Fäuste auf seinem Rücken hindern ihn daran, mich ins Bad zu tragen und unter die

Dusche zu schieben. Mit einer Hand drückt er mich gegen die Fliesen, mit der anderen dreht er das Wasser auf, das im ersten Moment eiskalt auf mich herunterprasselt. Dann schließt er die Kabinentür und, um meine Niederlage komplett zu machen, lehnt sich von außen dagegen.

„Ich hasse dich, du Höhlenmensch“, schreie ich, bevor ich mich für den Moment geschlagen gebe, meine durchnässte Unterwäsche ausziehe und über den Kabinenrand nach draußen werfe. Leider gelingt es mir nicht, seinen Kopf zu treffen.

„Du hast also Geburtstag?“

„Ja!“

„Herzlichen Glückwunsch. Wie alt wirst du denn?“

„Du bist ein Monster!“

„So alt schon?“

„Siebenundzwanzig.“

„So alt schon?“

Sein Lachen macht mich nur noch wütender.

***

Ich spreche kein Wort mehr mit ihm, während wir in seinem Geländewagen unterwegs sind – seit mittlerweile fast einer Stunde. Allen Gratulanten, die mich anrufen, erzähle ich natürlich von meinem unmenschlichen Boss, der mich an meinem Festtag in die Wildnis entführt. Claude lacht nur lauthals und sagt: „Irgendwann will ich diesen Typen mal kennenlernen.“

„Du kannst ihn gerne haben“, spucke ich Feuer ins Telefon. „Er ist gebraucht und günstig abzugeben.“

Meine Mutter macht sich Sorgen, sodass ich meine handfesten Äußerungen wieder etwas relativiere, indem ich ihr sage, dass wir uns immer noch auf einer Nationalstraße befinden und nicht irgendwo in der Pampa.

Nach einer weiteren halben Stunde passieren wir das Ortsschild „Dreux“. Luc fährt langsamer, biegt in einen Waldweg ein und hält schließlich an einer Holzhütte. Na ja, Hütte ist untertrieben. Es ist eher ein Chalet mit zwei Stockwerken und Panoramafenstern im Erdgeschoß. Davor befindet sich eine robust gezimmerte Terrasse, die bis an den kleinen Fluss reicht, der die sattgrüne Wiese durchschneidet, die von Eschen und Birken begrenzt wird. Und während die Luft geschwängert ist vom Geruch sonnentrockener Erde und frisch gemähten Grases, ist kein Laut zu hören. Nur das Zirpen der Grillen und die Morgengesänge der Vögel unterbrechen die Stille gelegentlich. Es ist leider so schön hier, dass mein Zorn auf Luc es schwer hat, sich durchzusetzen. Er schafft es dennoch.

Energisch laufe ich auf das Chalet zu und bleibe vor der Tür stehen. Durch das Fenster kann ich in das geschmackvoll eingerichtete Wohnzimmer sehen, das seltsamerweise völlig unbewohnt aussieht. Noch mehr verwundert mich, dass Luc die Zahlenkombination kennt, die man beim Türschloss eingeben muss.

Mit großen Schritten betrete ich die Hütte. Eine hellbraune Ledercouch lädt zum Faulenzen ein, die Küchenzeile wirkt mit der Essecke und den Teelichtern auf dem Tisch unglaublich gemütlich. Und für die schmiedeeiserne Wendeltreppe ins Obergeschoß würde ich töten. Trotzdem bin ich sauer.

„Was soll das? Wir machen die lange Fahrt hierher –
an einem Samstag, der auch noch mein Geburtstag ist
– und deine Mandanten sind nicht da?"

Luc legt von hinten seine Arme um mich. „Ach,
Jeanne, wie bist du nur durchs Jurastudium gekommen? Du bist so dumm."

Gerade noch rechtzeitig, bevor ich beleidigt reagiere
und mich endgültig zur Idiotin mache, verstehe ich.
„Oh."

Er dreht mich zu sich herum und hält meine Hände
auf dem Rücken fest, als wollte er mich verhaften. „Ich
dachte, eine kleine Auszeit an deinem Geburtstag
würde dir guttun."

„Du hast das alles geplant, ja?"

„Ich wollte dir eine Freude machen, aber wenn es um
mich geht, erwartest du ja immer erst einmal das
Schlechteste."

Es wäre sinnlos zu widersprechen. „Du hast recht. Das
tue ich."

Das Funkeln verschwindet aus seinen Augen. „Ich
wollte, es wäre anders."

Ich könnte daran arbeiten. Allerdings würde das bedeuten, ihm zu vertrauen. Und keine Angst mehr zu haben, dass er mich verletzen wird – was mir schwerfällt,
weil er es so gut kann.

Luc löst seine Umarmung. „Mach es dir bequem, Ge-
burtstagskind. Im Kühlschrank ist Kuchen. Warum
schneidest du ihn nicht an und setzt Kaffee auf, während ich unsere Sachen aus dem Auto hole?"

„Welche Sachen?", rufe ich ihm hinterher. „Ich habe
nichts mitgenommen!"

Aber als er mit einem Koffer zurückkommt, wird mir klar, wie perfekt er das hier durchorganisiert hat und wie gut er mich kennt. Angefangen bei meinem Lieblingskuchen – Tarte au citron – bis hin zu Freizeitklamotten und meiner Hautcreme, hat er an alles gedacht. Das hier ist eine Riesenüberraschung, auf sehr vielen Ebenen.

Eine Tasse Kaffee und zwei befriedigende Stück Kuchen später sitze ich neben Luc auf der sonnengetränkten Terrasse und wir halten die Füße in den glasklaren, kühlen Fluss. In diesem Moment gibt es nur uns, das Wasser und den Himmel. Ich schiebe meinen Arm unter Lucs und lehne mich gegen ihn.

„Gefällt es dir hier?"

Statt einer Antwort drücke ich einen Kuss auf seine Schulter.

„Ich bin oft hier. Wenn ich Kraft schöpfen muss, mir alles zu viel wird. Hast du auch so einen Ort?"

„Bisher noch nicht. Jetzt schon."

In diesem Moment bin ich so glücklich, dass ich heulen könnte. Den Platz kennenzulernen, an dem Luc sich traut, schwach zu sein, ist noch so eine Überraschung, auf die ich nicht gefasst war.

Später, nach einem großartigen Abendessen, steige ich die Wendeltreppe nach oben ins Schlafzimmer und lege ich mich ins Bett, so nervös wie ein Teenager vor dem ersten Date. Als Luc auf mich zukommt – nackt, bis auf diese graue Jogginghose, in der nur ein Mann wie er heiß aussehen kann –, spüre ich meinen Herzschlag bis in den Hals.

Mit einem linkischen Lächeln zieht er ein Päckchen hinter seinem Rücken hervor und reicht es mir. „Kein Geburtstag ohne Geschenk."

„Du hast mir doch schon diesen Tag geschenkt."

Was kommt denn jetzt noch? Seine Aufmerksamkeit freut und irritiert mich gleichermaßen.

„Willst du darüber diskutieren, wie viele Präsente ich dir machen darf?"

Ich setze mich auf und nehme ihm das Päckchen aus der Hand. „Ausnahmsweise nicht."

Als ich das Logo auf dem edlen schwarzen Karton sehe, spüre ich Enttäuschung. Die Firma verkauft teure Nachtwäsche. Noah hatte mir solche Dessous geschenkt. Eigentlich hatte er sich selbst damit eine Freude gemacht, denn im Gegensatz zu ihm konnte ich diesen Tangas und Halbschalen-BHs nicht das Geringste abgewinnen. Nicht nur, dass sie unbequem waren, ich kam mir auch noch vor wie ein Pferd, das für eine Parade geschmückt worden war.

Aber gut, Luc hat keine Ahnung, wie wenig ich von diesen Strippen-Schlüpfern halte, also öffne ich das Geschenk mit einem strahlenden Lächeln.

Das erstirbt schnell, als ich den Inhalt sehe. Geringelte Plüschsocken, so groß und unförmig, als wären die Füße schon drin, liegen auf dunklem Seidenpapier. Mit spitzen Fingern hebe ich sie hoch. „Was ist das?"

„Das sind ... Man nennt sie Bettsocken." Lucs Stimme klingt zauberhaft unsicher. „Sie sind gefüllt mit ... mit irgendwas. Keine Ahnung. Irgendwelche Kerne. Man kann sie in der Mikrowelle erhitzen und dann überziehen. Du hast doch immer so kalte Füße im Bett und ich dachte mir, dass das unangenehm sein muss. Also, mir ist es nicht unangenehm, du kannst sie jederzeit bei mir wärmen. Aber wenn du allein schläfst, dann ...“

Sein hastiger Redefluss stockt und ihm steht die Angst, sie könnten mir nicht gefallen, förmlich ins Gesicht geschrieben. Tatsächlich jedoch ist es heute schon das zweite Mal, dass seine Umsicht mich sprachlos macht.

„Okay, gut, ich sehe es ein. Das war eine dumme Idee. Ich gebe sie zurück und wir kaufen etwas, das dir gefällt.“

„Auf keinen Fall gibst du sie zurück. Auf gar keinen Fall! Das hier ist das aller-, aller–“

„Wenn du jetzt sagst, ein Paar Socken sei das schönste Geschenk, das du je bekommen hast, dann muss ich ein ernstes Wörtchen mit deinen Eltern reden.“

Ich falle ihm um den Hals. Etwas anderes ist in dieser Situation gar nicht möglich.

Luc legt seine Arme um mich und lacht. „Hätte ich gewusst, dass du so leicht glücklich zu machen bist, hätte ich dir schon längst ein paar Kniestrümpfe gekauft. Oder Gamaschen.“

„Sei einfach still, du Idiot.“

„Okay.“

In dieser Nacht schlafen wir nicht miteinander, aber ich habe mich ihm noch nie so nahe gefühlt wie am nächsten Morgen. Ich glaube, dass ich bei der Achterbahnfahrt, die meine Zeit mit Luc darstellt, den höchsten Punkt erreicht habe – den, wo die Aussicht am schönsten ist.

# § 11 (2) Luc

Alles in mir sträubt sich dagegen, am nächsten Morgen in den Wagen zu steigen, um zurückzufahren. Am liebsten würde ich für immer mit Jeanne in Dreux bleiben. Nur sie, ich und die Socken. Keine Ahnung, ob ihre Freude darüber tatsächlich echt war, auf jeden Fall hat sie sie ganze Nacht lang anbehalten. Verstehe einer die Frauen. Estelle hätte über so ein Geschenk nur die Augen verdreht. Aber Jeanne ist nicht Estelle. Gott sei Dank.

Den Rückweg verbringen wir in sehr viel besserer Stimmung als die Hinfahrt. Jeanne lächelt auf eine leise, innige Art, während ich mich entspannt und leicht wie schon lange nicht mehr fühle. Wie noch nie, eigentlich. Etwas ist zwischen uns geschehen. Ich weiß nicht, was, doch es fühlt sich gut an.

***

Leider holt einen der Alltagsstress sehr viel schneller wieder ein, als es die Erholung jemals könnte, und so sitzen wir nur drei Tage später wieder zusammen im Auto – diesmal allerdings tatsächlich auf dem Weg zu Mandanten. Monsieur Martin hat angerufen und mich zu sich beordert. Es klang sehr wichtig, aber worum es genau geht, wollte er mir am Telefon nicht verraten.

Damit mir der Termin wenigstens ein wenig Freude bereitet, habe ich Jeanne dazu verdonnert, mich zu begleiten. Was ihr nicht gefällt. Ihre Meinung über die Martins hat sie mir ja bei unserer Besprechung des Falles deutlich gemacht.

Kaum dass wir losgefahren sind, fängt sie auch schon an zu meckern. „Warum müssen wir dorthin fahren? Warum kommen sie nicht zu uns in die Kanzlei?"

„Weil die Martins alte Leute sind. Und weil wir gutes Geld an ihnen verdienen werden", antworte ich geduldig.

Jeanne schweigt. Sie hat viele verschiedene Arten zu schweigen, das weiß ich mittlerweile. Dieses hier ist die Variante „Die Diskussion ist noch nicht zu Ende. Ich muss mich nur sortieren". Sie hält dabei den Kopf ein wenig schief und ihre Lippen bewegen sich leicht, als formuliere sie ihre Gedanken vor.

„Und warum muss ich mitkommen?", fragt sie schließlich und versetzt mich damit in die Lage, ihr einen vorwurfsvollen Blick zuzuwerfen.

„Du arbeitest an dem Fall, schon vergessen?"

„Ich habe nur einen Vermerk –"

„Außerdem fahre ich gerne mit dir im Auto."

Schon fällt ihre Renitenz in sich zusammen und sie lacht ein rosafarbenes Lachen. „Wirklich? Wieso?"

„Du bist eine kompetente Beifahrerin. Und du riechst gut."

„Ach was!"

„Doch." Ich beuge mich zu ihr herüber, schnuppere an ihren Haaren. „Was ist das? Banane?"

„Eigentlich Mango, aber es ist so ein Billigshampoo. Die Hersteller denken sich wahrscheinlich: ‚Hauptsache, exotische gelbe Frucht.' Wobei Mangos bei uns ja meistens grün auf den Markt kommen –"

„Jeanne."

„Ja?"

„Es war ein Kompliment. Kannst du es bitte annehmen, ohne die Beschaffenheit importierter Tropenfrüchte weitergehend darzulegen?"

„Na gut. Also, danke."

„Bitte. Gern geschehen."

Den Rest der Fahrt zu den Martins legen wir schweigend zurück, die ganze Zeit aber gluckst eine alberne Heiterkeit in meinem Bauch. Es macht Spaß, mit Jeanne zusammen zu sein, auch außerhalb des Bettes.

Als wir nur wenig später die Villa der Martins erreichen, wird diese von der Abendsonne in rotes Licht getaucht und Jeanne scheint gehörig beeindruckt. Die provinzielle Herkunft, die ich bei ihr vermute, zeigt sich in einem solchen Moment, wo sie mit offenem Mund vor der prunkvollen Fassade steht.

„Gefällt es dir?"

„Nein", erwidert sie zu meiner Überraschung. „Es zeigt nur, dass man auch mit viel Geld keinen guten Geschmack kaufen kann."

Das passt gar nicht zu dem Bild, das ich von ihr habe. Ist meine Menschenkenntnis tatsächlich so schlecht?

„Wo kommst du eigentlich her, Jeanne?", frage ich. „Wie bist du aufgewachsen?"

„Das ist ziemlich intim. Wollten wir darauf nicht verzichten?"

„Sag schon."

„Nur, wenn du mir verrätst, woher du kommst."

Es ist ein komisches Gefühl, als würde der Name meiner Geburtsstadt ihr alles verraten. Über mich und meine Eltern – und über diesen Tag, der meine Kindheit beendete.

„Garron“, sage ich zögerlich, aber Jeannes ruhiger Gesichtsausdruck zeigt mir, dass sie mit dem Namen nichts verbindet.

„Und ich komme aus Farouse. Das ist ein winziger Ort in Südfrankreich, den niemand kennt, der dort nicht lebt. Meine Mutter arbeitet in einem Café, mein Vater ist Automechaniker in einer Renault-Werkstatt. Ich bin die Erste in der Familie, die studiert hat. Zufrieden?“

Natürlich bin ich zufrieden, schließlich hatte ich recht – Jeanne Monnet ist eine Landpomeranze. Mit einer großen Klappe und einem unwiderstehlichen Körper.

Breit grinsend klingele ich an der Tür. Die Dame des Hauses empfängt uns überschwänglich und stößt immer wieder ein „Ach, wie schön“ aus, während sie uns in das Zimmer führt, in dem wir auch unsere erste Besprechung hatten. Ihr Mann wartet dort schon bei Tee und Keksen auf uns.

„Was ist denn so schön, Louise?“, fragt er seufzend.

Die alte Dame setzt sich und strahlt Jeanne und mich an. „Sie sind ein hübsches Paar! So ein großer, kräftiger Mann und so eine entzückende junge Frau!“

„Wir sind kein Paar“, wirft Jeanne rasch ein. „Wir sind Kollegen.“

Ich nicke unwillig. Sie hat zwar recht, aber ich fände es besser, wenn ich es gesagt hätte.

„Also, weshalb sind wir heute hier?“, reiße ich das Ruder wieder an mich.

„Es geht um unsere Testamente. Welche Änderungen müssen wir vornehmen, jetzt, wo Martin junior tot ist und wir einen neuen –“

„Moment", unterbreche ich. Meiner Unhöflichkeit bin ich mir dabei sehr wohl bewusst. „Ihr Hund ist tot?"

Keine Ahnung, warum mich das so betroffen macht. Bei dem Vierbeiner war es eher ein Wunder, dass er überhaupt noch gezuckt hat.

„Wir mussten ihn vor zwei Tagen einschläfern lassen", erklärt Monsieur Martin.

Was sagt man in so einem Fall? Ich versuche es mit „Mein Beileid".

„Es war kein Verlust. Er hat in den letzten Wochen nur noch Probleme gemacht."

„Er hat sich auf einem der Louis-Seize-Stühle erleichtert", wirft Madame Martin ein und es klingt, als wäre es aus reiner Böswilligkeit geschehen.

„Genau. Und den Gestank bekommt man ja nicht mehr raus. Wir mussten den Stuhl zum Polsterer bringen."

Und den Hund zum Einschläfern. Diese Leute sind unglaublich.

Ich spüre Jeannes Hand an meiner. Sie zwickt mich, auch wenn ich nicht weiß, wieso, denn ich bin mir sicher, nicht zu träumen.

„Und jetzt haben Sie einen neuen Hund?", frage ich, in dem Versuch, professionell aufzutreten.

„Genau. Wir würden ihn gerne vorführen, aber er schläft gerade."

„Er ist noch so winzig!" Madame Martin zeigt mit ihren Händen eine Spanne von ungefähr fünf Zentimetern an, was mir ein wenig untertrieben vorkommt.

„Vorsicht." Jeannes Stimme klingt eiskalt. „Junge Hunde haben keine Kontrolle über ihre Blase. Nicht, dass sie ihn auch einschläfern lassen müssen."

„Aber doch nicht unseren kleinen Liebling!“

„Junge Hunde kann man erziehen. Alte Hunde nicht mehr.“ Im Gegensatz zu seiner Frau scheint Monsieur Martin Jeannes unausgesprochenen Vorwurf verstanden zu haben.

„Natürlich“, sagt Jeanne, „aber die kann man dann ja –“

„Und was ist nun ihr Anliegen?“, schneide ich ihr rasch und laut das Wort ab, bevor sie unsere Mandanten vergraulen kann.

Monsieur Martins Blick ruht noch für einige Sekunden auf Jeannes Gesicht – so angeekelt, als würde er eine Schabe betrachten. Was für ein widerlicher Dreckskerl!

„Im Testament steht – wie gesagt – Martin junior als erbberechtigt. Müssen wir eine Änderung vornehmen, nun, da er tot ist und unser neuer Hund an seine Stelle treten soll?“

Ich blicke die beiden Alten an und bin nicht ganz sicher, ob ich hier gerade auf den Arm genommen werde. Dem Ernst in ihren Gesichtern nach zu schließen, anscheinend nicht.

„Wie ... wie heißt Ihr Hund denn?“

„Martin junior.“

Trotz der angespannten Situation kann ich mir nur schwer ein verblüfftes Lachen verkneifen. „Dann sehe ich da kein Problem. Wir können das Testament genau so lassen, wie es ist.“

„Ach, wie wunderbar!“, jubiliert Madame Martin und reicht mir einen kleinen Silberteller mit Keksen. „Etwas Süßes?“

Weder Jeanne noch ich kriegen einen Bissen herunter. Sie nippt nicht einmal mehr an ihrem Tee und schweigt stoisch.

Auch nahezu die ganze Fahrt zurück bleibt sie stumm. Es ist ein mir bis dato unbekanntes Schweigen, aber es lässt mich an eine scharfe Handgranate denken. Die schließlich explodiert.

„Was sind denn das für Menschen? Und wieso tust du nichts?"

Ich atme tief ein. „Was soll ich denn tun, Jeanne? Der Hund ist tot. Da kann sogar ich nichts mehr ausrichten."

„Hör auf damit!" Sie schlägt mich auf den Oberarm. Nicht spielerisch – stinkwütend. „Ist dir alles so egal? Kein Wunder, dass ihr Sohn abgehauen ist, sobald er die Möglichkeit hatte. Seine Kindheit muss die Hölle gewesen sein."

„Das kannst du doch gar nicht wissen. Nicht nach einem halbstündigen Gespräch."

„Ach nein? Diese entzückenden alten Leute sind widerlich und manipulativ. Sie lassen dich abends zu ihnen herausfahren, um etwas zu besprechen, das man auch am Telefon hätte klären können. Sie lassen dich tanzen. Wie einen kleinen Bären. Und du reichst ihnen die Flöte, damit sie die Musik machen können, nur weil sie Geld haben."

Leider hat sie recht. Ich fühle mich genauso angewidert wie sie. Aber das werde ich ihr sicherlich nicht auf die Nase binden.

„Sie lassen ihren Hund einschläfern, der sie jahrelang treu begleitet hat, weil er auf einen ihrer hässlichen, unbequemen Stühle gepinkelt hat, und kaufen sich gleich einen neuen! Kannst du dir nicht vorstellen, wie sie als Eltern gewesen sein müssen? ‚Warum enttäuschst du uns immer wieder, Philippe? Wir hätten einen Chinesen adoptieren sollen. Der wäre bestimmt viel klüger und fleißiger als du.‘“

Ihre Imitation von Madame Martins brüchiger Kleinmädchenstimme ist nahezu perfekt.

„Und jetzt wollen sie ihrem Sohn das Einzige vorenthalten, mit dem sie ihm noch etwas Gutes tun könnten. Du musst da einschreiten.“

Sie hat angefangen zu weinen. Ein wütendes Schluchzen ist das und ich kann es nur verdammt schwer ertragen.

„Das ist nicht meine –“

„Nicht deine Aufgabe, ich weiß. Schließlich bist du ja ein geldgeiler Opportunist“, unterbricht sie mich zornig.

Bin ich das? Oder bin ich nur ein erfolgreicher Anwalt? Kann mir jemand den Unterschied erklären? Ich ziehe ein Taschentuch aus meiner Hosentasche und reiche es ihr. Sie ignoriert meine Geste und wischt sich stattdessen ihre Nase am Ärmel ab.

„Wir sind Dienstleister, Jeanne. Wir kriegen einen Auftrag und führen ihn aus. Nach bestem Wissen und Gewissen. Wenn du das nicht kannst, ist das nicht der richtige Job für dich.“

„Ach, leck mich doch, Bronnard!“ Sie stockt einen Moment, bevor sie erläutert: „Ich meine das jetzt beleidigend, nicht als Aufforderung …“

„Ist mir schon klar.“

Wieder schweigt sie, bis sie schließlich fragt, ob ich sie nach Hause fahren kann. Natürlich tue ich es.

Als sie aussteigt, werfe ich ihr ein dümmliches „Soll ich noch mitkommen?" hinterher.

„Nein, sollst du nicht."

Ihre Zurückweisung, mit erschöpfter Stimme hervorgebracht, ist überraschend schmerzhaft. Ich kann nur hoffen, dass sie mir die Maskerade mit dem Titel „spöttische Gelassenheit" abnimmt.

„Liebesentzug, Jeanne? Wirklich?"

Sie beugt sich zu meinem Fenster herunter, ihre Augen sind rot und verquollen. „Liebe? Wer redet denn bei uns beiden von Liebe? Ich will heute nicht mit dir schlafen. Komm damit klar."

„Kein Problem. Es gibt schließlich nicht nur dich."

O mein Gott, geht es noch präpubertärer?

Ich lasse den Motor aufheulen, Jeanne springt zurück und ich fahre los.

# § 11 (3) Jeanne

Keine Ahnung, warum ich angefangen habe zu heulen. Aber der Gedanke an die Kindheit, die dieser Junge dort verbracht haben muss, ist für mich kaum zu ertragen. Vielleicht, weil ich selbst so wunderbare Eltern habe. Nicht reich, nicht gebildet, aber die liebsten Menschen, die es gibt.

Nachdem meine Wut verraucht ist – und ich meine Schmuckkissen durch das Wohnzimmer geschmissen habe –, erkenne ich, dass mich vor allem Lucs Gleichgültigkeit verärgert. Er hätte sich empören und das Mandat hinschmeißen sollen. Er hätte Empathie zeigen sollen. Doch er ist und bleibt ein grober Klotz. Er ist und bleibt niemand, mit dem ich eine Zukunft aufbauen kann. Nach unserem Wochenende in Dreux habe ich für einen trügerischen Moment daran geglaubt und die Erkenntnis der Realität, die jetzt einschlägt, tut weh.

Normalerweise würde ich jetzt Claude anrufen, aber dem habe ich in den letzten Wochen schon zu viel zugemutet, befürchte ich. Ich will ihn nicht ständig als meinen seelischen Mülleimer missbrauchen und da seine eigene Beziehung so wunderbar läuft, kann ich mich weder mit einem offenen Ohr für Heularien noch mit guten Ratschlägen revanchieren. Also muss ich selbst damit fertig werden.

Ich krame ein Stück Gouda und meine letzte Toastscheibe aus dem Kühlschrank, schnappe meinen Laptop und hocke mich aufs Sofa. Ich brauche jetzt Katzenvideos. Oder irgendwas mit Erdmännchen! O ja, YouTube, gib mir Erdmännchen!

Stattdessen jedoch überrascht mich eine Mail im Posteingang – eine Mail mit dem nichtssagenden Betreff „Hallo!".

Eine Mail von Noah.

Ich öffne sie zaghaft, in der Erwartung, eine um Jahre verspätete, bitterböse Abrechnung mit mir treuebrechender Schlampe zu sehen. Doch er schreibt mir sehr freundlich, dass er in letzter Zeit viel an mich habe denken müssen. Ob es mir gut ginge und ich glücklich sei und dass er gerade eine Trennung hinter sich habe.

Als ich das lese, muss ich fast wieder heulen. Die Mail ist keine Stunde alt. Zu dem Zeitpunkt habe ich gerade mit Luc im Wagen gesessen und mich gestritten. Vielleicht habe ich auch gerade eine Trennung hinter mir und weiß es nur noch nicht.

Ich schreibe rasch zurück, dass ich mich freue, von ihm zu hören. Eine Antwort auf die Frage, wie es mir geht, verkneife ich mir.

Bis Mitternacht haben einige Mails den Weg zwischen uns gefunden und ich weiß wieder, was mich an Noah angezogen hatte. Er ist witzig, ausgeglichen und vor allem denkt er über seine Mitmenschen nach. Ein Pluspunkt, der mir momentan und im Vergleich zu anderen Personen besonders beachtenswert erscheint.

Bevor ich zu Bett gehe, verabreden wir, in Kontakt zu bleiben.

***

Am nächsten Morgen erwache ich gut gelaunt. Noah wieder in meinem Leben zu haben, gibt mir ein Gefühl von Stabilität.

In der Kanzlei gehe ich Luc aus dem Weg und sehe ihn nur aus der Ferne, als er sein Büro verlässt, um mit Suzanne und Leonie zu Mittag zu essen. Im Gehen wirft er mir einen Blick zu, den ich nicht deuten kann. Er macht mich seltsam schwermütig, weshalb ich an Ort und Stelle stehen bleibe und Löcher in die Luft starre, dabei hat sich die Tür schon längst hinter ihm geschlossen.

„Alles in Ordnung?"

Als ich angesprochen werde, blicke ich auf. Anais steht neben mir. Es ist eine Weile her, seit ich mehr Worte als nur „Guten Tag" und „Auf Wiedersehen" mit ihr gewechselt habe. Ich halte mich seinetwegen von ihr fern. Weil ich weiß, dass Luc etwas mit ihr hatte oder sogar noch hat, aber keine Ahnung habe, wie ich damit umgehen soll. Doch wie sie da vor mir steht, einen besorgten Ausdruck im Gesicht und rundum wunderschön und großartig, wird mir bewusst, wie unangemessen mein Verhalten ist. Ich sollte keine Frau wegen eines Mannes schlecht behandeln.

„Geht so“, antworte ich deshalb.

„Probleme mit Luc?“

Wie viel Privates darf ich über meinen Liebhaber preisgeben, ohne damit meinem Arbeitgeber gegenüber illoyal zu sein? Schön schwierige Position, in die ich mich hineinmanövriert habe.

*Gut gemacht, Jeanne,* denke ich. *Wirklich, richtig gut gemacht.*

„Wir haben in einigen Punkten gegensätzliche Ansichten“, antworte ich vorsichtig.

Anais lacht. „Ich liebe diese Juristensprache. Alles klingt immer so kühl und diszipliniert, selbst ein Beziehungskrach. Darum geht es doch, oder? Ihr hattet Streit.“

„Wir haben keine Beziehung. Aber Streit, ja, den hatten wir. Wegen eines Falles.“

„Die Martins.“ Anais nickt, so als hätte ich ihr etwas bestätigt, das sie schon wusste. „Kann ich verstehen. Das ist eine unangenehme Sache. Aber wir müssen für unsere Mandanten da sein.“

Sacht streicht sie über meine Schulter. „Es wird immer Leute geben, die du nicht leiden kannst, aber auch diese Klienten brauchen deine Hilfe. Dafür bist du Profi, Jeanne.“

Sie hat recht. Trotzdem fühlt es sich falsch an. Ich sollte mir ein dickeres Fell zulegen.

„Danke, Anais. Das hat geholfen.“

„Immer gerne." Sie wendet sich zum Gehen, bleibt dann aber wieder stehen. „Ach übrigens, wie hat es dir in Dreux gefallen?"

„Bitte?" Woher weiß sie davon?

„Ich habe die Buchung gemacht. Luc hätte beinahe deinen Geburtstag vergessen. Der Schussel!" Sie lacht. „Ich fand es wunderschön dort. So ruhig und entspannt. Zumindest so entspannt, wie es mit Luc sein kann, nicht wahr?"

Das Lächeln auf meinem Gesicht erstarrt. „Ich bin nicht mit Luc verreist. Keine Ahnung, wovon du redest."

„Oh, tut mir leid. Ich dachte nur ... wegen der ganzen Vorbereitungen ... dem Kuchen und so ..."

„Nein, wirklich nicht."

„Schade." Elegant zuckt sie mit den Schultern. „Vielleicht ein andermal."

Es gäbe hundert Gedanken, die ich nach diesem Gespräch in meinem Kopf wälzen könnte – zum Beispiel, ob es überhaupt irgendeine Sache gibt, die Luc mit mir zum ersten Mal erlebt, so wie ich mit ihm. Aber da ich den Entwurf einer Stiftungssatzung erstellen muss, verbanne ich alle Gedanken an mein desaströses Privatleben in eine staubige Rumpelkammer meines Hirns, wo sie es sich neben meinen anderen Verfehlungen – dem Betrug an Noah und einem Ladendiebstahl, als ich zwölf war – gemütlich machen.

Als Luc am späten Abend jedoch mein Büro betritt und mich mit hochgezogenen Augenbrauen ansieht, springt die Kammertür wieder auf und alle Zweifel und Unsicherheiten turnen übermütig in meinem Kopf herum.

„Bist du immer noch sauer?“, fragt er.

Ich speichere das Dokument ab und lehne mich zurück. „Sauer ist nicht das richtige Wort.“

Er macht eine ungeduldige Bewegung mit der Hand, woraufhin ich erkläre: „Enttäuscht trifft es besser.“

„Enttäuscht, dass ich meine Arbeit mache? Dass ich nicht genauso emotional reagiere wie du? So weit solltest du mich inzwischen kennen, Jeanne. Ich fange nicht an zu flennen, weil irgendjemand schlecht behandelt wird.“

„Solltest du vielleicht mal.“

Er grinst, dann verzieht er sein Gesicht zu einer tragischen Maske, die Mundwinkel hängen nach unten, die Augenbrauen stoßen fast aneinander und er jammert: „Die Welt ist schlecht. Alle sind immer so gemein.“

Ich will nicht lachen, aber dieser große Kerl sieht als Heulsuse einfach zu albern aus. „Wie ich dich hasse!“

„Damit kann ich leben.“ Er streckt sich und schiebt seine Schultern zurück. „Gehen wir?“

„Ich weiß nicht.“

Seine grauen Augen verdunkeln sich. Vielleicht aus Wut, vielleicht aus Ungeduld. „Was ist denn noch?“

„Hat Anais die Buchung für unser Wochenende in Dreux gemacht?“

„Sie ist meine Assistentin. Sie macht alle meine Buchungen. Aber sie wusste nicht, wen ich dorthin mitnehme.“

„Anscheinend schon. Hat sie auch …?“

„Was?“

„Das Geschenk … Hat sie es gekauft?“

„Die Supersocken? Natürlich nicht. Die hast du einzig und allein meinem glücklichen Händchen zu verdanken. Wie kommst du darauf? Hat sie das etwa behauptet?"

„Nein. Nein, hat sie nicht."

„Also was ist dein Problem? Dass Anais mich unterstützt? Das ist ihr Job."

Schon wieder jemand, der recht hat. Und schon wieder drückt mich diese Wahrheit wie ein zu enger Rock.

„Hör zu, Jeanne." Luc packt mich an den Schultern, zieht mich vom Stuhl hoch und dicht an sich heran. „Anais ist nicht deine Freundin, verstehst du das? Sie ist tüchtig, clever und charmant, aber für sie steht immer sie selbst an erster Stelle. Danach kommt eine ganze Weile gar nichts und dann ihr Spiegelbild. Ich weiß das und kann damit umgehen."

„Ach, und ich etwa nicht?"

Ein breites Grinsen zieht über sein Gesicht. „Nein, das kannst du nicht. Du bist Jeanne aus dem Regenbogenland, die glaubt, dass die Welt ein gerechter Ort sein könnte, wenn sich nur alle genug Mühe geben. Menschen wie Anais und ich leben auf einem anderen Planeten."

Ich versteife mich, drehe mich aus seiner Berührung. „Dann solltest du mit ihr zusammen sein, wenn ihr so viel gemeinsam habt."

„Vielleicht. Aber das will ich nicht. Also, kommst du jetzt mit, Regenbogenmädchen?"

Noch immer stehe ich stocksteif vor ihm und rühre mich nicht.

Er seufzt. „Ach, Jeanne, ich will dich in meinem Bett und dich festhalten." Seine Stimme wird leiser, ich schließe die Augen. „Ich liebe es, wenn du kommst, weißt du? Dein Stöhnen, diese leisen, unanständigen Worte ..."

Seine Finger streichen über meinen Hals. Sie sind warm und zärtlich, als sie unter den Kragen meiner Bluse gleiten. Mein Schoß flirrt.

„Es ist wundervoll, dich zu spüren. Dich zu küssen. Zu schmecken. Ich will nicht noch eine Nacht darauf verzichten."

Natürlich gehe ich mit ihm. Seine Worte machen mich weich und nachgiebig. Auch ich will nicht auf diese Nacht verzichten.

Später an diesem Abend liege ich verschwitzt in seinen Armen, doch mein Verlangen ist nur für den Moment gestillt. Ich werde mich wieder und wieder nach ihm sehnen und dafür gibt es kein Ende. Luc ist momentan der Nabel meiner Welt. Und ich weiß nicht, ob das gut ist; ich weiß auch nicht, wohin es mich führen wird. Ich weiß nur, dass es so ist.

# § 11 (4) Jeanne

Wie damals vor der Weihnachtsfeier stehe ich auch jetzt vor einem Spiegel und begutachte mich in meiner Abendgarderobe. Heute jedoch bin ich mit mir zufrieden.

Mein smaragdgrünes Chiffonkleid ist knielang, der Ausschnitt tief, aber nicht entblößend. Luc hat es mir geschenkt, anlässlich der Eröffnung von Estelles Ausstellung, zu der er ich mich gerade abholen will.

Zweimal klingelt es kurz hintereinander an der Eingangstür. Ich schlüpfe in meine Pumps, greife meine

Clutch und verlasse das Haus. Luc wartet am Auto auf mich, das am Straßenrand steht. Er sieht heiß aus im schwarzen Anzug mit Fliege. Ich drücke ihm einen Kuss auf die Wange, nachdem ich zu ihm gelaufen bin, und wische anschließend hastig mit meinen Fingerspitzen die Spuren meines Lippenstifts von seiner Haut.

Luc runzelt die Stirn. „Bist du wirklich bereit für diesen Abend?“

Ich sollte mich nicht so schnell verunsichern lassen, das weiß ich. Dennoch taste ich nervös über mein Kleid. „Ja. Wieso fragst du?“

„Irgendetwas fehlt.“ Grinsend zieht er aus seiner Brusttasche eine Kette hervor, an der ein runder Smaragdanhänger baumelt. „Ein Edelstein für meine wunderschöne Begleitung.“

Sprachlos taste ich die Kette aus Silbergeflecht entlang, gleite über die Schleifkanten des Edelsteins. Im Innern des Juwels glüht dunkelgrünes Feuer. So ein wundervolles Geschenk. Nicht so schön wie die Socken, aber fast.

„Das kann ich nicht annehmen“, sage ich schließlich. „Erst das Kleid und jetzt noch das ...“ Mein Protest ist nur halbherzig, denn noch während ich ihn äußere, wende ich Luc den Rücken zu und nehme meine Haare hoch, damit er mir die Kette anlegen kann.

„Mach dir keine Sorgen“, sagt er, als er damit beschäftigt ist. „Wir werden schon irgendetwas finden, mit dem du dich revanchieren kannst.“

Ich drehe mich in seinen Armen um und presse mich lasziv gegen seinen Körper. „Ach ja? Hast du schon irgendeine Idee?“

Grinsend drückt er mir einen Kuss auf die Stirn. „Du kannst mich zum Essen einladen. Oder woran hast du gedacht?"

Während der Fahrt strahlen der Edelstein und ich um die Wette. Irgendwie gelingt es diesem kleinen grünen Silikatmineral, dass ich mich mit ihm um den Hals wie eine viel tollere Frau fühle und dem Treffen mit Estelle gelassen entgegensehe.

Sobald wir an unserem Ziel ankommen, sehe ich mich einen Moment sprachlos um. Die Galerie befindet sich im Erdgeschoss eines der Hochhäuser im Viertel La Défense. In den modernistisch kühl gehaltenen Räumen sind schon viele Gäste versammelt und Kellner manövrieren sich und ihre Getränketabletts geschickt durch die Menge.

Die selbstverständlich hochelegant gekleidete Estelle begrüßt uns hastig, flattert dann weiter von Gast zu Gast, um aus jedem den Nektar der Anerkennung zu saugen wie ein Kolibri aus einer Blütenrispe.

Luc und ich stoßen gerade mit einem Glas Sekt auf einen schönen Abend an, als sein Smartphone klingelt. Nach einem Blick auf das Display verdreht er die Augen und nimmt das Gespräch an. „Leonie, was ist los? Du störst."

Ihre Antwort scheint unerfreulich, denn sein Gesicht schaltet um auf Gewitter-Modus und er verlässt die Galerie. Durch die großen Fenster kann ich beobachten, wie er mit langen Schritten, das Smartphone am Ohr, die Straße auf und ab läuft. Da es so aussieht, als könnte das dauern, mische ich mich unter die anderen Besucher.

Mit einem zweiten Glas Sekt in der einen und einem Tomate-Mozzarella-Canapé in der anderen Hand schlendere ich durch die Ausstellung. Meiner Schätzung nach schieben sich mit mir gut hundert Menschen durch die vier Räume, in denen Estelles großformatige Schwarz-Weiß-Fotografien vor den rohen Betonwänden sehr gut zur Geltung kommen. Einige ähneln dem auf ihrem Flyer, sind sinnlich und anregend. Daneben hängen Bilder von vernarbter Haut und frisch genähten Wunden. Diese Fotografien stellen mehr dar als nur entblößte Haut. Sie dokumentieren die Schwäche des Vollkommenen und die Kraft, die aus seiner Verletzung erwächst.

Ein Bild spricht mich besonders an, als ich daran vorbeigehe. Es ist überlebensgroß, mit starkem Schwarz-Weiß-Kontrast, und zeigt einen nackten Mann von hinten, der sich leicht nach rechts dreht. Sein Kopf und die Beine verschwinden im Dunkel, der Rest präsentiert sich muskulös und kräftig. Ich kenne diesen Körper, die Grübchen über den Pobacken, die Narbe auf der rechten Schulter.

„Gefällt es dir?", unterbricht Estelles Stimme meine erotischen Gedanken.

Ich antworte, ohne den Blick vom Bild abzuwenden. „Natürlich. Luc ist wunderschön."

Kaum dass ich diese Worte ausgesprochen habe, wird mir siedend heiß klar, dass ich gerade etwas verraten habe, das nicht verraten werden sollte.

„Du kennst deinen Boss aber gut", kommt auch prompt die passende Feststellung.

„Durch einen ... gemeinsamen Saunabesuch. Mit der ganzen Kanzlei", werfe ich hilflos ein. Vielleicht akzeptiert sie diese Erklärung meiner Kenntnis von Lucs Anatomie.

Aber natürlich tut sie das nicht.

„Ich dachte mir gleich, dass ihr eine Affäre habt.“

Die Bitte, sie möge die ganze Sache vergessen, stirbt mir auf den Lippen, als Estelle mich ernst, fast besorgt ansieht. „Hör zu, Jeanne, wir kennen uns kaum, aber ich halte dich für eine kluge Frau. Dass Luc einen gewissen Reiz auf dich ausübt, kann ich gut verstehen. Wer, wenn nicht ich?“

Ich will dieses Gespräch nicht führen, weshalb ich die Arme vor der Brust verschränke und versuche, Autorität auszustrahlen. „Was zwischen Luc und mir ist, geht nur uns etwas an.“

„Sicher.“ Sie stimmt mir zwar zu, ignoriert meine Meinung jedoch völlig, denn sie spricht unbeirrt weiter. Das mit der Autorität muss ich noch üben. „Trotzdem solltest du mir zuhören. Luc ist sehr viel Mann auf einmal. Er schlägt über einem zusammen wie eine Sturmflut. Das ist atemberaubend. Aber ohne zu atmen, kann man nicht lange überleben.“

„Ich komme klar“, wehre ich ab.

Sie geht einen Schritt auf mich zu und steht schließlich so dicht vor mir, dass wir uns fast berühren. „Er sucht keine Liebe und er liebt nicht. So war es bei mir und ich fürchte, so wird es auch bei dir sein. Für ihn zählt nur die Herausforderung und wenn er die gemeistert hat ...“

Anais hat mir dasselbe über ihn gesagt. Sie und Estelle kennen Luc sehr viel länger als ich und sicherlich sehr viel besser.

„Wie gesagt, ich komme klar“, wiederhole ich, aber meine Stimme klingt nicht besonders sicher.

Estelle lächelt. „Glaub mir, Jeanne, eine Zeit lang ist das alles ungeheuer prickelnd, aber in einer klaren Minute solltest du dir überlegen, ob du zufrieden bist mit dem, was er dir gibt. Denk darüber nach.“ Damit dreht sie sich um und verschwindet in der Menge.

Ich starre das Bild an, als ob Lucs prächtige Rückseite mir eine Antwort geben könnte. Soll ich den beiden Frauen, die schon ausreichend mit ihm zu tun hatten und mich vor ihm warnen, Glauben schenken oder sage ich mir, sie hätten keine Ahnung?

„Amüsierst du dich?“ In einem unbemerkten Moment ist Luc neben mich getreten. Sein Mund lächelt, der Rest seines Gesichtes nicht.

Ich versuche, mir nichts von meinen Gedanken anmerken zu lassen. „Was wollte Leonie von dir?“

„Das ist keine Antwort auf meine Frage.“

„Ich weiß.“

Er verlagert sein Gewicht erst auf den linken, dann auf den rechten Fuß. Anspannung scheint in jeder Faser seines Körpers zu stecken. „Sie hat sich in die Sache Martin eingemischt.“

Die Erwähnung des alten Ehepaars lässt mich schaudern. „Eingemischt? Inwiefern?“

Er streicht so schnell über meine Wange, dass ich die Berührung erst merke, als sie schon wieder vorbei ist. „Kein Wort mehr über die Arbeit. Also ... amüsierst du dich?“

„Geht so. Die Aussicht ist schön.“ Ich deute auf das Foto seines Körpers und Luc lacht schnaubend.

„Sie hat mich nicht einmal um Erlaubnis gefragt. Hat mich hier hingehängt und jetzt schauen mir alle auf den Arsch."

„Du könntest gegen sie vorgehen. Das Recht am eigenen Bild gilt auch für Ex-Ehemänner."

„Das lohnt die Mühe nicht. Und jetzt lass uns gehen. Das hier langweilt mich."

Er dreht sich um in Richtung Ausgang und ich folge ihm. Natürlich.

***

Nachts liege ich noch lange neben ihm wach und grübele vor mich hin. Reicht mir, was wir haben? Oder anders gefragt: Was fehlt mir? Bin ich so abhängig davon, geliebt zu werden?

Ich stehe auf, um in die Küche zu gehen und ein Glas Wasser zu trinken. Für einen Moment denke ich daran, mir noch einmal das Bild seiner Familie anzusehen. Als würde das etwas ändern.

Kaum dass ich wieder im Bett liege, schlingt Luc seinen Arm um mich. Ich schmiege mich dicht an seinen Oberkörper und genieße es, meine Brüste über seine kratzigen Brusthaare zu reiben.

„Warst du wieder neugierig und hast in meinen Sachen gestöbert?"

„Nein."

„Mach ruhig. Das Mysterium Luc Bronnard wirst du trotzdem nicht entschlüsseln können. Ich bin das fleischgewordene Bermudadreieck."

„Du bist ein anwaltgewordener Dummkopf."

Schweigend liegen wir beieinander, bis Luc seine Hand auf meine Stirn legt. „Oh, das fühlt sich gar nicht gut an“, sagt er mit ernster Stimme. „So viele Gedanken, die hier drin herumwirbeln. Der ganze Kopf vibriert.“

„Mann!“ Lachend kneife ich ihn in die Seite, aber Luc wird schnell wieder ernst.

„Was ist los mit dir? Seit wir die Ausstellung verlassen haben, verhältst du dich seltsam. Du bist nicht gekommen, als ich dich geleckt habe. Ich dachte nicht, dass so etwas überhaupt passieren kann.“

Ja, ich bin tatsächlich abgelenkt, seit wir die Galerie verlassen haben. Zwischen meinem Kopf und meinem Körper ist seit dem Gespräch mit Estelle eine Mauer hochgezogen.

„Weshalb hast du dich von Estelle getrennt?“, platzt es aus mir heraus. „Eine Ehe wird doch nicht leichtfertig geschlossen, ihr müsst euch etwas bedeutet haben.“

„Fängst du schon wieder damit an?“, fragt er genervt. „Es ist so lange her.“

Ich setze mich auf. „Es hat auch mit uns zu tun. Irgendwie. Als wir uns das erste Mal getroffen haben, warst du frisch geschieden. Hast du mich deshalb angesprochen?“

Jetzt setzt sich auch Luc hin. „Auch. Mein Ego war ramponiert und ich wollte es aufbügeln.“

„Luc!

„Du hast mit dem Thema angefangen. Soll ich dich anlügen?“

„Nein“, sage ich, meine eigentlich „Ja“ und tatsächlich „Halt deinen Mund, ich will das nicht hören“.

„Estelle hatte sich von mir getrennt. Sie hatte zu dem Zeitpunkt sogar schon einen anderen und obwohl ich bereits wenige Wochen nach unserer Hochzeit wusste, dass unsere Verbindung ein Fehler gewesen war, kränkte es mich und machte mich wütend. In den nächsten Monaten durchlebte ich einen gewaltigen Egotrip."

„Oh, tust du das nicht immer?"

Auf meine bitterböse Bemerkung reagiert Luc erstaunlich ruhig. „Damals war es schlimmer. Ich wollte mich beweisen, nahm alles mit, was ich kriegen konnte."

Himmel, das ist noch viel entsetzlicher, als ich mir hätte vorstellen können!

„Ich verließ diesen Konferenzraum und verschwendete keinen Gedanken mehr an dich. Du warst ein Mittel zum Zweck, um mich besser zu fühlen."

Jedes Wort, dass er sagt, dringt wie ein Messer in mich ein. „Wow! Genau so etwas will eine Frau von einem Mann hören über ein sexuelles Intermezzo."

„Ach, Jeanne, das alles sagt doch nichts Schlechtes über dich. Nur über mich. Wirklich nur über mich."

Seine Worte fügen sich wie Puzzleteile zu dem, was ich von Anais und Estelle über ihn gehört habe. Tränen steigen mir in die Augen. Das würde einer coolen Großstadtjuristin nicht passieren. Der würde all das hier gar nicht erst passieren.

„Ich gehe jetzt besser", sage ich und verlasse das Bett.

„Jeanne, komm schon." Luc steht auf, steht nackt vor mir. Begehrenswert, schön und nicht erreichbar für mich. Jedenfalls nicht so, wie ich es will. „Was erwartest du denn von mir?"

Meine Kleidung vor den Körper gepresst, sehe ich ihn an. „Sag mir, was du für mich empfindest. Jetzt, in diesem Augenblick."

„Ganz ehrlich? Ich bin stinksauer. Dass du dir von Anais und wahrscheinlich auch von Estelle irgendwelche Flöhe ins Ohr setzen lässt. Dass dir ihre Worte wichtiger sind als unsere Realität."

„Unsere Realität? Du meinst unangenehme Mandanten hofieren und Sex haben?"

Einen Moment lang scheint er wie erstarrt, dann sinken seine Schultern herab. „Weißt du was, Jeanne? Geh. Geh nach Hause."

Hastig, wie auf der Flucht, verlasse ich den Raum. Im Flur ziehe ich mich mit zitternden Fingern an. Aus den Falten meines Kleides rutscht der Smaragd. Sein grünes Feuer verschwimmt unter meinen Tränen. Behutsam lege ich die Kette auf der kleinen Kommode ab, denn sie gehört mir nicht.

Die Schlafzimmertür geht auf und Luc lehnt sich gegen den Rahmen, beobachtet mich. Hastig wische ich mir über die Augen.

„Ich bin gerne mit dir zusammen, Jeanne. Mehr wirst du von mir nicht kriegen. Mehr wird niemand von mir kriegen. Du weißt doch, Liebe funktioniert für mich nicht. Aber ich bitte dich zu bleiben."

Er kommt auf mich zu, nimmt mich in die Arme und ich lasse es zu. Wie groß meine Angst war, ihn zu verlieren, begreife ich erst, als er mich festhält.

# § 11 (5) Luc

„Also, warum?"

Kaum dass Leonie am nächsten Tag ihr Büro betreten hat, überfalle ich sie. Ich folge ihr und bleibe vor ihrem Schreibtisch stehen, auf dem ein Foto von ihr und dem Justizminister für Eindruck sorgen soll. Da ich jedoch weiß, wie es zustande kam – sie fing ihn nach seiner Rede während einer Konferenz ab, als er zur Toilette ging, und ich drückte heimlich auf den Auslöser –, lässt es mich kalt. Genauso wie mein Auftritt Leonie.

„Warum was?" Ungerührt dreht sie Halbkreise mit ihrem Bürostuhl.

„Warum rufst du meine Mandanten an und schlägst ihnen eine Erbverzichtserklärung vor, ohne mit mir Rücksprache zu halten? Wenn ich deine Unterstützung brauche, Leonie, werde ich es dich wissen lassen und solange hältst du dich aus meinen Angelegenheiten heraus!"

„Nicht ich habe angerufen. Monsieur Martin hat sich gemeldet – ein ganz reizender Mann übrigens – und wollte dich sprechen. Leider warst du nicht in der Kanzlei. In letzter Zeit machst du immer relativ früh Feierabend, findest du nicht?"

Ihre Gelassenheit angesichts meines Ärgers lässt meinen Blutdruck noch weiter steigen. „Wann ich Feierabend mache, geht dich überhaupt nichts an."

„Aber trotzdem redest du mit mir darüber."

„Das ist doch gar nicht der Punkt!" Entnervt greife ich einen ihrer Kugelschreiber und werfe ihn zurück auf den Tisch.

„Und was ist der Punkt?“ Leonie beugt sich vor, ein verständnisvolles Lächeln auf dem Gesicht. Gott, wie ich dieses Lächeln hasse!

„Du hättest ihn auf mein Smartphone durchstellen können.“

„Und wenn du nicht rangegangen wärst? Das hätte bei einem guten Mandanten einen schlechten Eindruck hinterlassen.“

„Ich bin rangegangen, als du angerufen hast! Aber du wolltest es nicht einmal probieren. Du wolltest ihm gleich von deiner großartigen Idee erzählen, wie man seinen Sohn um sein Erbe bringen kann.“

Nur winzige Veränderungen in Leonies Gesicht – schmaler werdende Lippen, eine steile Falte zwischen den Augenbrauen – erwecken den Eindruck, man würde dabei zusehen, wie die böse Seite von Gollum Besitz ergreift. Fast kann ich hören, wie sie „Mein Schatz!“ murmelt.

„Es ergab sich so. Wir tauschten Höflichkeiten aus, Monsieur Martin erklärte, wie zufrieden man mit dir sei, und erzählte, dass er bald an Bauchspeicheldrüsenkrebs sterben wird.“

Unwillkürlich halte ich mich am Schreibtisch fest. „Was?“

„Es ist nur noch eine Frage von Wochen, Luc. Und er will Gewissheit bezüglich seines Vermögens.“

„Und was ist mit seiner Frau?“ Ich schnappe mir Leonies Besucherstuhl und lasse mich darauffallen. „Sie steht in der Erbfolge an erster Stelle. Das Geld geht doch erst einmal an sie.“

„Die ist auch alt und klapprig und deinen Erzählungen nach emotional völlig abhängig von ihrem Mann.

Sie wird sterben, kaum dass er tot ist. Verstehst du es nicht? Der Mann will Sicherheit. Verschaffst du sie ihm auf die Art und Weise, wie ich sie dir vorgeschlagen habe, bekommen wir bald sehr viel Geld. Verschaffst du sie ihm nicht, kommt es nach dem Tod der beiden zu einem langwierigen Prozess, dessen Ausgang bestenfalls ungewiss ist. Ich bevorzuge die erste Variante, du nicht? Und eines kann ich dir versprechen – wenn es dir gelingt, diese Ernte einzufahren, wird es künftig weder Suzanne noch mich stören, dass du mit unseren Angestellten ungebührliche Beziehungen unterhältst."

„Du bist widerlich, Leonie", sage ich abfällig und übergehe ihre letzten Worte.

Sie grinst und breitet in einem pathetischen „Willkommen" die Arme aus. „Wir sind Partner, Luc."

Als ich daraufhin ihr Büro verlasse, um bei den Martins anzurufen, bestätigt mir Monsieur Martin Leonies Worte. Gestern erhielt er den Befund einer zweiten ärztlichen Untersuchung. Er wird bald sterben und dieser Tod wird das Herzleiden seiner Frau nicht besser machen. Die Erbverzichtserklärung würde ihm helfen – so drückt er sich aus –, friedlich einzuschlafen und alle Martin juniors, die es jemals gab, beruhigt wiedersehen zu können.

Am liebsten würde ich jetzt mit Jeanne reden, aber ich weiß ja, wie zuwider ihr diese Angelegenheit ist, und nach unserem Streit gestern Nacht ist es wohl besser, ihr eine Weile nicht auf die Nerven zu gehen.

# § 11 (6) Jeanne

Nach unserem fürchterlichen Streit habe ich kaum geschlafen und fühle mich am nächsten Morgen wie gerädert. Dass Noah mir dann eine Mail schickt, in der er fragt, ob wir uns zum Abendessen treffen wollen, weil er für zwei Tage in der Stadt sei, hebt meine Stimmung. Ich freue mich, ihn wiederzusehen. Und es ist ein gutes Gefühl, Luc eine kurze Nachricht schicken zu können, dass wir uns am Abend nicht sehen werden, weil ich etwas vorhabe. Er antwortet mit einem knappen „Viel Spaß“.

Ich verbringe den Tag in einer seltsamen Mischung aus Unruhe, Freude und einem traurigen Rauschen im Hintergrund, das nicht verstummt.

Ohne Luc von Angesicht zu Angesicht gesehen zu haben, verlasse ich am Abend das Büro und erreiche das Lokal, in dem ich einen Tisch reserviert habe, eine Viertelstunde zu früh. Vielleicht ist es etwas unpassend, sich mit meinem Ex in dem Laden zu treffen, in dem Luc, Estelle und ich unseren seltsamen Lunch hatten, aber es ist das beste Restaurant, das ich kenne.

Während ich auf Noah warte, vermeide ich es, den Tisch zu betrachten, an dem Luc mich zum Orgasmus gestreichelt hat und an dem sich nun eine fröhliche fünfköpfige Familie an Spaghetti und Pizza verlustiert.

Ich werfe einen kurzen Blick auf mein Smartphone. Keine Nachricht von Luc. Was er wohl gerade macht? *Hör auf damit*, rufe ich mich zur Ordnung, stopfe das Telefon zurück in meine Handtasche und schlage die Speisekarte auf.

„Jeanne?“

Ich blicke auf – direkt in Noahs strahlend blaue Augen – und der nächste Herzschlag sticht in meiner

Brust wie eine Nadel. Im Aufstehen ziehe ich vor lauter Nervosität beinahe das Tischtuch hinunter, wurstele an meinem Gürtel, in dem es sich verfangen hat, und stehe schließlich vor meinem Ex, der ob meiner Unbeholfenheit leise lacht und mich dann in eine Umarmung zieht, die sich seltsam fremd anfühlt.

„Du hast dich gar nicht verändert", sagt er, als wir uns setzen.

Mit einer fahrigen Handbewegung deute ich auf ihn. „Du auch nicht. Als wäre keine Zeit vergangen."

Tatsächlich ist er immer noch der gleiche blonde, schlaksige Kerl, den ich vor über vier Jahren verlassen habe. Dessen Gesicht ich am Anfang unserer Beziehung nicht müde wurde zu betrachten.

„Es tut mir übrigens sehr leid, das mit … mit deiner Trennung."

Noah macht eine abfällige Geste mit der Hand. „Ach, es ist besser so. Die Frau hat mich sowieso nur interessiert, weil sie dir ähnelte." Sanft umschließt seine Hand meine Finger. „Ich wollte eine zweite Jeanne, doch das war von vornherein zum Scheitern verurteilt. Du bist schließlich einmalig."

Seine Worte schnüren mir für einen Moment die Kehle zu. „Es tut mir leid, dass ich dir wehgetan habe, Noah."

„Ist schon gut." Noch einmal drückt er kurz meine Hand, dann schüttelt er seine Serviette auf und nimmt einen Schluck Wein. „Hätte ich mich mehr um dich bemüht, wäre ich ein besserer Freund gewesen, dann wärst du nicht gegangen."

Nicht einmal dessen bin ich mir sicher, also lächele ich indifferent. Dann studiere ich intensiv die Speisekarte, um mich diesem Gespräch zu entziehen.

Nach der Vorspeise fällt die Beklommenheit endlich von mir ab und ich kann mit Noah umgehen, als wären wir Freunde. Während des Hauptgerichts komme ich sogar aus dem Lachen nicht heraus, als er mir absurde Geschichten aus seinem Job als Pharmareferent erzählt, und beim Dessert überkommt uns diese angenehme Stille, die sich immer dann ergibt, wenn man vom Erzählen, Lachen und In-Erinnerungen-schwelgen ganz müde ist, aber sich immer noch wohl miteinander fühlt.

In Noahs Nähe erkenne ich deutlich, wie aufreibend die Zeit mit Luc ist, verglichen mit einer normalen, ausgeglichenen Beziehung. Keine Unsicherheiten, keine atemberaubenden anderen Frauen an jeder Ecke, kein Tanz von Tag zu Tag.

Auf der anderen Seite fehlen dieses Prickeln, diese Atemlosigkeit und dieses selige Gefühl, wenn wir nebeneinander auf der Couch sitzen. Ich sollte eine Pro-und-Kontra-Liste führen.

Aber als ich nachts im Bett liege und die Leere neben mir ein eiskaltes Stück Antarktis zu sein scheint, weiß ich, dass die Pro-Seite immer überwiegen wird, selbst wenn dort nichts als Lucs Name steht.

Ich werde morgen mit ihm reden. Vielleicht will er nicht von Gefühlen sprechen, aber ich kann es.

# § 11 (7) Luc

Es gäbe jede Menge Männermöglichkeiten, diesen jeanne-freien Abend zu verbringen. Ich könnte in einen Stripclub gehen oder einen Lastwagen mit den Zähnen einen Berg hochziehen. Mir wenigstens diesen neuen Film ansehen, der mit einem Plakat beworben wird, auf dem ein kahlköpfiger Typ neben einer roten Hayabusa steht und eine Riesenknarre in der Hand hält.

Doch all diese Verlockungen wirken fade, wenn Jeanne sich im Kino nicht an mich lehnt und über die Plotlöcher im Drehbuch meckert. Mit mir zum Zahnarzt geht, sobald der Truck sein Bestimmungsziel erreicht hat. Oder diejenige ist, die sich für mich auszieht.

Also laufe ich abends durch die Stadt und bin so dermaßen gelangweilt, dass es an Körperverletzung grenzt. Dahinter verschwindet sogar mein Zorn auf Leonie und mein Missvergnügen darüber, dass ich in der nächsten Woche Philippe Martin aufsuchen muss.

Schließlich lande ich vor meinem Lieblingsitaliener. Allein eine extrascharfe Peperoni Pizza zu essen, ist auch ziemlich männlich.

Tatsächlich aber kommt es nicht dazu. Kaum dass ich den Laden betreten habe, fällt mein Blick auf einen Tisch am Fenster. Jeanne sitzt dort, mit dem Rücken zu mir, und ihr gegenüber ein Mann, der sie ständig anlächelt. Und zwar auf diese Art, die sagt: „Ich bin ganz Ohr, ich höre dir zu. Ich bin einer von den Guten."

Dreckskerl!

Nun sagt er etwas, Jeanne wirft den Kopf in den Nacken und lacht dabei so laut, dass ihr Prusten bis zu mir dringt. Sie wirkt sehr entspannt – und sehr glücklich.

Das ist er dann wohl. Der, wegen dem sie mich mit einem schuldbewussten Blick in den Augen ansehen und mir sagen wird, dass wir Freunde bleiben sollen. Er ist der Mann, für den sie mich verlässt.

Ein Kellner spricht mich an und will mir einen Platz zuweisen. Ich begreife erst gar nicht, was er möchte, aber dann drehe ich mich um und gehe. Ich habe noch eine Tiefkühlpizza im Gefrierfach. Die ich nicht esse, sondern mich stattdessen an meinem Selbstmitleid nähre.

Nach dem dritten Glas Whiskey gönne ich mir sogar den Bronnard'schen Supergau. Zu den Klängen von Aznavours Best-of-Album betrachte ich das Foto, das ich darin versteckt halte und das Jeanne so zielgenau gefunden hat, als wäre sie eine Smart Weapon, deren Wärmesensor auf meine Schwächen und mein Herz ausgerichtet ist.

Es war doch klar, dass das mit uns nicht gut geht. Ich wusste es in dem Moment, als sie im Hotel Massenet schlafend neben mir lag. *Und was jetzt, Bronnard? Was jetzt? Begräbst du sie für immer, diese verdammte Hoffnung auf Glück? Und hörst du endlich auf, so schrecklich pathetisch zu sein? Du weißt doch, dass Familie nicht funktioniert.*

Genauso wenig wie Liebe und dieser ganze andere Mist, dem man hinterhertrottet wie ein Esel einer Möhre. Für den man viel zu lange viel zu viel erduldet, nur um am Ende aufs Kreuz gelegt zu werden – aber nicht auf die gute Art.

***

Am nächsten Tag bin ich früh in der Kanzlei, halte meine Tür geschlossen und bin so bis zum Mittag gegen

Jeanne gefeit. Kurz vor eins jedoch klopft sie an und tritt ein, noch bevor ich „Herein" sagen kann.

„Wollen wir zusammen lunchen?" Seltsam schüchtern wirkt sie, was aber eigentlich kein Wunder ist. Bestimmt ist es nicht einfach, der Affäre, die gleichzeitig der Boss ist, den Laufpass zu geben.

„Ich habe keinen Hunger, aber danke, dass du fragst." Ich hätte gedacht, ich würde in dieser Situation souveräner reagieren können. Klappt nicht. Mein Hals ist so eng, als läge ein Strick darum.

„Okay." Trotz meiner Abfuhr bleibt sie stehen und dreht sich mit unbeholfener Laszivität im Türrahmen. „Vielleicht willst du ja lieber ins Archiv?"

Ich starre sie an. So lange, dass es ihr unheimlich wird. Ihr Blick verrät es mir.

„Auch das nicht", erwidere ich mit staubtrockener Stimme.

„Hast du Kopfschmerzen?", fragt sie, aber ich lasse sie die Situation nicht mit Humor retten.

„Telefonkonferenz. In wenigen Minuten. Wird länger dauern. Abends bin ich verabredet. Morgen auch. Die ganze Woche."

„Gut, dann nicht."

Der Kummer in ihrem Gesicht lässt mich beinahe schwach werden, aber da ist dieses Bild vor meinem geistigen Auge, wie sie mit diesem anderen Kerl lacht. Der auch ihr Bruder sein könnte. Von dem sie mir allerdings nie erzählt hat. Weil ich das nicht wollte – Intimität, Verbundenheit.

Ist das hier etwa meine Schuld? Wäre gut möglich.

Ich springe hinter meinem Schreibtisch auf und laufe zu ihr. „Jeanne!"

„Ja?" Rasch dreht sie sich zu mir um.

„Hast du ... hast du einen Bruder?"

Ihre Stirn wird von Falten zerfurcht. „Nein. Wieso?"

„Nur so. Ich dachte ... Lass mich bitte in Ruhe, ja? Wie gesagt, ich habe gleich eine Telefonkonferenz."

„Okay. Hab's verstanden." Ihre Augen glänzen. Nach einer kurzen Pause wendet sie sich um und verlässt den Raum, während ich mit hängenden Schultern zurückbleibe. Wie lange wird das hier noch gutgehen? Tut es das überhaupt noch? Ist es das jemals?

# § 12 – Beendigung der Zusammenarbeit

## § 12 (1) Jeanne

Eine Woche ist vergangen, seit Luc mich weggeschmissen hat wie ein benutztes Taschentuch. Ich sollte richtig wütend sein. Ich sollte ihm etwas sehr Schweres über den Kopf schlagen oder ihn zwischen die Beine treten, aber dazu habe ich nicht die Kraft. Ich bin wie betäubt, funktioniere in der Kanzlei, gehe dann nach Hause, wo ich schlecht schlafe und viel heule.

Obwohl ich Ansprache bräuchte, rufe ich Claude nicht an. Das, was ich zu sagen hätte, ist zu beschämend. Ja, ich schäme mich dafür, einem Mann hinterherzutrauern, der mich hat fallen lassen, ohne mir auch nur einen Grund dafür zu nennen. Schäme mich dafür, dass mir Lucs Aufmerksamkeit wichtiger war als die Warnungen von Estelle und Anais. Dass ich so dumm war.

Am späten Nachmittag ruft Luc mich in sein Büro. Rasch lege ich mir etwas Puder auf, um nicht so kalkweiß auszusehen, und gehe zu ihm. Er wird mir kündigen, das ist so sicher wie das Amen in der Kirche. Schließlich braucht er mich nicht mehr.

Aber von wegen. Zusammen mit einem grauhaarigen Mann erwartet er mich. Beide rauchen Zigarre und der schwere Qualm füllt meine Lungen wie Stahlwolle.

„Jeanne, das ist Monsieur Villiers. Er wollte dich unbedingt kennenlernen."

Ich nicke verstehend. Ja, so ungefähr habe ich ihn mir vorgestellt. Ein Gesicht wie ein Rasiermesser und unerträgliche Arroganz in den Augen. Höflich schüttele ich ihm die Hand.

„Sie haben großartige Arbeit geleistet, Madame. Dank Ihnen gehört Valerie bald ganz mir."

Wahrscheinlich wäre es ungehörig, ihm vor die Schuhe zu kotzen. Oder darauf. „Schön, wenn ich helfen konnte", würge ich hervor.

„Wir bereiten gerade den Notartermin nächste Woche vor. Möchtest du dabei sein?"

Ich starre Luc in die Augen. Meint er das ernst? Ich als Trophy Lawyer zwischen diesen beiden Silberrücken? Nein, danke! Höflich lehne ich ab. „Ich habe viel zu tun, tut mir leid."

Dann verabschiede ich mich knapp von Villiers und höre im Gehen dessen gelassene Stimme. „Sie haben ein gutes Händchen bei der Auswahl Ihrer Mitarbeiterinnen, Bronnard. Vorne dieses blonde Gift und jetzt so ein Püppchen. Bitte enttäuschen Sie mich nicht und sagen Sie mir, dass Sie beide schon hatten."

„So etwas muss man von guten Mandanten hinnehmen", würde Luc sagen. Dafür sind wir Profis. Aber ich bin viel zu geladen, um den Mund zu halten. Also drehe ich mich um. Die beiden Männer sehen mich an, Villiers mit einem widerlichen Grinsen im Gesicht, während Luc völlig unbeteiligt erscheint. Will er etwa, dass ich explodiere? Vielleicht sucht er einen guten Grund, um mich zu feuern.

Ich zittere am ganzen Körper, aber meine Stimme klingt fest und ruhig, als ich antworte: „Monsieur Bronnard hat sicherlich ein gutes Händchen bei der Auswahl seiner Mitarbeiterinnen, aber ein sehr schlechtes, wenn es um seine Mandanten geht. Sie zum Beispiel sind so ekelerregend, dass nach Ihrem Tod nicht einmal ausgehungerte Hunde Ihren Kadaver fressen würden.“

In Villiers Wangen steigt eine feurige Röte und sein Mund schnappt auf und zu wie der eines Karpfens. Dann sieht er mit vorwurfsvollem Blick zu Luc. „Haben Sie nichts dazu zu sagen, Bronnard?“

Ruhig wendet der sich seinem Gast zu. „Was soll ich sagen, Villiers? Meine Kolleginnen sind eben nicht nur attraktiv, sondern auch schlagfertig.“

Noch während er spricht, finden sich unsere Blicke. Wie so oft kann ich seinen nicht deuten. Oder besser: Er irritiert mich. Ich lese Stolz darin. In diesem Moment bin ich mir nicht mehr klar darüber, welcher der beiden Männer mir unangenehmer ist.

Zitternd und mit schweißnassen Händen verlasse ich das Zimmer. Noch nie im Leben habe ich mich einem Menschen gegenüber so unverschämt verhalten – aber auch noch nie zuvor hat es jemand so sehr verdient.

Nach einer Weile, die ich am geöffneten Fenster in meinem Büro stehe und mit den Tränen kämpfe, betritt Anais den Raum. „Du sollst sofort zu Luc kommen.“

Als ich nicht reagiere, höre ich ihre Schritte hinter mir. Sie fasst mich an der Schulter und dreht mich zu sich herum. „Gott, Jeanne, du bist kalkweiß. Luc und

Villiers haben sich gestritten ... Hast du etwas damit zu tun?"

Ich nicke. Sie streicht mir über die Wange, aber ich entziehe mich mit einer hastigen Bewegung. Ich will das nicht. Ich will das alles nicht.

„Du solltest zu ihm gehen. Was auch immer passiert ist, du kannst nicht den Kopf in den Sand stecken und hoffen, dass der Sturm vorüberzieht."

Ich weiß, dass sie recht hat. Wortlos gehe ich an ihr vorbei, haste zu Lucs Büro und sehe aus dem Augenwinkel, dass Madame Deniaud und Madame Forestier im Konferenzraum erregt auf Villiers einreden. Die Tür schlägt hinter mir zu.

„Was ist?", fahre ich Luc an, der an seinem Schreibtisch lehnt.

„Das wollte ich dich fragen. Weshalb beleidigst du einen langjährigen und zahlungskräftigen Mandanten?"

*Verdammt, Luc, verstehst du das nicht?*

„Scheiß auf diesen Mandanten! Und scheiß auf dich!" Angespannte, harte Stimmen dringen aus dem Konferenzraum, aber ich ignoriere sie. „Ich lasse mich nicht derart demütigen. Für kein Geld und keinen Job der Welt!"

„Natürlich nicht." Luc kommt auf mich zu, seine Hände umfassen mein Gesicht. „Du hast Mumm, Jeanne. Es hat mir gefallen, wie du diesen alten Dreckskerl zusammengestaucht hast."

Zuneigung klingt in seiner Stimme mit, was mich noch wütender werden lässt – sofern das überhaupt möglich ist.

„Ach, auf einmal gefalle ich dir wieder? Nach einer Woche ohne auch nur irgendein persönliches Wort?

Du kannst mich doch nicht benutzen, wenn dir danach
–"

Sein Kuss nimmt mir den Atem. Er ist rau und besitzergreifend. Überwältigend. Ich balle meine Hände zu Fäusten, will ihn nicht berühren. Dann löst er seine Lippen von meinen, bleibt mir allerdings so nahe, als würden wir uns weiterhin küssen. So nahe, dass ich seine Erregung spüre.

„Du willst mich?", frage ich fassungslos. „Jetzt?"

„Ja. Genau jetzt, Jeanne. Genau –"

Noch bevor er aussprechen kann, schlinge ich meine Arme um seinen Hals und grabe meine Finger in seine Haare. Mein Kuss ist voller Leidenschaft und Wut.

Luc zieht mich zur Couch, wo er mich über die Rückenlehne beugt und meinen Rock hochschiebt, um mir dann den Slip herunterzureißen. Ich kann es kaum erwarten, ihn zu spüren, und als er endlich hart seinen Schwanz in mich stößt, schreie ich auf.

Luc verschließt meinen Mund mit einer Hand. „Sei besser leise, sie können uns nebenan hören."

*Das ist nicht fair*, denke ich. *Dass er mich so behandeln kann und ich ihn trotzdem so sehr will.*

Und dann wird alles andere egal. Heftiger als je zuvor nimmt er mich und umso fester er stößt, desto weicher werde ich. Mein Unterleib schmilzt, bebt, will immer mehr, immer mehr.

Während ich zerfließe, kralle ich meine Hände in das Leder der Couch. Mein hastiger Atem wärmt Lucs Hand vor meinem Mund und ich umschließe seinen Zeigefinger mit meinen Lippen, lutsche an ihm, schmecke den Tabak der Zigarre daran. Mit festem Griff hält er mich an der Schulter. Er nimmt bei diesem harten Fick keinerlei Rücksicht auf mich und die will ich auch nicht.

Mein Orgasmus reißt mich nach oben, während Luc
mich hält. Ich schreie in seine Hand, höre sein tiefes
Stöhnen, als auch er kommt, und habe das Gefühl, dass
ich von diesem Hoch nie wieder herunterkommen
werde.

Als Luc mich loslässt, sinke ich nach vorne. Schwer
atmend halte ich mich an der Lehne fest.

Er zieht seine Kleidung zurecht und fährt sich durch
die Haare. „Bring dich ein bisschen auf Vordermann.
Du siehst zerzaust aus." Damit verlässt er den Raum.

Sein Abgang lässt mein Herz schnell wieder herunterkommen. Bin ich das? Bin ich das hier wirklich? Offensichtlich, denn ich kann den Luftzug, der durch das geöffnete Fenster kommt, an meinem nackten Hintern
spüren und ebenso die Lustwellen, die meinen Schoß
noch immer erbeben lassen. Die viel wichtigere Frage,
die sich mir stellt, lautet: Will ich das hier sein?

Ich atme tief durch, dann richte ich mich schnell wieder her. Auf dem Weg zurück in mein Büro versuche
ich, mir nicht anmerken zu lassen, wie aufgewühlt ich
bin, aber Maryse, Pascal und Victor stehen neben Anais
auf dem Flur, während Charles mit einem übervollen
Keksteller in den Konferenzraum hastet. Ich spüre die
Blicke meiner Kollegen wie Nadelstiche, selbst als ich
die Tür meines Büros schon hinter mir geschlossen
habe. In einer kurzen Mail teilt mir Madame Deniaud
mit, dass man mich am nächsten Tag sprechen will.

Fest davon überzeugt, meiner Entlassung entgegenzusehen, bleibe ich bis tief in die Nacht im Büro und bereite meine Akten derart vor, dass sie von meiner

Nachfolgerin mühelos übernommen und weiterbearbeitet werden können. Ich bin nicht einmal mehr wütend, nur noch müde, regelrecht ausgelaugt. Meine Zeit in Paris, meine Zeit mit Luc hatte ich mir eindeutig anders vorgestellt.

# § 12 (2) Luc

Zwar müsste ich nicht unbedingt heute zu Philippe Martin fahren, aber nach dem, was gestern geschehen ist, sehe ich dem kommenden unangenehmen Gespräch fast mit Erleichterung entgegen.

Während der knapp dreistündigen Autofahrt nach Wasquehal streunen meine Gedanken ziellos umher, kreuzen die Ich-hasse-meinen-Job-Straße, schlendern über den sehr langen Warum-bin-ich-nur-so-ein-Mistkerl-Boulevard und halten schließlich vor der Jeanne-Monnet-Sackgasse.

Was zum Henker habe ich nur getan? Alles Gute, was zwischen uns war, habe ich in den Dreck getreten. Jeanne kann mich nur noch hassen. Trotzdem war es unglaublich. Sowohl ihr Auftritt gegenüber Villiers und ihr Mut als auch ihre Begierde zu spüren und sie zum Höhepunkt zu bringen ...

Ob sie diesem blonden Kerl aus dem Restaurant erzählen wird, was geschehen ist? Wird sie weinen oder wird sie ihm sagen, dass sie gekommen ist – so heftig, dass ihre Fotze meinen Schwanz fast erwürgt hat?

Auch wenn sie in ein paar Jahren nicht mehr genau wissen wird, wie ich ausgesehen habe, an diesen Fick wird sie sich erinnern. Das wird ihr von mir bleiben –

ein paar Augenblicke über der Lehne meiner Couch. Verdammt wenig. Viel zu wenig, wie mir gerade bewusst wird.

In einer Wohnsiedlung, die mich in ihrer trübseligen Melange aus grauen Häusern und geschlossenen Geschäften an meine Heimatstadt Garron erinnert, verkündet das Navi: „Sie haben Ihr Ziel erreicht."

Es hat damit auf so vielen Ebenen recht. Ich habe meine Affäre in den Sand gesetzt, habe eine wundervolle junge Frau gedemütigt und bin an der Wohnung von Philippe Martin angekommen. Und so sehr mich die ersten beiden Punkte auch schmerzen, jetzt muss ich mich erst einmal um den letzten kümmern.

Philippe Martin wohnt im 12. Stock eines gesichtslosen Hochhauses. An seiner Wohnungstür, die nur eine von vielen auf dem langen Flur ist, hängt eine krakelige Kinderzeichnung, die einen Mann und ein Mädchen auf einer Wiese vor einer überdimensionierten Sonne zeigt. Eine Illusion kleinbürgerlichen Glücks, der es nicht gelingt, das Elend, das sich dahinter verbirgt, zu verdecken. Erinnert mich an mein Elternhaus.

Ich klopfe an und halte unwillkürlich meine Aktentasche, in der sich ein Original der Anwaltsvollmacht seiner Eltern sowie zwei Exemplare der Erbausschlagung befinden, wie ein Schutzschild vor meine Brust. Die Tür wird einen Spalt weit geöffnet, durch den misstrauisch ein Mann mit hellbraunen Haaren hervorlugt. Er ist unrasiert, aber nicht ungepflegt.

„Ich kaufe nichts", murrt er, aber ich lasse mich nicht abschrecken.

„Sind Sie Philippe Martin?"

Ich nehme sein Schweigen als Zustimmung und reiche ihm meine Karte.

„Ein Anwalt?"

„Der Anwalt Ihrer Eltern."

Sein Blick wandert von der Karte hoch zu mir. Ich lese erschreckend viel Traurigkeit darin. „Ich habe keine Eltern."

„Adoptiveltern. Die, die Sie aufgenommen und Ihnen ein Zuhause geboten haben."

„O ja, meine Retter. Die mir alles gegeben haben. Warten Sie einen Moment, mir wird übel."

Jeanne wäre hier sicherlich die bessere Gesprächspartnerin. Sie wüsste, wie sie mit diesem zornigen, jungen Mann umzugehen hätte. Ich versuche es mit Ehrlichkeit.

„Ihre Adoptiveltern sind sehr unangenehme Menschen, das gebe ich zu. Dennoch gibt es einige Dinge, die aufgrund Ihres Verwandtschaftsverhältnisses zu klären sind. Wenn Sie mich hereinlassen, können wir das Ganze besprechen und Sie sind mich bald wieder los."

„Warum haben Sie nicht vorher angerufen und einen Termin mit mir vereinbart?"

„Hätte ich Sie zu diesem Termin denn angetroffen?"

Mit einem langen, genervten Seufzen tritt Philippe zur Seite und lässt mich in sein Reich, das aus einem kleinen Flur besteht, der rechts in eine winzige Küchenzeile führt. Die Tür daneben steht ebenfalls offen und zeigt eine Dusche, ein Waschbecken und eine Toilette auf engstem Raum.

Philippe hat wohl meinen Blick bemerkt und fühlt sich zu einer Erklärung bemüßigt. „Die Tür muss nach dem Duschen offen bleiben. Zum Trocknen. Damit sich kein Schimmel bildet."

Ich nicke und gehe durch bis zum Ende des Ganges, von dem links zwei weitere Türen abgehen und der zum Wohnzimmer führt. Dort finden sich abgenutzte Möbel und ein leicht muffiger Geruch. Steck- und Stapelspielzeug liegt auf dem Boden.

„Sie haben ein Kind?", frage ich überrascht. Mir scheint, dass dieser junge Mann nicht einmal die Verantwortung für sein eigenes Leben tragen kann, geschweige denn für ein zweites.

Zum ersten Mal sieht Philippe mich nicht abweisend an. Ein breites Lächeln legt sich auf sein Gesicht und er reicht mir ein gerahmtes Foto vom Bücherregal. Darauf ist er mit einem blonden Mädchen im Arm zu sehen, das ich auf sechs, sieben Jahre schätze.

„Gaelle." Seine Stimme vibriert vor Stolz und Glück.

„Entzückend." Und das meine ich ernst, wenngleich mich etwas an dem Kind irritiert. Der unfokussierte Blick sowie die für ihr Alter unbeholfene Art, wie sie nach der Nase ihres Vaters greift, lassen mich die Stirn runzeln. Doch Philippe unterbricht meine Überlegungen.

„Weshalb sind Sie hier, Monsieur Bronnard? Eine Nachbarin ist mit Gaelle auf dem Spielplatz und wird bald zurückkommen. Bis dahin sollten Sie verschwunden sein. Ich will meiner Tochter keine Angst einjagen. Sie kennt Anwälte nur aus Gruselgeschichten."

So knapp wie möglich erkläre ich Philippe den Grund meines Besuches und beschönige nichts. Wenn er die Ausschlagung akzeptiert, gut. Wenn nicht, ist es auch

in Ordnung. In diese Angelegenheit investiere ich kein
Herzblut.

Anschließend lege ich die Dokumente auf den dunkelbraunen Couchtisch. Soll er sie unterschreiben oder nicht.

„Der Hund soll alles kriegen? Das ist ein Brüller.“ Entgegen seiner Aussage zeigt sich keine Heiterkeit in seinem Gesicht.

„Es ist zumindest ungewöhnlich. Was ist zwischen Ihnen und Ihren Eltern schiefgelaufen?“ Das hätte von Jeanne kommen können. Keine Ahnung, warum ich es sage.

„Was geht Sie das an?“

„Gar nichts.“ Ich zucke mit den Schultern. „Ich will es trotzdem gerne wissen.“

Philippe starrt mich kurz an, dann deutet er auf die Couch. „Jetzt nehmen Sie schon Platz.“

„Danke.“ Ich setze mich, wobei die Federung bedrohlich nachgibt. Wie alt dieses Teil wohl sein mag?

„Wollen Sie etwas trinken?“

„Nein.“

Er lacht. „Sie haben Angst, sich an meinen Gläsern Herpes zu holen, stimmt’s?“

„Stimmt“, gebe ich zu.

„Meine Güte!“ Er betrachtet mich von oben bis unten und wieder zurück. „Sie passen zu den Martins wie die Faust aufs Auge.“

Das ist ein übler Tiefschlag!

„Allerdings traten die beiden nie so direkt auf wie Sie, Monsieur Bronnard. Bei Ihnen weiß man wenigstens, woran man ist.“ Er nimmt neben mir Platz, worauf die Couch noch tiefer einsinkt. „Ich weiß nicht, was sie erwartet haben, als sie ein Kind adoptierten. Wahrscheinlich ein Best-of von Einstein, Schwarzenegger und Gandhi. Da konnte ich nur enttäuschen."

Erstaunlich, wie korrekt Jeanne mit ihrer Einschätzung der familiären Verhältnisse der Martins gewesen ist. Sollte sie nach der Geschichte gestern überhaupt noch mit mir reden, werde ich ihr das sagen.

„Es mag kindisch sein, aber ich war neidisch auf unsere Hunde, wissen Sie? Es gab immer zwei oder sogar drei Martin juniors, die sie abgöttisch liebten. Zumindest so lange, bis sie Umstände machten. Dann wurden die Tiere eingeschläfert. Ich habe um jeden dieser kleinen Kläffer nächtelang geheult und geglaubt, dass sie das irgendwann auch mit mir machen würden."

Seine Erzählung schnürt mir das Herz zu und macht mich sprachlos. Ich bin zu nichts anderem in der Lage, als zu nicken und ihn hoffentlich nicht allzu dümmlich anzusehen.

„Also bin ich weg, sobald es ging. Hab mich irgendwie durchgeschlagen, Scheiße gebaut und Drogen genommen. Aber egal, wie fertig ich auch war oder in welchem Dreck ich auch gelegen habe, nie wieder habe ich mich so schlecht gefühlt wie in der Villa dieser Menschen. Sie hätten niemals ein Kind in ihre Finger bekommen dürfen."

„Deshalb haben Sie ihnen auch nicht mitgeteilt, dass sie eine Enkeltochter haben."

„Ganz genau."

„Wo ist die Mutter der Kleinen?"

Philippe puhlt an seinem ohnehin schon abgekauten Daumennagel. „Sie ist kurz nach der Geburt aus dem

Krankenhaus abgehauen. Wahrscheinlich lebt sie schon längst nicht mehr."

„Ebenso abhängig wie Sie?", frage ich, doch Philippe schüttelt den Kopf.

„Ich bin weg davon. Seit Gaelle. Wegen Gaelle." Er deutet meinen Blick genau richtig. „Ist mir scheißegal, ob Sie das glauben." Dann greift er nach den beiden Dokumenten. „Geben Sie den Wisch schon her. Ich brauche das Geld dieser Leute nicht."

Ich bin schneller und ziehe die Papiere zu mir herüber. „Bevor Sie das tun, sollten Sie noch einmal in Ruhe Ihre Lebenssituation überdenken. Sie sind ein Ex-Junkie, der mit seiner behinderten Tochter von Sozialhilfe lebt."

„Wie kommen Sie darauf, dass Gaelle –"

„Das Mädchen auf dem Foto ist wie alt? Sieben? Das Spielzeug, das hier herumliegt, ist für Kleinkinder. Lassen Sie mich raten: Hirnschädigung durch Drogenmissbrauch während der Schwangerschaft. Natürlich brauchen Sie das Geld. Gaelle wird nie für sich selbst sorgen können. Wollen Sie nicht mehr für Ihr Kind als bloß eine staatliche Pflegeeinrichtung, falls Ihnen etwas passiert? Falls Sie wieder rückfällig werden? Und Sie wissen selbst, dass das Risiko dafür sehr hoch ist. Es gibt also genau zwei Möglichkeiten. Entweder Sie versuchen, mit Ihren Eltern ins Gespräch zu kommen und doch noch eine glückliche Familie zu werden, oder Sie warten, bis die beiden tot sind, was – im Vertrauen gesagt – nicht mehr allzu lange dauern wird, und fechten das Testament an. Mit einem guten Anwalt werden Sie gewinnen. Behalten Sie meine Karte. Für alle Fälle."

Philippe zieht meine Visitenkarte aus der Hosentasche und dreht sie zwischen seinen Fingern. „Na klar. Sie vertreten mich. Erst die Martins und dann ... Hauptsache, Sie sind da, wo das Geld ist, nicht wahr?“

„Ich werde Ihren Fall nicht übernehmen können. Interessenkonflikt. Aber ich kenne eine sehr gute Anwältin, die bis aufs Blut für Sie kämpfen würde. Sie sehen also, ich bin nicht hinter Ihrem Geld her. Und Sie kriegen sogar einen guten Rat umsonst: Tun Sie etwas! Ihre Tochter hat mehr verdient als das hier. Sie kann nichts dafür, dass ihre Eltern ihr einen guten Start ins Leben versaut haben.“

Zur Verabschiedung ergreift Philippe zwar nicht meine ausgestreckte Hand, aber er steckt meine Visitenkarte zurück in seine Hosentasche. Immerhin etwas.

Auf dem Weg zu meinem Wagen komme ich an einer älteren Frau vorbei, die ein Kind an der Hand mit sich führt. Ich erkenne das Mädchen von dem Foto wieder, Gaelle. Sie läuft unsicher und fällt immer wieder hin, wobei sie aus vollem Hals lacht.

*Gut, dass die Martins nichts von ihrer Enkelin wissen. Sie würden sie wahrscheinlich einschläfern lassen*, denke ich zynisch. Philippe hingegen scheint ein liebevoller Vater zu sein. Ich kann nur hoffen, dass er meinen Rat annimmt.

Und auch ich brauche ganz dringend einen Rat, weshalb ich eine Nachricht an Francois tippe.

*Zeit für ein Telefonat heute Abend?*

Erst kurz bevor ich Paris wieder erreiche, kommt seine Antwort.

Natürlich.

Mann, ich bin so am Ende, dass mich die freundschaftliche Zuverlässigkeit, die in diesem einen Wort liegt, an den Rand der Tränen bringt.

Dieser einsame Wolf steckt mit gebrochenen Hinterläufen im Tellereisen.

# § 12 (3) Jeanne

Madame Deniaud blickt mich so kalt und streng wie eine Eiskönigin an. „Sie haben sehr viel Unruhe in unsere Kanzlei gebracht.“

„Im Gegenteil“, widerspreche ich. „Diese Kanzlei hat mir sehr viel Unruhe gebracht.“

„Ach ja?“, sagt Madame Forestier voller Herablassung. Die beiden spielen mir gegenüber offensichtlich bad cop, worse cop. „Ich denke, die Verletzung Ihres Schamempfindens lässt sich nicht vergleichen mit der Tatsache, dass Ihretwegen einer unserer besten Mandanten um Haaresbreite gekündigt hätte. Ihr Benehmen war hochgradig unprofessionell und zerstört jegliche Basis für eine weitere Zusammenarbeit.“

Ihre Worte lassen mich vor Wut zittern. „Das sehe ich genauso. Dass Sie ein solches Verhalten gegenüber Ihren Angestellten dulden, zerstört tatsächlich jegliches Vertrauen, das ich glaubte, in Sie setzen zu können. Meine Akten sind zur Übergabe vorbereitet. Ich werde Anais entsprechend einweisen.“

Madame Deniaud betrachtet mich abschätzig. „Schade. Ich hatte mir mehr von Ihnen versprochen."

„Und ich mir sehr viel mehr von Ihnen", erwidere ich und verlasse den Raum. Ich will kein weiteres Wort hören, von keiner der beiden.

Auf dem Weg in mein Büro schnappe ich mir Anais, um ihr die Aktenlage anhand der Vermerke zu erklären, die ich zu jedem Fall geschrieben habe.

„Das war es dann also?", fragt sie, als wir mit allem durch sind.

„Ja. Das war es."

„Du wirst mir fehlen." Sie zieht mich an sich, ihre Umarmung duftet nach Rose und Brombeere.

„Du mir auch", erwidere ich, bin mir aber nicht sicher, ob dem wirklich so ist.

„Wirst du dich noch von Luc verabschieden?"

Ja, das habe ich mir vorgenommen. Ich will nicht einfach so verschwinden. Nicht nach allem, was geschehen ist. Hoffe ich immer noch auf eine glückliche Wendung? Bin ich so dumm?

„Ich denke schon. Heute Abend, wenn er von seinem Termin zurück ist."

„Gut." Sie lässt mich los und zupft ihre Bluse gerade. „Dann gehe ich erst morgen zu ihm. Ist nicht schlimm, wir haben jetzt ja alle Zeit der Welt zusammen."

Sie sieht mir direkt ins Gesicht und tut nicht einmal so, als wäre es ihr peinlich, dass Luc bis vor kurzem noch mit mir ... Ja, was eigentlich? Was war das zwischen uns?

„Du brauchst dir keine Sorgen um ihn machen. Luc und ich werden sehr glücklich miteinander, jetzt, wo er endlich eingesehen hat, dass das mit dir ein Fehler war."

Ich schnappe meine Tasche und verlasse das Büro, ohne etwas zu entgegnen. Was sollte ich auch sagen?

# § 12 (4) Luc

„Ich habe es verbockt."

Am anderen Ende der Leitung herrscht für einen Moment Stille, dann höre ich Francois seufzen. „Soll ich so tun, als wäre ich überrascht?"

„Würde ich dir eh nicht glauben."

„Was ist passiert?"

In kurzen Worten schildere ich ihm, was in den letzten Tagen geschehen ist. Ich schone mich nicht und Francois zieht scharf die Luft ein, als ich vom gestrigen Vorfall in meinem Büro erzähle.

„Mann, was geht nur in dir vor, dass du so etwas tust? Erklär's mir!"

„Jeanne wird gehen, das weiß ich. Sie wird die Kanzlei verlassen."

„Aha. Und du glaubst, mit deinem Neandertalerverhalten verhinderst du das?"

Ich schließe die Augen. Kopfschmerzen pochen dumpf in meiner Stirn. Zu viel läuft dahinter gerade Amok. „Ich kann da gar nichts verhindern. Sie hat einen anderen, so wie ich es dir vorausgesagt habe."

„Und von all den Möglichkeiten, sie doch noch für dich zu gewinnen, hältst du einen Quickie im Büro für am erfolgversprechendsten?" Ich kann förmlich sehen, wie er die Hand vor den Kopf schlägt. „Wann begreifst du es endlich, Luc? Diese Frau bedeutet dir verdammt viel."

„Woher willst du das denn wissen?"

„Ganz einfach. Ihretwegen hast du mich im letzten halben Jahr dreimal angerufen. Dass du Estelle geheiratet hattest, habe ich erst erfahren, als du mir von eurer Scheidung erzählt hast."

„Es war mir nicht so wichtig." Worauf will er hinaus?

„Genau. Und jetzt überleg dir bitte, warum du eine Frau heiratest, bei der von vornherein feststand, dass euch nichts verbindet, du aber eine Frau, die eine echte Partnerin für dich sein könnte, wie eine billige Affäre behandelst."

„Keine Ahnung. Erleuchte mich, Francois, alter Jedi-Meister", spotte ich.

„Hast du nie daran gedacht, dass es mit deinen Eltern zu tun hat? Mit dem, was damals passiert ist?"

Die Kopfschmerzen werden stärker, als vor meinem inneren Auge glänzend rote Tropfen auf dunklem Holzboden erscheinen. Ich drücke mit Daumen und Zeigefinger gegen meine Nasenwurzel.

„Hast du Angst, einer Frau, die du liebst, das anzutun, was dein Vater deiner Mutter angetan hat, und tust deshalb alles, damit sie geht?"

„Ich will darüber nichts hören."

„Dann leg auf", erwidert er ohne jede Gnade.

Ich halte das Telefon weiter an mein Ohr. Es ist für mich gerade so etwas wie eine emotionale Nabelschnur.

Francois lacht. „Du bist ja noch dran. Ich höre dich atmen."

„Spiel nicht den Klugscheißer. Gib mir einen guten Rat."

„Den kannst du haben. Geh zu Jeanne und entschuldige dich für dein Verhalten. Sag ihr endlich – und ich beschwöre dich –, dass du sie liebst. Heirate sie. Zeuge einen Haufen Kinder mit ihr. Meinetwegen schaff dir auch noch einen Hund an. Aber werde endlich glücklich!"

Das ist ein guter Rat, glücklich sein. Aber trotzdem ...

„Es kann so verdammt wehtun, Francois."

„Tut es das nicht jetzt schon?"

Auch nachdem unser Gespräch schon längst beendet ist, halte ich immer noch den Hörer an mein Ohr und wäge ab, was jetzt zu tun ist. Schließlich entscheide ich mich dafür, alles auf eine Karte zu setzen. Francois' Leben läuft gut, meines weniger. Ich sollte auf ihn hören, zu Jeanne fahren und reinen Tisch machen. Feige war ich lange genug und auch wenn ich nicht zu einem Helden werde, so doch wenigstens zu einem ehrlichen Mann.

Nachdem ich heute viele Stunden im Auto unterwegs war, springe ich rasch unter die Dusche, denn einen so wichtigen Termin sollte die absolut beste Version von mir wahrnehmen.

Gerade als ich das Wasser ausgestellt habe, klingelt es an der Tür. Wäre es nur einmal, würde ich es ignorieren, aber es klingelt ein zweites, ein drittes und sogar ein viertes Mal. Also schlüpfe ich fluchend in meinen Bademantel und öffne.

# § 12 (5) Jeanne

Als ich Luc im Bademantel und mit nassen Haaren vor mir stehen sehe, überwältigt mich sein Anblick derart, dass ich beinahe vergesse, weshalb ich hergekommen bin.

„Jeanne! Was für eine Überraschung." Seine Augenbrauen sind verwundert nach oben gezogen.

In mir kribbelt die Nervosität, aber ich muss es hinter mich bringen. „Ich muss mit dir reden. Kann ich reinkommen?"

„Selbstverständlich." Er deutet mit der Hand in die Wohnung. Ich trete ein und fühle mich fremd.

„Willst du etwas trinken?"

„Nein, danke. Ich brauche nicht lange."

Er nickt zögerlich und lehnt sich gegen die Tür. „Was für ein Zufall. Ich wollte gerade zu dir fahren und auch mit dir reden, weil –"

Abwehrend hebe ich die Hand. Das, was ich sagen will, muss ich jetzt loswerden und ich befürchte, schwach zu werden, wenn ich ihm zu nahe komme. „Bitte, Luc, ich zuerst."

„Natürlich. Entschuldige."

Ich räuspere mich. Meine Worte habe ich mir auf dem Weg hierher genau überlegt, aber jetzt stauen sie sich irgendwo zwischen meinem Hirn und meinem Herz und kommen nicht aus meinem Mund.

„Sicher, dass du nicht doch etwas trinken willst?"

„Ganz sicher. Hör zu, Luc, ich habe heute gekündigt."

Er reagiert nicht. Mein Mund wird trocken.

„Meine Akten habe ich mit Anais besprochen und alles geordnet übergeben. Mein Nachfolger wird keine Probleme haben, sich einzuarbeiten.“

Noch immer kaum eine Regung, nur die Muskeln in seinem Gesicht arbeiten und seine Augen verdunkeln sich.

„Ich habe in den letzten Monaten viel gelernt und bereue es nicht, den Schritt nach Paris gewagt zu haben. Aber ich denke, es ist besser für mich, beruflich neue Wege einzuschlagen.“

So weit meine vorbereitete Rede. Als ich sie mir im Auto aufsagte und dabei nicht einem versteinerten Mann im Bademantel gegenüberstand, klang sie sehr viel überzeugender.

Luc starrt mich noch ein paar Augenblicke an, bis er, endlich, mit kalter, ruhiger Stimme spricht. „Das ist Bullshit. Lüg mich nicht an.“

Er geht einen Schritt auf mich zu, doch ich weiche zurück. Mein Fluchtinstinkt setzt ein und ich versuche, aus der Tür zu kommen. Mit einer Hand packt er meinen Oberarm, zieht mich so leicht zu sich heran, als wäre ich praktisch nicht vorhanden.

„Sag mir die Wahrheit. Das willst du doch – dass wir über uns reden. Also los, sag, was du empfindest. In diesem Moment.“

„Lass mich gehen!“ Habe ich Angst oder genieße ich seine Berührung? Was auch immer es ist, mein Herz schlägt rasend.

Lucs Griff wird fester. „Verdammt noch mal, sag es mir!“

„Du tust mir nicht gut!“, schreie ich. „Hast du noch nie. Ich wollte es nicht wahrhaben, viel zu lange nicht. Du bist Gift für mich. Eines, das einem verdammt gute Gefühle macht, während es einen langsam umbringt!"

Wir sehen uns an. Ich will ihn schlagen und gleichzeitig will ich ihn berühren. Ich will einfach nur ihn.

Als er seine Hände in meine Haare gräbt und mich küsst, schlage ich mit den Fäusten gegen seine Brust. Trotzdem presse ich meine Lippen gegen seine und will seine Zunge spüren. Er hebt mich hoch, trägt mich ins Schlafzimmer, wo er mich aufs Bett wirft und sich den Bademantel abstreift.

„Na los", flüstert er. „Sag Nein, wenn du das hier nicht willst. Ich lass dich sofort gehen. Sag Nein."

Natürlich sage ich nicht Nein. Schließlich ist das hier unser letztes Mal und mein Schoß ist heiß und nass.

In wollüstigen Küssen dränge ich mich ihm entgegen, grabe meine Fingernägel in seinen Rücken, um ihm wehzutun. Dies ist ein Kampf, der vor vier Jahren begonnen hat und den wir nie bis zum Ende ausgefochten haben. Er soll mich nie mehr vergessen können, wenn die Tür hinter mir zufällt.

Er bringt sein Gesicht zwischen meine Beine, bevor er mir Rock und Slip herunterreißt und mit den Händen meine Oberschenkel spreizt. Wild leckt er mich, saugt an mir, und obwohl seine Bartstoppeln an meiner empfindlichen Haut kratzen, überlagert meine Gier den leichten Schmerz, wird von ihm sogar noch verstärkt.

Ich kralle meine Finger in Lucs Haare, schreie, während er mir unglaubliche Lust bereitet, schreie, als ich komme. Hemmungslos presse ich mich gegen sein Gesicht. Mein ganzer Körper brennt vor Verlangen und ich spüre das Pulsieren meiner Muskeln bis tief in den Bauch.

Dann legt sich Luc endlich auf mich. Seine Züge sind vor Wut und Geilheit verzerrt. Er reißt meine Bluse auseinander, zieht meinen BH nach unten und saugt an meinen Knospen. Stöhnend biege ich ihm meinen Oberkörper entgegen. Sein Schaft drückt gegen meine Schamlippen, dringt aber nicht in mich ein, sondern massiert mich nur mit langsamen Bewegungen. Seine Finger hat er mit meinen verschränkt und mit ausgestreckten Armen nimmt er mich, ohne mich zu nehmen. Flackernde Leidenschaft zeigt sich in seinen Augen, doch er lässt sich nicht von ihr übermannen. Er tut mir nicht weh. Im Gegenteil, gerade jetzt will er mir Lust bereiten. Damit am Ende ich diejenige bin, die etwas verliert. Und das gelingt ihm.

„Ich will dich in mir spüren", flüstere ich. „Bitte, Luc."

Er erhört meinen Wunsch und löst sich von mir, holt ohne Hast ein Kondom aus seinem Nachttisch. Mir scheint, als dauere es eine halbe Ewigkeit, bis er es sich übergestreift hat und sich wieder über mich beugt. Zeit, in der ich diese Wohnung verlassen könnte – in der ich *ihn* verlassen könnte. In der ich zitternd vor Verlangen auf seinem Bett liege.

Ich spreize meine Beine weit für ihn, lasse ihn tief in mich eindringen. Ein Orgasmus baut sich in mir auf, so langsam und lange, dass ich kaum noch Luft kriege und keine Kraft mehr habe. Da ist nur noch die Härte seines Schwanzes in mir.

Seine Lippen streifen meinen Hals, suchen meinen Mund, während ich im heißen Atem unseres Kusses ertrinke.

Als ich komme, werfe ich den Kopf in den Nacken und presse meine Zähne aufeinander. Ich will ihm nicht zeigen, zu was er mich bringt, aber es ist sinnlos, sich zu wehren. Das war es von Anfang an.

Danach liegen wir noch lange nebeneinander und sehen uns an. Luc ist im Dämmerlicht des Zimmers nur mehr ein Schatten mit glänzenden Augen. Schließlich steht er auf, holt Hemd und Hose aus dem Kleiderschrank und verlässt den Raum. Nach einer Weile höre ich das Schlagen der Haustür. Jetzt bin ich endgültig allein.

Ich richte mich auf und schalte die Nachttischlampe an. In ihrem gelben Schein suche auch ich mir ein paar seiner Sachen zusammen und ziehe sie an. Sie sind viel zu groß, aber meine Kleidung liegt zerrissen auf dem Boden und ich lasse sie dort zurück. Ich will, dass er sie aufheben muss, wenn er heimkehrt; dass er etwas von mir zwischen seinen Fingern hat und sich so an mich erinnert.

# § 12 (6) Luc

Keine Viertelstunde, nachdem ich die Wohnung verlassen habe, tritt Jeanne aus der Tür. Sie bleibt stehen und schaut sich um, als würde sie nach etwas Ausschau halten. Mich sieht sie allerdings nicht, denn ich stehe im Dunkel eines Hauseingangs.

Einen Moment später geht sie nach rechts zu ihrem Auto. Wie üblich klemmt die Fahrertür und sie muss energisch am Griff rütteln, bevor sie einsteigen kann. Da ihre schrottreife Karre nie sofort anspringt, hätte ich noch genug Zeit, um die Straße zu überqueren und sie anzuflehen, mir zu verzeihen. Aber wie oft kann ein

Mann eine Frau um Entschuldigung bitten, bevor es pathetisch und lächerlich wird? Ich fürchte, ich habe diesen Punkt mittlerweile überschritten.

Das Knattern ihres Wagens durchbricht die Stille und verhallt langsam, als Jeanne davonfährt. Seltsam, eigentlich wollte ich ihr heute meine Liebe gestehen.

Da ist dieser Impuls, in mein Auto zu springen und ihr hinterherzufahren, aber ich gebe ihm nicht nach. Zum einen, weil ich entsetzliche Angst vor dem habe, was ich in ihren Augen sehen würde. Zum anderen, weil sie ohne mich besser dran ist.

Zurück in meiner Wohnung sammele ich mit einem brennenden Schamgefühl ihre Kleidungsfetzen vom Boden auf, werfe sie aber nicht weg. Sie sollen in einer Schublade auf den Tag warten, da es mir leichtfallen wird, mich von ihnen zu trennen. Keine Ahnung, ob dieser Tag jemals kommen wird.

***

Am nächsten Morgen entert Suzanne mit festen Schritten mein Büro, kaum dass ich es selbst betreten habe.

„Wir müssen reden, Luc. Setz dich besser", beginnt sie und deutet mit spitzem Finger auf meinen Schreibtischstuhl. Schwer wie ein Mehlsack sinke ich darauf nieder.

„Was ist in der letzten Zeit los mit dir?", setzt sofort das Trommelfeuer ein. „Erst stellst du Jeanne ein, ohne dass wir vorher in Ruhe darüber gesprochen haben, und dann fängst du ein Verhältnis mit ihr an."

Ich habe keine Kraft, ihr zu widersprechen und das Trugbild des anständigen Chefs aufrechtzuerhalten. Es glaubt sowieso keiner mehr daran, also nicke ich nur.

„Als wäre dies nicht elend genug, hast du wahrscheinlich gleichzeitig eine Affäre mit Anais. Du lässt zu, dass Jeanne einen unserer besten Klienten beleidigt, und tust ihm gegenüber nichts, um das wieder geradezubiegen. Es hat Leonie und mich einige Überredungskunst gekostet, Villiers davon zu überzeugen, bei uns zu bleiben. Ist es dir wenigstens gelungen, den Sohn der Martins zu einer Erbausschlagung zu überreden?"

Gleichgültig breite ich die Hände aus. „Nichts zu machen, Suzanne. Ich habe mich aber auch nicht sehr angestrengt."

„Ach nein? Warum? Weil dir die Wünsche unserer Mandanten völlig egal sind? Weil dir unsere Kanzlei völlig egal ist?" Ihre Stimme wird immer lauter.

*Böser, böser Bronnard!*, denke ich. Ein miserabler Anwalt, ein schlechter Kollege. Dennoch sind es gerade diese beiden Sachen – Villiers nicht in den Arsch zu kriechen und Philippe einen Ausweg aus seiner Situation zu zeigen –, die mich mit Stolz erfüllen. Und beide Male hat mich Jeanne auf den richtigen Weg geführt.

Der Schmerz, sie verloren zu haben, den ich seit gestern Abend wie eine pochende Wunde spüre, wird im Bruchteil einer Sekunde so überwältigend, dass mir Tränen in die Augen steigen. Scheiße! Nur nicht vor Suzanne heulen wie ein Baby!

Ich schlucke hart und tue so, als müsste ich mich räuspern, bleibe aber still.

„Dass Jeanne sich so unmöglich verhalten und von jetzt auf gleich gekündigt hat, liegt mit Sicherheit ebenfalls an dir. Wenn du bei alldem nur dich schädigen würdest, könnte ich darüber hinwegsehen, aber du bringst die Kanzlei in Verruf. Was ist los mit dir? Steckst du in einer Midlife-Crisis praecox?"

Suzanne musste auf ihrem Weg viele Hindernisse überwinden. Was sich die alten, feisten Herren über eine erfolgreiche Frau wie sie erzählen, weiß ich aus erster Hand. Ich stand oft bei Konferenzen oder Feiern in diesen kleinen Grüppchen und tat so, als fände ich nicht alle Teilnehmer zum Speien.

Ich sehe eine Frau, deren Intelligenz und Hartnäckigkeit ich bewundere. Aber ich sehe keine Freundin. Nicht mehr. Während der letzten Jahre haben wir uns verloren und zumindest ich habe es bis eben nicht bemerkt.

„Villiers ist ein chauvinistisches Stück Dreck und Jeanne hat ihm genau das gesagt. Und Philippe Martin wurde von seinen Eltern psychisch zerstört. Ich wollte einen Ausgleich für ihn schaffen. Es sollte uns zu denken geben, dass wir die Bösewichte vertreten. Wäre unsere Kanzlei in Gotham City, stünde der Joker auf unserer Mandantenliste."

Noch mehr Gewitterwolken ziehen sich auf Suzannes Stirn zusammen. „Willst du mich auf den Arm nehmen, Luc? Du kommst mir mit Supermann-Geschichten?"

„Batman, um genau zu sein", korrigiere ich, als wäre das von Wichtigkeit.

Sie starrt mich an, wendet sich dann zum Gehen. „Komm zu mir, wenn du das alles hier nicht mehr lustig findest und vernünftig reden möchtest."

Natürlich weiß ich, dass Suzanne auf ihre Art ebenso recht hat wie ich auf meine. Es gibt viele Wahrheiten, sie existieren nebeneinander wie Farben auf einer Malerpalette. Deshalb stehe ich einige Minuten nach unserem Gespräch auf und gehe zu ihr.

„Was willst du?", fragt sie, als ich die Tür zu ihrem Büro öffne und mich gegen den Rahmen lehne. „Dich entschuldigen?"

„Teils, teils."

„Das heißt?"

„Es tut mir leid, wenn mein Verhalten der Kanzlei geschadet hat. Es geht bei alldem ja nicht nur um mich. Allerdings tut es mir nicht leid, dass Jeanne Villiers beleidigt hat und Philippe Martin nicht kampflos auf das Erbe seiner Eltern verzichten wird. Kannst du damit leben?"

„Wirst du Villiers um Verzeihung bitten?"

Ich nicke. „Auf gar keinen Fall."

Sie seufzt und gibt sich damit geschlagen. „Das dachte ich mir schon. Aber so etwas darf sich nicht wiederholen, Luc. Wir leben vor allem vom Vertrauen in unsere Arbeit. Alles andere ist zweitrangig. Wir kämpfen für die, die ihr Schicksal in unsere Hände legen, selbst wenn wir persönlich diesen Menschen kritisch gegenüberstehen. Neutralität ist das höchste Gebot."

Ich lege die Hand aufs Herz. „Ich halte mich ab sofort wieder daran. Versprochen."

Ein leichtes Lächeln schleicht sich in Suzannes helle Augen. „Gut."

Für einen Moment ist da doch wieder dieses unausgesprochene Verstehen zwischen uns, das unsere langjährige Partnerschaft überhaupt erst möglich gemacht hat.

„Dann gehe ich mal wieder an die Arbeit."

„Tu das, Luc. Ach, und noch etwas."

„Ja?" Ich hatte mich gerade abgewendet, drehe mich aber nun wieder um.

„Es geht immer weiter, auch wenn man jemanden verloren hat. Man kriecht durch eine dunkle Zeit, in der es sich unglaublich verlockend anfühlt, liegen zu bleiben. Aber irgendwann wird es wieder leichter, das verspreche ich dir."

Es ist fast sechs Jahre her, dass Suzannes Lebensgefährtin an Brustkrebs starb. Sie weiß also, wovon sie redet, aber sie ist bis heute allein geblieben. Und das werde ich auch, so wie einsame Wölfe das nun einmal tun.

# § 12 (7) Jeanne

Zwei Tage verlasse ich meine Wohnung nicht, liege wie krank im Bett und zermartere mir den Kopf, was eigentlich geschehen ist. Warum Luc so urplötzlich zu einem anderen Menschen wurde. Oder vielleicht eher zu dem, der er schon immer war.

Doch ich bin so voller Erinnerungen an den Luc, der mich in seinen Armen hielt, wenn wir einschliefen, und in dessen Umarmung ich noch lag, wenn wir morgens erwachten. Der mir so viel Lust geschenkt hat und meine Arbeit und Meinung wertschätzte.

Gleichzeitig stößt er mich von sich, sieht mich nur als Affäre und ist in seinen Überzeugungen meilenweit von mir entfernt. Ich kann es weder ertragen, bei ihm zu sein, noch, nicht bei ihm zu sein. Die höchsten

Höhen und die tiefsten Stürze in meinem Leben haben immer mit Luc zu tun.

Als ich am dritten Morgen nach einer Nacht voller quälender Träume und mit nur wenig Schlaf erwache, bin ich fast so weit, alles zu vergessen, ihn anzurufen und seine Verzeihung – so er mir überhaupt eine anbietet – zu akzeptieren. Bevor ich jedoch das Smartphone in die Hand nehme, seine Nummer wähle und unsere zerstörerische Beziehung wieder in Gang setzen kann, treffe ich eine andere Entscheidung.

Ich krame meine Umzugskartons unter dem Bett hervor – vielleicht ist es ein Zeichen, dass ich sie bis jetzt noch nicht weggeschmissen habe – und verstaue meine Habseligkeiten darin. Danach kündige ich meine Wohnung, lade meinen Wagen voll und mache mich auf den Weg nach Montpellier. Den Gedanken, zu meinen Eltern zu fahren, verwerfe ich in der Minute, in der ich ihn habe. Ich will ihnen keine Angst machen. Es gibt jemand anderen, dem ich hoffentlich auch willkommen bin.

***

„Jeanne?" Claudes Augen weiten sich, als er mich vor seiner Wohnungstür sitzend vorfindet. „Was machst du denn hier?"

Ursprünglich war mein Plan, ihm sachlich zu erläutern, was mich hierhergetrieben hat, und ihn zu bitten, mir ein paar Tage Unterschlupf zu gewähren. Aber als ich den Mund öffne, merke ich, dass mir die richtigen Worte nicht einfallen wollen, und am Ende sitze ich heulend auf dem grauen Linoleum der Treppenstufen.

Es braucht dann eine Flasche Wein, viele Taschentücher, die zum großen Teil von Claude verbraucht werden, und jede Menge Umarmungen, bis er auf dem neuesten Stand ist.

„Ich weiß nicht, was ich sagen soll, Jeanne ...“ Seufzend reißt er eine Tüte Chips auf, die er aus der Küche geholt hat. „Und ich habe dich noch darin bestärkt, auf diesen Kerl zuzugehen. Ich könnte mich –“

„Das ist doch nicht deine Schuld. Es waren meine Entscheidungen; angefangen damit, bei dieser Feier mit ihm mitzugehen, den Job in seiner Kanzlei anzunehmen, bis hin zu dem Verhältnis mit ihm.“

*Und mich in ihn zu verlieben*. Denn das habe ich. Vielleicht liebe ich ihn sogar, aber das reicht nicht. Manchmal ist Liebe nicht genug. Ich werde nie die abgebrühte Großstadtjuristin sein, die mit jemandem wie Luc klarkäme. Ich bin Jeanne Monnet, die seinetwegen vor lauter Kummer und Sehnsucht kaum geradeaus denken kann.

Schon wieder kommen mir die Tränen.

Claude zieht mich wieder in die Arme und lässt zu, dass ich sein schickes Hemd abermals vollheule.

„Liebeskummer ist wie Drogenentzug“, sagt er und ich gehe davon aus, dass er mich damit trösten will. „Wenn man verknallt ist, schwimmt das ganze Hirn in Endorphinen, Serotonin und Dopamin. Davon muss man erst mal runterkommen. Was du jetzt empfindest, ist alles rein chemisch.“

Schniefend ziehe ich die Nase hoch. „Dann mache ich gerade einen Cold Turkey durch?“

„Genau. Es ist für eine Weile richtig übel, aber hinterher bist du frei.“

Was natürlich nicht stimmt, denn das Verlangen wird immer bleiben, aber für den Augenblick trösten mich seine Worte.

Ich wische mir über die Augen und setze mich auf. „Danke. Und es tut mir leid, dass ich mich die letzten Monate so rargemacht habe. Ich hätte einen guten Freund wie dich nicht vernachlässigen sollen."

„Kein Problem. Du warst in einem emotionalen Ausnahmezustand. Das hat doch jeder schon mal erlebt."

„Du auch?"

Mit theatralischer Geste fährt er sich durch die Haare. „Öfter, als ich an meinem kleinen Finger abzählen kann."

„Also zweimal?", erwidere ich und muss schmunzeln.

„Zuerst in der Uni. Ein Prof, der zwar sehr viel älter, aber unglaublich heiß war. Und verheiratet. Beim zweiten Mal war es ein Kollege. Wir taten uns gar nicht gut. Es herrschte zu wenig Vertrauen und zu viel Eifersucht."

„Aber jetzt bist du glücklich mit Antoine?"

An seinem Lächeln kann ich erkennen, wie selig er ist. „Ja, sehr. Wir sind wie ein spießiges Ehepaar. Es könnte gar nicht schöner sein. Nächstes Frühjahr stellen wir uns Gartenzwerge auf den Balkon."

„Das ist gut." Ich lehne mich zurück und schmiege mich an ihn. „Das will ich auch."

„Irgendwann, Schatz, irgendwann. Jetzt ist erst einmal eine Politik der kleinen Schritte angesagt, um dich wieder auf die Beine zu bringen. Wenn ich dich unter all den Schluchzern und dem ganzen Naseschnäuzen richtig verstanden habe, dann hast du momentan weder einen Job noch eine Wohnung."

Seine Worte machen mir deprimierend deutlich, dass jegliche Sicherheit, die mir früher so wichtig war, verloren gegangen ist. Für den Moment treibe ich wie ein Stück Holz im strudelnden Ozean meines Lebens. Oder so.

„Ja. Ich bin weg, einfach geflüchtet.“

„Dann schlage ich Folgendes vor: Du wohnst fürs Erste hier. Ich bin sowieso die meiste Zeit bei Antoine. Und morgen fühle ich in der Kanzlei vor, ob sie Verwendung für eine großartige Anwältin haben.“

„Zurück zu *Dupont & Leroux*? Ich weiß nicht …“

„Nur, um wieder Fuß zu fassen. Später kannst du dir immer noch einen anderen Job suchen, auch wenn ich mich natürlich freuen würde, dich als Kollegin zu behalten.“

Das klingt nach einem guten Plan. Wie eine Rückkehr in die altbewährten Schienen. Mein Abenteuer habe ich erlebt und es hat mir nicht gutgetan. Das zu tun, was Claude vorschlägt, wäre vernünftig. Sollte ich mal wieder ausprobieren.

# § 13 – Vertragsverletzungen

## § 13 (1) Luc

„Es ist jetzt zwei Monate her, Luc."

Ich sehe von meinem Monitor auf, direkt in Anais' lächelndes Gesicht. „Was meinst du?"

„Jeanne ist vor zwei Monaten gegangen."

Vor zwei Monaten, drei Tagen und ungefähr zwölf Stunden, aber wer will da schon genau nachrechnen. „Und?"

Sie beugt sich weiter nach vorne, mir entgegen. Mit lässiger Eleganz öffnet sie den obersten Knopf ihrer Bluse. „Sie wird nicht wiederkommen. In ihrem Büro sitzt jetzt Carol und leistet sehr gute Arbeit. Die Wogen haben sich geglättet."

Noch ein Knopf.

„Du solltest langsam wieder anfangen zu leben."

„Darunter verstehst du genau was?"

Ohne dass ich reagieren könnte, greift sie meine Hand und saugt meinen Zeigefinger zwischen ihre Lippen. Nein, Subtilität war noch nie ihre Stärke. Und Selbstbeherrschung nicht die meine. Die letzten Wochen habe ich ihre Annäherungsversuche zwar ignorieren können, aber jetzt überflutet mich ein Schwall aus Lust und Atemlosigkeit.

Sobald sie meine Reaktion bemerkt, lässt sie meine Hand langsam wieder los. „Ich verlasse jetzt das Büro und werde bei meinem Wagen auf dich warten, Luc. Er steht gleich um die Ecke, direkt neben deinem. Es ist recht frisch draußen, also lass mich bitte nicht allzu lange dort stehen.“

Ich warte noch fünf Anstandsminuten, bevor ich den Computer herunterfahre, Suzanne und Leonie, die mal wieder zusammensitzen, ein „Bis morgen“ zurufe und mir meinen Mantel von der Garderobe schnappe.

Als ich bei ihrem Wagen ankomme, wird Anais offensichtlich von einem Typen angeflirtet, doch als sie mich sieht, drückt sie ihre rotlackierten Nägel gegen seine Brust und schiebt ihn zur Seite. Sie ist die einzige Frau, die ich kenne, die eine Abfuhr erotisch aussehen lässt.

Mit wiegenden Hüften schwebt sie auf mich zu. „Wie schön, dass du gekommen bist“, flüstert, nein, haucht sie, während ihre Fingerspitzen über das Revers meines Mantels gleiten. „Zu dir oder zu mir?“

Die Entscheidung fällt mir leicht. „Zu dir.“ Es ist weniger unangenehm zu gehen, als jemanden hinauszukomplimentieren.

Wir fahren getrennt zu ihrer Wohnung. Auch das ist mir wichtig: mich hinterher in mein Auto setzen und verschwinden zu können.

In ihrer Wohnung geschieht dann das, was ich erwartet habe. Sie schlüpft aus ihrer Jacke und den hohen Schuhen, zeigt mir, wo ich meinen Mantel hinhängen kann und holt uns Wein. Nach dem ersten Schluck schon nimmt sie mir das Glas aus der Hand und setzt sich auf meinen Schoß. Während wir uns küssen, löst Anais meine Krawatte und öffnet anschließend mein

Hemd. Ihre Fingernägel kratzen zart über meinen Brustkorb.

„Ich habe dich vermisst", flüstert sie an meinem Hals.

„Ich dich nicht", erwidere ich und gehe davon aus, dass sie mich nun aus der Wohnung werfen wird – wofür ich sie enorm respektieren würde. Und genau das erhoffe ich mir, wenn wir auch nur ansatzweise eine Chance haben sollen.

„Du bist grausam." Trotz meiner plumpen Kränkung lächelt sie, steht auf und nimmt meine Hand. „Das ist gut. Ich brauche heute Nacht einen grausamen Mann."

Was sie damit meint, begreife ich, als wir in ihrem Schlafzimmer sind und sie mich bittet, ihr die Kleider vom Leib zu reißen. Damit habe ich kein Problem. Nach zwei Monaten Abstinenz wieder eine nackte Frau zu sehen, noch dazu eine so atemberaubende wie Anais, ist nichts, worüber ich mich beschweren möchte.

Aus einer Schublade zieht sie derbe Seile und eine schwarze Ledergerte, die sie auf das Bett wirft, bevor sie sich dicht an mich drängt und mein Hemd aufknöpft.

„Ich weiß, dass du wütend bist", flüstert sie. „Weil Jeanne weg ist und die Dinge in der Kanzlei nicht so laufen, wie du es möchtest. Du kannst diesen Zorn bei mir lassen. Ich will ihn haben."

Schweiß perlt in meinem Nacken, als sie sich bäuchlings auf das Bett legt und ihre Arme ausstreckt. „Fessele mich. Dann kann ich dir nicht auch noch weglaufen."

Hart und drängend drückt mein Schwanz gegen meine Hose, als sie mir ihren runden, festen Po entgegenreckt. Ich kann Anais' Geilheit förmlich riechen.

Am liebsten würde ich sie jetzt nehmen. Ohne Fesseln und ohne diese lächerliche Gerte.

Ich knie mich auf das Bett und binde ihre Handgelenke an den Metallstreben des Kopfteils fest.

„Nimm die Peitsche", bittet Anais. „Schlag mich."

Unentschlossen umfasse ich den Griff der Gerte und stehe auf. Will ich das hier überhaupt? Will ich es so?

„Ich habe es verdient, Luc. Ich wollte dich und Jeanne auseinanderbringen."

*Ach ja? Erzähl mir was Neues.*

„Weißt du noch, als wir uns im Iron Fist begegnet sind?"

„Natürlich weiß ich das noch." Wie könnte ich Jeanne mit ihrem knallroten Gesicht und in diesem T-Shirt vergessen? Als ich sie dort so unverhofft vor mir sah, kam ich mir richtig albern vor in meiner Boxerpose. Hello Kitty und der starke Mann. Keine Frage, wer diesen Kampf gewinnt.

„Ich wusste, dass du an dem Abend dort sein würdest. Du hattest es in deinen Kalender eingetragen. Ich habe sie absichtlich mit dorthin genommen."

*Sind alle Frauen so verrückt?* „Wieso? Was sollte das bringen?"

Anais räkelt sich auf dem Bett, reibt ihren Schoß über die Decke. „Damit du den Unterschied zwischen uns erkennst. Wie schön ich bin und wie lächerlich sie ist."

Ohne es zu wollen, schlage ich zu. Ein harter Hieb der Gerte geht quer über Anais' Hintern. Lustvoll schreit sie auf, aber es lässt mich kalt, denn ich bin wütend. Verdammt wütend. Vor allem auf mich selbst. Noch einmal schlage ich zu, setze einen zweiten Striemen auf ihre blasse Haut, ganz dicht neben den ersten.

„Ja, genau so", keucht sie. „Ich bin dir ausgeliefert. Mach mit mir, was du willst."

Ich hebe meinen Arm für einen weiteren Schlag. Was für ein Kopfkino wohl gerade bei ihr abläuft? In welche Rolle drängt sie mich?

Ihre Finger krallen sich in den Strick, mit dem ich sie gebunden habe. Der Lack auf ihren Nägeln glänzt in tiefem Burgunderrot. Mein Kopf schwindelt, als ich das bemerke, und mein Arm sinkt herab. Tropft das Rot etwa von ihren Fingern?

In dem Versuch, mich anzusehen, dreht Anais den Kopf zur Seite. „Warum hörst du auf?"

Ich blicke hoch und starre in den kleinen Spiegel ihrer Schminkkommode. Ich sehe meinem Vater sehr ähnlich – das dunkle Haar, die grauen Augen, Nase, Kinn, Mund, das alles ist er. Von meiner Mutter habe ich nichts – oder zumindest nichts, was man von außen erkennen könnte, aber genauso wie sie liebe ich den Geruch regennasser Straßen und die Stille im Wald. Ebenso die Farbe Grün und wenn das Licht zwischen Jalousien in einen Raum fällt. Wir genossen es, uns abends im Bett albern-gruselige Geschichten zu erzählen. Und wir hätten beide alles stehen und liegen gelassen für einen Flammkuchen.

Die Gerte entgleitet meinen Fingern. Ich habe mehr von ihr als von ihm.

Und auf diesem Bett liegt eine Frau, die ich schlage.

Ich knie mich neben Anais und löse die Stricke.

„Luc!" Anais setzt sich auf, massiert ihre rot geriebenen Gelenke. „Was ist los?"

Im Aufstehen knöpfe ich mein Hemd zu. „Was auch immer du getan hast, ich will dir keine Schmerzen zufügen. Es gibt jede Menge Männer, die es genießen würden, das hier mit dir zu machen, aber ich nicht. Such dir einen neuen Job und komm mir nicht mehr unter die Augen."

Dann drehe ich mich um und will gehen. Bevor ich die Wohnung jedoch verlassen kann, holt Anais mich ein. Mit unerwarteter Kraft packt sie mich am Arm und wirbelt mich zu sich herum, dann landet eine gewaltige Ohrfeige auf meiner Wange.

„Wie kannst du es wagen! Verdammt, schau mich an!" Mit beiden Händen zeigt sie auf ihren nackten Körper, als wäre er ein Luxusgegenstand, den sie unbedingt verkaufen will. „Du kannst all das hier haben und stattdessen gehst du? Merkst du nicht, dass wir füreinander bestimmt sind? Merkst du das nicht?"

Ich schüttele den Kopf. „Nein, merke ich nicht. An jenem Abend im Iron Fist war nicht Jeanne lächerlich, sondern du."

„Ich könnte dich glücklich machen, du Idiot!", höre ich noch, als ich die Tür hinter mir zuziehe.

Nein, das könnte sie nicht. Dafür müsste sie Jeanne sein.

***

Nachdem ich die halbe Nacht wach gelegen habe und mich nicht dazu durchringen konnte, Jeanne anzurufen, weil ich so ein elender Feigling bin, schlurfe ich morgens müde und übel gelaunt in die Kanzleiküche. Vielleicht schafft der fünfte Kaffee, was seinen vier Vorgänger nicht gelungen ist: mich aufzumuntern.

Den erhofften Wachmacher in der Hand will ich zurück in mein Büro, als Anais die Kanzlei betritt. Es wundert mich, dass sie trotz meiner direkten Ansage nach unserem gestrigen Drama überhaupt erscheint, aber da ist sie, in schwarze, weite Klamotten gehüllt. Sie schleicht mehr, als dass sie läuft, geht an ihrem Arbeitsplatz vorbei und verschwindet direkt in Suzannes Zimmer. Mich überkommt ein echt übles Gefühl, das sich noch verstärkt, als Suzanne eine gute Stunde später in mein Büro kommt, an der Tür stehen bleibt und mich mit einem undurchdringlichen Gesichtsausdruck zu sich bittet.

Als ich in den Raum trete, sehe ich Anais zusammengesunken auf diesem lächerlichen Sitzsack hocken. Zum ersten Mal, seit ich sie kenne, ist sie ungeschminkt und diese nur vage Ähnlichkeit, die sie mit sich selbst hat, verwirrt mich wie eine gute optische Täuschung. Neben ihr steht Leonie, die Arme vor der Brust verschränkt, die Beine auseinandergestellt. So wie sie dasteht, erinnert sie an einen Wachsoldaten.

Suzanne schließt hinter mir die Tür. Ein drückendes Schweigen liegt in der Luft. Vielleicht bin ich am Schreibtisch eingeschlafen und das hier ist ein seltsamer Traum.

„Anais hat uns erzählt, was gestern Abend zwischen euch vorgefallen ist, Luc", sagt Leonie.

Mein Blick schießt zu Anais. „Warum erzählst du ihnen davon? Das geht doch niemanden außer uns etwas an", rufe ich heftiger als gewollt, aber ihre Indiskretion ärgert mich maßlos. Sie jedoch reagiert nur, indem sie die Lider niederschlägt.

Wirklich, ein sehr seltsamer Traum.

„Doch, es geht uns etwas an." Leonies Stimme ist eiskalt. „Und es ist gut, dass sie mit uns darüber redet. Wie zum Teufel konntest du das tun?"

Allmählich verwandelt sich der Traum in einen Nachtmahr. Abwehrend hebe ich die Hände. „Wovon redet ihr? Anais, was soll das? Warum –?"

Ich gehe auf sie zu, aber Leonie stellt sich mir in den Weg. „Lass sie in Ruhe. Du wirst sie nicht anreden, nicht ansehen und schon gar nicht anfassen. Du wirst ihr nie wieder Gewalt antun."

In diesem Moment begreife ich, was Anais ihnen erzählt hat. Um etwas Anspannung aus der Situation zu nehmen, weiche ich vor Leonie zurück und versuche, mit ruhiger Stimme zu sprechen. „Ich habe nichts getan, was sie nicht wollte."

„Mein Gott!" Suzanne, die bis dahin ruhig geblieben ist, stößt einen verhaltenen Schrei aus. „Sie hat das gewollt? Dass du sie fesselst und schlägst und ...?"

Um Suzannes Worte zu untermauern, packt Leonie Anais' Hand und zieht den Ärmel zurück, entblößt die roten Male um ihre Handgelenke. Diese Geste macht mir bewusst, dass es hier nicht mehr darum geht, Anais' und meine Version der Geschehnisse anzuhören. Für meine Partnerinnen ist die Sache klar – sie halten mich für einen brutalen Mistkerl. Wie lange sie das wohl schon tun? Wie oft haben wir zusammengesessen, Fälle besprochen, gestritten und gelacht, aber in ihren Gedanken war ich die tickende Zeitbombe?

„Was wirst du tun, Anais?", frage ich. „Gehst du zur Polizei? Zeigst du mich an?"

„Wir haben sehr intensiv mit ihr geredet." Suzannes Stimme klingt belegt, so als müsse sie sich räuspern.

„Sie fühlt sich der Kanzlei emotional verbunden und möchte ihr nicht schaden. Wir haben ihr ein Schmerzensgeld angeboten, das sie akzeptiert hat. Dafür bleiben Polizei und Medien außen vor."

„Oh!" Trotz der Situation muss ich lachen. „Herzlichen Glückwunsch, Anais. Ich habe schon immer gewusst, dass du von uns allen die Cleverste bist."

All die Jahre wollte ich nicht sehen, wie krankhaft ihr offensives Anmachen war, die ständigen Grenzüberschreitungen. Klar, es hat mir geschmeichelt. Welchem Mann würde es nicht gefallen, von so einer Frau umgarnt zu werden? Selbst nach gestern Abend schien es mir undenkbar, dass das hier geschehen könnte. Aber nun will Anais mich vernichten und sie hat die Möglichkeiten dazu.

Mühsam erhebt sie sich vom Sitzsack und geht zur Tür. „Entschuldigt", sagt sie mit leiser Stimme an meine Partnerinnen gewandt, „für mich ist das alles sehr aufwühlend. Ich will nach Hause."

„Natürlich. Wenn du irgendetwas brauchst ..." Die süßliche Anteilnahme in Leonies Stimme bringt mich fast zum Würgen.

Als Anais an mir vorbeigeht, sieht sie mir direkt in die Augen. „Es hätte alles anders kommen können", flüstert sie. „Es lag in deiner Macht. Jetzt nicht mehr."

Als sich die Tür hinter ihr schließt, drehe ich mich zu Suzanne und Leonie um und lese in ihren Gesichtern, dass da noch etwas auf mich wartet.

„Na los", fordere ich sie auf. „Lasst es raus. Werft mir eure Abscheu an den Kopf."

Suzanne und Leonie wechseln einen raschen Blick.

„Das Schmerzensgeld ist die eine Sache", fängt Suzanne schließlich an. „Damit sie weiter hier arbeitet, hat Anais jedoch zur Bedingung gemacht, dass du gehst."

Natürlich. Erst das macht ihren Sieg vollkommen. Sie weiß, dass an ihrem Körper keine Spuren einer Vergewaltigung zu finden sind, deshalb geht sie nicht zur Polizei. Aber auf diese Weise verletzt sie mich viel stärker, da ich alles verliere.

„Du kannst dir vorstellen", setzt Leonie fort, „dass wir auch auf diese Forderung eingegangen sind. Unsere Partnerschaft wird also mit sofortiger Wirkung beendet. Einen entsprechenden Aufhebungsvertrag lassen wir dir spätestens morgen zukommen. Wir gehen davon aus, dass du ihn umgehend unterschreiben wirst. Die Auszahlung deines Firmenanteils erfolgt ratenweise, abhängig von den finanziellen Möglichkeiten der Kanzlei, die durch die Zahlung an Anais stark beansprucht werden. Du hast uns in die Scheiße geritten, Luc, ist dir das überhaupt klar? Wie krank bist du eigentlich?"

Ihre Worte tun mir nicht weh. Dafür ist meine Meinung von Leonie zu gering. Dass Suzanne jedoch so schlecht von mir denkt, ist eine ganz andere Sache. Wir haben in den unrenovierten Räumen der Kanzlei aus Pappbechern Sekt getrunken, nachdem wir den Mietvertrag unterschrieben hatten. Sie war meine Trauzeugin, hat mich bei meiner Scheidung beraten und in ihren dunkelsten Stunden hat sie mich zu sich gelassen. Nie hätte ich mir vorstellen können, dass sie mich derart verachtet.

Ich kann in dieser Situation nichts mehr gewinnen, aber meine Gedanken kann ich immer noch aussprechen. „Ihr zieht nicht einmal in Betracht, dass Anais lügen könnte. Fühlt ihr euch in euren Vorurteilen über mich jetzt bestätigt? Bestimmt seid ihr erleichtert: ‚Gott sei Dank, wir hatten die ganze Zeit recht und waren nicht nur voreingenommen und engstirnig.‘“

Ja, das fühlt sich gut an. Ehrlichkeit kann befreiend sein.

„Aber macht euch keine Sorgen, ich verschwinde heute noch. Meine Anteile sowie meine Einlage – die ganzen 750.000 Euro – überweist ihr innerhalb der nächsten drei Tage auf mein Konto. Die finanzielle Lage der Kanzlei ist mir völlig egal.“

Suzanne streckt sich zu ihrer ganzen Größe. „Ach ja? Und wenn wir das nicht tun? Was dann?“

„Dann gehe ich zur Polizei und zeige mich selbst an. Stellt euch nur das Medieninteresse vor. Ich kann die Schlagzeilen im FRANCE-SOIR direkt vor mir sehen: ‚Der Sex-Anwalt – seine Partnerinnen vertuschten seine Untaten mit schmutzigem Geld‘.“

Leonie entweicht ein Keuchen und Suzanne starrt mich ungläubig an. „Das würdest du tun? Dir selbst schaden, um uns zu treffen? Wir waren mal Freunde, Luc.“

Statt einer Antwort schnappe ich mir einen Kugelschreiber und ein Blatt Papier, schmiere „Fuck you“ darauf und reiche es ihr. „Hier, der Aufhebungsvertrag.“ Dann verlasse ich das Zimmer.

Es dauert nicht lange, meinen Schreibtisch zu räumen, und ich gehe, ohne mich zu verabschieden. Das war noch nie mein Ding. Normalerweise verscheuche

ich die Menschen um mich herum, was ein „Lebewohl"
überflüssig macht.

# § 13 (2) Jeanne

Dank Claudes Fürsprache konnte ich tatsächlich bei
meiner alten Kanzlei einsteigen und arbeite jetzt wieder für Monsieur Dupond, der mich weiterhin Mademoiselle Marron nennt. Aber das stört mich nicht. Ich
richte mein neues altes Leben wie ein gemütliches
Wohnzimmer ein, mit Dingen, die ich kenne, und Menschen, die mir vertraut sind.

Einer davon ist Noah, der bodenständige, verlässliche
Noah, der während unserer Trennung immer an mich
gedacht hat. Er wohnt gut zwei Stunden von Montpellier entfernt, nimmt aber die lange Fahrt auf sich, um
heute Abend mit mir zu essen. Wenn das kein Zeichen
von Zuneigung ist! Ich sehe es bereits vor mir, wie wir
bei unserer silbernen Hochzeit auf der Veranda unseres entzückenden Häuschens stehen. Die Kinder und
Enkelkinder sind um uns versammelt und eine Kolonie
Erdmännchen haust in unserem Garten, während wir
daran denken, was für ein Glück es doch ist, dass wir
uns haben.

Wir treffen uns in einem Restaurant in Montpellier,
das momentan in aller Munde ist. Normalerweise ist
das *Le Rocher* auf Wochen ausgebucht, aber Noah ist es
gelungen, einen Tisch für zwei zu reservieren. Voller
Hingabe verzehrt er ein Boeuf Bourguignon und ich genieße einen rustikalen Flammkuchen. Die meiste Zeit
schweigen wir, was in meinen Augen für echte

Verbundenheit steht. Man muss nicht immer reden, um sich zu verstehen. Allerdings kann es auf Dauer auch beklemmend wirken, wenn einem so gar kein Thema einfallen will, über das man sich unterhalten könnte.

Damit ich das Gefühl habe, beschäftigt zu sein, sehe ich mich im Lokal um. Mit seinen unverputzten Wänden, den gusseisernen Lampen und derben Holztischen gefällt es mir sehr gut und erinnert mich an das Haus in Dreux.

Schlagartig blitzen Erinnerungen an Luc in mir auf, die ich mit etwas Wein versuche hinunterzuspülen – was nicht mal ansatzweise funktioniert.

Erleichtert nutze ich die Ablenkung, als sich die Tür zur Küche des Lokals öffnet und der Koch, ein gut aussehender Mann, herauskommt. Er geht zu einem Tisch am Fenster und beugt sich zu der dort sitzenden, hochschwangeren Frau herunter. Die beiden küssen sich rasch und er streicht über ihre kurzen blonden Haare. In seinem Lächeln steht so viel Liebe, dass ich schlucken muss. Schlagartig wünsche ich mir, genau solch ein Lächeln geschenkt zu bekommen.

„Bügelst du eigentlich immer noch so gerne?", fragt Noah.

„Was?"

„Früher hast du doch alles gebügelt. Meine Hemdenkragen waren stets tadellos."

In einem verstörenden Flashback sehe ich mich in meiner Studentenbude am Bügelbrett, Noah auf dem Sofa mit seinem Tablet in den Fingern und ein Haufen seiner Hemden auf dem Stuhl neben mir. Ja, das war ich mit Anfang zwanzig. Wilde Jugend!

„Dafür habe ich keine Zeit mehr. Ich gebe meine Sachen in die Reinigung. Wieso fragst du? Wolltest du mir deine Hemden schicken?“

Noahs Antwort zeigt mir, dass er zumindest mit dem Gedanken gespielt hat. „Nein! Das wäre doch verrückt! Oder nicht, kleine Fee?“

So nannte er mich in zärtlichen Momenten: kleine Fee. Etwas infantil und mitunter unpassend. Zum Beispiel, wenn ich ihm einen Blowjob verpasste und er stöhnte: „Na, los, kleine Fee, saug und schluck.“

Und da begreife ich es in glasklarer Deutlichkeit. Das hier ist ein Fehler. Die romantisch verklärte Erinnerung an Noah zu benutzen, um meine Einsamkeit zu überspielen, ist absolut unfair, ihm und auch mir gegenüber.

Noah schiebt seinen leeren Teller beiseite. „Das war unglaublich! Hier sollten wir öfter hingehen. Willst du noch einen Nachtisch?“

Ich schüttele den Kopf, weil ich diesen Abend plötzlich so schnell wie möglich beenden will. „Sonst sehr gern, aber ich bin schrecklich müde und möchte nach Hause. Ist das in Ordnung für dich?“

Noahs Augen leuchten. „Natürlich.“

Wir bezahlen und nachdem wir das Restaurant verlassen haben, laufen wir über das unebene Straßenpflaster zum Parkhaus, in dem unsere Autos stehen. Die Nachtluft ist kühl und ich friere in meiner dünnen Jacke. Ich muss es Noah sagen – dass es schön war, ihn wiederzusehen, es aber keine weiteren Treffen geben kann.

In einer der schmalen Altstadtgassen bleibt er plötzlich stehen. „Eigentlich habe ich gar keine Lust, heute noch nach Hause zu fahren."

Nicht nur seine Worte, auch sein Gesichtsausdruck lassen ein unangenehmes Gefühl meinen Rücken emporkriechen. Legt er es darauf an, mit zu mir zu kommen? Er könnte auf dem Sofa schlafen. Aber will ich das?

„Dann solltest du dir ein Zimmer nehmen", weiche ich aus. „Das Hotel Massenet ist nicht weit entfernt und wirklich gut."

„Ein Hotelzimmer? Hey, ich bin es, Noah, nicht irgendein Fremder. Obwohl, dann wärst du wahrscheinlich nicht so abweisend."

Er legt den Arm um meine Taille und zieht mich an sich. Ich rieche den Rotwein in seinem Atem. Fast hätte ich vergessen, dass Noah keinen Alkohol verträgt, auch wenn er ihn trotzdem trinkt.

Energisch presse ich meine Hände gegen seine Brust, um Abstand zu bekommen. „Ich gehe von hier aus allein weiter. Das Hotel findest du auch übers Internet."

„Ach, komm schon." Mit festem Griff hält er mich. „Eine Nacht. Um der guten alten Zeiten willen."

„Lass mich sofort los! Ich habe mich nicht deshalb mit dir getroffen." Immer stärker wehre ich mich gegen seinen festen Griff.

„Ach nein? Weshalb dann? Du steigst doch mit jedem ins Bett, also zier dich nicht so. Du schuldest mir was, kleine Fee."

Noahs Atem befeuchtet meine Wange, seine Finger graben sich in meinen Hintern und raffen den Stoff meines Rockes hoch.

Nein, wir haben nie eine normale, schöne Beziehung geführt, im Gegenteil. Dieser auf den ersten Blick so sympathisch wirkende Mann behandelte mich schlechter, als Luc es je getan hat. Er nahm keinerlei Rücksicht auf mich, weder sexuell noch auf irgendeine andere Art. Er würde mich im Bett niemals derart verwöhnen, bis ich vor Lust vergehe, ohne etwas dafür zu erwarten. Nie im Leben wäre er auf die Idee gekommen, mir Bettsocken zu schenken, nur damit es mir besser geht.

Mit aller Kraft, derer ich fähig bin, trete ich gegen Noahs Schienbein. Stöhnend lässt er mich los und nach einem zweiten Tritt geht er in die Knie.

„Ich schulde dir gar nichts, Noah", presse ich zwischen zusammengepressten Zähnen hervor. „Und ich habe auch kein schlechtes Gewissen, dass ich dich betrogen habe. Ich hätte es viel früher tun sollen."

Ich stürme von ihm weg, hin zu meinem Auto. Während meiner Fahrt nach Hause versucht Noah, mich anzurufen, hinterlässt mir eine Nachricht auf der Mailbox und schickt zwei SMS. Als ich zu Hause bin, lösche ich sie, ohne sie vorher angesehen zu haben, und blockiere seine Nummer. Ich bin so dermaßen wütend, dass ich schreien könnte – wütend auf Noah, auf Luc und auf alle anderen Scheißkerle dieser Welt.

# § 13 (3) Luc

Francois verfügt über einen sechsten Sinn. Schon als wir noch Kinder waren, wusste er stets, wann ich Probleme hatte, und jetzt, kaum dass ich vom Notar zurück bin, wo der Verkauf meiner Wohnung beglaubigt wurde, ruft er mich auf dem Smartphone an. Ich nehme den Anruf entgegen – auch wenn mir nicht danach ist, mit jemandem zu reden, und schon gar nicht, von Anais' Vorwürfen zu berichten. Trotzdem tue ich es.

Diese Geschichte hat mich während der letzten drei Wochen förmlich zerfressen. Es ist, als wären die Monster meiner Vergangenheit letztlich aus den Schatten getreten. Ich spüre den Blick ihrer starren Augen bei jedem Schritt, den ich tue. Doch während ich Francois davon berichte, was geschehen ist, fühle ich mich sicher vor ihnen. Zumindest für den Moment.

„Hast du dir überlegt, gegen ihre Anschuldigungen vorzugehen?", fragt Francois, nachdem ich ihm alles erzählt habe.

„Was würde das bringen? Ich habe zwar damit gedroht, mich selbst anzuzeigen, und ein Verfahren würde sicherlich mit einem Freispruch wegen Mangels an Beweisen enden, aber du weißt so gut wie ich, was das bedeutet. Jeder, der im Netz nach mir suchen würde, fände den vergewaltigenden Anwalt, der zu clever war, um verurteilt zu werden. Ich muss das auf sich beruhen lassen und hoffen, dass sie es ebenfalls tut."

„Das ist nicht fair."

Er meint es gut, aber seine Empörung über die Ungerechtigkeit der Welt geht mir gerade so richtig auf die Nerven.

„Stell dir vor, so ist das Leben. Ab und zu tritt es einem richtig heftig in die Eier. Sei froh, dass du bisher noch nicht so viel davon mitbekommen hast."

„Einen Gutteil dieser Tritte verpasst du dir selbst, Luc. Warum brennst du gleich alle Brücken hinter dir ab, anstatt zu kämpfen? Weshalb verkaufst du deine Wohnung? Du könntest eine neue Kanzlei gründen, erst einmal allein auftreten. Du bleibst in Paris und arbeitest von zu Hause aus. Einige deiner Mandanten würden bestimmt mit dir gehen und für die Zukunft –"

„Scheiß auf die Zukunft, Francois. Scheiß drauf! Ich habe gerade echte Probleme mit der Gegenwart."

„Ich versteh dich ja, aber –"

Nein, er versteht gar nichts. Wie sollte er auch? Ihm ist nie der Boden unter den Füßen weggezogen worden. Ich bin verdammt neidisch auf ihn. Auf die Art, wie er glatt durchs Leben kommt. Dass seine Eltern ihn nie im Stich gelassen haben und er eine Frau gefunden hat, die er liebt und die ihn liebt.

„Du bist übrigens an allem schuld, weißt du das, Francois?"

Ein kurzes Zögern, dann: „Schuld? Und an allem? Das ist viel. Was genau meinst du?"

„Deinetwegen habe ich mich nicht an die eine einfache Wahrheit gehalten, nämlich dass Liebe nichts wert ist. Du hast auf mich eingeredet, Jeanne sei etwas Besonderes und dass ich mich auf sie einlassen soll. Hätte ich nicht angefangen, selbst an diesen Mist zu glauben, wäre ich bei Anais geblieben, hätte ihr den Arsch versohlt, wenn sie so unbedingt darauf steht, und würde jetzt eine lockere, entspannte Affäre mit ihr führen. Und wäre nicht in dieser verdammt beschissenen Lage."

Mein Atem geht hastig vor Zorn, aber ich hoffe so sehr, dass Francois nicht auflegt.

„Geht es dir jetzt besser, Luc, nachdem du das losgeworden bist?"

„Besser? Wie zum Teufel soll es mir besser gehen?"

„Ich fürchte, genau das wirst du herausfinden müssen. Was wirst du tun? Was sind deine Pläne?"

„Keine Ahnung."

„Wenn du Hilfe brauchst –"

„Ach, sei nicht so verdammt nett. Meine Güte, Francois!"

Er lacht leise und traurig. „Ich kann es nicht ändern, Luc. Du bist mein Bruder. Wenn es dir hilft, glaub ruhig für eine Weile, dass ich schuld bin an deinem Unglück. Ich weiß, dass du irgendwann vernünftiger darüber denken wirst. Bis dahin musst du nur wissen, dass du jederzeit zu mir kommen kannst."

Ich breche das Gespräch ab und bevor Francois eine Chance hat, erneut anzurufen, nehme ich die SIM-Karte aus dem Smartphone und zerstöre sie. Mir ist gerade sehr danach, alle Brücken hinter mir abzubrennen.

# § 13 (4) Jeanne

„Haben Sie das zu verantworten?" Monsieur Dupont wirft die Kopien eines Schriftstücks und einer Urkunde auf meinen Schreibtisch. Die Namen Villiers und Bernard stechen mir sofort in die Augen.

Ungläubig greife ich mein Gutachten und die Untreuevereinbarung. „Ja, das ist von mir. Während meiner Zeit bei ... in Paris arbeitete ich an diesem Fall."

„Da haben Sie ja ganz schön übertrieben, was?" Er hebt das Gutachten hoch und blättert darin herum. „Neben den rechtlichen Aspekten müssen zur vollständigen Würdigung der Vorzüge des Pacte civil de solidarité gegenüber der konventionellen Eheschließung jedoch auch die Veränderungen der gesellschaftlichen Konventionen in Betracht gezogen werden", liest er laut, bevor er die letzte Seite aufschlägt. „Am besten gefällt mir diese Stelle: ‚Selbst die höchsten Würdenträger, Kulturschaffenden und Influencer bekennen sich zu dieser modernen Form der Ehe. Mit dem Pacs ist die Liebe in Frankreich im einundzwanzigsten Jahrhundert angekommen.‘"

Dupont grinst mich an. „Nett, wirklich nett. Sie könnten in der Werbung arbeiten."

„Danke, noch tiefer wollte ich nicht sinken", erwidere ich mit einem verunglückten Scherz. „Aber was haben Sie mit dieser Angelegenheit zu tun?"

„Monsieur Villiers wird mit seinen kompletten Geschäften seit Kurzem von uns betreut. Von mir, um genau zu sein. Und dazu gehört auch die Auseinandersetzung mit seiner Lebensgefährtin."

Ich fühle mich so überfordert wie ein Atari 2600, auf dem Fortnite gespielt werden soll.

„Wird er nicht mehr von Monsieur Bronnard vertreten? Und welche Auseinandersetzung?" Steigen Rauchwölkchen aus meinem Kopf? Es würde mich nicht verwundern.

„Seine Lebensgefährtin hat ihn über den Tisch gezogen. Diese Untreuevereinbarung, mit der er sich schützen wollte, ist ihm wie ein Bumerang ins Genick geflogen. So wie er es darstellt, hat sie eine Frau auf ihn angesetzt, die ihn in aller Öffentlichkeit in verfängliche Situationen gebracht hat. Ein engagierter Privatdetektiv schoss Fotos davon und plötzlich – Abrakadabra – tauchte auch noch ein Kleid besagter Dame auf, das gewisse Spuren von unserem Mandanten aufweist, der jedoch schwört, mit dieser Person nie intim geworden zu sein. Er geht davon aus, dass es sich um ein abgekartetes Spiel seiner Lebensgefährtin handelt, die die Beziehung nun beendet hat und auf der Grundlage ihrer Vereinbarung eine außergerichtliche Einigung anstrebt."

„Eine Einigung? Von wieviel sprechen wir?"

„Sie würde sich wohl mit zwei Millionen und einer Eigentumswohnung im Zentrum von Paris zufriedengeben, was eine schöne Summe für wenige Wochen Verpartnerung darstellt. Ein Gerichtsverfahren würde viel Geld und Zeit verschlingen und aller Wahrscheinlichkeit nach negativ für uns ausgehen, deshalb ..." Dupont breitet vielsagend die Arme aus.

Anscheinend ist Madame Bernard doch nicht so naiv, wie sie alle Welt hat glauben machen. Im Grunde freut es mich sogar, dass sie Villiers über den Tisch zieht. In dieser Geschichte hat sowieso jeder jeden betrogen. Wahrscheinlich ist ein solches Quidproquo der Gemeinheiten die einzige Gerechtigkeit im Leben, die man erreichen kann.

„Na ja, ich dachte mir, dass es Sie interessiert, Mademoiselle Marron. An dem Fall selbst werden Sie nicht mitarbeiten. Das ist reine Männersache."

„Kein Problem, Monsieur Dupont. Wirklich, überhaupt kein Problem. Aber hat Villiers einen Grund angegeben, warum er nicht mehr von der Kanzlei von Monsieur Bronnard vertreten werden will?"

„Monsieur Bronnard ist aus seiner Kanzlei ausgeschieden. Es gab wohl interne Streitigkeiten."

„Streitigkeiten welcher Art?" Bin ich etwa schuld daran, dass Luc gegangen ist? Auch wenn ich im Rückblick nichts an meinem Verhalten ändern würde, so ist mir dieser Gedanke doch unangenehm.

„Woher soll ich das denn wissen? Und jetzt machen Sie sich wieder an die Arbeit. Ich bezahle Sie nicht fürs Plaudern."

Von wegen arbeiten! Sobald Monsieur Dupont mein Büro verlassen hat, tippe ich hastig die Webadresse der Kanzlei in die Browserleiste. Allerdings lande ich nicht auf der Seite von *Bronnard, Deniaud & Forestier*, sondern werde zu einer Kanzlei namens *Force des Femmes* weitergeleitet.

Überrascht klicke ich auf „Wer wir sind", wo mich Suzanne und Leonie entschlossen und tatkräftig ansehen. Ich suche weiter im Netz nach Luc und stoße zwar auf seine Publikationen, finde aber keinen Hinweis auf die Tätigkeit in irgendeiner anderen Kanzlei. Das ist also das allwissende Internet, von dem alle immer reden?

Kurz entschlossen aktiviere ich bei meinem Smartphone die Rufnummernunterdrückung und rufe Luc an. Statt seines knurrigen Baritons meldet sich eine Computerstimme, die mir mitteilt, dass diese Nummer nicht vergeben sei.

Es braucht einen Moment, bis ich begreife, dass er für mich unerreichbar ist. Keinen Kontakt zu wollen, ist die eine Sache. Keinen haben zu können, eine ganz andere. Ein Schlag in die Magengrube, selbst mit einem Baseballschläger, könnte sich nicht übler anfühlen.

In einem letzten Versuch, etwas herauszufinden, gebe ich „Luc Bronnard Garron" ein. Garron ist, so erinnere ich mich, seine Heimatstadt und eine der wenigen privaten Informationen, die er mir anvertraut hat. Damals hatte ich das Gefühl, dass ihm selbst das zu viel war.

Mein Herz stoppt, als mir im Archiv einer Zeitung aus Garron ein Artikel aus dem Jahr 1997 angezeigt wird, der von Louanne Bronnard berichtet, die nach jahrelangen Misshandlungen durch die Hand ihres Ehemannes Matthieu starb, und von ihrem zwölfjährigen Sohn Luc, der die Leiche seiner Mutter fand, als er aus der Schule kam. Ein Foto zeigt einen grauen Wohnblock, vor dessen Eingang ein Polizeiwagen hält.

Am rechten Bildrand steht dieser zarte, großäugige Junge, der Luc einmal war. Eine Decke liegt um seine Schultern und in seinem Gesicht lese ich einen solchen Horror, eine solche Hilflosigkeit, dass mir Tränen in die Augen treten. Ich bin mir sicher, dass die tiefe Einsamkeit, die ich immer in ihm gespürt habe, in diesem Moment von ihm Besitz ergriff.

Ich muss mit ihm reden. Ich muss nach Paris. Sicherlich ist das unvernünftig, doch was ihn angeht, habe ich mich noch nie vernünftig verhalten. Also renne ich in Duponts Büro, rufe ihm zu, dass ich den Rest der Woche Urlaub brauche, und fahre zum Flughafen.

Während des Fluges hält es mich vor lauter Ungeduld kaum auf meinem Platz. Werde ich Luc bald wiedersehen? Und wenn ja, was wird dann geschehen?

Keine vier Stunden später laufe ich endlich über Pariser Straßen und dränge mich durch Menschenmengen. Notre-Dame steht grau im spätherbstlichen Regen, der von den Markisen der Bistros auf die Köpfe der Passanten tropft und das Herbstlaub zu den Gullys schwemmt.

Vor Lucs Wohnung angekommen, trifft mich die nächste schlechte Überraschung, denn das Namensschild an der Eingangstür zu dem Haus, in dem er wohnt, weist eine Lücke auf. In der Initialen-Anonymität der Türklingeln fehlt „L. B.“.

Ich lehne mich gegen die Hauswand und suche unter den schmalen französischen Balkonen Schutz vor dem unaufhörlichen Nieselregen. Es ist kalt hier. In Montpellier reichte mir meine Jacke, aber nun schlinge ich die Arme um den Oberkörper und hoffe darauf, dass einer der Hausbewohner trotz des schlechten Wetters seine Wohnung verlässt.

Als das endlich geschieht und ein mit Schirm und Mantel ausgestatteter Mann auf die Straße tritt, springe ich ihm hinterher. „Monsieur! Bitte warten Sie! Nur einen Moment.“

In der Langsamkeit, mit der er sich zu mir umdreht, glaube ich, seine Gedanken zu erkennen: *„Was will diese Person? Wer zum Henker ist das? Sollte ich sie nicht besser ignorieren?“*

„Ja?“, antwortet er dennoch.

Hastig streiche ich meine tropfnassen Haare beiseite, um nicht wie der Geist aus *The Grudge* auszusehen. „Entschuldigen Sie bitte, aber ich suche Monsieur Bronnard. Er hat hier gewohnt, es ist noch nicht allzu lange her.“

„Bronnard?“

„Im dritten Stock. Groß, dunkelhaarig. Anwalt.“

„Dann weiß ich, wen Sie meinen. Ein recht unwirscher Mann.“

„Ja. Wissen Sie zufälligerweise, wo er jetzt wohnt?“

Er schüttelt den Kopf und ich könnte heulen vor Enttäuschung. „Nein. Wie gesagt, er war recht unwirsch.“

„Und wann ist er ausgezogen? Wissen Sie das?“

„Vor zwei, drei Wochen.“

„Okay, und –“

Aber da unterbricht der Mann mich höflich. „Ich würde gerne weiter, wenn Sie gestatten. Ich bin verabredet.“

„Es tut mir leid, nur noch eine Frage, bitte.“ Nervös knete ich meine Finger und gehe einen Schritt auf den Mann zu. „Wissen Sie, ob er mit einem der anderen Nachbarn Kontakt hatte? Mit jemandem, der vielleicht wissen könnte, wo ich ihn finden kann?“

Er lacht. „Madame, wir sind in Paris. Hier hat kaum ein Nachbar mit dem anderen Kontakt.“

Er dreht sich um und geht, doch abermals haste ich ihm nach. „Können Sie mir wirklich nichts sagen? Jede Kleinigkeit könnte helfen.“

Unter seiner höflichen Miene blitzt genervte Ungeduld hervor. „Schon mal daran gedacht, dass er vielleicht nicht gefunden werden will?“

*Das wäre möglich*, denke ich, während ich dem Mann nachschaue, *spielt für mich aber keine Rolle.* Im Ungewissen zu bleiben, vielleicht für den Rest meines Lebens, scheint mir unerträglich, also muss ich weitersuchen. Viele Möglichkeiten habe ich allerdings nicht mehr, eigentlich nur noch eine.

Ich haste zur Kanzlei und warte im dämmrig werdenden Tag. Weder will ich Leonie begegnen noch Anais, aber Luc sprach stets mit großem Respekt von Madame Deniaud. Vielleicht weiß sie, wo ich ihn finden kann.

Als sie zum Glück kurz nach meiner Ankunft die Kanzlei verlässt, zähle ich bis drei und atme tief durch, bevor ich sie anspreche.

„Jeanne!“ Überrascht sieht sie auf mich herab. „Was wollen Sie denn hier?“

„Mit Ihnen reden. Wenn das möglich ist. Es geht um Luc.“

In ihrem Blick steht Entsetzen, das wie ein Messer durch mich hindurchfährt. Was um Himmels willen ist geschehen? Ist er etwa …? Nein. Das ist er nicht. Das geht nicht und das will ich nicht.

Da sie nicht weiter reagiert, rede ich. „Ich suche nach ihm. Über sein Handy erreiche ich ihn nicht und aus seiner Wohnung ist er ausgezogen.“

„Was wollen Sie von ihm? Hat er Ihnen auch etwas angetan?“

Angetan? Allerdings! Er hat mir mein dämliches Herz gebrochen. Hat mich dazu verdammt, jeden Abend daran zu denken, wie warm das Bett war, wenn er darin lag und wie kalt es ohne ihn ist.

„Kommen Sie, ich spendiere Ihnen etwas zu trinken.“ Madame Deniaud packt mich am Arm und zieht mich hinter sich her in ein Bistro. Dort drückt sie mich auf einen der dunkelbraunen Holzstühle, bevor sie ihren Mantel auszieht und über die Stuhllehne hängt. Ich bin so eingeschüchtert von ihrem rigorosen Verhalten, dass ich mich nicht traue aufzustehen und mich deshalb mühsam im Sitzen aus meiner Jacke schäle.

„Sie sind viel zu dünn angezogen“, belehrt mich Madame Deniaud. „Sie werden sich den Tod holen.“

„Heute Morgen war ich noch in Montpellier. Ich hatte keine Zeit zu packen."

„Keine Zeit, soso." Sie setzt sich und gibt der Dame an der Bar mit einem Winken der Hand zu verstehen, dass sie sich zu uns bemühen soll. Ungerührt wischt die noch einmal mit einem Lappen über die ganze Breite des lederbezogenen Tresens. Als sie sich auf den Weg zu uns macht, liegt die Wichtigkeit der Pariser Gastronomie in jedem ihrer bedächtigen Schritte.

Madame Deniaud bestellt zwei Pernod und unterbindet meinen Protest mit den Worten: „Glauben Sie mir, den werden Sie brauchen."

„Was ist denn passiert? Wieso ist Luc nicht mehr in der Kanzlei? Was –?"

„Sie mögen ihn, nicht wahr?", unterbricht sie meine Fragen.

„Ja. Nicht sehr clever, ich weiß."

Sie atmet durch und sieht mich dann mit ernstem Blick an. „Es ist nicht einfach, Ihnen das zu sagen, Madame Monnet, aber wir haben uns von Luc getrennt. Er hat eine unserer Mitarbeiterinnen sexuell genötigt."

In diesem Moment tritt die Wirtin wieder an unseren Tisch. Ich greife eins der Gläser direkt vom Tablett und trinke das krautig-scharfe Getränk in einem Schluck.

Madame Deniaud lehnt sich auf ihrem Stuhl zurück. „Ich sagte Ihnen ja, dass sie es brauchen werden".

„Anais. Ist sie es, die das behauptet?", frage ich, nachdem ich wieder atmen kann.

„Das möchte ich lieber nicht –"

„Also war sie es."

Statt einer Antwort nippt Madame Deniaud an ihrem Pernod.

„Ich glaube es nicht", stoße ich hervor. „Ich glaube nicht, dass Luc –"

„Die betreffende Person hatte gewisse Male an ihrem Körper, die ihre Geschichte untermauerten."

„Male?"

„Fesselspuren an den Handgelenken."

Soll ich ihr sagen, dass Anais mir gegenüber einmal andeutete, auf härteren Sex zu stehen, und die Spuren daher rühren könnten? Trotzdem hätte es eine Vergewaltigung sein können. Dass eine Frau ihre Sexualität ausleben will, gibt einem Mann nicht das Recht, sich ihr aufzuzwingen. Aber ich kann mir nicht vorstellen, dass Luc so etwas Entsetzliches tun würde. Selbst bei unserem letzten Treffen, als er so voller Wut und Leidenschaft war, dass es fast an Hass grenzte, sagte er mir, er würde mich gehen lassen, wenn ich das wollte. Und ich bin mir sicher, dass er es getan hätte.

„Meine Freundschaft mit Luc war zu diesem Zeitpunkt sowieso schon auf dem Tiefpunkt", bricht Madame Deniauds ruhige Stimme in meine unruhigen Gedanken. „Er hatte wiederholt nicht im Sinne der Kanzlei gehandelt, es gab diese Affären mit Anais und mit …"

„Mit mir", beende ich ihren Satz, den sie vielleicht aus Rücksichtnahme im Ungewissen verhallen lässt.

„Und mit Ihnen. Dass so ein Verhalten nicht akzeptabel ist, hatten Leonie und ich ihm schon mehrfach verdeutlicht. Wir dachten, fälschlicherweise, er hätte es verstanden. In Kombination mit all den anderen Vorkommnissen der letzten Zeit, hatte ich keinen Grund, Anais nicht sofort zu glauben, als sie ankam und uns erzählte, er habe sie missbraucht."

„Aber jetzt glauben Sie es nicht mehr?"

Ihre Finger drehen das schmale Glas, das noch gut mit dem goldgelben Anisschnaps gefüllt ist.

„Ich hasse es", sagt sie nach einer langen Pause. „Ich hasse es so sehr, eine Frau anzuzweifeln, die mir eine so fürchterliche Geschichte anvertraut. Aber ja, ich bin mir nicht mehr sicher."

Mein Atem geht flach. „Was lässt Sie zweifeln?"

„Ich kenne Luc schon einige Jahre und Sie wissen es ja selbst – er ist förmlich der Posterboy für toxische Maskulinität. Aber ich habe noch nicht ein einziges Mal erlebt, dass er die Beherrschung verloren hat, obwohl wir uns oft bis aufs Blut stritten, das können Sie mir glauben. Während einer Zeit, als es mir sehr schlecht ging, stand er mir bei. Nicht Leonie oder eine der Frauen, mit denen ich beim Abendessen Pläne für eine gerechtere Gestaltung der Welt schmiede. *Er* saß bei mir auf dem Sofa, viele Abende lang, und ertrug mich in allen Erscheinungsformen der Trauer. Schließlich brachte er mich in ein kleines Haus auf dem Land inmitten von Wiesen."

„Das Haus in Dreux."

„Genau." Ihre Augen glänzen vor Trauer. Sie muss jemand sehr Wichtigen verloren haben.

„Er blieb dort mit mir, bis ich nach einigen Wochen schließlich das Haus verließ, mich an den Fluss setzte und die Füße ins Wasser hielt. Er sagte, dass ich jetzt das Schlimmste überstanden habe, und behielt damit recht. Sie sehen also, Luc ist für mich sehr viel mehr als ein Anwaltskollege. Aber trotzdem kann es wahr sein, was Anais ihm vorwirft."

„Nein, kann es nicht", sage ich und stehe auf.

„Sie möchten unbedingt, dass er unschuldig ist", lächelt Madame Deniaud nachsichtig.

„Ich weiß, dass er es ist. Und Sie wissen es auch. Wir müssen mit Anais sprechen."

Sie erhebt sich zögerlich. „Halten Sie das für eine gute Idee?"

„Das habe ich nicht gesagt."

***

Schweigend fahren wir in Madame Deniauds Elektroauto zu Anais. Mittlerweile ist es spät geworden und fast alle Fenster des Wohnblocks sind erleuchtet. Die Eingangstür steht offen, im Hausflur riecht es nach abgestandenem Essen.

„Dass Anais so wohnt …", flüstert meine Begleiterin.

„Nicht jeder kann neben der Oper leben, Madame", spiele ich auf ihre eigene Wohnung an, die im neunten Arrondissement liegt, während wir die Treppen hochlaufen.

„Nennen Sie mich Suzanne", bittet sie und wirft mir ein schiefes Grinsen zu. „Dann fühle ich mich nicht ganz so wie der elitäre Snob, den Sie in mir sehen."

„Wenn Sie meinen, dass Ihnen das hilft, Suzanne", erwidere ich und klingele bei Anais. In diesem Moment erkenne ich, wie ungeschickt es ist, hier mit ihrer Arbeitgeberin aufzutauchen.

„Gehen Sie eine halbe Treppe höher", sage ich rasch. „Ihnen gegenüber wird sie niemals zugeben, gelogen zu haben."

Suzanne wirft einen zögerlichen Blick auf die besprayten Wände. „Ich weiß nicht, ob das eine so gute Idee ist …"

Hinter der Tür sind Schritte zu hören.

„Nun machen Sie schon!", flüstere ich dringlich und schiebe sie in Richtung Treppe. „Vertrauen Sie mir."

Gerade noch rechtzeitig geht sie die Stufen hoch, bevor Anais die Tür öffnet. Ihr Blick wird eisig. Meiner wahrscheinlich auch.

„Was willst *du* denn hier?"

In ihrer Stimme steckt unterdrückte Aggression, beinahe Hass. Früher hätte es mich betroffen gemacht, wenn mir jemand derart entgegengetreten wäre, jetzt bin ich einfach nur wütend.

„Wir müssen reden, Anais", sage ich. „Warum erzählst du solche Geschichten über Luc?"

„Du hast noch Kontakt mit ihm?" Für einen Moment verliert Anais die Kontrolle und ich erkenne an ihren Augen, wie sehr diese Vorstellung sie schockt."

„Natürlich. Und ich weiß alles. Er hat dir nichts getan."

Anais gewinnt ihre Selbstsicherheit zurück und verschränkt die Arme vor der Brust. „Er hat mich sehr verletzt."

„Das glaube ich. Aber nicht so, wie du gesagt hast."

„Beweise es."

Mir wird klar, dass ich auf diese Weise nichts aus ihr herausbekommen werde. Ich darf sie nicht angreifen, sondern muss ihr die Möglichkeit geben, sich als Gewinnerin zu fühlen.

Mit weinerlicher Stimme sage ich: „Er ist am Boden zerstört. Die Kanzlei war sein Leben. Er zieht sich vor

mir zurück und ich weiß nicht, wie lange das noch gut
geht mit uns. Ist es dir denn ganz egal, dass du sein Leben ruinierst?"

„Genau das wollte ich doch damit erreichen, du
Dummchen. Er soll leiden, so wie ich all die Jahre gelitten habe."

Ich weiß nicht, wo ich die Kaltschnäuzigkeit her-
nehme, aber es gelingt mir, Mitleid zu heucheln.

„So lange schon? Ich hatte keine Ahnung."

„Natürlich nicht. Woher auch? Ich wollte ihn, seitdem
ich ihn das erste Mal gesehen habe. Ich wusste sofort,
dass wir zusammengehören, aber er hat es nicht begrif-
fen. Erst kam diese dämliche Estelle und danach hat er
überall herumgehurt, aber mich hat er nicht mal angesehen. Und als er endlich anfing zu verstehen, wie
wichtig ich ihm bin, kamst du daher", ein anklagender
Zeigefinger deutet auf mich, „und plötzlich wollte er
nichts mehr von mir wissen. Selbst nachdem du gegangen warst, ließ er mich stehen. Er will nicht erkennen,
dass er zu mir gehört."

Ich grabe meine Nägel in meine Handinnenflächen.
*Gib es zu, Anais. Gib es doch einfach zu.*

„Das ist traurig. Und deshalb hast du erzählt, dass er
dich missbraucht habe?"

„Er hat es nicht anders verdient."

War das gerade ein Eingeständnis?

Suzanne scheint das so zu sehen, denn sie schreitet
elegant die Treppe zu uns hinunter und sagt beneidenswert ruhig: „Betrachte dich als mit sofortiger Wirkung
entlassen."

Anais starrt erst sie, dann mich an. „Was ...?"

Ich zucke die Schultern. „Nicht nur du bist eine gute Lügnerin.“

Es braucht einen Moment, bis sie es begreift, dann holt sie mit der rechten Hand aus und reißt ihre Nägel über mein Gesicht. Geistesgegenwärtig stößt Suzanne sie zurück, sodass sie auf dem Boden landet, wo sie im nächsten Moment in wildes Schluchzen ausbricht. Nicht einmal diese Tränen glaube ich ihr mehr.

„Lass uns gehen“, sagt Suzanne. Auch sie scheint unbeeindruckt. „Ich will hier keinen Augenblick länger bleiben.“

Im Auto reicht mir Suzanne ein Taschentuch. Verwundert sehe ich sie an und sie deutet auf meine Wange. Als ich darüberfahre, klebt Blut an meinen Fingern. Erst in diesem Moment spüre ich das Brennen auf meiner Haut.

***

„Was werdet ihr ihretwegen unternehmen?“

Ich bin in Suzannes Wohnung. Sie hat mir angeboten, die Nacht in ihrem Gästezimmer zu verbringen, und ich habe dankbar angenommen. Meine Abreise heute Vormittag war so überstürzt, dass ich keine Übernachtung gebucht habe. Ist das tatsächlich erst ein paar Stunden her? Mir kommt es vor, als seien Tage vergangen.

Nachdem ich die Kratzspuren in meinem Gesicht, die glücklicherweise nicht tief sind, gereinigt habe, stehen wir nun mit zwei Gläsern Rotwein an einem Fenster in Suzannes wunderschönem Appartement und sehen auf den wuchtigen Bau der Opéra Garnier.

„Nun, entlassen ist sie ja schon“, beantwortet Suzanne meine Frage. „Ich schätze, dass sie das Geld anstandslos zurückzahlen wird, wenn sie sich so von einer Anzeige freikaufen kann.“

„Du willst nicht zur Polizei?“, frage ich verwundert.

„Wem würde das etwas bringen? Die Kanzlei käme in Verruf, Lucs Name würde mit einem Missbrauchsvorwurf in Verbindung gebracht und auch Anais erhielte nicht die Hilfe, die sie benötigt.“

„Und welche wäre das?“

„Eine Bekannte von mir ist Therapeutin, spezialisiert auf Stalking und Liebeswahn. Bei ihr wäre Anais an der richtigen Stelle.“

„Das finde ich gut.“ Zu meinem Erstaunen denke ich das tatsächlich. Anais ist krank. Wenn Suzanne ihr helfen kann, soll sie das tun. Aber was ist mit Luc?

„Er könnte in Dreux sein“, überlegt Suzanne, als ich sie darauf anspreche. „Wir sollten dort vorbeifahren oder wenigstens bei den Vermietern anrufen und uns erkundigen, ob er dort war. Und dann gibt es noch diesen Freund von ihm, Francois Rubin. Er ist auch Anwalt. Ich habe ihn einige Jahre nicht gesehen, aber es dürfte ein Leichtes sein, seine Kontaktdaten herauszufinden. Eventuell weiß er Näheres.“

Im Mondlicht glänzt die Lyra des Apollo auf dem Dach der Oper. Von hier oben gesehen, ist Paris wunderschön.

„Ich werde nichts davon tun“, sage ich nach einigen Augenblicken.

„Nein? Aber war es nicht deine Absicht, ihn zu finden?“

„Schon, aber heute hat mir jemand gesagt, dass Luc vielleicht gar nicht gefunden werden will. In ein paar Wochen verlässt er möglicherweise von allein sein Versteck, setzt sich an den Fluss und hält die Füße ins Wasser. Wenn er das Schlimmste überstanden hat. Ich denke, wir sollten ihm diese Zeit geben."

Suzanne gießt mir Wein nach. „Bist du sicher, dass er das tun wird?"

Ich lache und Tränen treten mir in die Augen. „Was Luc angeht, bin ich mir bei überhaupt nichts sicher."

# § 14 – Salvatorische Klausel

## § 14 (1) Jeanne

Drei Wochen später sitze ich im Auto und fahre zu meinen Eltern. Es ist wieder Weihnachten. Das letzte Jahr war das aufreibendste, schmerzhafteste, aber gleichzeitig atemberaubendste meines Lebens und jetzt, wo es sich seinem Ende nähert, ist mir, als würde ich die letzten Seiten eines Buches lesen. Welche Geschichte ich danach wohl aufschlagen werde?

Vor ein paar Tagen hat Suzanne mir geschrieben. Natürlich nahm sie Kontakt zu Francois Rubin auf, aber der weiß auch nicht, wo Luc sein könnte. Anscheinend endete ihr letztes Gespräch im Unfrieden. Luc hat ein Händchen dafür, andere vor den Kopf zu stoßen. Wäre er Diplomat geworden, befänden wir uns schon längst im dritten Weltkrieg. Er ist ein unmöglicher Mensch.

Hoffentlich geht es ihm gut, wo auch immer er gerade ist.

## § 14 (2) Luc

Der Schnee knirscht unter meinen Füßen auf dem Weg zum Friedhof. Ich besuche meine Eltern, schließlich ist

Weihnachten. Die letzten Wochen habe ich hier in Garron verbracht. Zurzeit bin ich der einzige Gast im Hotel Royale, das mit jedem Jahr auf der nach unten offenen Skala für Abgeranztheit einen Punkt abrutscht.

An vielen Schaufenstern der Shoppingmall kleben Plakate mit der Aufschrift „Freie Gewerbefläche". Nicht nur das Hotel, die ganze Stadt verkommt. Vielleicht fühle ich mich deshalb dieses Jahr so seltsam heimatlich hier.

Die Friedhofspforte knarrt, als sie in den Angeln zur Seite schwingt. Im Gegensatz zum Schnee in der Stadt, der grau und unansehnlich wird, ist er auf den Wegen noch blendend weiß und ohne jede Fußspur.

Diesmal ignoriere ich das Grab meines Vaters, ziehe die Piccoloflasche Sekt aus der Tasche und setze mich im Schneidersitz auf den eiskalten Boden zu meiner Mutter.

„Salut, Maman", grüße ich sie und schweige. Ich versuche, mich an ihr Gesicht zu erinnern – an ihr wirkliches Gesicht, nicht an die formlose, blutige Masse, die ich als Letztes von ihr sah.

Sie hatte blonde Haare, blaue Augen, eine lange, schmale Nase und blasse Lippen. Sie sah so jung aus. Mitunter hielt man sie für meine ältere Schwester. Mit jedem Jahr schien ihre Stimme leiser zu werden.

Schritte ertönten hinter mir, halten neben mir an und reißen mich aus meinen Erinnerungen. Aus meiner Position blicke ich auf cognacfarbene Herrenschuhe und eine dunkelblaue Anzughose. Niemand aus Garron würde so etwas tragen.

„Woher weißt du, dass ich hier bin, Francois?"

„Vor ein paar Jahren hast du mir sturzbetrunken bei einer Silvesterparty verraten, dass du jedes Weihnachten nach Garron fährst."

„Und so etwas merkst du dir?"

„Natürlich."

Und dann schweigen wir beide, zumindest eine Weile. Als die Sonne durch die Wolken bricht, ohne eine Spur von Wärme zu verschenken, räuspert er sich. „Es ist kalt, findest du nicht?"

„Wir haben Winter."

„Suzanne hat sich bei mir gemeldet."

Jetzt werfe ich doch einen Blick nach oben. Francois hat die Arme um den Oberkörper geschlungen und seinen Schal bis unter die Nasenspitze gezogen. Er friert leichter als ich.

„Anais hat zugegeben, dass sie gelogen hat. Du hast sie nicht missbraucht."

Kaum dass Francois diese Worte ausgesprochen hat, scheint sich ein Tonnengewicht von meinen Schultern zu lösen. Ich hätte nicht gedacht, dass ich noch Erleichterung verspüren kann.

„Suzanne hat ihr einen Therapieplatz besorgt und wenn du mich fragst, braucht sie den auch ganz dringend. Du solltest dich bei Suzanne melden. Sie will die Geschichte unbedingt mit dir klären und sich entschuldigen."

Ich hasse Entschuldigungen. Die, die ich gebe, und die, die ich bekomme. Sie sind doch nur ein rosaroter Anstrich über dem Dunkelgrau unserer Fehler.

Francois hockt sich neben mich. „Was willst du jetzt tun, Luc?"

Ich schraube die Sektflasche auf und nehme einen Schluck. „Weihnachten feiern.“

„Doch nicht hier. Warum kommst du nicht mit mir? Unsere Eltern und Marianne sind da. Es gibt viel zu essen und zu trinken und du kannst dich über unsere bourgeoise Spießigkeit mokieren.“

„Es sind nicht meine Eltern. Es ist nicht meine Familie.“

„Du hast ihnen nie eine Chance gegeben, es zu werden. Warum?“

Ich trinke hastig einen weiteren Schluck. Meine Kehle ist so eng, das ich befürchte, daran zu ersticken. Hustend lege ich die Flasche beiseite und krame nach einem Taschentuch. Francois reicht mir seines.

„Ich weiß noch, wie du damals bei uns ankamst“, sagt er. „Du hast deinen Schmerz nicht zeigen wollen, aber man sah ihn in jeder deiner Bewegungen. Ich erkenne ihn heute noch. Du versteckst ihn inzwischen besser, aber manchmal blitzt er in deinen Augen auf.“

Mit einem Mal spüre auch ich die Kälte. Sie durchdringt und packt mich, als wolle sie mich nie wieder loslassen. Mit zitternden Fingern schließe ich den obersten Knopf meines Mantels. „Es war meine Schuld, Francois.“

„Das mit Anais? Nein, sie hat ihre Lüge zugegeben.“

Ich starre ihn an.

„Wovon redest du, Luc?“

„Dass sie tot ist. Das ist meine Schuld.“

„Deine Mutter? Ich verstehe nicht ...“

Hinter meinen geschlossenen Lidern sehe ich die helle Täfelung unseres Wohnzimmers und die verblichenen Kunstdrucke in den billigen Rahmen. Früher dachte ich, es wäre in jeder Familie so, dass der Vater die Mutter an den Haaren packt und sie über den Boden zerrt, auf sie einprügelt, während sie versucht, sich vor seinen Schlägen zu schützen.

Danach schloss sie sich im Schlafzimmer ein, verarztete ihre Wunden und hörte wieder und wieder *Emmenez-moi* von Aznavour, dieses Lied über den Wunsch nach Flucht, nach einem besseren Leben. Ich spielte währenddessen vor der Tür auf dem Boden und wartete darauf, dass sie wieder herauskam, um meine Mutter zu sein.

Das war der Soundtrack meiner Kindheit – die Schreie meiner Mutter und Charles Aznavour. Vater erklärte mir, dass ich mir erst Sorgen machen müsse, wenn er sie nicht mehr schlägt, denn dann würde sie ihm nichts mehr bedeuten. Und er sagte, irgendwann würde auch ich eine Frau kennenlernen, die für mich etwas ganz Besonderes sei, und dann würde ich genau das Gleiche tun. Weil das Liebe sei.

„In dem Moment, in dem ich verstand, was Vater ihr antat, wollte ich, dass sie ihn verlässt. Ich redete auf sie ein, dass wir schon klarkämen und ich für sie sorgen würde. Eines Tages fand sie die Kraft, packte einen Koffer und wartete darauf, dass ich aus der Schule käme, damit wir zusammen fortgehen konnten.“

„Aber dein Vater kam vor dir nach Hause.“

Ich nicke. „Einer seiner Kundentermine war ausgefallen und sie stand da im Wohnzimmer neben dem Koffer, ihren Mantel über dem Arm. Sie wollte ihn verlassen, aber er ließ sie nicht gehen. Als ich nach Hause kam, fand ich sie auf dem Sofa. Das Blut klebte in ihren

Haaren, rann über ihre Finger zu Boden. Er hatte sie zerbrochen. In tausend Stücke."

Francois legt seine Hand auf meine Schulter. Es ist, als würde er jemand anderen berühren.

„Hätte ich sie nicht dazu überredet zu gehen, dann würde sie noch leben. Sie wollte meinetwegen flüchten und meinetwegen ist sie tot."

Francois blickt mich ungläubig, aber auch mitfühlend an. „Und das glaubst du? Seit so langer Zeit? Dein Vater hat sie getötet. Früher oder später hätte er das ohnehin getan. Du wolltest ihr nur helfen."

„Ich bin der Sohn meines Vaters."

„Du bist sehr viel mehr als das. Lass nicht länger zu, dass seine Taten dein Leben und deine Gedanken bestimmen."

Ich antworte nicht. Francois steht auf und zieht mich mit sich hoch. „Du kommst jetzt mit. Es gibt Menschen, die sich freuen werden, dich zu sehen. Auch wenn du es ihnen mitunter verdammt schwer machst. Du bist nicht allein."

Als wir das Friedhofsgelände verlassen, zieht Francois die knarrende Pforte ins Schloss. Es gibt vieles, was ich dort zurücklassen muss.


# § 14 (3) Jeanne

Es ist kurz vor neunzehn Uhr und Monsieur Dupont legt einen von mir verfassten Vermerk zu einem geplanten Unternehmenskauf auf meinen Tisch.

„Das ist ganz ordentlich, Mademoiselle Marron", sagt er. „Allerdings kommt mir der Aspekt ‚Haftung' zu kurz. Gehen Sie hierzu ein wenig mehr ins Detail und schicken Sie mir die überarbeitete Fassung heute noch zu."

Es ändert sich nichts, wenn man sich nicht selbst ändert. Das ist eins der Dinge, die ich im vergangenen Jahr gelernt habe. Das andere ist, dass Liebeskummer echt hartnäckig sein kann. Im Moment jedoch kommt Erkenntnis Nr. 1 zum Tragen. Ich stehe auf und greife meine Handtasche.

„Dieser Vermerk liegt seit über einer Woche auf Ihrem Schreibtisch, Monsieur Dupont. Wäre die Überarbeitung wichtig, hätten Sie ihn mir schon früher gegeben, also werde ich mich heute nicht mehr damit beschäftigen. Montag ab acht Uhr steht meine Arbeitskraft dieser Kanzlei wieder zur Verfügung. Und bitte merken Sie sich endlich, dass mein Name Monnet lautet." Mit diesen Worten lasse ich einen sprachlosen Monsieur Dupont stehen und verlasse das Büro.

Als ich durch die Drehtür des Gebäudes auf die grauen Steinplatten des Vorplatzes trete, atme ich erst einmal tief ein. Wochenende! Endlich Zeit nur für mich und was immer ich auch tun werde, es wird das Richtige sein. Ich könnte einen Ausflug ans Meer machen. Es ist zwar erst Mitte Februar, aber das Wetter ist herrlich und die Mimosenbällchen verbreiten bereits ihren honigsüßen Duft. Sogar die ersten Mandelblüten tanzen schon zartrosa in der milden Luft.

„Jeanne."

Ich erstarre. Mein eben noch so ruhiges Herz beschleunigt von null auf rasend. Diese Stimme würde ich unter Hunderten heraushören. Dunkel. Rau. Luc.

Ich drehe mich in die Richtung, aus der sie kam. Im dämmrigen Abendlicht steht am Rand der Freitreppe, die zur Straße führt, ein Mann. Ist er das wirklich? Bisher kannte ich ihn nur in zwei Aggregatzuständen: entweder im perfekt sitzenden Anzug oder nackt. Jetzt aber trägt er Jeans, T-Shirt und eine dunkelbraune Lederjacke.

Freude braust in mir auf wie eine Sturmflut, als ich langsam auf ihn zugehe. Sein Haar ist etwas länger und er trägt einen Vollbart. Er ähnelt dem Luc, den ich kenne, nur noch entfernt, aber er sieht seltsamerweise genau so aus, wie er aussehen sollte.

Ich weiß nicht, was ich sagen soll, also deute ich auf sein Gesicht. „Ein Bart?"

Er reibt mit den Fingern über seine Wangen. „Ich neige zur Verwahrlosung, wenn ich nicht jeden Tag zur Arbeit muss."

Ich senke den Kopf, damit er mein Grinsen nicht sehen kann. Seine pure Gegenwart macht mich glücklich. Immer noch.

„Hast du einen Moment, Jeanne? Können wir reden?"

Noch nie habe ich ihn so zögernd und vorsichtig erlebt, mir hingegen kommt das „Ja" verräterisch schnell über die Lippen.

Wir setzen uns auf die oberste Stufe der Freitreppe, Lucs Hand streift dabei kurz die meine. Die Berührung lässt tausend Funken in meinem Körper blitzen.

„Ich habe vor ein paar Tagen mit Suzanne gesprochen. Sie hat mir erzählt, dass ihr bei Anais wart und deinetwegen die Wahrheit ans Licht kam. Deshalb bin ich hier. Um dir zu danken, dass du an mich geglaubt hast."

Er wirkt gelassener als früher, ruhiger. Im Einklang mit sich selbst. Wenn ich etwas dazu beitragen konnte, dann bin ich sehr froh darüber.

„Du würdest so etwas nie tun, Luc. Nie im Leben."

Vor meinem nächsten Satz halte ich inne. Soll ich mich so weit hinauswagen? Ja, auf jeden Fall. Worte, die nicht gesprochen werden, können viele Probleme verursachen.

„Ich weiß, was dein Vater getan hat. Aber du bist nicht er."

Luc atmet tief ein. „Wie hast du es herausgefunden?"

„Ein wenig Internetrecherche. Du hattest mir mal deinen Geburtsort genannt, von daher ..."

„Neugierige Jeanne. Kramst in meinem Leben herum und lässt keinen Stein auf dem anderen."

Ich werfe schnell einen Blick zu ihm herüber. Seine Haare sind so lang geworden, dass sie sich im Nacken und hinter den Ohren locken. Ich verschränke meine Finger, weil der Drang, sie zu berühren, beinahe übermächtig ist.

„Wie geht es dir denn jetzt? Bist du wieder als Anwalt tätig?", lenke ich mich schnell ab.

„Noch nicht. Ich habe viel zu viel aus meiner Vergangenheit mit mir herumgeschleppt, damit musste ich erst einmal aufräumen. Aber ich werde bald eine eigene Kanzlei aufmachen, bei der es nur eine Regel geben wird."

„Und die wäre?"

„Keine Mandanten wie Villiers oder die Martins. Eine sehr kluge Frau hat mir mal gesagt, sie wolle mit ihrer Arbeit das Leben der Menschen verbessern. Das will ich jetzt auch."

Ich erinnere mich an die Szene in seinem Büro, als ich ihm diese Worte entgegenhielt. Es macht mich froh, dass er sie nicht vergessen hat.

„Du hast dich verändert, Luc."

„Nun, aus meinem Leben getreten zu werden, war das Beste, was mir passieren konnte", sagt er und steht auf. „Ich bin Anais fast dankbar. Aber vor allem dir. Ich wollte, dass du das weißt."

Will er jetzt etwa gehen? Auf gar keinen Fall!

Hastig springe ich auf. „Du bist mir noch ein paar Antworten schuldig."

„Ganz sicher."

Der Puls pocht in meinen Ohren, so aufgeregt bin ich. „Warum hast du dich nach Estelles Vernissage so sehr von mir distanziert? Wir hatten Streit, aber, meine Güte, wir hatten dauernd Streit und haben uns immer wieder versöhnt. Was war anders? Warum –?"

„Ich hatte dich gesehen, Jeanne", fällt er mir ins Wort.

„Wirklich? Das ist seltsam. Eigentlich bin ich unsichtbar."

Missbilligend zieht er eine Augenbraue hoch, aber in seinen Mundwinkeln liegt ein Lächeln. „Im Restaurant, zusammen mit einem blonden Mann. Ihr wirktet sehr vertraut. Ich dachte, er wäre dein Freund."

„Bist du verrückt?", entfährt es mir. „Du warst mein Freund."

„Und dieser Typ?"

„Das war Noah, mein Ex. Er war in der Stadt und wollte sich mit mir treffen. Ich suchte wohl unbedingt seine Vergebung, weil ich ihn betrogen hatte. Wir waren nur essen, mehr ist nicht passiert."

„Und ich hatte gefürchtet, du würdest ..."

„Würde ich nicht.“

Luc verschränkt die Arme vor der Brust, bedenkt mich mit einem übertrieben ernsten Blick. „Also hast auch du dunkle Flecken in der Vergangenheit. Mit wem hast du ihn denn betrogen, deinen armen Noah?“

„Mit dir. Damals, im Konferenzraum.“

„Oh.“

„Wir hätten vielleicht geheiratet, aber ich konnte danach nicht mehr mit ihm zusammen sein“, sage ich und blicke ihm direkt in die Augen, sehe Verunsicherung darin.

„Oh.“

„Ist das alles, was ich von dir bekomme? Zwei ‚Ohs‘? Selbst für dich ist das etwas wenig.“

Ein paar Sekunden lasse ich ihn noch in seiner peinlichen Berührtheit schmoren, bevor ich ihn erlöse. „Es ist gut so, wie es gekommen ist. Ich bin froh, ihn los zu sein.“

Sanft berührt Luc meine Wange. Es soll nicht aufhören, doch schon nimmt er die Hand wieder herunter.

„Und ich bin froh, dass ich dich in diesem Konferenzraum angesprochen habe, wenn auch auf die denkbar schlechteste Art und Weise. Aber so hatte ich dich wenigstens eine Zeit lang in meinem Leben. Es ist dadurch besser geworden. Sollte ich deines schlechter gemacht haben, dann tut es mir unendlich leid.“

Er zieht mich kurz an sich und küsst mich auf die Stirn. Ich berühre dabei mit den Fingerspitzen seine Hüften. Als würde ich etwas stehlen, so fühlt sich das an, dann dreht er sich um und geht. Seine große Gestalt verschwindet in der Dunkelheit der unbeleuchteten

Treppenstufen, wird dann aber wieder sichtbar, als das Licht der Straßenlaternen auf ihn fällt.

Als ich ein junges Mädchen war, kam in meinen Träumen von der großen Liebe jemand wie Luc nicht vor. Er ist anstrengend, kompliziert und seine Berührungen rauben mir jede Selbstkontrolle. Tatsächlich aber ist er der Mann, von dem ich mich herausfordern lassen will. Am Tag, bei Nacht, immer. Das muss ich ihm nur endlich sagen.

In diesem Moment dreht Luc sich um, geht durch Licht und Schatten auf mich zu und packt meine Schultern.

„Das ist doch alles Bullshit, Jeanne", stößt er hervor. „So ein Mann bin ich nicht – edel und verzichtend – und das mit uns ist noch immer keine Kinoschnulze. Wahrscheinlich bin ich nicht gut für dich und wahrscheinlich würdest du mit jedem anderen Mann glücklicher werden als mit mir, aber ich will dich für mich."

Alles dreht sich in meinem Kopf und mir fällt nur ein Wort ein, das ich ihm sagen möchte: „Nein."

Fragend sieht er mich an, seine Hände gleiten von meinen Schultern. „Nein ..."

„Nein, ich könnte mit keinem anderen Mann glücklicher sein als mit dir."

Als sich ein erlösendes Lächeln auf sein Gesicht legt und er mich in seine Arme nimmt, weiß ich, dass alles gut ist. Nicht für immer, natürlich nicht. Es werden Stürme und hohe Wellen auf uns zukommen, aber wir werden sie gemeinsam meistern, denn Luc ist nicht der Mann meiner Träume. Er ist der Mann meines Lebens.

# Das könnte dir auch gefallen

**Dunkles Geheimnis**
*Philip Schönenberg, Jo Jonson*
E-Book-ISBN: 978-3-96817-191-3
TB-ISBN: 978-3-96817-203-3

**Zwei Leben und ein gefährliches Geheimnis, das alles verändert ...
Ein elektrisierender Liebesroman, der dir den Atem raubt**

Samantha führt ein riskantes Doppelleben. Während sie tagsüber die wohlerzogene, reiche Mrs. Carstairs mimt, schlüpft sie nachts in die Rolle der Kunstdiebin Liv. Jahrelang gelingt es ihr, die beiden Leben voneinander zu trennen, doch bei den Vorbereitungen ihres größten Coups lernt sie Derrick Graves kennen. Der Detective wurde damit betraut die Kunstdiebstähle aufzuklären und ist Samantha dichter auf den Fersen als sie ahnt. Bereits bei ihrem ersten Aufeinandertreffen wird der jungen Frau klar, dass Derrick ihr auf verschiedene Arten gefährlich werden könnte. Als Samantha jedoch bei ihrem letzten Coup bewusslos geschlagen wird und zwischen zwei Leichen erwacht, ist sie plötzlich nicht mehr nur eine gesuchte Diebin, sondern Hauptverdächtige eines Doppelmordes ... Wird Derrick der prickelnden Spannung zwischen ihnen widerstehen und Samantha helfen?